AGOSTO

RUBEM FONSECA

AGOSTO
ROMANCE

2.ª edição
9.ª reimpressão

COMPANHIA DAS LETRAS

Capa:
Hélio de Almeida

Foto da capa:
Ivson

Revisão:
Ana Maria de O. M. Barbosa

Dados de Catalogação na Publicação (CIP) Internacional
(Câmara Brasileira do Livro, SP, Brasil)

Fonseca, Rubem, 1925-
  Agosto : romance / Rubem Fonseca. — São Paulo : Companhia
das Letras, 1990.

  ISBN 85-7164-139-0

  1. Romance brasileiro I. Título.

90-1925   CDD-869.935

Índices para catálogo sistemático:
1. Romances : Século 20 : Literatura brasileira 869.935
2. Século 20 : Romances : Literatura brasileira 869.935

1ª edição (1990)

1993

Todos os direitos desta edição reservados à
EDITORA SCHWARCZ LTDA.
Rua Tupi, 522
01233-000 — São Paulo — SP
Telefone: (011) 826-1822
Fax: (011) 826-5523

Finora abbiamo parlato di un paradigma indizia-
rio (e suoi sinonimi) in senso lato. É venuto il mo-
mento di disarticolarlo. Un conto è analizzare or-
me, astri, feci (ferine o umane), catarri, cornee, pul-
sazioni, campi di neve o ceneri di sigaretta; un al-
tro è analizzare scritture o dipinti o discorsi. La
distinzione tra natura (inanimata o vivente) e cul-
tura è fondamentale — certo piú di quella, infini-
tamente piú superficiale e mutevole, tra le singole
discipline.

Carlo Ginzburg, *Miti emblemi spie:*
morfologia e storia

History, Stephen said, is a nightmare from which
I am trying to awake.

James Joyce, *Ulysses*

1

O porteiro da noite do edifício Deauville ouviu o ruído dos passos furtivos descendo as escadas. Era uma hora da madrugada e o prédio estava em silêncio.

"Então, Raimundo?"

"Vamos esperar um pouco", respondeu o porteiro.

"Não vai chegar mais ninguém. Já está todo mundo dormindo."

"Mais uma hora."

"Amanhã tenho que acordar cedo."

O porteiro foi até a porta de vidro e olhou a rua vazia e silenciosa.

"Está bem. Mas não posso demorar muito."

No oitavo andar.

A morte se consumou numa descarga de gozo e de alívio, expelindo resíduos excrementícios e glandulares — esperma, saliva, urina, fezes. Afastou-se, com asco, do corpo sem vida sobre a cama ao sentir seu próprio corpo poluído pelas imundícies expulsas da carne agônica do outro.

Foi ao banheiro e lavou-se com cuidado sob o chuveiro do box. Uma dentada no seu peito sangrava um pouco. No armário da parede havia iodo e algodão, que serviram para um curativo rápido.

Apanhou sua roupa sobre a cadeira e vestiu-se, sem olhar para o morto, ainda que tivesse a aguda consciência da presença do mesmo sobre a cama.

Não havia ninguém na portaria quando saiu.

***

O homem conhecido pelos seus inimigos como Anjo Negro entrou no pequeno elevador, que ocupou por inteiro com seu corpo volumoso, e saltou no terceiro pavimento do Palácio do Catete. Andou cerca de dez passos no corredor em penumbra e parou em frente a uma porta. Dentro, no modesto quarto, vestido com um pijama de listas, sentado na cama com os ombros curvados, os pés a alguns centímetros do assoalho, estava o homem que ele protegia, um velho insone, pensativo, alquebrado, de nome Getúlio Vargas.

O Anjo Negro, depois de tentar ouvir se algum ruído vinha de dentro do quarto, recuou, apoiando as costas numa das colunas coríntias simetricamente dispostas na balaustrada tetragonal de ferro que cercava o vão central do hall do palácio, àquela hora silencioso e escuro. Deve estar dormindo, pensou.

Depois de certificar-se que não havia anormalidades no andar residencial do palácio, Gregório Fortunato, o Anjo Negro, chefe da guarda pessoal do presidente Getúlio Vargas, desceu as escadas em direção ao gabinete da assessoria militar, no térreo, verificando, no caminho, se os guardas mantinham-se nos seus postos, se o Palácio das Águias estava em paz.

O major Dornelles conversava com outro assessor, o major Fitipaldi, quando Gregório entrou no gabinete.

O chefe da guarda pessoal, depois de examinar com os dois assessores militares o plano que a segurança adotaria na ida do presidente ao Jockey Club no domingo, dia do Grande Prêmio Brasil, foi para seu quarto.

Tirou o revólver e o punhal que sempre carregava, colocou-os sobre a mesinha e sentou-se na cama, onde havia vários jornais espalhados.

Leu as manchetes, apreensivo. Aquele ano começara mal. Logo em fevereiro, oitenta e dois coronéis, apoiados pelo então ministro da Guerra, general Ciro do Espírito Santo Cardoso, haviam divulgado um manifesto golpista e reacionário criticando as greves dos trabalhadores e falando ardilosamente no custo de vida. O presidente demitira o ministro traidor, sem ter outro general de confiança para colocar no seu lugar. Gregório sabia que o presidente não acreditava na lealdade de mais ninguém das Forças Armadas desde que o general Cordeiro de Farias, que sempre comera pela mão dele como um cachorrinho, o apunhalara pelas costas em 1945. Mas acabara tendo de colocar no Ministério da Guerra um homem em quem também não confiava, o general Zenóbio da Costa, aceito sem restrições pelos militares por ter sido um dos comandantes da Força Expedicionária Brasileira que lutara ao lado dos americanos na guerra. Para apaziguar os milicos fora obrigado a exonerar do Ministério do Trabalho seu amigo Jango Goulart. Isto tudo acontecera antes que fevereiro acabasse. Sim, fora um mau começo de ano, pensou Gregório. Em maio os golpistas haviam tentado o impeachment do presidente e o traidor João Neves ajudara a difundir falsidades sobre um acordo secreto entre Perón e Getúlio. Gregório não se esquecia do que João Neves lhe dissera, ainda ministro das Relações Exteriores: "Não meta o nariz aonde não é chamado, seu negro sujo", tudo porque ele, Gregório, tentara estabelecer um contato direto entre o presidente e o emissário do presidente Perón da Argentina. Ainda em maio, o enterro de um jornalista, morto a socos por um policial conhecido como Coice de Mula, fora usado como pretexto para uma passeata contra o governo pelos seguidores fanáticos do Corvo, os lanterneiros, um bando de golpistas que se reuniam no chamado Clube da Lanterna, apoiados pelas mal-amadas, uma associação de donas de casa histéricas. Em julho, a canalha udenista, sempre com propósitos golpistas, inventara uma conspiração comunista. Por trás de tudo avultava a figura sinistra do Corvo.

Sobre a cama estava um exemplar de *Última Hora*, o único jornal importante que defendia o presidente. Na primeira página, uma caricatura de Carlos Lacerda. O artista, acentuando os óculos de aros escuros e o nariz aquilino do jornalista, desenhara um corvo sinistro trepado num poleiro. O Anjo Negro levantou o braço e cravou com força o punhal no desenho. A lâmina varou o jornal e os lençóis, perfurou o colchão, emitindo um som arrepiante ao raspar em uma das molas de aço.

Gregório colocou o revólver de volta no coldre da cintura e o punhal na bainha de couro. Vestiu o paletó e saiu do seu quarto.

Ao amanhecer daquele dia 1º de agosto de 1954, o comissário de polícia Alberto Mattos, cansado e com dor de estômago, colocou dois comprimidos de antiácido na boca. Enquanto mastigava os comprimidos, folheou o livro de direito civil que estava sobre a mesa. Sempre fora péssimo aluno de direito civil na faculdade. Tinha que estudar muito aquela matéria se quisesse passar no concurso para juiz em novembro. Ligou o radinho que sempre tinha ao seu lado. Girou o seletor e parou ao ouvir uma voz dizendo: "A televisão foi-me negada pelo senhor Assis Chateaubriand, a quem hoje o governo se alia com a mesma desenvoltura e cinismo com que ontem mandava insultá-lo como traidor da pátria".

Bateram na porta.

"Entra", disse o comissário.

O investigador Rosalvo, que trabalhava nos plantões com Mattos, entrou no gabinete. O comissário acreditava que Rosalvo não recebia suborno dos bicheiros nem dos espanhóis que exploravam o lenocínio. Na verdade, porém, Rosalvo era um come-quieto, na gíria policial um tira que se corrompia de maneira dissimulada, sem os colegas saberem.

"Ouvindo o Lacerda, doutor? O mar de lama cada vez aumenta mais. Viu a palavra que o homem inventou? Kakistocracia — governo pelos piores elementos da sociedade. Os kakistocratas vão perder as eleições. Sarazate vai se eleger no Ceará, Meneghetti no Rio Grande do Sul, Pereira Pinto no Rio, Cordeiro de Farias em Pernambuco. O povo não confia mais em Getúlio. O senhor viu o esquema que o Etelvino armou para as eleições presidenciais? Uma chapa Juarez-Juscelino, uma barbada."

"O que você quer?"

"Chegou o café dos presos", disse Rosalvo, "o senhor pediu para avisar."

No xadrez, em duas celas com capacidade prevista para oito presos, havia trinta homens. As celas de todas as delegacias da cidade estavam com excesso de presos aguardando vagas nos presídios, uns à disposição da Justiça esperando julgamento, outros já condenados.

Mattos considerava aquela situação ilegal e imoral e tentara fazer um movimento grevista no Departamento Federal de Segurança Pública: os policiais parariam de trabalhar até que todos esses presos fossem transferidos para penitenciárias. O comissário não conseguira apoio dos colegas. As penitenciárias também estavam lotadas, e a greve proposta por Mattos não teria nenhuma conseqüência prática, causaria apenas uma repercussão negativa. Mattos afirmava que era esse o objetivo preliminar da greve, chamar a atenção da opinião pública e forçar as autoridades a procurar uma solução para o problema. "Uma utopia desvairada", dissera o comissário Pádua, "você errou de profissão."

Os assessores jurídicos do DFSP haviam recebido ordens para encontrar uma maneira legal de exonerar Mattos, mas o máximo que conseguiram foi suspendê-lo por trinta dias. O delegado Ramos, titular do distrito onde Mattos trabalhava, evitara, através de suas amizades na Chefatura, que ele fosse transferido para o distrito de Brás de Pina, como os corruptos do gabinete queriam, com o objetivo de puni-lo. Esse distrito, além de distante, tinha instalações precárias e apresentava o maior índice de ocorrências policiais, logo abaixo do 2º Distrito, de Copacabana.

Mas Ramos não queria proteger o comissário; o delegado usava o nome de Mattos para ameaçar os banqueiros. Certa ocasião Rosalvo, o investigador, surpreendera Ramos dizendo intimidativamente a um banqueiro do bicho: "Eu mando o comissário Alberto Mattos fechar todos os seus pontos, ouviu?!" Rosalvo quando o banqueiro se retirou dissera para o delegado: "O doutor Alberto Mattos mata o senhor se descobrir que está usando o nome dele". Ramos ficou pálido. "Como é que ele pode saber? Os bicheiros não são malucos de contar. Só se for você." Rosalvo respondera: "Eu? Doutor, macaco inteligente não mete a mão em cumbuca".

Toda delegacia tinha um tira que recebia dinheiro dos bicheiros da jurisdição para distribuir com os colegas. Esse policial era conhecido como "apanhador". O dinheiro dos bicheiros — o levado — variava de acordo com o movimento dos pontos e a ganância do delegado. Rosalvo, como um bom come-quieto, não entrava no rateio do levado pois recebia por fora diretamente dos bicheiros; estes queriam ter as boas graças do assistente do comissário Mattos; a honestidade do comissário era considerada pelos contraventores como uma ameaçadora manifestação de orgulho e demência. Policiais lotados no gabinete do chefe de polícia também participavam desse conchavo venal. Periodicamente, algum centro de apuração do jogo, conhecido como "fortaleza", era invadido pela polícia, provocando sempre a mesma manchete: POLÍCIA ESTOURA FORTALEZA DO BICHO. Era uma forma de satisfazer os escrúpulos de alguns raros segmentos da opinião pública; a maioria da população praticava ostensivamente essa modalidade de contravenção. Jornalistas, juízes, funcionários graduados do Ministério da Justiça, de cuja estrutura o Departamento Federal de Segurança Pública fazia parte, também eram subornados pelos banqueiros. A Delegacia Especializada de Costumes, que tinha como uma de suas principais finalidades a repressão ao jogo proibido, era a que mais suborno recebia.

***

Na madrugada desse 1º de agosto, Zaratini, o mordomo do palácio, que costumava acordar cedo, ao abrir uma das janelas que dava para o jardim viu Gregório sentado num banco, perto do pequeno chafariz de mármore. O chefe da guarda, ao ouvir o barulho da janela sendo aberta, olhou para cima e viu o mordomo. Sem responder ao cumprimento que Zaratini lhe fez com a cabeça, Gregório levantou-se e caminhou em direção ao prédio do alojamento da guarda pessoal, anexo ao palácio. Eram cinco da manhã.

Gregório bateu na porta do quarto onde dormia o cozinheiro Manuel. Com cara de sono Manuel abriu a porta.

"Me prepara um chimarrão bem quente."

Gregório sentou-se a uma mesa no refeitório vazio. Manuel trouxe o chimarrão. Nesse instante chegou Climério Euribes de Almeida, integrante da guarda pessoal do presidente e compadre de Gregório. Saíra de sua casa, num subúrbio distante, ainda de madrugada para poder chegar na hora.

"Alguma ordem, chefe?"

"Venha para minha sala", disse Gregório, ao perceber a proximidade de Manuel, que arrumava uma mesa ao lado. Não queria conversar aquele assunto na presença de outros, o lacerdismo era como uma doença contagiosa, pior do que sífilis ou gonorréia, ele não se surpreenderia se houvesse alguém infectado na guarda.

A sós na sala de Gregório, com a porta trancada: "Que diabo? Onde está o tal homem de confiança? Devíamos fazer o serviço em julho e já estamos em agosto."

Gregório estava cansado de esperar que alguma vítima das calúnias do Corvo fizesse alguma coisa. Diziam-se todos amigos do presidente, mas além de xingar o Corvo num falatório estéril, o máximo que faziam era uma bobagem como a do filho do Oswaldo Aranha, que com uma arma na mão dera apenas um soco na cara do difamador; podendo matar o Corvo contentara-se em quebrar-lhe os óculos. Nenhum deles queria sacrificar a vidinha confortável que levavam à custa do presidente, bebendo uísque nas boates e andando com as putas. Daqueles chaleiras covardes não se podia mesmo esperar grande coisa. Todos haviam enriquecido no governo, mas poucos eram gratos ao presidente.

Climério, nervoso: "Deixa comigo, chefe".

Na verdade, Climério não tinha homem nenhum de confiança para fazer o trabalho. O chefe não queria que fosse alguém ligado ao palácio e muito menos da guarda pessoal, e a única pessoa que encontrara, um sujeito chamado Alcino, um carpinteiro desempregado, amigo do alcagüete Soares, não era, certamente, uma pessoa qualificada. Alguns dias atrás, Climério fora com Soares e Alcino a um comício do Corvo em Barra Mansa. O carro de Soares onde viajavam quebrara e eles chegaram atrasados ao comício. "O homem é esse aí", dissera Climério, mostrando Lacerda que discursava. Alcino hesitara ao ver que Lacerda não era um pilantra igual a Naval, um sujeito que Soares lhe pedira para matar por desconfiar que era amante de sua mulher Nelly. Naval estava parado na estação da Pavuna; Alcino atirou e matou um desconhecido que estava próximo de Naval, que não foi atingido. Climério estava convicto de que Alcino não servia para aquela em-

13

preitada, mas, para não perder a confiança do chefe, ao voltar para o Rio não lhe relatou o fiasco de Barra Mansa. Conquistara a confiança de Gregório quando lhe dissera os nomes dos capangas de Lacerda, todos, ou quase todos, majores da Aeronáutica: Fontenelle, Borges, Del Tedesco, Vaz. Havia também um tal de Carrera, que Climério acreditava ser do Exército, e um Balthazar, da Marinha. Eram lacerdistas doentes e portavam armas de grosso calibre. Então o Anjo Negro dissera que se os capangas do Corvo usavam 45 o homem escolhido por ele, Climério, teria que fazer o mesmo."Chefe, não se preocupe. Deixa comigo", respondera Climério.

Agora, passando os dedos nas marcas de varíola do rosto, o que sempre fazia quando estava nervoso, repetiu a mesma coisa: "Chefe, deixa comigo".

"Mas anda depressa", disse Gregório.

"Vou ver o homem imediatamente." Talvez Alcino bem instruído fizesse o serviço direito.

* * *

No xadrez, o comissário Mattos viu os presos tomarem café e ouviu suas queixas. Naquele dia comemorava-se o Dia do Encarcerado. Por iniciativa da Associação Brasileira de Prisões fora instituído um santo padroeiro para os presos. A escolha do padroeiro, por sugestão do cardeal dom Jaime de Barros Câmara, recaíra sobre a figura do apóstolo são Pedro que, conforme as palavras do prelado, sofrera em vida os horrores do cárcere. O comissário pensou em brincar com os presos, "vocês vivem se queixando de barriga cheia, até um santo padroeiro vocês já ganharam e ainda estão querendo mais", mas o desgosto que sentira ao entrar nas celas mudara a sua disposição. Se não fosse um comodista, um conformista covarde, ele aproveitaria o Dia do Encarcerado para soltar todos aqueles fodidos presos. Mas apenas anotou as queixas e voltou à sua sala.

Às onze horas olhou para o relógio, ansioso para que passassem logo os sessenta minutos que faltavam para encerrar-se o plantão. Mas nesse instante chegou uma RP. A Central recebera a co-

14

municação de um homicídio. Alberto Mattos chamou Rosalvo para acompanhá-lo ao local.

"Já passa das onze, porque o senhor não deixa o 121 para o doutor Maia?"

"Ainda não é meio-dia."

Pegaram a velha caminhonete do distrito, suja do café dos presos, que transportara de manhã cedo. Ao passarem por um botequim, Alberto Mattos mandou parar, saltou e tomou um copo de leite. A acidez não parava de roer seu estômago.

A RP esperava por eles na porta do edifício Deauville. Os dois policiais foram ao oitavo andar. Um guarda estava no hall, com o investigador que chefiava a RP. A porta do apartamento estava aberta. Mattos e Rosalvo entraram em uma saleta onde havia dois homens elegantemente vestidos com roupas caras. Num espelho na parede, o comissário viu seu rosto com a barba de um dia inteiro por fazer, a camisa amassada, a gravata torta, o terno ordinário que usava. Ainda pelo espelho reconheceu um dos homens, o mais baixo e troncudo: Galvão, o famoso criminalista. Ao se formar em direito, quando ainda não entrara para a polícia, Mattos fora trabalhar como assistente do defensor público e representara um pobre diabo envolvido com uma quadrilha de falsários. Galvão era o advogado do chefe da quadrilha. O único absolvido fora o cliente de Mattos.

Galvão e o outro se dirigiram para Rosalvo, que estava mais bem vestido do que o comissário.

"Sou o investigador Rosalvo", disse o investigador ao perceber o equívoco. "Este é o comissário, o doutor Alberto Mattos."

"Galvão", disse o advogado estendendo a mão. Não demonstrava ter reconhecido Mattos. Uma voz grossa, gentil, mas cheia de autoridade. "Estou aqui como amigo da família. Este é o doutor Claudio Aguiar, primo da vítima."

"Quem avisou vocês?"

A rudeza de Mattos não pareceu incomodar Galvão. Sem perder sua compostura de grande causídico respondeu que fora a empregada. Ela ligara para a polícia e em seguida para Claudio Aguiar.

"Pensei que a polícia chegaria antes de nós."

"Como é o nome do morto?"

"Paulo Machado Gomes Aguiar."

"Profissão?"

"Industrial..."

"Solteiro? Casado?"

"Casado."

"Onde está a mulher dele?"

"Na casa de campo, em Petrópolis. Ela ainda não foi avisada..."

"Não foi avisada?"

"Quisemos poupá-la do horror de ver o marido assassinado, da brutalidade da investigação criminal... Ela é uma pessoa muito delicada... Eles eram muito unidos...", respondeu Galvão.

"Onde está o corpo? Espero que não tenham mexido em nada."

"Nem sequer entramos no quarto."

"Creio que o senhor não tem mais nada a fazer aqui, doutor Galvão. Nem o senhor..."

"Aguiar", disse o primo do morto que ficara calado até então.

O advogado e o primo, todavia, continuaram parados no meio do hall. Mattos afrouxou o colarinho ainda mais. Engoliu saliva. Bufou.

Galvão enfiou a mão no bolso do paletó. De uma carteira de couro sacou um cartão de visitas.

"Se o senhor precisar de alguma coisa..."

O comissário guardou o cartão no bolso. "Diga à mulher da vítima que quero vê-la na segunda-feira. No distrito."

"Não seria melhor —", começou Galvão.

"Segunda-feira", repetiu Mattos.

"Segunda-feira é amanhã."

"Isso mesmo."

Galvão tocou de leve no cotovelo de Aguiar, que afastou o braço. "Vamos", disse o advogado com sua voz de fundo de barril.

"Outra coisa", disse Mattos, "antes de sair avise a empregada que encontrou o morto para vir falar comigo."

Uma mulher de quarenta anos, de uniforme preto com avental branco e uma espécie de touca na cabeça, apareceu no hall.

"Como é o seu nome?"

"Nilda."

"Onde é que o corpo está?"

Mattos e Rosalvo seguiram a empregada.

"Você espera aqui fora, Nilda."

O morto, um homem de cerca de trinta anos, grande, musculoso, magro, estava estendido na cama inteiramente nu. No rosto, vários hematomas. Marcas no pescoço. Os lençóis estavam manchados de sangue, matéria fecal e urina. Os dois policiais movimentaram-se cuidadosamente pelo quarto, para não destruírem os possíveis indícios. Mattos empurrou com o cotovelo a porta entreaberta do banheiro, não queria misturar suas impressões digitais a outras que pudessem existir. Um espelho grande ocupava toda a parede, acima de uma bancada de mármore sobre a qual estavam arrumados vidros de perfume, escovas, sabonetes e outros objetos. O comissário com o cotovelo abriu a cortina do box do chuveiro. Quando examinava, sem tocar nele, um sabonete com alguns fios curtos de cabelo, um brilho chamou sua atenção. Ajoelhou-se. Era um anel largo de ouro. Colocou-o no bolso do paletó, sem que Rosalvo visse. O anel fez um leve tinido ao bater no dente de ouro que Mattos sempre carregava consigo. Ao perceber que o anel tinha tocado no dente uma sensação de nojo apossou-se dele; impulsivamente o comissário trocou o dente de ouro de um bolso para outro, quase deixando-o cair no chão.

"Telefona para o Gabinete de Exames Periciais, pede a perícia", disse Mattos, tentando esconder sua momentânea confusão.

"IML também?", perguntou Rosalvo.

"Também, também."

Rosalvo aproximou-se da mesinha de cabeceira, onde havia um telefone.

"Esse não. Pode ter impressões digitais."

Nilda esperava na porta do quarto.

"Há outros empregados na casa?"

"A cozinheira e o copeiro. Estão na copa."

O comissário, acompanhado de Nilda, foi até a copa. Uma mulher gorda com um avental e um homem vestido de calça listada e colete preto, sentados à mesa, levantaram-se assustados.

"Esperem lá fora. Vou conversar com a Nilda. Depois chamo vocês", disse o comissário fechando a porta entre a copa e a cozinha.

"Foi você que chamou a polícia?"

"Sim." A voz trêmula. Essa era outra coisa desagradável de ser polícia: as pessoas quando não sentiam ódio sentiam medo dele.

"Como foi que você descobriu o corpo do seu patrão? Não se apresse."

"Eu fui levar o café deles e bati no quarto e ninguém atendia..."

"Deles quem?"

"O doutor Paulo e dona Luciana."

"A mulher dele não estava viajando?"

"Eu não sabia. Ela tinha viajado de tarde e eu não sabia."

"Quem lhe disse isso?"

"O primo do patrão, o doutor Claudio."

"E depois?"

"O doutor Paulo acorda cedo e eu pensei que ele já havia saído e que dona Luciana estava no banho. Então eu abri a porta e... vi aquilo... saí correndo..."

"E depois?"

"Liguei para a polícia... e depois para o doutor Claudio..."

"Que horas eram?"

Silêncio. Rosalvo entrou na copa.

"Eram onze horas?"

"Onze horas? Não... Não me lembro..."

"Você está mentindo, Nilda..."

A empregada começou a chorar.

"Não há razão para você chorar. Calma. Não vou fazer nada com você. É só parar de mentir. Se você parar de mentir eu não vou brigar com você. Você disse que seu patrão acorda cedo. Digamos que você chegou com o café às oito horas. Viu o seu patrão morto. Não sabia o que fazer e lembrou-se do primo do patrão e ligou para ele que disse para esperar, que não fizesse nada, que já estava vindo para cá. Então o primo do patrão chegou com o advogado, aquele baixinho de voz grossa e o baixinho disse para você esperar um pouco mais antes de chamar a polícia e você fez o que ele mandou. Não foi assim?"

"Foi."

"Pode parar de chorar. Não estou brigando com você."

"O doutor é gente fina, não é nenhum kakistocrata", disse Rosalvo.

"Entre você descobrir o seu patrão morto e ligar para a polícia se passaram umas três horas."

"Aí é que está o busílis", disse Rosalvo.

"Quero que você me diga o que o primo do seu patrão e o advogado fizeram nesse tempo."

Afinal Mattos conseguiu colocar em ordem os pensamentos de Nilda e saber o que havia acontecido. Galvão e Aguiar haviam demorado a chegar. Nilda, enquanto isso, contou para a cozinheira e o copeiro o que descobrira, mas os dois não tiveram coragem de ir ver o patrão morto. Quando os visitantes chegaram foram imediatamente ao quarto, mas ficaram pouco tempo lá dentro. Nilda não entrou com eles. Aguiar saiu do quarto muito nervoso e Galvão lhe disse várias vezes para ficar calmo e pediu a Nilda para fazer um café bem forte. Quando ela trouxe o café, Aguiar estava sentado no sofá da sala com a cabeça entre as mãos, como se estivesse chorando. Galvão dera vários telefonemas, mencionando algumas vezes o nome de dona Luciana.

"Não vou ser presa?", perguntou Nilda ao notar que o comissário anotava num bloco o seu nome.

"Não, não vai. Talvez eu nem precise mais de você. Fica tranquila. Manda a cozinheira vir aqui."

Nem a cozinheira nem o copeiro sabiam algo de útil.

"Me arranja um copo de leite, por favor", disse Alberto Mattos para a cozinheira.

"O senhor quer uns biscoitinhos?"

"Não, obrigado. Apenas o leite."

Mattos acabara de falar com o copeiro quando chegaram os homens do GEP. O perito era Antonio Carlos, um técnico que Mattos respeitava pelos seus conhecimentos. O comissário disse a Antonio Carlos que Galvão e um primo da vítima haviam entrado no quarto e pediu-lhe que verificasse se algum indício poderia ter sido destruído.

"Não acredito que Galvão fizesse uma coisa dessas", disse o perito.

"Nem para proteger um cliente?"

"Pensando bem, não sei... Advogado é advogado..."

Os homens do GEP tiraram fotografias, levantaram impressões digitais e papiloscópicas da estatueta, das portas, do telefone, da mesa de cabeceira. Juntos com o comissário abriram gavetas e armários, arrolaram o material que ia ser levado, os lençóis, a roupa do morto que estava sobre uma cadeira, um pequeno caderno de endereços de couro brilhante e o sabonete com fios de cabelo.

"Isso fica comigo, por enquanto", disse Mattos, guardando o caderninho no bolso.

Os homens do rabecão carregaram o morto numa caixa de metal amassada e suja. Os peritos saíram com eles.

"Posso ir embora?", perguntou Rosalvo. "Hoje é o aniversário da patroa."

"Vai."

O copeiro no fundo da sala pigarreou.

"Nós podemos ir embora?"

"Acho melhor vocês esperarem a dona da casa chegar de Petrópolis."

Ao sair, Mattos falou com o porteiro que ficava no prédio durante o dia. Às seis horas ele deixara o serviço, sendo substituído por Raimundo Noronha. Mas Raimundo havia saído.

"Diga a ele para ir ao distrito logo que puder, para conversar comigo."

Chegando ao distrito Mattos fez o registro da ocorrência e passou o serviço para o comissário Maia, que ia substituí-lo. Nesse momento, o delegado Ramos, que raramente ia ao distrito aos domingos, entrou na sala.

"Tudo bem no plantão, doutor Mattos? Alguma coisa especial?", perguntou Ramos.

"Está tudo no livro de ocorrências", respondeu Mattos secamente.

Ramos pegou o livro. "Um homicídio... Ah, um homem importante... Um figurão... A imprensa já sabe?"

Galvão deve ter ligado para ele, pensou Mattos.

"Autor ou autores desconhecidos...", continuou Ramos. Colocou o livro sobre a mesa. Como sempre fazia, quando estava indeciso e nervoso, rodou no dedo o anel de formatura — ouro, com um rubi no centro, figuras em alto relevo dos dois lados, uma balança e uma tábua da lei.

"Você tem alguma pista?"

"Vou para casa. Quando descobrir alguma coisa eu lhe digo."

Apanhou o revólver que sempre deixava na gaveta quando estava de plantão, colocou-o no coldre do cinto e saiu.

* * *

Gregório foi chamado ao telefone várias vezes, mas atendeu apenas a três telefonemas, após o almoço.

O primeiro telefonema: "É sobre a licença da Cexim. Preciso falar com você ainda hoje".

"Hoje eu não posso", respondeu Gregório.

"É muito importante, tenente. É melhor nos encontrarmos. Não é só o meu interesse que está em jogo. É o seu também."

"Não força, Magalhães. Não estou de bom humor hoje."

"Não estou forçando nada, não me interprete mal, é que aconteceu uma coisa grave, o presidente da Cemtex..."

"Hoje é domingo, não posso fazer nada. Daqui a pouco vou com o presidente ao Jockey Club. Telefona amanhã", disse Gregório secamente, desligando o telefone.

O segundo telefonema: "Quando é que o serviço vai ser feito?"

"Por estes dias", respondeu Gregório. "Vamos com calma, não quero correr riscos inúteis."

"Se acontecer alguma coisa com você — o que não acredito, pois sei que você agirá com a prudência necessária para evitar qualquer contratempo — eu depositarei os dólares em seu nome no exterior. Você será um homem rico. Muito rico. Confie em mim, como estou confiando em você."

O terceiro telefonema: "Quando é que você vai bombardear o homem?"

"Por estes dias, doutor Lodi."

Euvaldo Lodi era deputado federal e importante líder da Federação das Indústrias.

Às três da tarde o chefe do Gabinete Militar da Presidência, general Caiado de Castro, chegou ao Palácio do Catete. Pouco depois chegou o ministro da Fazenda, Oswaldo Aranha. Ambos foram introduzidos no gabinete do presidente. Pouco antes das quatro, a comitiva presidencial, integrada, entre outras pessoas, pelo general e pelo ministro, entrou nos carros que estavam nos jardins do palácio. O major Dornelles sentou-se ao lado do motorista no carro onde estavam o presidente e sua esposa, dona Darcy.

Gregório deu instruções aos batedores da Polícia Especial, fez um gesto para Dornelles de que a comitiva podia partir. Seu carro, ocupado por três outros membros da guarda pessoal, estava logo atrás do carro do presidente. Precedida pelas motocicletas dos batedores de boné vermelho, a comitiva saiu pelos portões da rua do Catete, em direção ao Hipódromo da Gávea.

Como Gregório temia, o presidente foi vaiado quando o locutor do Jockey Club anunciou, pelos alto-falantes, sua chegada. O presidente fingiu não tomar conhecimento dos apupos que vinham das tribunas especiais. Das tribunas populares não veio nenhum aplauso, nenhum apoio. Então é assim que o povo trata o doutor Getúlio?, pensou Gregório. Depois de todos os sacrifícios que fizera e fazia pelos pobres e humildes?

Durante o porto de honra, servido pela diretoria do Jockey após a corrida, o Anjo Negro, com a fisionomia torva, postou-se atrás do presidente, acariciando por dentro do paletó o punhal que carregava na cintura.

**

Mattos morava no oitavo andar de um edifício na rua Marquês de Abrantes, no Flamengo. Um apartamento pequeno de sala e quarto, banheiro e cozinha, de fundos. O banheiro era a melhor peça da casa, espaçoso, com uma enorme banheira antiga, com pés de metal reproduzindo as patas de um animal. Na sala cabia apenas uma mesa com duas cadeiras, uma estante cheia de livros e um console que continha uma vitrola e escaninhos para discos. Sobre o console um álbum de discos de 78 rotações, com *La Traviata*, outro com a *La Bohème* em long-play, e os libretos dessas óperas em italiano. O quarto também era pequeno; nele havia um sofá-cama Drago e uma mesinha com uma lâmpada de leitura.

O apartamento estava quente e abafado, naquele dia, apesar de ser agosto. A janela do quarto dava para um pequeno pátio interno. O vizinho em frente discutia com a mulher. Mattos podia ver e ouvir os dois gesticulando e gritando. Fechou a janela, acendeu a luz, ligou o rádio, tirou o paletó e a gravata, colocou o revólver sobre a mesa, abriu o sofá-cama e deitou-se de calças e sapatos. Estava se acostumando a dormir vestido.

Acordou com o telefone tocando. O locutor do rádio dizia: ''O presidente da República, o doutor Getúlio Vargas, acaba de chegar ao Hipódromo da Gávea''. Atendeu o telefone.

''Você quer me ver hoje?''

Era Salete. Sentiu um curto desejo, que logo passou. Aquele não era um bom dia. Além de tudo estava com azia.

''Estou cansado.''

''Você não está pensando em mim?''

''Não estou pensando em nada.''

''Vocês da polícia estão sempre pensando em alguma coisa. Não seja bruto.''

''Estou muito cansado.''

''Daqui a pouco eu passo aí e você fica bonzinho...''

O policial voltou a ouvir rádio. El Aragonês, montado por L. Rigoni, ganhou o Grande Prêmio Brasil. Ele teria jogado em Joiosa, pelo mistério do nome: joio, jóia, joyeuse? ou a espada de

Cid El Campeador e outros cavaleiros ilustres? Mas a égua chegou em segundo lugar. Tinha que descobrir o autor de um assassinato e estava ouvindo corrida de cavalos... Pegou o livro de direito civil. Ele botava os sujeitos na cadeia como polícia; como juiz ia fazê-los apodrecer num xadrez imundo de delegacia. Grandes perspectivas. Teve vontade de jogar o livro na parede. Se começasse a jogar livros nas paredes estava realmente ruim da cabeça. Voltar a advogar? Seu último cliente lhe dera uma galinha como pagamento de honorários. Quer dizer, a mãe do cliente, que estava preso. Uma mulher infeliz como a mãe de todos os criminosos que eram apanhados. A pobre mulher havia decidido que precisava pagá-lo de alguma forma. Lembrava-se da cara satisfeita da mulher quando lhe dera a galinha, viva, embrulhada em papel de jornal, com as pernas presas por um barbante.

Contara o episódio para Alice. Sua ex-namorada ficara perturbada. O mundo dela era outro, não havia nele galinhas de pernas amarradas embrulhadas em papel de jornal. Alice.

Alice.

Tirou a camisa e voltou a dormir.

Acordou com a campainha da porta.

"Gosto de você assim sem camisa", disse Salete, abraçando-o.

Mattos desvencilhou-se do abraço, foi ao quarto, seguido por Salete, e vestiu a camisa suja do plantão.

"Se você prefere podemos ir ao cinema São Luiz."

"Não quero botar paletó e gravata."

"Então vamos ao Polyteama. Naquele poeira não precisa usar paletó e gravata."

"Não gosto de cinema."

"Antes você gostava." Salete pegou o coldre com o revólver sobre a mesa de cabeceira. "O filme é *O diabo ri por último*. Você anda com ele no corpo." Um sorriso indeciso.

"Larga essa arma, por favor."

"Você sabe que adoro segurar seu revólver."

"Quer fazer o favor?"

Salete colocou o revólver sobre a mesinha.

"Hoje eu não serei uma boa companhia", disse Mattos.

"Sempre que sai do plantão você fica assim. Vamos para a cama que eu faço você ficar bom."

"Preciso tomar um banho."

"Você tem água?"

"Hoje entrou. Agora é dia sim dia não."

"Deixa que eu preparo o banho para você."

Enquanto Salete enchia a banheira, Mattos ficou lendo o livro de direito civil.

"Pronto, pode vir", gritou Salete.

"Por que você está toda vestida de preto?"

"Você não sabe o que está na moda? Nunca ouviu falar em Juliette Greco, a musa do existencialismo?"

"Vou tomar banho sozinho." Mattos pegou Salete pelo braço e delicadamente empurrou-a para fora do banheiro.

O comissário estava mergulhado na água morna da banheira quando Salete bateu na porta.

"Posso entrar?"

"Não."

Salete abriu a porta. Viu a roupa de Mattos espalhada pelo chão.

"Se há uma coisa boa nesse apartamento velho horrível é a banheira. Acho que vou tomar banho também. Nessa banheira cabem duas pessoas facilmente e na minha casa não entrou água hoje", disse Salete. "Mas antes vou arrumar esta bagunça."

Salete apanhou as roupas do chão e levou-as para o quarto, arrumando-as sobre uma cadeira. A cueca, ela guardou na sua bolsa. Em seguida tirou o vestido, a combinação e só de calcinha — ela não usava sutiã — foi para o banheiro.

De frente para Mattos, de maneira que ele pudesse ver seus gestos, Salete tirou a calcinha e entrou na banheira. Passou as pernas em torno da cintura e os braços em volta dos ombros do comissário. Mattos sentiu os seios firmes da moça de encontro às suas costas.

"Deixa que eu passo o sabão em você."

"Estou muito cansado."

25

Salete esfregou as costas de Mattos. O peito, a barriga, o púbis. "Vira de frente pra mim", disse Salete.

Ela parecia ter ficado ainda mais bonita. Havia desfeito o coque que usava nos cabelos, agora molhados nas pontas.

"Quantos anos você tem, de verdade?"

"Você sabe muito bem quantos anos eu tenho", disse Salete, levantando uma das pernas de Mattos e fazendo-o mergulhar de costas na banheira. "Você precisa cortar as unhas dos pés."

"Você me disse que tem vinte e um, mas acho que tem dezoito."

"Você me dá menos idade porque acha que sou boba."

"Você é esperta e inteligente."

"Outro dia você disse que eu era burra."

"Você é analfabeta, foi isso o que eu quis dizer."

"Eu sei ler muito bem. Vou mostrar para você, quando sairmos da banheira."

"Por que você não me mostra sua carteira de identidade?"

"Pra você não ver meu retrato, está muito feio."

Da banheira foram para a cama. Durante algum tempo ele esqueceu os criminosos miseráveis fodidos e as vítimas fodidas e os tiras fodidos corruptos e os tiras fodidos honestos.

"Quer que eu leia agora para você? Serve este livro que você não larga nunca?"

"Serve."

"Artigo 544. O álveo abandonado do rio público ou particular pertence aos proprietários ribeirinhos das duas margens, sem que tenham direito a indenização alguma os donos dos terrenos por onde as águas abrirem novo curso. Entende-se que o —"

"Chega. Você lê como gente grande."

"Vocês advogados conversam uns com os outros de uma maneira muito esquisita. Não sei como você agüenta ficar lendo este livro."

"Eu odeio essa merda."

"Álveo. Que troço é isso?"

"Álveo abandonado. É a depressão de terreno que servia anteriormente de leito de um rio."

Salete riu: "Os rios mudam de lugar?"

"Duvidar é um sinal de inteligência. Não encontrar respostas é um sinal de burrice. Assim é você."

"Sou burra mas não durmo num sofá-cama Drago."

Percebendo que irritara o comissário, Salete disse que ele precisava comprar uma cama decente. "Não custa tanto assim. Sabe duma coisa? Vou dar uma cama para você."

"O teu coronel hoje deu o bolo? Foi por isso que você veio aqui?"

"Ele não é meu coronel."

"O que é, então?"

"Eu não gosto dessa palavra."

"O que ele é, então?"

"É uma pessoa que me ajuda."

"Casa, comida, roupa, dinheiro para gastar no cabeleireiro, nas lojas, nas boates."

"Se você quiser eu largo ele e venho morar aqui."

"E as noitadas no Night and Day, no Béguin, no Le Gourmet, no Vogue, no Ciro's? Você vai querer morar com um tira honesto em lugar de um ladrão rico?"

"O Magalhães não é ladrão."

"Não é ladrão? Onde é que um funcionário do governo arranja esse dinheiro todo? Te deu um apartamento na praia, um automóvel, foi passear com você na Europa, arranjou um dentista caro para consertar teus dentes."

"Eu não tenho culpa se os teus dentes são tão ruins que não têm conserto."

"O cara é um rato."

"Não gosto de ouvir você falar dele assim. Luiz é uma boa pessoa."

"Então vai embora. Você está aqui porque quer."

Salete saiu da cama. Ficou em pé, nua, ao lado da cama, sem saber o que dizer. Ela costumava dizer que não tinha nos quadris as "duas polegadas a mais que haviam derrubado Marta Rocha no concurso de Miss Universo". A beleza do corpo nu de Salete tornava ainda mais pungente o desgosto que Alberto Mattos via no seu rosto.

O comissário fechou os olhos. Ouviu Salete dizer "vou embora"; ouviu-a vestir a roupa; dizer "por que você faz isso comigo?"; ouviu a porta da rua batendo.

Abriu os olhos.

Havia uma mancha escura no teto do quarto, provavelmente uma infiltração do andar de cima. Aquilo estava ali há muito tempo, mas era a primeira vez que ele notava.

Saiu do sofá-cama. Procurou o caderninho de telefones que recolhera no apartamento de Gomes Aguiar. Reconheceu alguns nomes. Na letra G, Gregório Fortunato. Na letra V, Vitor Freitas, seguido da palavra senador, entre parênteses. Mattos ouvira falar no influente senador do PSD. Mas o que o interessou mais estava na letra L: Luiz Magalhães. O nome do homem que andava com Salete.

Tirou o anel de ouro que achara no banheiro do morto do edifício Deauville. Examinou-o com atenção, pela primeira vez. Na parte interior havia gravada a letra F.

2

As primeiras páginas dos jornais traziam manchetes do assassinato do industrial Gomes Aguiar. A polícia, segundo o delegado Ramos, tinha uma pista dos autores do "latrocínio" que não podia ser revelada para não prejudicar as investigações. Várias fotos de Gomes Aguiar e uma de Alberto Mattos, com a legenda "Comissário dirige as investigações".

***

O comissário chegou ao distrito às oito e trinta da manhã. Ele queria chegar cedo, para poder passar no xadrez antes do depoimento de Luciana Gomes Aguiar, mas se atrasara ajudando um sujeito a empurrar um Citroën preto enguiçado no meio da rua. Mandou o sujeito sentar ao volante e empurrou sozinho o Citroën por um longo trecho da rua, no meio do trânsito, mas o motor não pegou. O carro foi colocado junto ao meio-fio e Mattos, junto com o motorista, mexeu no motor, mas tudo o que conseguiu foi sujar de graxa as mãos e o colarinho da camisa.

O comissário Maia, que conforme a escala do plantão substituía Mattos, não se incomodava que este fosse ao xadrez nos dias em que estava de serviço. Maia detestava ir às celas. "Não gosto do cheiro", ele dizia.

O café dos presos também se atrasara e o carcereiro começava a distribuir as primeiras canecas de alumínio com café e pão. Os presos conversavam animadamente; alguns riam. O homem se acostuma com tudo, pensou Mattos.

"Doutor, doutor, a minha injeção?", disse um estelionatário conhecido como Fuinha, tentando enfiar a cara entre as grades.

29

"Eu não te dei uma dose ontem?"

"Deu, doutor, mas eu não fiquei bom, quer ver? Se eu apertar sai uma gotinha." Fuinha começou a desabotoar a braguilha das calças.

"Não preciso ver nada", disse Mattos. O comissário mandou o guarda apanhar a caixa de metal com a seringa e as agulhas, o vidro de álcool, os dois vidrinhos de penicilina, um de pó outro de líquido, que costumava levar para o plantão. Toda vez que chamava um médico para dar injeção em preso com gonorréia ninguém aparecia. O guarda trouxe o material, colocando-o sobre uma mesinha no corredor. Mattos tirou o suporte de metal de dentro da caixa, encheu-a de água até cobrir a seringa e as agulhas, apoiou a caixa no suporte colocado sobre a tampa, colocou álcool na tampa, acendeu o álcool e esperou a água ferver. Enfiou a agulha na tampa de borracha do frasco com líquido, aspirou o líquido, tirou a agulha, enfiou no outro frasco, expeliu o líquido da seringa, tirou a seringa deixando a agulha enfiada na tampa, sacudiu bem o pequeno frasco para misturar o pó com o líquido, encaixou novamente a ponta de vidro da seringa na agulha e aspirou o líquido. De dentro do xadrez, Fuinha assistia a esses demorados preparativos. Colocou um braço nu para fora, fechando os olhos ao ser picado pela agulha.

"Tem mais alguém doente aí?", perguntou Mattos.

"Eu, doutor." Um preso aproximou-se das grades.

"Esse cara não tem nada, doutor, é cascata", disse Odorico, o xerife do xadrez, um homem forte com um coração vermelho tatuado no braço onde estava escrito "amor de mãe", condenado a mais de trezentos anos de prisão por roubo e assassinato.

"Deixa que eu decido", disse o comissário.

Odorico calou-se. Acatar uma ordem de Mattos não era nenhuma humilhação.

O cascateiro era um sujeito gordo, reincidente específico, condenado a cinco anos de reclusão por estelionato.

"O que você está sentindo?"

"Uma dor no peito. Aqui dentro está muito abafado." Tossiu duas vezes.

"Está mesmo insuportável", disse Mattos, "você não devia estar aqui, nenhum de vocês devia estar aqui. Mas não há nada que eu possa fazer." O mundo não queria saber daqueles bandidos, eles que se fodessem uns em cima dos outros como vermes imundos. A polícia existia para esconder aquela podridão dos olhares e narizes delicados das pessoas de bem.

"Não seria bom um médico me examinar?" Astucioso, o estelionatário. Talvez o médico pudesse ser enganado. A enfermaria da polícia era muito mais confortável do que o xadrez.

"Não tenta engrupir o doutor comissário", ameaçou Odorico.

O preso olhou para o xerife. "Para falar a verdade já me sinto melhor", disse.

"Vai tomar o seu café", disse Mattos.

Rosalvo apareceu, com O Cruzeiro e a Tribuna da Imprensa. "Olha só, doutor, quer ler as infâmias de Lutero Vargas, o parasita da oligarquia?"

"Não."

"E a história completa dos onze mil dólares que roubaram de Lutero Vargas em Veneza?"

"Não."

"E isso aqui: Armando Falcão denuncia contrabando de Jereissati no Ceará. O presidente do PTB cearense faz parte da quadrilha de ladrões que tomou conta do governo. O senhor sabe qual é o principal contrabando? Linho irlandês S-120. Esses nordestinos adoram se vestir de linho irlandês S-120."

"Não estou interessado."

"E mais isto: Por sugestão de Brandão Filho, delegado de Ordem Política e Social nomeado por indicação de Jango Goulart, o general Ancora, chefe de polícia do DFSP, decidiu colocar na folha de pagamentos os alcagüetes da polícia. Olha só a porrada: antigamente as autoridades lidavam com delatores sentindo repugnância; hoje em dia nem mais essa repugnância resta." Pausa. "O Lacerda não é sopa não."

O comissário ficou calado.

"Posso lhe fazer uma pergunta?"

"Pode", respondeu o comissário.

"Afinal, o senhor é lacerdista ou getulista?"

"Tenho que ser uma dessas duas merdas?"

"Não senhor", disse Rosalvo ao ver a careta do comissário.

"O corcunda é que sabe como se deita."

Luciana Gomes Aguiar, acompanhada do advogado Galvão, chegou ao distrito às dez horas. O policial sentiu uma instintiva hostilidade contra a mulher, pela compostura do seu rosto, pela elegância do seu tailleur negro. Não passa de uma plutocrata de boas maneiras, pensou. Como Alice.

"Não preciso lhe dizer", disse o advogado, "que dona Luciana está disposta a colaborar com a polícia na descoberta do assassino ou assassinos do seu marido. Gostaria porém de ser ouvida com a maior presteza possível."

"Antes de tomar formalmente o depoimento de dona Luciana gostaria de lhe fazer algumas perguntas."

Luciana acedeu com um gesto.

"Seu marido tinha algum inimigo?"

"Não."

"Seu marido costumava dormir nu?"

Luciana não respondeu. Olhou para Galvão, como quem diz: sou obrigada a suportar isso?

"O doutor Gomes Aguiar não foi morto por nenhum inimigo. Foi vítima de um roubo qualificado, o que os leigos chamam de latrocínio", disse Galvão, persuasivo.

"Ele costumava dormir nu? O corpo foi encontrado nu na cama."

"Paulo não era um homem de hábitos rígidos", disse Luciana.

"Doutor, há dias em que durmo de pijamas, outros em que não durmo de pijamas. Creio que a maioria das pessoas é assim", disse Galvão.

"A senhora deu por falta de alguma coisa?"

"Ainda não sei."

"Não sabe?"

"Não, não sei."

"Eu não vi roupas femininas no quarto onde..."

"Dormíamos em quartos separados. Minha suíte fica no andar superior."

"O apartamento é um duplex, como o senhor deve ter verificado", disse Galvão.

Os dedos finos de Luciana exibiam apenas uma aliança de brilhantes. O anel de ouro encontrado no box do banheiro do morto era muito largo para pertencer àqueles dedos. Mattos enfiou a mão no bolso, seus dedos tatearam o dente de ouro. O anel estava no outro bolso.

"A senhora já viu este anel antes?"

"Não."

"Estava no box do banheiro."

"Não é do meu marido. Ele nunca usou um anel."

"Posso ver?", pediu Galvão. Colocou o anel no dedo. "Um homem de dedos grossos."

"Seu marido estava tendo problemas com algum sócio? Ou com algum empregado da empresa... Como é mesmo o nome da firma?"

"Cemtex", disse Galvão. "Não, ele não tinha problemas com sócios ou empregados."

"O senador Vitor Freitas era amigo do seu marido?"

"Meu marido tinha muitos amigos. O senador Vitor Freitas era um deles."

"E Luiz Magalhães?"

"Essa pessoa eu não sei quem é."

"A senhora tinha um bom relacionamento com seu marido?"

"Eles viviam uma relação matrimonial perfeita de amor e respeito", disse Galvão, com o tom de voz que usava no tribunal.

O comissário lembrou-se de uma frase que seu Emílio, o maestro da claque, costumava dizer: a melhor coisa do casamento é a viuvez. O semblante pálido de Luciana não mostrava dor alguma, apenas circunspecção e dignidade. Que tipo de pessoa era aquela?

Mattos chamou o escrivão Oliveira e começou a tomar o depoimento de Luciana.

Luciana Gomes Aguiar e o advogado Galvão se retiraram. O estômago de Mattos começou a doer. O médico lhe dissera que ele tinha uma úlcera no duodeno e que havia possibilidades de a úlcera sangrar a qualquer momento. Que se alimentasse de três em três horas conforme o regime prescrito, leite, arroz pastoso, batata cozida, frango cozido. Que evitasse café, álcool, refrigerantes, cigarro e comidas picantes. Que evitasse preocupações. Que vigiasse as fezes. Se ficassem escuras como borra de café era sinal de sangramento e ele talvez precisasse ser internado para sofrer uma intervenção cirúrgica de emergência.

***

Mattos, agora, presidia a um auto de prisão em flagrante por crime de lesões corporais, em que autor e vítima eram, respectivamente, marido e mulher. A competência para mandar lavrar, presidir e assinar os autos do flagrante, assim como a de assinar a nota de culpa, era do delegado e o comissário tinha autoridade para tanto apenas na ausência do titular.

No meio da lavratura do auto surgiu o delegado.

"Com licença, volto já", disse Mattos ao advogado do agressor, que estava presente. Segurou Ramos pelo braço e conduziu-o para o corredor.

"Faz de conta que você ainda não chegou. Deixe que eu termine esse flagrante."

"O advogado me viu."

"É um rábula de porta de xadrez. Não se preocupe."

"Qual é o artigo?"

"O 129. Marido e mulher."

"Marido e mulher? Você vai dar um flagrante no sujeito apenas porque ele deu uns sopapos na mulher?"

"Exatamente por isso. O fato de ser a mulher dele para mim é uma agravante."

"Mas não na lei", disse Ramos controlando sua irritação. "Eu olhei a mulher e não vi nenhuma marca de lesão."

"Estão sob o vestido. Vou mandá-la a exame de corpo de delito."

"Você está sendo mais realista do que o rei. Garanto que a mulher vai ficar contra nós. Elas sempre ficam contra nós."

"Todo mundo é contra nós, sempre."

"Quando chegar em juízo até esse chicaneiro absolve o marido. Sabe o que vai acontecer em juízo?"

"Sei. A mulher vai dizer para o juiz que as contusões exibidas no exame de corpo de delito foram causadas por mim."

"Mais ou menos isso. Deixa pra lá. Em briga de marido e mulher não se mete a colher."

Certa ocasião, Rosalvo, que acabara de se formar em direito e estudava psicologia forense na Escola de Polícia, fizera esta descrição de Ramos, utilizando confusamente as teorias de Bertillon, Kraepelin, Kretschmer: face trapezoidal, perfil ortognático, parietais desviados, crânio em quilha, constituição pícnica, temperamento viscoso. Viscoso, pícnico, ortognático.

Mattos riu, com desprezo.

"Você está rindo? Depois não diz que eu não avisei."

"Sei o que estou fazendo", disse o comissário, novamente de cara fechada. "Vou terminar o flagrante."

Autor, vítima, advogado e escrivão esperavam pelo comissário.

"Então, doutor, tudo resolvido?", disse o advogado.

"Tudo. Vamos continuar o auto de flagrante."

"Doutor, meu cliente foi impelido por relevante valor moral, logo em seguida à injusta provocação da vítima."

"Diga isso ao juiz."

"Doutor, até o senhor, que é um homem instruído, ao contrário do meu cliente que é um estivador do cais do porto, um homem rude analfabeto, até o senhor perderia a paciência se sua esposa lhe dissesse o que a mulher do meu cliente disse a ele."

"Eu já pedi desculpas", sussurrou humilde a mulher, do fundo da sala.

"Ela está arrependida, sabe que errou, pediu desculpas, o senhor não ouviu?", disse o advogado.

"Esse crime é de ação pública, não me interessa a opinião da vítima. Vamos continuar o flagrante."

"Doutor, ela chamou o meu cliente de broxa. Algum marido

pode ouvir a própria esposa chamá-lo de broxa sem perder a cabeça? Hein!? Tem dó!"

"Ninguém mais autorizado a chamar um sujeito de broxa do que a própria mulher", disse o comissário.

O flagrante foi lavrado, assinado e a mulher enviada a exame de corpo de delito. O marido pagou uma pequena fiança como mandava a lei e foi liberado.

Mattos tirou um Pepsamar do bolso, enfiou na boca, mastigou, misturou com saliva e engoliu. Ele cumprira a lei. Tornara o mundo melhor?

***

Enquanto isso, no centro da cidade, Salete Rodrigues, vestindo um conjunto de jérsei de lã, que a revista *A Cigarra* dizia ter sido lançada pelas existencialistas, pegava o elevador de um prédio da avenida Treze de Maio e saltava no décimo segundo andar, sede da Fundação Getúlio Vargas.

"Deseja alguma coisa?", perguntou uma recepcionista atrás de um balcão.

Salete disse que desejava inscrever-se no curso de secretariado. Foi informada de que as matérias do curso eram português, estenografia, matemática e datilografia. Havia um curso noturno e outro diurno. Para matricular-se o candidato tinha que possuir o certificado de conclusão do ginásio.

O rosto de Salete ficou vermelho ao ouvir isso. Agradeceu e saiu rapidamente.

Ficou nervosa no hall esperando o elevador chegar. Estava certa de que a recepcionista ao ver o rubor de seu rosto descobrira tudo, que ela havia cursado apenas o primário, não tinha nenhum certificado de conclusão do ginasial para mostrar. Em julho ela poderia ter arranjado um emprego no Senado. Estava com Magalhães na boate Béguin assistindo a apresentação do cantor existencialista Serge Singer, quando Magalhães lhe dissera "vou meter você no trem da alegria do Senado". Magalhães tinha muitos cupinchas senadores e seria fácil arranjar um emprego, "você nem precisa ir lá, é só receber no fim do mês". Ela dissera a

Magalhães que "tinha pouco estudo" e ele respondera que o Senado estava cheio de gente que havia "entrado pela janela". Ela ficara com medo e pedira a Magalhães que nada fizesse. Agora sempre que ouvia seu programa favorito na Rádio Nacional, com Iara Sales e Heber de Boscoli, que se chamava Trem da Alegria, arrependia-se de não ter aceito a nomeação. Afinal, poderia ter aprendido datilografia, chegara mesmo a ir a uma escola de datilografia num sobrado da rua da Carioca e vira uma porção de mulatinhas raquíticas batendo nos teclados. Se aquelas infelizes aprendiam a escrever a máquina ela também poderia aprender.

Ao chegar à rua sentiu um grande consolo ao notar que os homens viravam a cabeça para vê-la passar. Ainda era cedo para ir ao centro espírita da mãe Ingrácia, no Rocha. Comprou numa farmácia um vidro de Vanadiol que o rádio dizia ser bom para os nervos. Andou pelas ruas Gonçalves Dias, Ouvidor e Uruguaiana, olhando as vitrines. Entrou na loja de roupas A Moda e pediu para experimentar um vestido que viu na vitrine.

"A casa não faz jus ao nome", disse para a vendedora, "está muito démodé."

Como havia pouco movimento na loja, Salete e a vendedora em pouco tempo começaram a trocar confidências em voz baixa. A vendedora confessou que não agüentava mais trabalhar naquele lugar, que a gerente era uma megera. Salete disse que a vida dela também não era muito boa, ela gostava de um homem e vivia com outro, o que a salvava era ter dinheiro para comprar roupas. Quando estava muito infeliz, explicou, comprava um vestido novo, um desses modelos que fazia as pessoas olharem para ela na rua. Gostava que as pessoas olhassem para ela quando estava bem vestida. Isso a ajudava a sentir-se um pouco mais, um pouco mais, hum, livre.

"As roupas elegantes me ajudaram a vencer na vida."

Vendo que a moça era compreensiva, Salete falou do seu passado, mesmo sabendo que era uma maldade colocar idéias na cabeça de um buchinho sem cara nem corpo para subir na vida.

Se ela não andasse sempre elegante ainda estaria na casa de dona Floripes na rua Mem de Sá, perto da Cruz Vermelha, fodendo com bancários e comerciários. Contou como teve forças para desprezar maus conselhos e más influências, como os da própria dona Floripes que dizia para ela guardar o dinheiro pra época das vacas magras: "Puta tem vida curta, os peitos caem da noite pro dia. E tem também a celulite. Pára de gastar tudo com roupas e enfeites". Se não fossem as roupas e enfeites ela não teria sido notada pelos homens importantes com quem passou a andar, políticos, gente do high-society, mandões do governo e estaria até hoje usando água de colônia Regina em vez de perfume francês.

"Mas você tem que ter um corpo bem feito, pras roupas caírem bem."

Por volta do meio-dia e meia foi almoçar na Colombo. Magalhães dizia que a Colombo não era mais freqüentada por gente fina, como antigamente, mas ela adorava entrar naquele salão grande de paredes altas cobertas de espelhos, emocionava-se com a pequena orquestra tocando valsas de Strauss. Só vira coisa bonita assim na Europa, quando viajara com Magalhães.

Foi ao cinema Palácio pegar a sessão das duas do filme *O manto sagrado*, Com Victor Mature. Chorou durante a projeção.

Depois do cinema pegou um táxi e foi para o centro espírita. Entregou à mãe Ingrácia a cueca que apanhara na casa de Mattos, para a velha fazer o trabalho.

Quando chegou ao seu apartamento, ligou para Magalhães e disse que gostaria de ir a uma boate naquela noite. Salete queria ir ao Béguin, porém Magalhães disse que precisava encontrar alguém no Night and Day.

A boate ficava na sobreloja do hotel Serrador, na Cinelândia, na esquina da rua Senador Dantas, entre os cinemas Odeon, à esquerda, e Palácio, à direita. Da janela envidraçada da boate podia-se ver o lado leste do Palácio Monroe, àquela hora deserto. Mais à direita, a mancha escura dos jardins do Passeio Público sobressaía por entre as luzes da fachada do cinema.

"Você arranja para eu ir ao chá do Vogue, nos domingos? Ontem tentei entrar e fui barrada."

"O que você quer fazer nesse chá dançante?" Magalhães sabia que apenas moças e rapazes ricos freqüentavam as tardes de domingo no Vogue. Jamais deixariam uma putinha entrar.

"Queria ouvir a orquestra do Fats Elpídio."

"Tem mil outros lugares onde você pode ouvir a orquestra do Fats Elpídio. Não tem que ser no meio desses empadinhas burgueses de merda."

Pouco antes de começar o show da meia-noite, o maître trouxe à presença de Magalhães um homem cujo traje escuro de guarda-livros destoava dos tussores, linhos e panamás brancos dos outros homens presentes.

"Sente-se", disse Magalhães.

O homem sentou-se após fazer com a cabeça, na direção de Salete, um leve gesto de cortesia.

"O japonês mandou a encomenda?"

"O senhor Matsubara pediu que lhe entregasse isto", disse o homem secamente, tirando um envelope do bolso. Só então Magalhães percebeu, na penumbra da boate, que o recém-chegado era um nissei.

"Veio direto de Marília?", perguntou Magalhães colocando o envelope no bolso. "Fez boa viagem?", acrescentou procurando ser amável.

O nissei não respondeu. Levantou-se. "Algum recado para o senhor Matsubara?"

"Diga a ele que a sua contribuição não será esquecida."

O homem virou as costas, agora sem saudar ninguém, e foi embora.

Dentro do envelope havia um cheque de quinhentos mil cruzeiros, uma contribuição para a campanha do deputado Roberto Alves, secretário particular do presidente. Recentemente, Matsubara conseguira um empréstimo de dezesseis milhões no Banco do Brasil.

Magalhães fez um gesto para o maître, que se aproximou.

"Champanhe", disse Magalhães.

"Alguma predileção? Temos Veuve Cliquot, Taittinger, René Lamotte, Moët et Chandon, Krug, Pol Roger", recitou o maître, com orgulho.

***

Gregório Fortunato se surpreendia pelo fato de que apenas alguns políticos, como Gustavo Capanema, notavam as mudanças que ultimamente ocorriam no temperamento do presidente. Ele ouvira Capanema, que fora ministro da Educação do doutor Getúlio no tempo da ditadura e agora era líder do governo na Câmara, dizer em voz baixa numa roda: "Getúlio, nesses vinte anos em que o conheço, de homem alegre e efusivo que era se tornou triste e reservado". Todos achavam que a causa daquilo seria a velhice, que tornava as pessoas infelizes, mas o presidente não era um velho, era Getúlio Vargas, um homem daqueles não tinha idade. Ele sabia as causas da infelicidade do presidente: a mágoa causada por todas as traições que sofrera, o desgosto com a covardia dos seus aliados. O major Fitipaldi, da assessoria militar, dizia que os amigos do presidente, que haviam sido beneficiados com honras e mercês, não passavam de hipócritas e traidores. Se havia um homem no mundo que merecia ser feliz, por tudo que fizera pelos pobres e humildes, esse homem era Getúlio.

A meditação de Gregório foi interrompida por um telefonema de sua mulher Juracy. Tiveram um diálogo áspero. O chefe da guarda não gostou de ouvi-la queixar-se que ele estava virando um visitante de luxo em sua própria casa e desligou o telefone.

Logo em seguida entrou a ligação de Magalhães.

"Estou com o dinheiro do japonês."

"Não diga nada ao Roberto. Traga o cheque para mim."

"Ele não vai ficar chateado se souber?"

"Conheço o Roberto do tempo em que lavava a latrina do doutor Getúlio na fazenda Itu, quando estávamos no exílio. Não te preocupes."

"O doutor Lodi quer um encontro com você."

"Já estive com o deputado aqui no meu quarto no palácio, sei o que ele quer".

"E a licença da Cemtex —"

"A licença já saiu. Não foi fácil. Cinqüenta milhões de dólares é muito dinheiro."

"Nossa Senhora! Tem jeito de mudar a licença para outra

empresa? Era sobre isso que eu queria lhe falar ontem. O nome
da outra empresa é —"
"Tu pensas que o governo é o cu-da-mãe-joana? A casa da so-
gra? Vens agora me dizer isso? Depois de todos os problemas que
enfrentei para essa licença ser conseguida?"
"O presidente da Cemtex foi assassinado. Isso muda tudo.
Você podia dar uma palavrinha ao Souza Dantas — "
"Agora é tarde."
"Por favor, tenente, por Nossa Senhora, a licença tem que
ser transferida para essa outra empresa, a Brasfesa."
"Agora é tarde."
"A sua parte está em jogo."
"O que é do homem o gato não come. Diga isso aos seus amigos."
Depois que desligou o telefone, Gregório anotou num papel
a conversa que tivera com Magalhães. Em sua casa tinha um arquivo com as informações confidenciais que julgava importante
registrar; numa ficha colocaria o que conversara com Magalhães
sobre a Cemtex e a Brasfesa. Precisava arranjar um lugar seguro
para aquele arquivo, suas relações com Juracy pioravam a cada
dia, devido aos ciúmes idiotas da mulher. "Um dia faço uma loucura", ela dissera, no meio de uma discussão. Uma mulher ciu-
menta era capaz de tudo.

3

Eram seis da manhã quando o telefone de Mattos tocou.

"Sou eu."

Silêncio.

"Lembra-se de mim?" Alice.

Apenas três anos haviam se passado.

"Sei que você gosta de acordar cedo, por isso liguei a esta hora..."

Era como se ele estivesse à beira de um abismo, prestes a cair. Três anos antes ligara para a casa de Alice, a mãe viera ao telefone e dissera que Alice não queria falar com ele, que não ligasse mais. Alice viajara para o exterior, passara seis meses na Europa. Na volta casara com um grã-fino, cujo nome ele não lembrava. Três anos.

Na beira do abismo.

"Gostaria de me encontrar com você. Tomar um chá. Que tal a Cavé. Ainda não fecharam a Cavé, fecharam?"

"Não. Passei na porta, outro dia."

"Você pode? Hoje? Cinco horas?"

"Está bem."

Depois que desligou o comissário lembrou-se que tinha um encontro com seu Emílio, o maestro, às cinco e meia. Como tinha tempo, pois era muito cedo, o comissário decidiu homenagear seu Emílio ouvindo *La Traviata*. A gravação que possuía, feita no Scala de Milão em 1935, não era completa, tinha apenas cento e onze minutos, faltava-lhe a ária *No, non udrai rimproveri*, a cabaleta de Germont no final da primeira cena do segundo ato. Eram treze discos em 78 rotações, que não podiam ser empilhados no toca-discos. A cada oito minutos e meio o comissário tinha que trocar o disco. Às vezes isso o deixava irritado. Assim, antes mesmo de ouvir todos os discos, ainda no segundo ato, Mattos desligou a vitrola, arrumou os discos no álbum e saiu.

Mattos havia pedido a Rosalvo que investigasse a vida pregressa de Paulo Gomes Aguiar, Claudio Aguiar e Vitor Freitas. Não mencionara Luiz Magalhães.

"Paulo Machado Gomes Aguiar", disse Rosalvo, consultando um bloco que tinha na mão, "brasileiro, branco, nascido aqui no Distrito Federal em 12 de janeiro de 1924. O pai médico, a mãe de prendas domésticas, ambos falecidos. Estudou no Colégio São Joaquim e cursou a Faculdade Nacional de Direito, onde se formou em 1947. Nunca exerceu a advocacia. Casou-se em 1950 com Luciana Borges, filha de um banqueiro. Consta que deu o golpe do baú. Em 1951 fundou a empresa de importação e exportação Cemtex, que em pouco tempo se tornou uma das maiores do país. Tem contatos com altas autoridades do governo. Consta que seria testa-de-ferro de grupos estrangeiros. Li na *Tribuna* — "

"Deixa as intrigas políticas para o fim. Primeiro os fatos."

"As negociatas da Cemtex são fatos. Por exemplo: a empresa conseguiu uma licença de importação na Cexim no valor de cinqüenta milhões de dólares. O Banco do Brasil nunca deu tanto dinheiro a ninguém, está na cara que é mais uma safadeza patrocinada por algum figurão de cima. Gomes Aguiar era amigo do senador Vitor Freitas, que provavelmente é um dos que mexem os pauzinhos para ele."

"Adiante."

"O Gomes Aguiar tinha uma vida social muito ativa. Andei espiando umas coleções de jornais velhos e vi fotos dele com o Vitor Freitas nas colunas sociais. E também com o primo e outras figuras da alta roda, principalmente o Pedro Lomagno, filho do falecido Lomagno, rei do café."

"Adiante."

"Claudio, o primo, também estudou no São Joaquim. Depois saiu do país e ficou muito tempo fora, o pai dele era diplomata ou coisa parecida. Estudou economia em Londres. Quanto ao senador Freitas, é possível que freqüente o senadinho. Esses senadores sassaricantes quando se cansam de fazer discursos costumam atravessar a rua para ir dar uma bimbadinha relaxante. Dizem que as garotas do senadinho são uma maravilha."

"Onde é este senadinho?"

"O senhor não sabe?" Rosalvo estava surpreso, mas fingiu que estava muito surpreso. "Fica no edifício São Borja, na avenida Rio Branco 227, bem em frente ao Senado. Muito à mão. Estou com vontade de ir lá, mas dizem que a cafetina é carne de pescoço e com essas costas quentes ela não vai me dar o serviço assim à-toa. Seria bom a gente conhecer uma das putas que o senador está comendo."

"A vida sexual do senador não me interessa."

"Eu também não gosto de fuçar a vida sexual de ninguém. Mas o senador deve ser desse tipo de michê que gosta de contar vantagens para as garotas na cama, tomando champanhe. Muitas vezes conseguimos informações úteis."

"Você não tem a menor noção de ética, Rosalvo."

"Desculpe, doutor."

"O que me interessa é saber se Gomes Aguiar tinha inimigos, problemas com sócios, coisas assim. Não estou interessado em disse-me-disses de dona candinha e muito menos nas suas ironias."

"Com o senhor eu não discuto. O senhor é meu chefe e tenho pelo senhor o maior respeito."

Na verdade Rosalvo tinha medo do comissário. Estava certo de que Mattos não regulava bem, as caretas que fazia, a greve maluca que tentara promover, aquela coisa de sair desarmado nas diligências, e principalmente a mania de não levar grana do bicho — porra, o cara andava de lotação, nem automóvel tinha e desprezava o levado dos banqueiros! Era preciso tomar cuidado com o homem.

"O senhor é novo na polícia — não que eu queira lhe dar lições, quem sou eu? Sou apenas mais velho, quase um ancião de cinqüenta e cinco anos de idade, trinta de polícia... A única coisa que aprendi nesses anos todos é que em crime de morte só há duas motivações. Sexo e poder. Aí é que está o busílis. Só se mata por dinheiro ou por boceta, com perdão da palavra, ou as duas coisas juntas. Assim é o mundo." Pausa. "Tenho umas diligências para fazer. O senhor precisa de mim?"

"Aquele caso da oficina? O pai do rapaz já apareceu?"

"Não, doutor. O garoto disse que o velho não tem ninguém para tomar conta do laranjal."

Numa pequena oficina de consertos de automóveis, o mecânico Cosme, durante uma briga, dera um golpe com uma chave de cruz na cabeça de um sujeito que deixara o carro para reparos, matando-o. O mecânico, um homem franzino, de vinte e dois anos, ficara com enorme hematoma sob a vista esquerda. A oficina era dele e do pai, um português que na ocasião da briga estava ausente, no laranjal que a família tinha em Nova Iguaçu. Uma mulher, arrolada como testemunha, complicara as coisas ao dizer que vira um sujeito de camisa cinza bater com uma coisa na cabeça da vítima. Cosme, quando preso, usava uma camisa vermelha.

"A mulher voltou da viagem?"

"Não. Fui ao apartamento dela na sexta-feira e ninguém sabe quando volta. Ela deve ter mesmo aquilo que o senhor falou de ver tudo cinza."

"Para sabermos com certeza se a mulher tem visão acromática é preciso que ela faça um exame no GEP."

"Doutor, o garoto confessou. A mulher sumiu. O prazo do inquérito está terminando."

"Você vai a Nova Iguaçu intimar o velho para vir ao distrito falar comigo. A mãe vem aqui todos os dias ver o filho, a mulher a mesma coisa, só o pai não aparece."

"Está tomando conta das laranjas."

"Essas famílias portuguesas são muito unidas. Para eles nem todas as laranjas do mundo são mais importantes do que um filho."

"O laranjal fica, com perdão da palavra, lá no cu-do-judas."

"Quero o velho aqui depois de amanhã."

"Tenho que ir ao Senado falar com o senador Freitas."

"Eu faço isso. Você vai sair direto daqui para Nova Iguaçu. Agora."

Cosme tinha sido tirado do xadrez e levado para a sala onde costumava receber a visita da mulher. Os dois estavam sentados, de mãos dadas, em silêncio, quando o comissário entrou. A mulher limpou o rosto, inchado pelo choro e pela gravidez de oito meses. Ao lado do banco havia uma marmita com comida que ela diariamente levava para o marido. A mulher sabia que devia ao comissário aqueles encontros e tentou sorrir, mas não conseguiu. "Trouxe uma comidinha boa para ele?", disse o comissário. "Um dia vou provar desses quitutes." "Quando quiser, doutor. Hoje é empadinha de queijo", disse o rapaz, pegando uma na marmita. A mulher ficou em silêncio. Os dois eram jovens e feios. A feiúra de Cosme propiciara a Rosalvo a oportunidade de repetir para o comissário outros ensinamentos aprendidos na escola: Cosme seria um tipo lombrosiano com estigmas físicos de criminalidade como a fronte fugidia, a proeminência dos zigomas, a agudeza do ângulo facial, o prognatismo, a plagiocefalia. "Doutor, não ria de mim, isto quer dizer uma cabeça oblíqua e ovalar, assimétrica, compensada entre as duas metades de sorte que ao lado direito mais desenvolvido na frente corresponde, atrás, um maior desenvolvimento do lado esquerdo."

Olhando para Cosme, o comissário não via nada daquilo. Apenas um jovem assustado.

"Mandei intimar o seu pai para vir aqui conversar comigo", disse Mattos.

Cosme deu um pulo do banco.

"Não faça isso doutor, por favor, meu pai é um homem doente."

"Eu preciso conversar com ele."

"Por favor! Não está tudo resolvido? Tudo resolvido? Por favor", disse Cosme segurando a empada de queijo.

A relação entre causa e efeito seria essencial à natureza de todos os raciocínios referentes aos fatos?, pensou Mattos. De que valiam inferências resultantes de uma cadeia de suposições? Ele sabia que proposições alusivas aos fatos não podiam deixar de ser contingenciais. As conclusões a que estava chegando, ao observar o casal trêmulo à sua frente, resultavam apenas dos sentidos, das impressões daquele momento, que podiam ser falsas. Tudo podia ser falso. Meu Deus, minha mente está ficando bestialógica como a do Rosalvo.

"Sinto muito, mas preciso interrogar seu pai."

O comissário saiu da sala depois de dizer isso, sem querer ver as outras reações do casal. Não queria mais confundir suas idéias e percepções. Para um melhor entendimento queria dispor de mais fatos — e de mais percepções, e de mais idéias. Procurar entender as coisas levava-o sempre a um frustrante círculo vicioso.

Mattos parou ao lado de um dos leões que flanqueavam a escadaria do Palácio Monroe. Virou-se para olhar o imponente edifício São Borja, que ficava bem em frente, do outro lado da avenida Rio Branco. Os senadores haviam escolhido um lugar muito conveniente para as suas folganças.

O Senado estava em sessão, mas o senador Freitas não estava no plenário. O assessor Clemente Mello Telles Neto, um jovem elegante vestido com um terno de linho branco, disse que o senador estava ocupado numa reunião da Comissão de Relações Exteriores.

"Qual é o assunto, comissário?"

"Prefiro dizer do que se trata ao próprio senador."

"Vai ser difícil o senhor falar com ele. O senador é um homem muito ocupado. É alguma coisa particular?"

"Não. Não é particular."

"Então o senhor pode falar comigo."

"Quero falar com ele."

"Então vai ter que esperar uma ocasião oportuna." Pausa. "Olha, vamos combinar o seguinte: o senhor me deixa o seu telefone, quando for possível essa entrevista eu lhe telefono, avisando."

Mattos deu o número do distrito para o assessor. "Diga ao senador que é do interesse dele falar comigo."

"Eu direi", disse o assessor, formalmente.

O comissário tirou um pequeno bloco do bolso.

"Qual o telefone do senador, por favor?"

Depois de hesitar, Clemente deu o telefone do gabinete do senador ao comissário.

Saindo do Senado, Mattos caminhou pela Rio Branco até a Sete de Setembro. Entrou à esquerda indo até a rua Uruguaiana. A Cavé ficava na esquina. Entrou na confeitaria e sentou-se, de frente para a porta. Faltavam dez minutos para as cinco. Por alguns instantes pensou em ir embora. Por que ficar ali para rever a mulher que o havia desprezado? O que Alice estava querendo dele? Ajuda? Ele não queria desforrar-se dela deixando de ajudá-la, ou vingar-se ajudando-a, o que seria ainda mais mesquinho. Ficou olhando os desenhos art-nouveau na parede.

Levantou-se quando Alice chegou e puxou uma cadeira para que ela se sentasse. Ficaram de frente, sem se olharem algum tempo, calados.

O garçom se aproximou.

"Chá com torradas?", disse Mattos.

Alice balançou a cabeça afirmativamente.

"Você ainda está na, no Departamento?"

Ela nem quer pronunciar a palavra polícia, ele pensou. Departamento Federal de Segurança Pública é um pouco menos indigno.

"Estou."

Alice abriu a bolsa e tirou um maço de cigarros e um isqueiro, que colocou sobre a mesa. Tentou sorrir. "Eu agora estou fumando."

Mattos pegou o isqueiro e acendeu o cigarro dela.

O garçom chegou com o chá. Alice apagou o cigarro no cinzeiro.

"Tenho um encontro às cinco e meia. Com o maestro. Lembra do maestro?"

"Maestro?"

"O velho que chefiava a claque, o seu Emílio. Lembra?"

Ela se recordava vagamente de Mattos ter contado que quando estudante fizera parte da claque do Teatro Municipal para poder assistir a óperas de graça, ganhando ainda alguns trocados.

"Não o vejo há muito tempo... Na última vez, matei aula para ir me encontrar com ele em frente à estátua do Chopin... Era ali que os claqueurs se reuniam... Naquele dia íamos combinar a claque do *Parsifal*..."

Alice colocou outro cigarro na boca. Mattos pegou o isqueiro e acendeu o cigarro.

"As óperas de Wagner eram muito trabalhosas para os claqueurs. No *Parsifal* nunca se deve aplaudir no fim do primeiro ato e fazer o público ficar quieto era mais difícil do que fazê-lo bater palmas. Me lembro do seu Emílio dizendo 'não vamos pegar uma galinha morta de bisseur...' "

Calou-se. O chá ficara frio.

"Vi o *Parsifal* em —" Alice calou-se. Em Londres.

"Eu não cheguei a ver. Acabou não sendo encenada. A claque foi dissolvida logo depois. Acabou. Saiu de moda. É coisa do passado."

Alice gostaria de poder dizer qualquer coisa. Perdera a coragem de falar sobre o assunto que a levara a propor aquele encontro. Por que Mattos contara aquela história? Por que, como ela, também não sabia o que dizer? Ou estaria pensando que ela queria voltar e estava lhe dizendo que como a claque ela também era coisa do passado? Ele sempre fora muito esquisito.

"Você tem ido ao Municipal?"

Algum tempo depois do rompimento com Alice, ele fora assistir a *La Bohème* no Municipal, com Di Stefano e a Tebaldi. Estava acostumado a ir na torrinha, por ser mais barato e também porque era na galeria que a claque se postava e ele se acostumara com o local. Mas naquela ocasião comprara uma cadeira na platéia, próxima de uma frisa, onde havia um homem e uma mulher que cochilavam o tempo todo. Notou também que outras pessoas permaneciam dormindo em suas frisas, até mesmo quando Di Stefano deu um fabuloso dó de peito na ária *Che gelida manina*. Ficou profundamente irritado, já estava sentindo, então, os primeiros sintomas de sua úlcera duodenal e de seu ódio pelos ricos. Ir à ópera, aos concertos, aos museus, fingir que liam os clássicos, tudo fazia parte de uma grande encenação hipócrita dos ricos, cujo objetivo era mostrar que eles — pensava principalmente em Alice e sua família — pertenciam a uma classe especial de pessoas superiores que, ao contrário da chusma ignara, sabia ver, ouvir e comer com elegância e sensibilidade, o que justificaria a posse do dinheiro e o gozo de todos os privilégios.

"Ópera não me interessa mais", respondeu Mattos. Pegou a faca e ficou lendo a palavra inox gravada na lâmina.

Alice olhava para a asa da xícara à sua frente.

"Minha mãe morreu."

"Sinto muito."

"Por quê? Ela não gostava de você."

Inox.

"Eu me casei."

"Eu sei."

"O Pedro é uma boa pessoa. Sabe a nosso respeito."

"Sabe o quê? Não há nada a saber."

"Sabe que não há nada a saber." Pausa. "E você? Casou?"

"Não."

Os olhares se cruzaram por instantes.

"Não vai me dizer o que queria comigo?"

"Acho que vou deixar para outro dia... Não estou sabendo como dizer o que quero dizer... Você se encontra comigo novamente? Amanhã? Amanhã terei mais coragem..."

"Amanhã... dia 4... Não posso. Entro de serviço ao meio-dia. Plantão de vinte e quatro horas. Saio dia 5 ao meio-dia."

"Então depois de amanhã. Quinta-feira."

O velho já o esperava ao lado da estátua de Chopin. Usava, como sempre, chapéu panamá e gravata borboleta, mas o chapéu estava amassado e o terno era de caroá. O colarinho, sujo. A bengala de castão de prata, que segurava na mão, em vez de torná-lo elegante, como antes, dava-lhe agora uma aparência frágil e enferma.

"Meu jovem", disse Emílio abraçando Mattos e mordendo a dentadura, "estou muito feliz com seu sucesso."

Sucesso. Veio à mente de Mattos o xadrez do distrito cheio de homens fedorentos e doentes.

"E o senhor, como vai?"

"Não me chame de senhor. Você não é mais aquele menino que me pedia que lhe ensinasse tudo sobre ópera."

"Como vão as coisas?"

"Vão indo... Quando vi o seu retrato eu disse é ele, é aquele menino que trabalhou comigo na claque... Subiu na vida, pensei, agora anda metido na alta roda... Então eu disse cá com os meus botões, vou ligar para ele. Não imaginei que você viesse... Pensei que o sucesso tinha lhe subido à cabeça..."

Emílio tirou um lenço do bolso e limpou os olhos úmidos.

"Quer tomar alguma coisa? Um chope?", perguntou Mattos.

"Vamos naquele bar que fica na Álvaro Alvim esquina de Alcindo Guanabara."

O homem atrás do balcão cumprimentou Emílio.

"Bom dia, maestro."

"Esse aqui é o doutor Mattos, comissário de polícia, velho amigo meu."

O homem limpou as mãos num pano sujo. "Muito prazer, doutor." Mattos apertou a mão molhada do sujeito.

"Dois chopes. O senhor quer comer alguma coisa?", perguntou Mattos.

"Estou pensando num sanduíche de pernil que tem aqui. O melhor sanduíche de pernil de toda a cidade. Não é, Robledo?"

"Modéstia à parte, é o melhor mesmo. Outro para o senhor doutor?"

"Não estou com fome. Um só."

"Aquele colarinho de dois dedos e um Steinhager, para lhe dar espírito", disse Emílio. Estava subitamente alegre e mordia menos os dentes.

O sanduíche foi colocado sobre o balcão. Emílio tirou o chapéu, colocou a bengala sobre o balcão e dedicou-se à difícil tarefa de mastigar a enorme quantidade de pernil assado que Robledo colocara entre dois pedaços de pão francês. Enquanto isso, tomou vários chopes, acompanhados de cálices de Steinhager.

Afinal, Emílio terminou de comer. Pegou o copo de chope e esfregou o vidro frio nas têmporas. "Morreram todos", disse. "Este país vai mal. Hoje, o Gigli não poria os pés aqui. Lembra do Gigli? Foi em 45, você estava na claque..."

"Lembro."

"Nem Gigli, nem Scotti põem mais os pés aqui... Não, não, minha cabeça não anda boa, o Scotti morreu há muito tempo, você não chegou a vê-lo, mas eu o vi, com estes olhos que a terra há de comer, cantando o *Falstaff* no Teatro Lírico, que eles demoliram, um teatro lindo com uma acústica melhor do que a do Scala de Milão. Era o dia 29 de julho de 1893, me lembro como se fosse hoje, eu tinha dezenove anos e era muito feliz... O *Sir John* daquela noite nunca foi nem será igualado... Presta atenção no que estou lhe dizendo, Scotti era mais do que um grande cantor, era um grande artista! Outro chope, Robledo, e mais um Steinhager. Sabe quantos anos tinha Verdi quando compôs essa obra-prima, quando virou a história da ópera de cabeça para baixo, ou para cima, com o *Falstaff*? Oitenta anos, a minha idade, menino. Mas no Brasil qualquer coisa de oitenta anos tem que ser destruída, jogada no lixo. É por isso que antigamente todos os grandes cantores vinham ao Brasil e agora ninguém mais vem aqui, nem um Del Monaco, nem mesmo um Pinza, que não sabe ler uma nota de música, ninguém!"

Emílio limpou os olhos úmidos. "Não tenho mais um amigo no mundo. Morreram todos." Pausa. "Tutto nel mondo è burla." Pausa. "Mas não vamos desanimar."

O velho começou a cantar, sem se importar com as pessoas que estavam no bar. "Tutto nel mondo è burla, l'uom è nato burlone, nel suo cervello ciurla sempre la sua ragione. Tutti gabbati! Irride l'un l'altro ogni mortal. Ma ride ben chi ride la risata final."

Mattos percebeu algo da astúcia de Sir John no olhar lacrimoso que o velho lhe dirigia enquanto cantava.

"Você precisa de alguma coisa?", perguntou quando o velho parou de cantar.

"Não é muito, meu belo jovem, meu bom amigo, meu filho, apenas o suficiente para pagar o aluguel do quarto, que está vencido."

"Quanto é?", disse Mattos tirando o talão de cheques do bolso.

"Duzentos e oitenta cruzeiros", disse Emílio apressadamente. Mattos preencheu o cheque. Depois pediu a conta. Notou que Emílio fazia um gesto dissimulado para Robledo.

"Tem um pendura do seu Emílio. Posso incluir na conta?", disse Robledo.

"Pode", disse Mattos.

4

"O dinheiro está garantido? E a casinha também?", perguntou Alcino.

"Está, está, eu já não disse?", respondeu Climério. "E o emprego também. Investigador. Além disso, se eu for para a Costumes, como me prometeram, levo você para lá. Ser lotado na Costumes é melhor do que ganhar a sorte grande."

"Tenho mulher e cinco filhos para sustentar", disse Alcino. Estavam na casa de Climério, na rua Sicupira 32, em Cachambi, onde Alcino fora acertar os detalhes da sua empreitada. Climério pegou uma pasta de couro e eles saíram.

Caminharam pela rua empoeirada, sem calçamento. No meio da rua um grupo de moleques jogava bola de gude. Climério era gordo; Alcino, baixo e franzino.

"Quando garoto eu era um craque nisso", disse Climério olhando os meninos. "E você? Era bom também no bola-ou-búrica?"

"Eu gostava de fazer carrinhos de rolimã. Desde criança gostava de fazer coisas de carpinteiro. Não sei por que fui gostar dessa profissão", lamentou-se Alcino.

"Sua vida de carpinteiro desempregado acabou", disse Climério dando um tapinha nas costas de Alcino.

As palavras de Climério não tranqüilizaram Alcino. A obrigação que assumira de matar o tal jornalista se tornara uma agonia sem fim para ele. Mas fora a maneira que encontrara para satisfazer o sonho da sua vida, ter uma casa própria, pois ele sempre atrasava o pagamento do aluguel mensal de quinhentos e cinqüenta cruzeiros da casa em que morava. Desde maio que Climério vinha lhe adiantando o dinheiro do aluguel. E dinheiro para a quitanda e para o armazém. Sua mulher Abigail fora à casa de Climério receber mil cruzeiros, certa ocasião; em outras vezes recebera duzentos cruzeiros.

Pegaram um ônibus até o Méier. No Méier pegaram um táxi. "Rua Barão de Mesquita", disse Climério para o motorista. O destino final deles era o Colégio São José, onde o jornalista Lacerda faria uma palestra.

Saltaram num ponto de ônibus, na Barão de Mesquita. "Espera aqui", disse Climério.

Climério entrou num botequim e pediu para telefonar. Discou.

"O Nelson está?"

Não estava. Deu vários telefonemas procurando Nelson Raimundo de Souza, o motorista de táxi no qual pretendiam fugir depois de Alcino matar Lacerda. Afinal deixou um recado para que Nelson viesse encontrá-lo na rua Barão de Mesquita, no botequim, cujo endereço forneceu a quem tomava o recado.

Climério foi ao ponto de ônibus encontrar Alcino. Os dois, agora de volta ao botequim, ficaram bebendo cerveja e esperando o motorista chegar.

"Esse Nelson é de confiança?", perguntou Alcino.

"Conheço ele há muito tempo. Ele guarda o táxi na Silveira Martins, aquela rua ao lado do palácio. Vejo ele quase todo dia".

Anoiteceu.

"O Corvo acaba indo embora e o filho da puta do Nelson não aparece", disse Climério. Se fracassasse novamente Gregório ia arrancar o couro dele.

Nelson chegou pouco depois das dez da noite.

"Puta que pariu! Onde você estava metido?"

"Recebi seu recado uma hora atrás", disse o motorista.

Os três entraram no táxi Studebaker, de Nelson. Antes Alcino olhou a placa, 5-60-21, e disse: "Touro, centena da cabra, amanhã vou fazer uma fezinha".

Pararam numa rua transversal da Barão de Mesquita, perto do Colégio São José. Climério abriu a pasta de couro de onde tirou um revólver 45, que deu a Alcino. A arma, um Smith & Wesson, fora roubada do 2º Regimento de Infantaria, da Vila Militar, em 1949, pelo sargento que era chefe da Casa de Armas do regimento. O sargento a vendera a um outro sargento. Fora comprada e vendida várias vezes até chegar a ser adquirida por José Antonio Soares.

As mãos de Alcino tremeram quando segurou a arma. Ele nunca tivera um 45 nas mãos. O aço estava frio e a arma parecia ter um peso enorme. "É só apertar o gatilho que este canhão faz o serviço para você."

Climério deu ainda a Alcino mais seis cartuchos, que Alcino colocou no bolso, depois de enfiar o revólver no cinto. Saltaram do carro. Alcino ficou próximo da entrada do colégio, Climério postou-se na porta. O plano era matar Lacerda assim que ele aparecesse. Os dois aproveitariam a confusão para fugir.

***

O comissário Pádua tirou o paletó; a camisa de manga curta deixava à mostra seus braços brancos e musculosos. Num coldre sob o braço um revólver 38, um "capenga", com cano de duas polegadas. Acabara de fazer os registros das ocorrências do seu plantão. Mattos, que iria substituí-lo, sentou-se ao seu lado. "Você vai soltar os vagabundos que prendi no meu plantão?" "Se achar que devo soltar, solto."

Pádua tinha o cacoete de contrair repetidamente os volumosos músculos dos braços sempre que ficava nervoso. Os músculos começaram a tremer e a saltar. Pádua havia pensado em matar aquele idiota do Mattos na primeira vez em que soltara os bandidos que prendera, mas se controlara ao saber que o cara não levava dinheiro de ninguém, era aquela coisa rara no Departamento, um perfeito asa-branca.

"Vamos imaginar uma situação, Mattos. Você está andando por uma rua aqui da nossa jurisdição às duas da madrugada e vê um sujeito numa esquina em atitude suspeita."

"O que é atitude suspeita?"

"Porra, Mattos, um sujeito parado de madrugada numa esquina escura é sempre uma atitude suspeita."

"Principalmente se for um crioulo."

"Isso mesmo, porra. Você está andando às duas da madrugada por uma rua do distrito e vê um crioulo parado numa esquina. O que um crioulo pode estar fazendo numa esquina a essa hora? Ou mesmo um branco de merda? Eu lhe digo o que ele está fazendo: esperando alguém para assaltar ou procurando uma casa para roubar. Eu vou e prendo o filho da puta. Medida cautelar pura e simples. Depois mando ver a ficha dele. Se estiver limpo, eu solto o puto."

Aquele assunto já havia sido debatido antes, entre eles. Sempre que Mattos substituía Pádua eles tinham uma discussão parecida. Pádua acreditava que um dia convenceria Mattos de que seu ponto de vista era correto sob todos os aspectos.

"Aquela treta de santo Tomás de Aquino de que é preferível absolver cem culpados do que condenar um inocente é conversa mole para boi dormir. Puro lero-lero. Não é pensando assim que vamos proteger as pessoas decentes. Você tem medo de quê? Dessa imprensa de merda corrupta e analfabeta? Desse cascateiro escroto que é o nosso delegado? A cidade está entregue aos marginais, essas filosofias covardes não passam de justificativas de tiras comodistas que querem fugir das suas responsabilidades."

Antes, Mattos se irritava com Pádua e ambos discutiam exaltados. Agora, ficava apenas entediado.

"Mudando de assunto. Você conhece a cafetina do senadinho?"

"Por quê?"

"Preciso saber se um determinado sujeito freqüenta o rendezvous dela."

"Senador?"

"Sim."

"Alguns caras que prendi ontem tinham culpa no cartório, garanto a você", disse Pádua, astuciosamente.

"Sinto muito, se quiser me ajudar eu agradeço, mas não vou fazer negócio com você. Preso para averiguação eu mando embora. Porra, Pádua, o xadrez já está cheio de pobres diabos e você ainda quer botar mais infelizes lá dentro."

"Infelizes! Puta merda, você é um cabeça-dura."

"Você também."

Os músculos de Pádua saltaram convulsivamente, como se tivessem sido trespassados por uma corrente elétrica. Vestiu o paletó.

"Porra. Puta merda, Mattos, você vai me levar à loucura. Vou acabar maluco igual você." Pausa. "Vamos hoje à tarde no senadinho."

***

O português Adelino, pai de Cosme, um homem baixo e troncudo, de cabelos grisalhos, chegou ao distrito por volta das três da tarde. Foi levado à presença de Mattos.

Ficaram apenas os dois na sala do comissário.

"Sente-se."

Adelino sentou-se na ponta da cadeira. Evitou olhar para o comissário, em pé ao seu lado.

"Seu filho está em má situação... Foi preso em flagrante... Quando a polícia chegou, o sujeito estava agonizando... O senhor estava lá, não estava? Na oficina."

"Estava."

"Não ouvi. Mais alto."

"Estava."

"Viu tudo, não viu?"

"Vi."

"O quê? Não ouvi."

"Vi."

"Como foi que aconteceu?"

"Aquele indivíduo era uma pessoa muito bruta, ofendeu e deu socos no meu filho... O menino perdeu a cabeça..."

"Fala mais alto. O que o menino fez?"

"O meu filho era muito mais fraco... E o outro a bater-lhe, a bater-lhe sem piedade... Então ele pegou uma chave de cruz para defender-se... Foi um golpe só e o homem caiu..."

"O Cosme e a mulher estão esperando um filho, não estão?"

"Estão."

"Fala mais alto."

"Estão."

"Será o seu primeiro neto?"

"Sim."

"Mais alto."

"Sim."

"Mais alto."

"Sim. Sim. Sim."

"O primeiro neto...", disse Mattos.

Adelino baixou os olhos.

"O senhor está chorando por quê?"

"Não estou chorando", disse Adelino, limpando os olhos.

Ficaram em silêncio, por alguns instantes.

"De onde o senhor é?"

"De Sabrosa."

"Sabrosa... Fica perto de onde?"

"Vila Real."

"Trás-os-Montes?"

Adelino respondeu que sim, com a cabeça.

"Terra de Camilo Castelo Branco."

Adelino não reagiu ao nome.

"Seu filho vai ficar uns vinte anos na cadeia."

Novamente Adelino enxugou os olhos.

"Eu sei por que o senhor está chorando."

O corpo de Adelino tremeu.

"Porque sente vergonha de acusar o próprio filho de um crime que o senhor mesmo cometeu."

Adelino balançou a cabeça pendida para a frente, como se fosse dizer alguma coisa. Seu corpo voltou a tremer.

O comissário esperou.

"Conta como foi. A verdade." Mattos colocou de leve a mão no ombro de Adelino.

"Não, não fui eu. Eu devia ter defendido o meu filho, mas não fui eu."

"Conta a verdade. Nós sabemos que foi o senhor. O senhor terá uma pena menor do que a do seu filho... É um velho..."

Adelino limpou os olhos. Pensativo, demorou a falar.

"Fui eu sim", confessou, afinal. "Perdi a cabeça quando vi

o menino ser espancado por aquele brutamontes. Então peguei a chave..."

O português contou que golpeara o homem na cabeça, que caíra e ficara imóvel, de olhos abertos. Horrorizados, ele e o filho perceberam que o homem estava morto. A família, reunida, decidiu que Cosme devia assumir a culpa, pois o velho, que sofria do coração, não suportaria ser preso.

"O senhor está disposto a repetir isso para o escrivão e a assinar um papel com sua confissão?"

"Não sei ler nem escrever", disse Adelino, que parecia aliviado.

"Não tem importância. A gente chama duas testemunhas."

Mattos foi com Adelino para a sala do escrivão. No caminho encontrou Biriba, o preso de confiança, a quem pediu para comprar uma caixa de Pepsamar na farmácia.

A confissão de Adelino foi assinada pelas duas testemunhas que haviam sido apanhadas na vizinhança, o servente de um colégio e o balconista de uma loja de ferragens.

"O senhor pode voltar para suas laranjas. Por enquanto."

"Posso ir embora?"

"Pode. Não houve flagrante. Nem vamos pedir sua prisão preventiva. O senhor vai aguardar seu julgamento em liberdade. Um bom advogado pode conseguir sua absolvição."

"E o meu filho?"

"Será libertado depois de algumas formalidades."

"Jesus ouviu minhas preces!"

O comissário foi ao xadrez. Cosme comia um bolinho de bacalhau de uma marmita.

"Quer um bolinho, doutor?"

Mattos pegou o bolinho. "Venha comigo", disse para Cosme.

O rapaz seguiu o comissário, pálido, como se soubesse o que ia ouvir. Foram para a sala onde Cosme costumava receber a mulher.

"Seu pai confessou que foi ele quem matou aquele cara na oficina."

"Fui eu, fui eu! O papai não sabe o que está dizendo!"

"Ele confessou na frente de duas testemunhas."

"O senhor não pode fazer isso com meu pai. Ele é um homem doente. O senhor não vê que ele está se sacrificando por mim?"

"Sinto muito."

"Meu pai não sabe o que está dizendo. Ele é um homem doente. Fui eu que matei aquele sujeito."

"Seu pai matou."

"Juro que fui eu! Ele é um homem doente."

"Arranja um bom advogado para ele."

Bateram na porta. "O pai do rapaz, pode entrar?", perguntou um guarda.

Mattos saiu assim que o velho entrou na sala. Foi andando pelo corredor. Seu estômago doía. Notou que ainda tinha o bolinho de bacalhau na mão. Esfregou o bolinho na parede com força até desfazê-lo em pequenos pedaços que caíram ao chão. Limpou a mão na calça. Depois bateu com a cabeça na parede duas vezes, enquanto praguejava.

Ainda na tarde de quarta-feira, Pádua voltou ao distrito para se encontrar com Mattos. Rosalvo estava na sala, com o comissário.

"Que foi isso na sua cabeça?", perguntou Pádua.

"Bati na parede. Estou pensando em levar o Rosalvo com a gente."

"Acho melhor não", disse Pádua.

Dentro do táxi, indo para a cidade:

"Esse Rosalvo, além de lacerdista e carola, é um gatuno. Vai querer achacar a cafetina do senadinho. Não iria conseguir nada, mas criaria uma cagada."

"Ele não é um gatuno. Talvez nem leve dinheiro do bicho", respondeu Mattos.

"O gaturama começa levando do bicho, depois leva de todo mundo. Nessa coisa de honestidade, quando o cara perde o cabaço não pára mais. Cuidado, qualquer dia esse pulha apanha dinheiro em seu nome."

"Ele não tem coragem para isso", disse Mattos colocando uma pastilha de antiácido na boca.

"Você soltou os vagabundos que eu prendi?"

"Soltei. Os boletins eram limpos."

"Você já recebeu os boletins?"

"Ainda não. Mas cortei a burocracia e liguei para a Central e eles me deram a informação pelo telefone."

"Puta merda! Isso é ilegal, você não sabe? Você se arrisca por causa de uns vadios. Acha que vão te dar alguma medalha por isso? Um dia você se fode, abrem uma sindicância e te dão um pontapé na bunda. Demitido a bem do serviço público. A Chefatura está de olho em você desde aquela greve maluca que você quis fazer."

Saltaram na avenida Rio Branco, na porta do edifício São Borja. O edifício, de dezoito andares, era relativamente novo, pois fora construído durante a guerra. Em frente, o palácio do Senado.

"Afinal, o que você quer exatamente? Não vamos baratinar a Laura à-toa."

"Quero informações sobre o senador Vitor Freitas. Você acha que ela dá o serviço?"

"Para mim dá." Pausa. "Olha, eu nunca tive nada com ela." Pausa. "Nem com puta nenhuma."

"Mas ela é sua amiga."

"Minha amiga o caralho. Ela é minha informante."

O São Borja tinha uma entrada ampla, um corredor comprido com várias lojas, uma charutaria, um café, uma barbearia e uma loja de discos, Casa Carlos Wehrs. Mattos lembrou-se então que alguns meses antes, naquela loja, comprara os libretos de *La Traviata* e de *La Bohème*. Se estivesse sozinho aproveitaria para perguntar quanto custava *La Traviata*, em long-play.

Os tiras caminharam pelo corredor até onde ficavam os elevadores, três de cada lado. O São Borja era um edifício de ocupação mista, residencial e comercial. Mattos notou num quadro grande envidraçado alguns nomes, seguidos dos números das salas: Partido Trabalhista Brasileiro, Radiobrás, Odeon Discos, Rádio Copacabana. Um cartaz do PTB dizia: "Vote nos candidatos do PTB e participe da luta gigantesca para a transformação do Brasil em uma grande nação. Justiça Social. Emancipação Econômica. Política Nacionalista. Defesa do Petróleo. Respeito ao Salário Míni-

mo. Franquias Democráticas. Liberdade Sindical. Reforma Agrária. Governo trabalhista é governo do povo".
"Esses caras são uns demagogos", disse Pádua.
Havia uma outra entrada, nos fundos, próxima dos elevadores. Dava para um pátio, onde estavam estacionados alguns automóveis, com uma passagem para a rua México.
"É por aí que os senadores entram, para não dar na vista", disse Pádua.
Voltaram para o hall do São Borja e esperaram o elevador. No décimo quinto andar apenas uma sala estava com a porta aberta. Ouviram o barulho de uma máquina de datilografia. Uma mulher, sentada em frente a uma Underwood, não percebeu a passagem silenciosa dos dois tiras. Lottufo Representações, dizia uma pequena placa. Pádua virou à direita, no corredor. Não se ouvia mais o barulho das teclas da máquina. Todas as portas estavam fechadas.
"É aqui", disse Pádua, apertando uma campainha.
Uma mulher de meia-idade, com uniforme de empregada, abriu a porta.
"Vim falar com dona Laura. Sou o comissário Pádua."
A mulher fez um gesto para que entrassem. Pádua ficou andando de um lado para o outro no pequeno vestíbulo. Pelos movimentos dos seus braços, Mattos concluiu que os bíceps e tríceps do seu colega deviam estar se agitando furiosamente.
Um homem magro, de bigodinho e cabelo glostorado, apareceu.
"Ah, comissário Pádua... Que prazer! Que alegria!"
"Não quero papo furado, Almeidinha. Quero falar com dona Laura."
"Ela no momento está muito ocupada. Não pode ser comigo?"
"Não, não pode ser com você. Dá o fora e chama logo a Laura."
"Vou mandar servir um uisquinho."
"Não queremos nenhum uisquinho. Chama a dona."
"Ela está no outro apartamento, no décimo sexto. Vamos pela escada mesmo. Favor me seguir."
Laura esperava por eles numa sala grande, cheia de móveis

estofados de veludo vermelho. As cortinas das janelas também eram vermelhas. A sala era iluminada por uma luz suave que saía de dois abajures de mosaico de vidro colorido.

Laura vestia-se discretamente. Seus cabelos pintados de vermelho davam um aspecto insolente ao seu rosto. Um pincenê de ouro, preso por um cordão negro de seda, balançava no seu peito. "Pode ir, Almeidinha", disse ela. Sua voz é escura como a sala, pensou Mattos.

"Este aqui é o meu colega, comissário Mattos."

"Vocês querem tomar alguma coisa? Uísque? Champanhe?"

"Ele tem uma úlcera no estômago. Não pode beber."

"Mas você pode."

"Hoje não."

Laura colocou o pincenê e olhou para Mattos. "O senhor é um homem nervoso."

"Mais ou menos."

"Que foi isso na sua cabeça?"

"Bati numa parede."

"O comissário Mattos quer uma informação sobre um cliente seu."

"Nós não damos informações sobre nossos clientes, você sabe disso."

"Confidencial. O que você disser ficará entre nós."

"A polícia pode fechar sua casa", disse Mattos.

"Pode. Mas não quer." Pausa. "Toma um uisquinho, Pádua."

"Mattos, você nos dá licença por um momento? Quero dizer uma palavrinha particular a Laura, lá dentro."

Os dois saíram da sala.

Posso fechar este puteiro, pensou Mattos. Era crime de lenocínio manter, por conta própria, casa de prostituição ou lugar destinado a encontros para fim libidinoso, houvesse ou não intuito de lucro ou mediação direta do proprietário ou gerente. Mas havia algum mal num bordel? Mesmo para senadores e altos funcionários da República corruptos e canalhas? Na Atenas de Sólon a prostituição era livre e os prostíbulos eram considerados estabelecimentos de utilidade pública, sujeitos à tributação do Estado, fonte de receita para o erário, conquanto o proxenetismo lucrativo dos lenones e a alcovitice acessória dos rufiões fossem rigorosamente punidos. Pádua, que gostava de citar os doutores da Igreja, provavelmente conheceria a frase de santo Agostinho: "Aufer meretrices de rebus humanis, turbaveris omnia libidinus".

Alberto Mattos lembrou-se dos debates nas aulas de direito penal em torno de frases idiotas sobre prostituição que inflamavam as discussões entre os alunos. Desde criança ele se sentia atraído pelas prostitutas, conquanto jamais tivesse freqüentado um bordel. Vieram à sua mente as frases de Weininger, "a mulher prostituta é a salvaguarda da mulher mãe"; de Lecky, "a prostituta é a custódia da virtude, a eterna sacerdotisa da humanidade"; de Jeannel, "as prostitutas em uma cidade são tão necessárias quanto os esgotos e as lixeiras". Um mal inextirpável, mas necessário — quem dissera isso? Numa associação de idéias recordou a melodia da ária *Ah, Fors è lui*, mas seu devaneio de claqueur foi interrompido com a entrada na sala de Laura e Pádua.

Pádua sentou-se numa poltrona. Laura colocou o pincenê e olhou longamente para Mattos. Depois: "O senhor quer saber o quê?"

"Senador Vitor Freitas."

"O quê?"

"Ele vem sempre aqui?"

Uma longa pausa antes de responder: "Às vezes".

"Fica sempre com a mesma garota?"

"Não."

Pádua deu uma gargalhada.

"Deixa de subterfúgios, Laura. O senador é viado, caro colega."

* * *

"Doutor, tenho boas novas", disse Rosalvo, entrando na sala de Mattos.

Depois que saíra da casa de dona Laura, o comissário se despedira de Pádua e fora a uma leiteria na Galeria Cruzeiro, onde tomara meio litro de leite ralo. Em seguida pegara, no Taboleiro da Baiana, um bonde para ir ao distrito.

"A gente tem que saber tudo da vida da vítima para poder chegar ao assassino, não é verdade?", disse Rosalvo.

"Adiante."

"Fui ao Colégio São Joaquim, para ver o histórico escolar do Gomes Aguiar. Evidentemente os padres não me mostraram nada, esses padres são foda. Mas eu tenho um cunhado que é bedel no São Joaquim e ele levantou a lebre... Aliás, esse meu cunhado quer fazer o curso de investigador na Escola de Polícia."

"Qual é o problema? Ele que se candidate e faça os exames."

"Mas se ele tiver uma recomendação sua será mais fácil."

"Não posso recomendar uma pessoa que não conheço."

Então que se foda, pensou Rosalvo. Calou-se, indeciso.

"Quais são as boas novas?"

"Meu cunhado fuçou o arquivo do colégio, fez misérias, arriscou o emprego, que é uma merda de emprego mas é um emprego..."

Mattos sentia o gosto de leite na boca, mas a azia não passara completamente. Encheu a boca de saliva e engoliu.

O homem começou a fazer caretas, pensou Rosalvo. Fodase. Comigo não, violão. Não quer ajudar meu cunhado mas quer chupar o sangue dele. Foda-se. Não tenho medo de careta.

"Se isso que você tem para me contar não é urgente, deixa para depois. Eu te chamo mais tarde."

"Como o senhor quiser."

Rosalvo abriu a porta.

Mattos começou a ler os papéis que o escrivão colocara na sua mesa.

"Mas é importante", disse Rosalvo, segurando a maçaneta da porta.

O comissário continuou sua leitura.

Essa minha alma de tira é que me fode, pensou Rosalvo. "É muito importante."

"Se é muito importante, desembucha logo."

Rosalvo fechou a porta e sentou-se na cadeira ao lado da mesa do comissário. Curvou-se, conspiratorial.

"Paulo Gomes Aguiar foi expulso do São Joaquim quando estava na segunda série ginasial. Quer dizer, expulso ele não foi, os padres têm cagaço de enfrentar os poderosos e a família de Gomes Aguiar era muito importante e assim os padres apenas o convidaram a sair do colégio. Sabe o que aconteceu?"

"Adiante."

"O Paulo Aguiar e mais dois colegas agarraram um menino do curso primário numa sala vazia e o enrabaram à força. Um bedel ouviu os gemidos do menino e pegou os safados em flagrante. Sabe quem era o bedel?"

"Seu cunhado. Adiante."

"O garoto era meio viadinho, mas entrou como chinês na história. A família soube do episódio e pôs a boca no mundo e não deu para livrar completamente a cara do Paulo Aguiar."

"Chinês?"

"Um cara estava há meses num acampamento no meio do mato e foi ao capataz e perguntou como é que podia arranjar uma mulher para afogar o ganso. O capataz respondeu que mulher não havia, mas havia um chinês. O sujeito não topou, queria era mulher. Meses mais tarde ele voltou ao capataz e disse: olha, me arranja aquele chinês, mas ninguém pode ficar sabendo. Ele não queria ficar com fama de fancho. Isso é difícil, respondeu o capataz, eu vou saber, o chinês vai saber, e os quatros sujeitos que vão agarrar o chinês à força para você enrabar vão saber também. O senhor não conhecia essa piada?"

"Lembrei agora. Se o garoto era o chinês tinha alguém agarrando ele."

"Tinha. O Claudio Aguiar, o primo dele Paulo que foi assassinado, e um tal de Pedro Lomagno. Os três se revezaram na enrabação."

"Como era o nome do menino?"

"É incrível, mas o nome do menino era José Silva, páginas e páginas na lista telefônica. Não vai ser fácil descobrir o paradeiro dele agora."

Depois que Rosalvo saiu, Mattos pegou o caderninho de endereços de Gomes Aguiar, que estava no seu bolso. Procurou e encontrou o nome de Pedro Lomagno e o telefone.

Uma voz feminina atendeu.

Mattos ficou em silêncio.

"Alô", repetiu a mulher.

O comissário desligou o telefone. Havia bastado apenas aquela palavra curta para Mattos identificar a pessoa que atendera ao telefone.

Era Alice.

5

Grupos compactos de pessoas começaram a sair do Colégio São José. Nem Climério nem Alcino, que cuidadosamente perscrutavam o rosto de todos, conseguiram divisar o jornalista Lacerda. Afinal as portas do colégio foram fechadas.

Climério fez um sinal para Alcino e os dois voltaram para o táxi de Nelson.

"Puta merda! O homem já tinha ido embora. Está vendo o que você fez?"

"Só recebi o recado às nove horas."

"Vamos para a rua Tonelero, em Copacabana. É lá que o Corvo mora. Vamos ver se dessa vez damos sorte e pegamos o filho da puta", disse Climério. Ele não podia voltar para Gregório e confessar mais um erro; tinha medo da reação do seu chefe.

"O edifício do homem é aquele", disse Climério, já na rua Tonelero.

Alcino saltou. Climério mandou Nelson estacionar logo adiante, na rua Paula Freitas, perto da esquina de Tonelero. "Espera aqui. Olho vivo." Saltou e foi ao encontro de Alcino.

"O puto é capaz de já ter chegado", disse Climério, "mas de qualquer maneira vamos esperar um pouco."

Climério e Alcino ficaram conversando uns quinze minutos. Iam desistir de esperar quando um carro parou na porta do edifício do jornalista, quarenta minutos depois da meia-noite. De dentro saltaram três pessoas. Lacerda, seu filho Sérgio, de quinze anos, e o major Vaz, da Aeronáutica.

"É ele, você está vendo?", disse Climério.

"O de óculos?"

"Claro que é o de óculos, porra! O outro é o milico capanga dele."
Lacerda se despediu do major e caminhou com o filho para a porta da garagem do edifício. Vaz foi em direção ao carro. Alcino atravessou a rua e atirou em Lacerda, que correu para o interior da garagem. O estrondo do revólver ao disparar surpreendeu Alcino, que por instantes ficou sem saber o que fazer. Notou então que o major se aproximara e agarrava sua arma. Novamente Alcino acionou o gatilho. O major continuou agarrando o cano do revólver até que Alcino, num repelão, soltou a arma dos dedos que a prendiam, caindo com o esforço que fizera. Viu que o major caía também, para o outro lado. Alcino levantou-se e atirou novamente, sem direção. Ouviu estampidos de arma de fogo e fugiu para onde estava o táxi de Nelson. Um guarda surgiu, correndo e atirando, "Pare! É a polícia!". Alcino atirou no guarda, que caiu. Entrou no carro, que estava com o motor ligado.
"E o Climério? Onde está o Climério?", perguntou Nelson.
"Pensei que ele estivesse aqui. Vamos embora!"
Nelson arrancou com o carro. Ouviram ainda um disparo e o ruído de lataria do carro sendo rompida. Era o guarda, que atirara, mesmo caído e ferido.
Dentro do táxi de Nelson, que corria em alta velocidade pela avenida Copacabana, Alcino embrulhou o revólver e os seis cartuchos numa flanela amarela. Chegando ao Flamengo, Alcino disse a Nelson para seguir pela avenida Beira Mar, pois tinha instruções de Climério para se livrar da arma jogando-a ao mar. Sua intenção era fazer isso sem sair do carro.
Na altura da rua México, Alcino colocou o braço para fora, segurando o embrulho com o revólver, preparando-se para arremessá-lo ao mar, por sob a amurada do passeio da avenida. Ele não queria ficar mais tempo com aquela arma em seu poder. Inesperadamente, Nelson fez uma manobra para se livrar de um carro que vinha na contramão, assustando Alcino que largou o embrulho de flanela com o revólver.
"Deixei cair o revólver", gritou Alcino.
Nelson parou o carro. "Vai lá apanhar."
Alcino colocou a cabeça para fora da janela e olhou para o asfalto escuro da avenida. As luzes de um carro brilharam ao longe.

"Quem achar essa merda não vai entregar para a polícia. Um 45 vale muito dinheiro."

Esperaram, tensos, o carro passar.

"Acho melhor você saltar. Aquele guarda na Tonelero viu a chapa do carro. Se me pegarem eu digo que era um freguês desconhecido que saltou em Botafogo."

"Você vai se entregar?"

"Claro que não. Só se me pegarem é que eu conto essa história. Não se preocupe."

"Eles vão te encher de porrada na polícia e você vai contar tudo."

"Esqueceu que eu também sou polícia?"

"Você é investigador extra do estado do Rio. Isso e merda é a mesma coisa.

"Trabalhei com o coronel Agenor Feio. Foi ele que me nomeou."

"Qualquer um é polícia no estado do Rio. Polícia é quem trabalha no DFSP."

Alcino saltou do táxi. Estava próximo da embaixada americana. Andou de um lado para o outro sem saber o que fazer. Encostou-se numa árvore e urinou. Enquanto isso, sem ser visto por Alcino, um mendigo apanhador de papéis recolheu do meio da rua o embrulho com a arma e sumiu na escuridão.

Num pequeno ônibus-lotação Alcino foi até a praça da Bandeira. Saltou na porta do restaurante do SAPS. Ali pegou um táxi até a rua Sicupira. Climério, além do lugar de investigador no DFSP, lhe havia prometido dez mil cruzeiros. Quanto mais cedo recebesse o dinheiro, melhor. Bateu na porta.

Elvira, a mulher de Climério, abriu a porta. Ao seu lado estava um dos seus filhos, Adão. Os dois estavam ouvindo rádio.

"Cadê o seu Climério?"

"Pensei que estava com você", disse Elvira, voltando sua atenção para o rádio. "Feriram o Carlos Lacerda e um oficial da Aeronáutica. Uma confusão danada."

Pouco depois Alcino ouviu o ruído do motor de um carro e chegando à janela viu que era o Studebaker de Nelson. Este e Climério saíram do carro e ficaram olhando a marca do projétil na lataria. Climério, vendo Alcino na janela, fez um gesto para que ele fosse para a varanda.

"Te dou o dinheiro depois de amanhã, sexta-feira. Fica tranqüilo, temos proteção de cima."

* * *

No hospital Miguel Couto, depois de receber curativos no pé esquerdo devido ao ferimento que sofrera no atentado, Carlos Lacerda foi transportado para seu apartamento na rua Tonelero, 180. Em pouco tempo o jornalista estava cercado por pessoas que haviam ido lhe apresentar solidariedade, entre elas o bispo auxiliar do Rio de Janeiro, dom José Távora, o ex-presidente marechal Eurico Gaspar Dutra e dezenas de oficiais da FAB.

"Responsabilizo o presidente da República pelo atentado", disse Lacerda aos oficiais da Aeronáutica que o ouviam em silêncio. "Foi a impunidade do governo que armou o braço criminoso."

Ao descrever o atentado, Lacerda disse que os pistoleiros eram três. Haviam preparado uma emboscada perfeita.

"Não morri por um milagre, pois havia comungado algumas horas antes do atentado."

* * *

As estações de rádio noticiavam sem parar o atentado da rua Tonelero, porém Mattos não prestava atenção ao que ouvia. Recordava a mágoa e a esperança que sentira ao reencontrar Alice na confeitaria Cavé; e também a surpresa mortificante ao ouvir a voz dela quando telefonara para a casa de Pedro Lomagno.

Mattos recebeu um telefonema do delegado Pastor, titular do 2º Distrito, cuja jurisdição abrangia a rua Tonelero.

Pastor falou sobre o atentado. O guarda Sávio, que trocara tiros com o pistoleiro, mesmo ferido anotara a placa do táxi. O motorista, Nelson Raimundo de Souza, se apresentara ao 4º Distrito contando uma história inverossímil. Segundo um jornalista, Armando Nogueira, do *Diário Carioca*, que dizia ter testemunhado o crime, o indivíduo que atirara no major era magro, moreno, de meia estatura e usava terno cinza.

"O jornalista disse que o assassino ficou de cócoras e atirou no major. Caso ocorra algo, em sua jurisdição, ligado de qualquer forma ao atentado, você me avise imediatamente, por favor. Fale com o seu delegado e os demais policiais do distrito. Que fiquem atentos. Estou fazendo este pedido a todas as delegacias. Queremos resolver logo esse caso. O general Ancora está preocupado. Oficiais da Aeronáutica estão querendo se meter na investigação. O ministro Nero Moura, da Aeronáutica, indicou um coronel para acompanhar o inquérito policial. Eu disse ao general que achava isso estranho, mas o Ancora afirmou que fora convencido pelo Tancredo a aceitar a intromissão do coronel."

Ancora era o chefe do Departamento Federal de Segurança Pública. Mattos fora apresentado a Ancora na Chefatura, pouco depois de o general ser nomeado. Só o vira aquela vez: um homem magro de óculos e terno escuro, um rosto indeciso e preocupado.

Na delegacia estavam apenas o comissário, um guarda e um investigador encarregado da carceragem. Mattos relatou aos dois o pedido do delegado Pastor e voltou para sua sala.

Quando ficaram a sós o guarda comentou com o carcereiro que fora transferido para a delegacia recentemente e que pela primeira vez trabalhava num plantão de Mattos: "O doutor não regula bem", disse o guarda para o carcereiro, "essa coisa do chute na bunda do seu Ilídio vai dar galho. O homem é banqueiro do bicho aqui na jurisdição, é sócio do Aniceto Moscoso, em Madureira..."

"Eu estava lá dentro e não vi o que aconteceu. Por que o doutor fez um coisa dessas?", perguntou o carcereiro, chocado. Afinal, o dinheiro que seu Ilídio distribuía mensalmente na delegacia complementava o baixo salário que os tiras recebiam.

"Um anotador do seu Ilídio foi preso e ele veio aqui pra soltar o homem. Mas seu Ilídio quis dar ordens ao doutor Mattos, acho que não sabia com quem estava falando. O doutor é asabranca, não entra no rateio do levado do bicho. Azar do seu Ilídio, levou um pé na bunda e foi posto no xadrez."

"Eu fiquei sem jeito de trancafiar o seu Ilídio, mas o que eu podia fazer? Esse comissa é foda", disse o carcereiro. "Parece uma alma penada, andando a noite inteira de um lado para o outro fazendo caretas", acrescentou o guarda.

Os jornais da manhã noticiavam em grandes manchetes o atentado. Os estudantes haviam entrado em uma greve de "protesto contra o banditismo. Nossa alma está coberta de opróbio. Uma cova se abriu e o povo não esquecerá". A repercussão do atentado no Congresso fora enorme. As galerias da Câmara dos Deputados e do Senado estavam lotadas quando foram abertos os trabalhos nas duas casas do Legislativo. Conforme os congressistas da oposição, "corria sangue nas ruas da capital e não havia mais tranqüilidade nos lares". Representantes de todos os partidos políticos haviam feito discursos condenando o atentado. O deputado Armando Falcão apresentara um projeto de amparo à viúva do major Vaz. Respondendo às afirmativas de Lacerda, publicadas nos jornais, de que as "fontes do crime estão no Palácio do Catete, Lutero Vargas é um dos mandantes do crime", o líder do governo na Câmara, deputado Gustavo Capanema, ocupara a tribuna para classificar de infundadas as acusações ao filho do presidente da República. A multidão que ocupava as galerias vaiara Capanema estrepitosamente.

Depois de visitar os presos no xadrez — aqueles que não pudera soltar ao entrar de plantão, por estarem à disposição da Justiça —, Mattos fez registros no livro de ocorrências, assinou atestados de residência e de pobreza e expediu a guia de recolhimento ao necrotério de um cadáver encontrado na rua.

Rosalvo entrou na sala.

"É verdade que o senhor agrediu o seu Ilídio?"

"Você quer dizer o bicheiro Ilídio?"

"E depois botou ele em cana?"

"Não estou bom hoje não, Rosalvo, é melhor não me irritar."

"Desculpe. O delegado quer falar com o senhor sobre isso."

Mattos entrou sem bater na sala do delegado.

"Quer falar comigo?"

"Sente-se, doutor Mattos. É sobre esse incidente com o seu Ilídio."

O comissário sentou-se, constrangido. Alguém informara o delegado do que havia acontecido. Mas ele não estava interessado em saber quem fora. O certo é que a notícia correra.

"Bem, esse bicheiro veio aqui pedir para soltar um empregado dele que havia sido preso em flagrante por envolvimento numa rixa. Eu não sabia que ele era bicheiro. Pedi pelo telefone o boletim do preso e dos dois outros envolvidos na rixa. Como todos eram primários e a rixa é uma bobagem, não devia nem estar no Código Penal, e como o xadrez estava cheio, eu resolvi soltar todo mundo. Logo após libertar o empregado desse bicheiro, que eu não sabia, até então, repito, que era um contraventor, ele botou o dedo na minha cara e disse: 'Não quero que isso aconteça mais, ouviu?'. Perguntei ao guarda: 'Você conhece este cavalheiro?'. O guarda respondeu, num tom respeitoso: 'É o seu Ilídio'. Foi então que eu percebi que o sujeito era um banqueiro do bicho. Nesse momento o bicheiro virou-se para o guarda e apontando para mim disse: 'Esse rapaz tem muito o que aprender'. Irritado eu o agredi com um pontapé e o coloquei no xadrez. Mas ele ficou pouco tempo no xadrez. Eu o soltei de madrugada. O empregado dele eu soltei antes."

"O senhor reconhece que agrediu o senhor Ilídio?"

"Sim. Foi um erro. Eu podia autuá-lo pelo 231, por desacato. Perdi a cabeça."

"O senhor sabe então que cometeu o crime de violência arbitrária? Artigo 322. Praticar violência, no exercício da função ou a pretexto de exercê-la."

"Sei."

"A Chefatura estabeleceu que a repressão ao jogo do bicho deve ser feita pela Delegacia de Costumes. O senhor sabe disso, não sabe?"

Pela primeira vez o delegado Ramos tinha o comissário em situação de inferioridade. O prazer que ele sentia com isso aparecia no seu rosto.

"O senhor infringiu também o artigo 319: Deixar de praticar indevidamente ato de ofício para satisfazer interesse ou senti-

77

mento pessoal. O nome disso é prevaricação. Como essa é a sua primeira infração", continuou o delegado, "estou disposto a relevá-la. Mas exijo mais obediência da sua parte."

"Prevaricação? Violência arbitrária? Olha Ramos, faz o que você quiser. Mas não me venha com sermões. Você não tem moral para isso."

"Eu sou o seu chefe. Não admito que fale assim comigo."

"Eu falo como quiser. Você protege os bicheiros, está mancomunado com eles."

"Tenho ordens da Chefatura para deixar a repressão ao jogo entregue à Costumes", gritou Ramos.

"Todo mundo está comprado pelos bicheiros. Não é só você. A Costumes é um antro de ladrões", disse o comissário.

"Você não pode — ", começou Ramos. O comissário virou as costas e deixou-o falando sozinho.

Mais tarde Rosalvo voltou à sala do comissário.

"O doutor Ramos está aborrecido. Disse o que o senhor não perde por esperar."

"O que esse sujeito diz não me interessa. Pode ir contar a ele."

"Que é isso, doutor?"

"Na próxima reunião de congregados marianos você conta para ele."

"Doutor, eu ainda não entrei para a Congregação. Estou pensando ainda. Fui a uma reunião na terça-feira passada, lá no Liceu Literário Português, para ver como é aquilo. Tinha mais de quatrocentos congregados. O presidente da Confederação Católica Arquidiocesana, Eurípedes Cardoso de Meneses, fez um discurso contra a revista *Flan*, do Samuel Wainer."

"Rosalvo, eu tenho mais o que fazer."

"Esses judeus da *Flan* publicaram uma reportagem ofensiva aos nossos brios católicos. Eurípedes tinha vindo de uma reunião com o cardeal dom Jaime de Barros Câmara, no Palácio São Joaquim, quando ficou combinado que os padres, nos sermões, iam dizer que os católicos não devem ler os jornais da corrupção. Os congregados estavam pissudos com a reportagem. Eurípedes pediu que fossem enviados telegramas e cartas de protestos à *Flan*

78

e à *Última Hora* com duas frases: 'Viva o papa!' e 'Morram a *Última Hora* e *Flan!*'."

"Viva o papa... Mudando de assunto: o que você apurou sobre o Pedro Lomagno?"

"Deixa eu só acabar esta história. De repente todo mundo lá no Liceu Literário Português gritava 'Viva o papa! Morram *Última Hora* e *Flan!*'. O doutor Ramos me disse que normalmente eles encerram o encontro recitando uma Salve Rainha, mas terça-feira só teve vivas e morras. Logo que acabou a reunião saímos todos para a rua gritando 'Viva o papa! Morram *Última Hora* e *Flan!*'. De repente estávamos rasgando exemplares da *Última Hora* nas bancas de jornaleiros das vizinhanças. O senhor sabe que sou católico e lacerdista, mas não sou fanático igual a esses congregados. Acho que vou dizer ao doutor Ramos que não vou entrar para a Congregação."

"Não estou interessado nisso. Fale sobre o Pedro Lomagno."

Rosalvo tirou um pequeno bloco do bolso.

"O pai de Lomagno era um conhecido integralista que financiou a Ação Integralista Brasileira até 1938, quando os galinhas verdes armaram aquele putsch que fracassou. Então o Lomagno velho pulou fora aderindo ao Getúlio, o carrasco do seu partido. O filho nunca quis saber dos anauês dos verdes, mas também é verdade que ele era muito criança quando o Plínio Salgado dava as cartas. O negócio do rapaz, de qualquer forma, é ganhar dinheiro. Era sócio do Gomes Aguiar, na Cemtex, mas não exercia nenhuma função na empresa. A Cemtex, segundo a *Tribuna da Imprensa*, conseguiu uma escandalosa licença de importação no Banco do Brasil, através de um negocista de copa-e-cozinha chamado Luiz Magalhães."

Luiz Magalhães, novamente. O estômago de Mattos ardia.

"Claudio também é sócio da Cemtex, pelo visto nossos amigos estão metidos nas mesmas comborças desde tenra idade. Acho que aí é que está o busílis."

"Chega de busílis. Adiante."

"Lomagno joga pólo no Itanhangá. Gente fina. Um jogador de pólo usa quatro cavalos puro-sangue durante o jogo." Pausa. "Uma coisa boa de ser polícia é que a gente vive aprendendo coisas."

"E o José Silva?"

"Está difícil encontrar o menino, quer dizer, a bichona de trinta anos que ele deve ser hoje. Consegui o endereço antigo dele, meu cunhado o bedel arranjou, eu não arranjo nada para ele mas mesmo assim — "

"Adiante", cortou Mattos.

"Ele morava numa casa na avenida Atlântica. Fui lá e sabe o que descobri? Um edifício enorme no lugar da casa. E as casas que existiam ao lado também haviam sido demolidas. Não vai demorar muito para que todas as casas da avenida Atlântica virem arranha-céus."

"Adiante."

"Não há mais vizinhança para eu fazer perguntas. Estou na estaca zero."

"Dá uma passada nas padarias, nos armazéns, no comércio das ruas próximas."

"Boa idéia." Pausa. "A cafetina deu o serviço?"

"Não."

"Não disse nada?"

"Nada. Vai em frente."

Rosalvo saiu. Mattos ligou para Antonio Carlos, no GEP.

"Tem alguma coisa para mim?"

"Estamos fazendo um exame completo de tudo que encontramos no local. Você sabe que isso demora. E encontramos muita coisa, impressões papiloscópicas, sangue, muco, suor, saliva, esperma, fezes, urina, fios de cabelo. Posso te dar apenas algumas informações preliminares."

"Começa pelo sangue."

"O sangue do lençol não é o mesmo da vítima. O da vítima é AB, Rh negativo. O do lençol é A, Rh positivo. Provavelmente do criminoso. A vítima tinha sangue na boca, que não era dela. Deve ter dado uma forte mordida no assassino."

"Cabelos?"

"Havia dois fios de cabelo no sabonete que recolhemos no

box. Pelo exame da medula e da pigmentação do córtex, concluímos não serem do morto."

"São de homem ou de mulher?"

"Nem sabemos ainda de que lugar do corpo são ao certo. Sabemos que não são da cabeça, de homem ou de mulher. Nem do sovaco, perna ou narina. Também não é uma pestana, nem um fio de sobrancelha."

"Sobram a barba e o bigode."

"E o saco escrotal, o ânus e a vagina. Deus fez o homem um animal cheio de pêlos característicos, só para atrapalhar a vida dos peritos." Pausa. "Às vezes para ajudar. Mas estou usando uma técnica nova, nos exames que estou fazendo. Talvez descubra alguma coisa."

"E o esperma?"

"Acho que é da vítima. Dentro de alguns dias você vai saber de tudo. Eu te ligo."

Em seguida Mattos ligou para o IML e falou com o legista que fizera a autópsia.

"As equimoses e os hematomas das partes moles do pescoço, as roturas musculares, as lesões das carótidas e as fraturas do osso hióide demonstram que o cara foi morto por esganadura. Mas eu só te mando o laudo na semana que vem."

Pouco antes de Mattos sair do plantão, Salete telefonou dizendo que passaria na casa dele. Estava ansiosa para ver se dera resultado a mandinga da mãe Ingrácia. Esperava que, por efeito da magia negra da velha macumbeira, tão logo entrasse no apartamento de Mattos o comissário a pegaria entre os braços e, depois de um beijo ardente, a pediria em casamento.

***

"Essa hipercloridria vai acabar comigo", disse Mattos abrindo a porta para Salete entrar.

"Toma um copo de leite", disse a moça, desconsolada, depois de ficar alguns segundos de braços abertos, esperando uma manifestação de carinho do comissário.

"Já tomei."

"Toma outro."

Salete abriu a geladeira. Nas prateleiras havia apenas algumas garrafas de leite e muitos ovos, alguns ocos. Salete, que sentia repugnância por ovos e nunca comera um em toda sua vida, já testemunhara, enojada, Mattos fazer dois furinhos nas extremidades de um ovo e chupá-lo, "como se fosse um gambá". Alguém lhe dissera que os gambás chupavam ovo daquela maneira.

"Não quero leite."

"Então chupa um ovo. Não me incomodo. Só não quero ver."

"Vou mastigar outro Pepsamar."

Salete ficou olhando Mattos mastigar o remédio.

"Você não... não está com vontade?"

"Eu fico. Daqui a pouco."

"Não estou te chateando, estou?"

"Você não me chateia nunca."

"Fui na Fundação Getúlio Vargas e me inscrevi no curso de secretária."

"Parabéns. Isso me faz... ficar com vontade." Era mentira.

"Deixa eu ver." Salete estendeu a mão na direção do púbis do comissário, que se afastou.

"Daqui a pouco. Um comentarista do Talmud, conhecido como Raba, disse que a ereção do membro masculino só pode ocorrer com a 'ajuda da razão'."

"Você leu isso nesse livro?" Salete apontou o livro que o comissário acabara de pegar.

"Noutro."

"Acho que você lê demais. A dona Floripes disse que um homem que freqüentava a casa dela ficou maluco de tanto ler. Ele pedia às moças para mijarem em cima dele."

"Se eu ficar maluco prometo que não peço a você para urinar em cima de mim."

"Você devia fazer outras coisas. Devia dançar. Dançar faz bem para a cabeça."

"Além de tudo o porteiro me disse que a água só vai chegar às seis horas. Vamos esperar."

A campainha tocou.

"Quem será?", disse Salete.

Mattos abriu a porta.

"Eu lhe dei o meu endereço?", perguntou o comissário, surpreso, ao ver Alice em pé no corredor.

"Vi na lista telefônica." Pausa. "A Colette morreu, você sabia? Dia 3. Vai ser enterrada depois de amanhã, no Père Lachaise."

"Não, não sabia."

"Você dizia que gostava dos livros dela." Alice tentou identificar o livro que o comissário tinha na mão, sem conseguir.

"Agora eu tenho os meus próprios cadáveres para me preocupar. Eu sou um tira, você se esqueceu?"

"Não vai me pedir para entrar?"

"Estou com uma visita."

Alice olhou por cima do ombro de Mattos e viu Salete.

"Desculpe... Eu vim para... Eu lhe telefono depois... Posso lhe telefonar depois?"

"Sim. Telefone, se quiser."

O comissário fechou a porta.

"Quem era essa moça?"

"Uma amiga."

"Bonita." Pausa. "Vou ver se a água já chegou", disse Salete, sem sair do lugar. "Você está chateado porque ela foi embora quando me viu?"

"Não."

"Ela é uma moça fina... vi logo. É a sua outra namorada? A verdadeira?"

"Não é nada disso. Vamos mudar de assunto."

"Você está chateado." Pausa. "Eu não sabia que você gostava de mulheres louras..." Pausa. "Se você me pedisse eu ia embora e deixava ela com você aqui, sem me aborrecer."

Na casa de dona Floripes lhe haviam ensinado que os homens existiam para serem agradados, que os homens existiam para serem enganados e explorados, e que portanto era preciso saber dissimular.

Mas ela não queria enganar ou explorar aquele homem. "Não é verdade. Eu fiquei com ciúme dela. Eu ia ficar muito infeliz se você me mandasse embora."

Mattos deu um beijo no rosto de Salete.

"Vou ver se já chegou a água", disse Salete.

Logo ao entrar no banheiro viu seu rosto no espelho do armário na parede. Por menor que fosse, um espelho sempre atraía seu olhar.

Aproximou o rosto do espelho. Ela gostaria muito de ser loura e ter olhos azuis, como aquela mulher, e como aquela mulher saber encarar os outros, como a loura fizera ao olhar para ela, da porta. Agora, contemplava bem de perto seu rosto refletido no espelho. Os olhos eram muito redondos, todo mundo dizia que bonitos eram os olhos amendoados; as sobrancelhas muito grossas e negras, o nariz muito comprido, a boca muito grande. Por que Deus a fizera tão feia assim? O que a salvava era o corpo.

Tirou a roupa e tentou ver seu corpo no pequeno espelho. Gostaria naquele momento de poder olhar-se num espelho grande para esquecer a moça loura. Em sua casa ela dançava nua na frente de um enorme espelho na parede e a visão do seu corpo nu em movimento lhe dava sempre uma enorme felicidade. Mas no apartamento de Mattos só havia aquele espelho michola que deixava ver apenas seu rosto horroroso.

Os canos da banheira começaram a roncar. A água havia chegado. Salete encheu a banheira, cuidando que a temperatura estivesse correta. Depois postou-se ao lado da banheira. Não precisava fazer nenhuma pose, ela não era como muitas das meninas que conhecera na casa de dona Floripes, que na frente dos michês, para parecerem gostosas, escondiam com panos os peitos e a bunda, encolhiam a barriga, se contorciam encostando uma perna na outra para não deixar aparecer o buraco arqueado no meio das coxas. Gritou: "Pode vir!"

Mattos entrou no banheiro.

"Larga esse livro."

Salete observou o comissário colocando o livro num canto, sobre uma cesta de roupa suja. Onde estava o olhar de sobressalto ante a nudez dela, ou o outro olhar, o de tesão? Pegou a mão de Mattos e colocou-a sobre o seio.

"Você ouve o meu coração?"

Vira aquilo num filme. Não era um dos truques espertos de puta que aprendera na casa de dona Floripes, sempre que ficava nua na frente de Mattos o coração dela batia muito forte e certamente ele sentiria isso com os dedos. Os corpo dela tremia. "Sim, ouço o seu coração bater." Ele virou as costas para ela, apanhou o livro e saiu do banheiro. Salete apanhou sua roupa no chão e vestiu-se tristemente. Voltou para a sala. Mattos, com os cotovelos apoiados sobre a mesa, lia atentamente o livro aberto à sua frente. Salete saiu em silêncio, sem que o comissário percebesse.

***

O senador Vitor Freitas, acompanhado do assessor Clemente, pegou na garagem do Senado o carro oficial que ficava à sua disposição e mandou seguir para o Clube da Aeronáutica. O clube, na praça Marechal Ancora, não ficava distante do Senado, normalmente o carro chegaria em menos de dez minutos; mas naquele dia, depois de meia hora preso dentro do carro na avenida Presidente Antonio Carlos, o senador saltou do carro e junto com seu assessor fez o resto do trajeto a pé.

Uma multidão estava na porta do clube e Vitor Freitas teve de invocar várias vezes sua condição de senador para poder afinal entrar no clube.

O caixão com o corpo do major Vaz acabara de ser fechado e estava sendo coberto por uma bandeira brasileira.

"Chegamos tarde", disse Clemente.

"Onde está o brigadeiro Eduardo Gomes? É preciso que ele me veja aqui", disse Vitor Freitas. O brigadeiro fora candidato à presidência da República, pela UDN, em 1946 e em 1950. Na primeira eleição, perdera para o general Gaspar Dutra, que fora ministro da Guerra de Vargas durante a ditadura. Na segunda, para o próprio Vargas, uma vitória inesperada do ex-ditador, que se vingava assim de um dos militares que haviam liderado o movimento que o depusera em 1945. Apesar de duas vezes derrotado, o brigadeiro mantinha junto à classe média sua aura romântica de herói revolucionário adquirida quando do episódio dos Dezoito do Forte, em 5 de julho de 1922: dezessete oficiais e soldados e um civil saíram do Forte de Copacabana em direção ao Palácio do Catete, onde o comandante do Forte fora preso por insubordinação, dispostos a uma luta desigual. Marchavam pela avenida Atlântica quando foram atacados por forças leais ao governo do presidente Epitácio Pessoa. O civil e um tenente morreram. Três oficiais, entre eles Eduardo Gomes, foram gravemente feridos.

Clemente localizou o brigadeiro no meio de um grupo de oficiais da Aeronáutica e de civis. Mas Freitas não conseguiu apresentar os pêsames ao brigadeiro Eduardo Gomes, como gostaria. O senador chegou a dizer: "Brigadeiro, o martírio do major Vaz não será em vão". Mas o militar, cuja liderança entre a oficialidade jovem da Aeronáutica, conquanto estivesse na reserva, era incontestável, não ouviu o que Freitas dizia, pois naquele instante gritava irritado, no meio de um grupo de pessoas: "Já disse que o cortejo não passará na porta do Catete. Irá pela praia. O momento não é de provocações".

Clemente sussurrou ao ouvido de Freitas: "Aproveita e fala com o general Caiado. É bom agradar a gregos e troianos".

O chefe do Gabinete Militar da Presidência, visivelmente constrangido, permanecia num canto, acompanhado de um ajudante de ordens. Caiado de Castro estava ali como representante pessoal do presidente Vargas. O general viera diretamente do Catete, onde a família Vargas estava reunida.

Freitas cumprimentou Caiado, que o reconheceu.

"O presidente ficou profundamente chocado com esse crime bárbaro. Deu ordens terminantes para apurar responsabilidades, doa a quem doer", disse Caiado.

"Vargas está enfrentando essa situação como o grande estadista que é", disse Freitas, despedindo-se logo do general. O melhor era não se comprometer com ninguém. A situação estava muito indefinida.

Uma multidão de cinco mil pessoas acompanhou o féretro a pé até o cemitério São João Batista, em Botafogo. O senador Vitor Freitas e seu assessor afinal haviam conseguido se colocar junto dos militares e civis que cercavam Eduardo Gomes. Ao reconhecer o brigadeiro, as pessoas que assistiam à passagem do cortejo falavam-lhe aos gritos: "Brigadeiro, não deixe a democracia morrer!". "Vamos escorraçar os bandidos do palácio!" O brigadeiro mantinha-se sério e compenetrado.

Eram seis e trinta quando afinal chegaram ao cemitério. Um toldo, com uma lanterna acesa em cima, cobria o túmulo onde o major Vaz seria enterrado. Quando o corpo baixou à sepultura, Vitor Freitas havia conseguido se colocar entre o ministro da Justiça, Tancredo Neves, e o cardeal dom Jaime de Barros Câmara. "A polícia tudo fará para apresentar à Justiça os responsáveis por esse crime", disse o ministro com voz cansada ao reconhecer o senador ao seu lado. Tancredo Neves dissera aquela frase dezenas de vezes nas últimas vinte e quatro horas.

Antes de sair do cemitério Vitor Freitas viu-se subitamente ao lado de Eduardo Gomes. Por instantes não soube o que lhe dizer, mas sua indecisão durou pouco: "A morte desse herói será a aurora da decência no Brasil", disse lembrando-se de uma frase que lera numa coroa de flores, ainda no Clube da Aeronáutica. Notou que a frase fizera efeito sobre o brigadeiro. "Sou o senador Vitor Freitas, do PSD", acrescentou. "Obrigado, senador", respondeu Eduardo Gomes, com voz comovida.

Do cemitério, Freitas e Clemente foram para a casa do jornalista Carlos Lacerda. O apartamento estava apinhado de pessoas, muitos militares fardados. Lacerda estava recostado num sofá, a perna engessada para cima. Freitas se aproximou do jornalista. "Uma monstruosidade", disse. "Esse é um governo de banditismo e de loucura", respondeu Lacerda. O senador falou com algumas pessoas para marcar sua presença, entre essas os generais Canrobert e Etchgoyen, o brigadeiro Trompowski, o advogado Sobral Pinto e o deputado Prado Kelly. Falou até mesmo com dona Olga, mãe do jornalista.

Da casa de Lacerda, o senador e Clemente foram para a boate Ciro's.

"Que dia!", disse Freitas, depois que o garçom lhe serviu uma dose dupla de uísque.

"Você acha que o cruzeiro será desvalorizado? Ele está a 18,82 o dólar, no câmbio oficial, e no câmbio negro a 64,30", disse Clemente.

"Você anda fazendo negócios com dólar?"

"Tenho que me defender. O que vocês me pagam no Senado é muito pouco. Tenho hábitos caros. Anda, Vitor, responde."

"O Souza Dantas disse que o cruzeiro não vai ser desvalorizado. Vai ser mantida a taxa oficial em 18,82."

"Não acredito em nenhum puto deste governo. Se você souber de alguma coisa, você me diz logo?"

"Digo, meu anjo, digo. Que dia! Acho que mereço um descanso."

"Já sei o que você quer", disse Clemente, com um sorriso malicioso.

"Me arranja um garoto bonito desta vez."

"Vou ver o que posso fazer. Mas lembre-se que eu também mereço um descanso."

* * *

Já era noite quando Salete chegou ao terreiro de mãe Ingrácia.

Contou tudo o que acontecera. Mãe Ingrácia, com a cabeça virada, pois era um pouco surda, ouviu atentamente, fumando um cachimbo.

"Como era a voz da mulher loura? Parecia uma taquara rachada?"

"Não ouvi a voz dela. Mas deve ter uma voz bonita. A desgraçada é linda."

"Quando a cueca do homem não faz efeito só existe uma coisa que dá resultado", disse mãe Ingrácia, depois de várias baforadas.

"O quê, mãe?"

"Uma casquinha de ferida. Você tem que me arranjar uma casquinha de ferida do homem."

"Uma casquinha de ferida? Como vou arranjar uma casquinha de ferida dele?"

"Quem é que não tem uma feridinha? Todo mundo tem, de vez em quando, uma ferida. Toda ferida cria casca. Olha aqui."

Mãe Ingrácia mostrou o braço, onde havia uma ferida coberta por uma casca.

"Não pode ser outra coisa?"

"Não. Tem que ser uma casca de ferida. Dessa marronzinha."

Mãe Ingrácia cuidadosamente arrancou a casca da ferida, colocou-a na palma da mão e exibiu-a para Salete.

6

Na sexta-feira, por volta de sete da manhã, Climério carregando uma mala vazia retornou à casa do pistoleiro Alcino.

"A cobra está fumando", disse Climério, "o puto do Nelson se apresentou à polícia na madrugada de ontem. Hoje levaram ele para o quartel da Polícia Militar e o cachorro abriu o bico. Eu não devia ter confiado nesse filho da puta. É melhor você se esconder."

Entregou a mala a Alcino. "Põe umas roupas aí dentro. É melhor partir agora mesmo."

"E o meu dinheiro? Você prometeu para hoje."

Climério retirou do bolso um maço de notas e deu para Alcino. Dez notas de mil.

Alcino colocou dentro da mala uma suéter, duas cuecas, duas camisas, um gorro de lã de tricô, um terço de contas com uma cruz de metal na ponta e um par de tamancos.

***

O primeiro a chegar ao restaurante A Minhota, na rua São José, no centro da cidade, não muito distante da Câmara dos Deputados, foi Lomagno. Era quase uma da tarde. O restaurante, normalmente freqüentado por muitos senadores e deputados, estava vazio.

Lomagno sentou-se, taciturno. Pediu ao garçom um uísque on the rocks. O garçom, depois de servir Lomagno, deixou sobre a mesa um balde de gelo e uma garrafa de White Horse pela metade, na qual havia uma fita de papel colada verticalmente com a marcação das doses consumidas.

Pouco depois chegou Claudio Aguiar. Eles haviam se falado várias vezes pelo telefone, mas aquela era a primeira vez que se viam após a morte de Gomes Aguiar. Claudio fez um gesto para o garçom mostrando o uísque de Lomagno.

"Claudio, você é um filho da puta. Magalhães me disse que você quis transferir o financiamento da Cemtex para a Brasfesa."

Claudio gaguejou. "Ele... Ele disse isso?"

"Por que você fez isso?"

"A Luciana vai ficar agora com o controle da Cemtex. Não confio nela. Luciana vai nos passar para trás."

Nesse momento chegou Vitor Freitas, acompanhado do seu assessor Clemente e do deputado Orestes Cravalheira, do PSD. Claudio cumprimentou os três secamente e saiu da mesa, indo em direção ao banheiro. Lomagno foi atrás dele.

"Calma", disse Lomagno, dentro do banheiro.

"Ele precisava trazer o seu catamito?"

"Calma, calma", repetiu Lomagno.

"Ele não pode fazer isso comigo. Vou dizer a ele que não quero aquele viado na nossa mesa. Calhorda! Calhorda!"

Lomagno esbofeteou Claudio com força. Este recuou assustado.

"Por que você fez isso?"

"Você não vai dizer nada. Quando passar este ataque histérico volta para a mesa e fica calado."

"O que há com o Claudio?", perguntou Freitas, quando Lomagno retornou do banheiro.

"Ele não está se sentindo bem."

"Está tendo um faniquito?", perguntou Clemente, com um sorriso irônico.

Lomagno ignorou a pergunta.

"Cravalheira vai tomar um uisquinho com a gente enquanto espera uns amigos que vão almoçar com ele", disse Freitas.

O garçom trouxe copos e outra garrafa de uísque. Beberam. Falaram no atentado que vitimara o major Vaz, conversaram sobre generalidades. Cravalheira comentou que o juiz Murta Ribeiro fora sorteado relator da apelação do tenente Bandeira, condenado a quinze anos de prisão pela morte do bancário Afrânio Arsênio de Lemos, um crime passional que ainda prendia a atenção da cidade. A falta de água, como sempre, foi mencionada, mas apenas brevemente. Freitas mencionou a emissão de moeda feita pelo governo. "Sabem quanto o Oswaldo Aranha emitiu nos últimos doze meses, de 1? de agosto de 53 a 1? de agosto de 54? Mais de oito bilhões de cruzeiros. Não dá tempo para os funcionários rubricarem as cédulas fabricadas pelas guitarras da Casa da Moeda, American Bank Note e Thomas de la Rue." Lomagno permaneceu em silêncio. Claudio voltou para a mesa.

"Melhorou, querido?", perguntou Clemente. "Você está com cara de quem está com alguma febre."

Cravalheira voltou a mencionar o atentado.

"Até o dia de ontem", disse Freitas, "ou melhor, até a noite de anteontem, dia 4, ou início da madrugada do dia 5 quando ocorreu o atentado da rua Tonelero, o clima neste país lembrava o de 1937. Mas agora Getúlio não tem mais condições de dar um golpe."

"Ele não ia dar golpe nenhum", disse Cravalheira.

"Por que você pensa que o Getúlio cancelou a viagem à Bolívia para inaugurar a estrada Santa Cruz de la Sierra—Corumbá?", disse Freitas, servindo-se de outro uísque. Ele mesmo respondeu, dizendo serem mentirosas as razões alegadas, de que o aeroporto de Santa Cruz, na Bolívia, não oferecia segurança. Na verdade, Getúlio não queria que o vice-presidente Café Filho assumisse a Presidência da República.

"Como todo golpista ele está sempre achando que os outros querem dar o golpe nele", disse Clemente.

Cravalheira tirou um recorte do bolso.

"Deixa eu mostrar para vocês quem é esse Café Filho. Vejam o que ele disse."

O deputado leu em voz alta: "Minha vida foi uma longa participação em revoluções, conspirações. Sofri muito, tenho balas no corpo".

"Coitadinho", disse Clemente.

"Ouçam o resto. Ele diz que o momento mais dramático que

viveu teria ocorrido não há muito tempo. Viajava para o Chile e o avião da FAB em que ia foi obrigado a fazer uma aterrissagem forçada entre os picos dos Andes. Imediatamente os governos do Chile e da Argentina mandaram aviões para que ele continuasse a viagem. Mas Café, patrioticamente, refletiu que estava num avião da FAB e que mudar de avião naquela conjuntura seria dar uma demonstração de desconfiança da capacidade técnica dos valorosos oficiais da Força Aérea Brasileira. Sentiu, enquanto tomava essa decisão, toda a extensão da sua responsabilidade, como vice-presidente da República. Consertado o avião da FAB, o valente Café diz que dispensou os que o acompanhavam e embarcou no aparelho para morrer, pois estava cumprindo o dever de prestigiar a nossa aviação e os nossos pilotos."

Clemente cantou o refrão de uma conhecida música de carnaval: "E o cordão dos puxa-sacos cada vez aumenta mais".

"O Café terminou a entrevista com estas palavras: 'Foi assim que vivi o meu momento dramático, por força do mandato de vice-presidente da República. Nunca imaginara que tal me acontecesse, nem mesmo dentro das mais duras campanhas e das mais acesas revoluções'. E pensar que esse farsante pode vir a ser presidente da República."

"Quem manda são os milicos de azul... Café sabe para que lado o vento está soprando."

"Você foi ao enterro do major?"

"Fui. Só um maluco não iria", disse Freitas.

"Um promotor público e um oficial da Aeronáutica foram indicados para acompanhar o inquérito. Estão dizendo que o delegado Pastor, que preside o inquérito policial, é getulista."

"Por falar em polícia, preciso falar com você sobre um comissário —" Clemente parou a frase no meio.

"Que comissário?", perguntou Freitas.

"Não é nada. Depois a gente conversa."

"O Getúlio está com os dias contados", disse Freitas.

"O Getúlio costuma ter um ás escondido na manga", disse Cravalheira.

"O homem está gagá. Não viu a foto dele sendo penteado pelo Gregório em público? Parecia um servente do hospital da Santa

Casa da Misericórdia cuidando de um daqueles velhinhos que fazem xixi nas calças."

Cravalheira retrucou que subestimar Getúlio era um erro. "Lembra a campanha dos marmiteiros que o velho articulou?"

"Foi o Borghi quem planejou tudo."

Cravalheira fez um longo comentário sobre o oportunismo e a covardia do político brasileiro. "Pila é uma exceção, teve a hombridade de afirmar que é preciso opor a força à força. Quando da tentativa de impeachment, e isto tem pouco mais de um mês, somente trinta e cinco deputados tiveram a coragem de enfrentar o Catete. O Getúlio só não fechou o Congresso porque não quis."

"Não quis por quê?"

"Preferiu desagregar primeiro a oposição, preparando o caminho do golpe. A sala de espera do Oswaldo Aranha, no Ministério da Fazenda, até ontem estava apinhada de udenistas. Mas concordo que o atentado mudou tudo. Getúlio foi colocado na defensiva."

"Essa politiquinha de merda me enche de tédio", disse Clemente.

"Ele cometeu um erro pela primeira vez na vida. Não tinha que perder tempo desagregando um partido como a UDN. O Exército toparia o golpe, antes do atentado. Agora que mataram o aviador, está mais difícil."

Lomagno e Claudio não participavam da conversa, mantendo-se num silêncio agressivo, que acabou incomodando Cravalheira. O deputado, antes mesmo que seus convivas chegassem, despediu-se e foi sentar-se em outra mesa.

"Um cretino completo", disse Clemente. "Não sei por que você perde tempo com um idiota desses."

"Qual é o problema urgente sobre o qual você queria me falar?", disse Freitas.

"É um assunto particular", disse Claudio olhando acintosamente para Clemente.

"Clemente está por dentro de tudo."

"Eu não confio nesse sujeito", disse Lomagno.

"Querido, como disse o Vitor eu estou por dentro de tudo.

No frigir dos ovos não tem a menor importância se você confia ou não em mim."

"Se você me chamar de querido outra vez eu lhe dou um murro nos cornos aqui dentro", disse Lomagno.

"Cala a boca, Clemente", disse Vitor, suspirando. "Afinal, qual é o problema?"

"Qual o problema? Qual o problema? O assassinato de Paulo!", exclamou Claudio. "O acionista majoritário da Cemtex agora é a Luciana."

"Aquela harpia ninfomaníaca?", disse Freitas.

"Não diga besteira", disse Lomagno, com uma violência que surpreendeu Freitas. "Você não conhece a Luciana", acrescentou Lomagno, controlando sua inesperada fúria.

"Talvez não conheça mesmo... Eu apenas estava repetindo..."

"Vamos mudar de assunto", cortou Lomagno, secamente.

"Pedi ao Magalhães para falar com o Gregório, para ver se ele conseguia transferir a licença de importação para a Brasfesa", disse Claudio, olhando timidamente para Lomagno. "O crioulo não quis conversa. O Magalhães morre de medo dele."

"O Gregório depois que recebeu a Maria Quitéria ficou ainda mais arrogante. Um absurdo, a maior condecoração do Exército ser dada a esse indivíduo."

"Você podia falar diretamente com o Souza Dantas", disse Claudio. "Como presidente do Banco do Brasil ele manda na Cexim."

"A situação é muito séria", disse o senador tomando um gole de uísque, escolhendo as palavras com cuidado. "O país entrou numa crise que pode ter conseqüências graves."

"A morte desse aviador? Isso daqui a pouco será esquecido."

"Lacerda não vai deixar ninguém esquecer."

"Você está fugindo do assunto", disse Claudio irritado. "Eu perguntei se você falaria com o presidente do Banco do Brasil. Você fala ou não?"

"O atentado mudou tudo", disse Freitas. "Os militares estão furiosos com a morte do major Vaz. Hoje será realizada uma assembléia no Clube da Aeronáutica, com objetivos nitidamente golpistas. Também hoje, nas duas casas do Congresso, serão proferidos discursos condenando o atentado. O deputado Aliomar Baleeiro, que está coordenando essa ação conjunta, e que será um dos deputados que discursará, me pediu para falar também." "Ele não vai falar com o Souza Dantas. Deixa pra lá, Claudio", disse Lomagno. Sua irritação parecia controlada.

"Meu amigo", disse Freitas, "eu sou nordestino. Sabe o que isso significa? Que sou um sobrevivente. Eu prevejo tudo de ruim que está para acontecer. O Nero Moura, ministro da Aeronáutica, e o ministro da Guerra, Zenóbio da Costa, disseram que hoje não haverá nenhuma assembléia de militares no Clube da Aeronáutica. Mas o Zenóbio colocou de prontidão unidades de elite como o Batalhão de Guardas e o Batalhão de Polícia do Exército. A verdade é que os ministros militares já não têm mais controle sobre a oficialidade jovem. Quando os generais só conseguem mandar em outros generais a coisa vai mal. Muito mal."

"Você vai ou não vai falar com o Souza Dantas?"

"Ele não vai falar. Encerra o assunto", disse Lomagno, bruscamente.

"A oposição vai se aproveitar da conjuntura. O Souza Dantas já era muito visado antes, imaginem agora... Vou ser franco com vocês, não quero mais me envolver nesse negócio. Não posso. Tenho que ficar na encolha, até ver o bicho que vai dar", disse Freitas.

"Você está metido nesse negócio até o pescoço", disse Claudio.

"Não se deixe coagir, querido", disse Clemente.

Freitas levantou-se.

"Claudio", disse o senador, com voz condescendente, "em trinta anos de política nunca dei um passo em falso. Não será você, que além de tudo é meu amigo, e espero que continue sendo por muito tempo apesar deste episódio desagradável, que vai conseguir me chantagear. Vocês vão ter que sair dessa enrascada sozinhos."

"Você não passa de um filho da puta corrupto", disse Lomagno.

"Somos todos filhos da puta corruptos, aqui nesta mesa. Aqui neste país. Vamos embora, Clemente."

Freitas e Clemente caminharam pela rua São José em direção à avenida Rio Branco. "Lomagno e Claudio são dois canalhas. Você devia romper com eles."

"Oportunamente. Que história é essa, do tal comissário?"

"Ele apareceu no Senado querendo falar com você. Não disse o que queria."

"Você devia ter me falado."

"Esqueci. O cara é um merdinha, basta olhar a roupa dele."

"Mas você devia ter me falado."

"Tenho que lembrar de tudo, é?! E onde foi que você se meteu quinta-feira de tarde?"

"Como é o nome do policial?"

"Acha que vou saber de cor o nome de um tira que se veste com roupa feita na Esplanada?" Clemente riu. "Duas coisas que eu não usaria nem morto: roupa de caroá e uma roupa pronta dessas lojas." Mudando de tom: "Eu anotei o nome dele em algum lugar".

"Procura o Teodoro, da segurança do Senado. Ele está querendo arranjar um emprego para a mulher dele. Pode prometer. Diz ao Teodoro para apurar quem é esse tira e o que ele quer comigo. Ficha completa. A gente não deve deixar nada no ar."

Os dois entraram juntos no Senado. Clemente foi procurar Teodoro. Vitor Freitas, no seu gabinete, deu os últimos retoques no discurso que faria condenando o atentado da rua Tonelero.

***

Naquela tarde, na mesma hora em que Vitor Freitas discursava no Senado — "a nação não pode esquecer, não pode perdoar essa ignomínia!" — o comissário Mattos recebia um telefonema do perito Antonio Carlos:

"Os pêlos do sabonete não são da vítima."

"São da mulher?"

"De um homem. Um negro."

"Um negro? Isso é possível de descobrir? Tenho uma edição nova do Soderman, de 1952, e ele não fala nisso."

"Soderman está superado. Os exames que fiz são baseados num estudo publicado no último número do *New England Journal of Medicine*. Fiz todos os testes. Um negro usou aquele sabonete, provavelmente tomou banho naquele banheiro."

Um negro. O copeiro dos Aguiar era branco.

"Obrigado, Antonio Carlos", disse o comissário. Tirou do bolso o anel de ouro que havia encontrado no box do banheiro. Um negro de dedos grossos.

Quando Mattos ia sair, Rosalvo perguntou se podia falar com ele. "Só se for urgente", o comissário respondeu. Tinha pressa de chegar ao edifício Deauville, onde Gomes Aguiar fora assassinado.

"Estive aqui no domingo", disse o comissário ao porteiro.

"Sim senhor. Eu me lembro."

"Você ficou de falar com o porteiro da noite para ir me procurar no distrito."

"Falei com o Raimundo, doutor. Ele não foi?"

"Você disse que ele mora num quarto dos fundos. Vai dizer a ele para vir aqui."

Raimundo chegou com cara de sono. Era um pernambucano magro, com uma testa pequena; seu cabelo parecia começar em cima do nariz.

"Vamos para o seu quarto."

Entraram num cubículo sem janelas, com uma cama estreita e um pequeno armário sem porta, dentro do qual se amontoavam roupas ordinárias desbotadas.

"Gostaria de lhe fazer outras perguntas sobre o assassinato do senhor Gomes Aguiar."

"Não sei de nada. Não vi nada, doutor."

"Você ficou a noite inteira de sábado na portaria?"

Raimundo coçou a cabeça, nervoso. "Sábado, sábado..."

"A noite de sábado."

"Fiquei."

"Por que você está tão nervoso?"

"Essa coisa de polícia, doutor. Não estou acostumado."

"Tenho certeza de que você não ficou a noite inteira na portaria. Ou saiu ou foi dormir. Qual das duas?"

"Não estou entendendo, doutor."

"Não adianta mentir, Raimundo. Vou acabar descobrindo, você vai ser processado."

"O que o senhor quer saber?"

"Vai falando."

"Eu saí um momento da portaria."

"Pra quê?"

"Uma moça amiga minha veio aqui... Uma empregada aqui no prédio... Bem... Viemos para o meu quarto..."

"A que horas?"

"Uma da madrugada."

"Ficaram quanto tempo aqui?"

"Duas horas. Doutor, se o síndico souber ele me manda embora..."

"Você disse que no sábado os moradores do oitavo andar não receberam visitas."

"Receberam sim. Um crioulo."

"Você sabe o nome dele?"

"Não senhor."

"Você viu o crioulo sair?"

"Não senhor."

"Como é ele?"

"Um negro grande e mandão. Mal-encarado."

"Mandão?"

"Ele foi entrando e me olhou com cara feia."

"Como é ele?"

"Usava paletó e gravata."

"A cara dele."

"Uma cara larga, fechada."

"Por que não me falou nesse crioulo antes?"

"Dona Luciana me disse para não falar com ninguém."

"Mais alguém visitou o apartamento naquela noite?"

"Talvez alguém tenha entrado e saído quando eu... eu..."

"Como foi que dona Luciana lhe pediu para não falar no crioulo?"

"Disse que o crioulo tinha ido fazer um trabalho no apartamento e que ela não queria que ninguém soubesse disso."

"Que trabalho?"

"Acho que é coisa de macumba, um despacho, um troço desses. Eu não entendo disso, não acredito nessas coisas. Doutor, se dona Luciana —"

"Ela nada saberá sobre nossa conversa. Pelo menos por enquanto."

"Estou ferrado, doutor, vou perder o meu emprego. A corda sempre arrebenta no lugar mais fraco."

"Fica calado. Não fale com ninguém sobre nossa conversa."

"Sim senhor."

"Se mudar de endereço ou sair do Rio me avisa antes. Vou precisar conversar com você novamente. Ouviu?"

"Eu não sei mais nada, doutor."

"Vou repetir: quero saber onde você anda, onde está. Sempre. Não tente fugir de mim."

"Sim senhor."

Mattos voltou para o hall. O elevador estava parado no térreo. O tira entrou, apertou o botão do oitavo andar.

Nilda abriu a porta.

"Dona Luciana está?"

Nilda hesitou. "Não senhor."

O comissário entrou, afastando Nilda.

"Avise a sua patroa que eu quero falar com ela."

Nilda voltou seguida do copeiro.

"Dona Luciana mandou dizer que não pode atendê-lo. Ela está doente, de cama."

"Você pode dar um recado a ela?"

"Sim senhor."

"Diga a dona Luciana que eu volto aqui outro dia, para conversar com ela sobre o negro."

***

Naquela noite, às oito horas, conforme Vitor Freitas previra, mais de quatrocentos oficiais da Aeronáutica, do Exército e da Marinha de Guerra reuniram-se no Clube da Aeronáutica para "manter aceso o clima de indignação pela morte do major Vaz e manifestar a decisão de prosseguir com o inquérito sobre o trucidamento do major Vaz até onde a polícia não se sentia com coragem de ir". Havia poucos oficiais superiores. Um deles, o brigadeiro Fontenelle, declarou: "Apesar das barbaridades eu me orgulho do Brasil". Durante a reunião, o major Gustavo Borges, da Aeronáutica, falando em nome da "comissão de oficiais da Aeronáutica que investiga o assassinato do major Vaz", disse que ele e os seus companheiros estavam dispostos a seguir até o fim as pistas que a polícia não investigava porque conduziam até altas autoridades. "Nós mesmos faremos o que a polícia não tem coragem de fazer!", exclamou Borges. O auditório o aplaudiu de pé. Em seguida, o major Helder levou a solidariedade da oficialidade jovem do Exército aos companheiros da Aeronáutica: "É preciso que se vá até o fim na apuração desse crime hediondo, que transformou nosso país de uma nação civilizada em um domínio de malfeitores". Depois da reunião os militares distribuíram para a imprensa uma nota em que informavam haver solicitado à direção do Clube da Aeronáutica a convocação de uma assembléia extraordinária para tratar das homenagens póstumas a serem prestadas ao major e do amparo à sua família.

***

Salete e Mattos se encontraram para jantar na churrascaria Recreio, que ficava na rua onde residia o comissário. Salete sugerira aquele local. Luiz Magalhães não freqüentava churrascarias.

"Que foi isso na sua testa?", perguntou Salete.

"Bati com a cabeça na parede."

"Vai criar uma casquinha?"

"Não, isso é apenas um galo."

"Ah..."

Salete pediu um churrasco misto com farofa e um guaraná. O comissário pediu macarrão na água e sal e um copo de leite. Não havia leite na churrascaria.

Durante o jantar Salete disse que "estava morrendo de saudades".

"Estivemos juntos ontem", disse o comissário.

"Mas não fizemos nada... Você estava com dor de estômago..."

"Continuo com dor de estômago."

Salete sentiu um aperto no coração. Levantou-se abruptamente, passando a mão sobre os olhos. "Vou ao banheiro", disse.

No banheiro havia um espelho. Salete, ao ver seu rosto no espelho, começou a chorar. Uma mulher entrou e colocou a mão no seu ombro.

"Não chore, minha filha, os homens não merecem o nosso desespero", disse a desconhecida.

A mulher era gorda e feia, estava mal vestida. Mesmo assim, Salete jogou-se nos seus braços para chorar.

7

"Hoje não vou poder ver você. Vou fazer uma viagem", disse Luiz Magalhães.

"Onde você vai?"

"Vou ao Uruguai. Negócios. Mas terça-feira estou de volta. O que você vai fazer no fim de semana?"

"Não sei."

"Não sabe? Acho melhor não fazer nenhuma bobagem." Será que ele desconfia de alguma coisa?, pensou Salete. Luiz era muito ciumento. Certa ocasião lhe dissera que a mataria se ela o traísse com algum homem.

"Acho que vou ver aquela dançarina negra americana, a Katherine Dunhan. Ou a Carmélia Alves. A rainha do baião."

"Você é muito influenciada pelo que lê nessas revistas idiotas. Baião é coisa de caipira."

"É bom de dançar."

"O quê?!"

"Não vou dançar baião com ninguém, não se preocupe."

"Você está precisando de dinheiro?"

"Ainda não gastei o que você me deu no mês passado."

"Juízo, hein?", disse Luiz desligando o telefone.

Salete tirou a roupa, colocou um disco da Carmélia Alves na vitrola e ficou dançando baião em frente ao espelho, com os braços levantados, o direito um pouco mais elevado, como se estivesse abraçada a um parceiro. No meio da dança começou a chorar; seu rosto molhado de lágrimas, refletido no espelho, pareceu-lhe menos vulgar, mais romântico — mas continuava feio. Suspirou, pensativa: ela não fazia outra coisa na vida senão chorar.

Foi interrompida pela empregada batendo na porta. A pedicure havia chegado. Enrolou-se numa toalha e abriu a porta. "Vou fazer os pés aqui no quarto, Cida. Entra. Traz o pufe, Maria de Lurdes."

A empregada trouxe um pequeno assento acolchoado e colocou-o em frente a uma poltrona próxima da janela.

Cida cuidava dos pés de Salete toda semana. Não havia muito o que fazer e logo a pedicure terminou seu trabalho. Cida não trouxera um esmalte que fosse igual ao das unhas da mão de Salete; havia esse problema, a pedicure era uma e a manicure outra, e nem sempre as duas tinham os mesmos esmaltes em suas maletas de trabalho. Cida retirou com acetona o esmalte das unhas das mãos de Salete e pintou todas as unhas, dos pés e das mãos, com um esmalte exatamente da mesma cor, vermelho vivo.

Depois tomaram um cafezinho que Maria de Lurdes preparara.

"E o Malvino? Como vai?"

"Há três dias atrás ele apareceu com um garrafão de vinho lá em casa, afirmando que não bebe mais cachaça. Disse que agora bebe vinho, que é sangue de Cristo. Mas não mudou nada, acho até que porre com o sangue de Cristo é pior."

"Ele é bêbado mas é teu, não é? Mora na sua casa, está ali na hora em que você precisa. E eu que tenho dois homens, um casado e outro que não quer saber de mim? Chega uma hora da noite que olho pro lado e não tem ninguém na cama comigo; eu levanto e o apartamento está vazio. O meu apartamento, como você pode ver, tem os melhores móveis que existem, na sala e no quarto, está cheio de coisas, geladeira, enceradeira, aspirador de pó, liquidificador, aparelho de café, aparelho de jantar, tenho até quadro na parede, esculturas, coisas de prata, mas homem que é bom, néris."

"Eu gostaria ter essas coisas que você tem. Adoro o preto velho fumando cachimbo, da parede da sala."

"Quem fez esse quadro é um pintor importante, esqueci o nome dele. Aquela bailarina de biscuit é francesa, legítima. Foi o Luiz quem me deu. Mas o que adianta isso?"

"Quem sabe se um dia ele não deixa a mulher dele?"

"Mas eu não quero o Luiz, quero o outro. Ele é doente, tem uma úlcera no estômago, se viesse viver comigo eu curava ele."

"Ele bebe?"

"Não. Só tem a úlcera."

"Homem doente costuma querer uma mulher para tomar conta dele."

"O Alberto não. Quando fica doente ele se esconde, não quer me ver."

"Esquisito..."

"Ele é da polícia."

"Então está explicado. Mas olha, não se mete com polícia não. Fica com esse bacana que te dá tudo."

"Acho que o Alberto gosta de outra, uma sirigaita grã-fina."

"Melhor para você. Ele que fique com ela."

"Vou te dizer uma coisa, nunca contei isso para ninguém. Nasci e fui criada no morro do Tuiuti, ali perto de São Cristóvão. Minha mãe trabalhava fora e eu tomava conta dos meus dois irmãos menores. A gente passava fome. Às vezes eu ia com eles, sem minha mãe saber, passear na Quinta da Boa Vista. Nadávamos no lago, corríamos no gramado. É a única lembrança boa que tenho daquela época. Fiquei no morro até os treze anos de idade, quando minha mãe morreu e eu fui ser babá numa casa de família em Botafogo."

"Sua mãe morreu de quê?"

"Bebida. Ela bebia muito."

"E os seus irmãos?"

"Foram para a casa duma tia. Nunca mais vi nenhum deles."

Na verdade ela não sabia ao certo se sua mãe havia morrido ou não. Aos treze anos Salete havia fugido de casa. Não tinha a menor idéia do que teria acontecido com a mãe e com os irmãos. Mas gostaria que ela estivesse morta. Sua mãe era uma mulata escura, quase preta, gorda, feia e ignorante. Tinha medo que ela ainda estivesse viva e aparecesse um dia, como um fantasma.

"E seu pai? Você não tem pai?"

"Nunca conheci meu pai. Só sei que ele era um português safado."

Ela trabalhava havia dois anos como babá numa casa em Copacabana quando encontrou dona Floripes. Empurrava o carrinho do bebê pela rua quando uma mulher chegou perto dela e depois de muita conversa disse que se Salete fosse trabalhar na casa dela poderia ganhar muito mais. Mas isso Salete não disse para a pedicure. "Aquela época de favelada foi um horror. Sofri muito até conseguir subir na vida, ser o que sou hoje, manequim de moda." "É bom estar por cima da carne seca, não é? Depois de comer o pão que o diabo amassou, como você." "O Magalhães é um homem importante e me dá tudo. Pois olha, trocaria todas as coisas que tenho para viver com o Alberto. Mas como disse, ele não gosta de mim." A manicure ficou com pena da sua freguesa. "Você não deve desistir assim sem mais nem menos. A gente deve brigar pelo homem que a gente ama. Mesmo se ele for da polícia." "Que tem ele ser da polícia?" "Eles vivem cheios de mulheres e podem morrer de uma hora para outra."

Antes de a manicure ir embora Salete lhe deu, como fazia sempre, as revistas *Cinelândia*, *Grande Hotel* e a *Revista do Rádio*, que já lera.

Salete ficou pensando, sentada no sofá da sala, enquanto folheava a *Cigarra* nova, desatenta, sem conseguir ver nem mesmo os desenhos de moda do Alceu. Pensava no que a manicure lhe havia dito. A gente tem de brigar pelo homem que a gente ama.

***

Naquele momento Mattos estava deitado no sofá-cama Drago, ouvindo *La Bohème*. Ele acabara de ver uma foto na primeira página da *Tribuna da Imprensa* que o deixara muito perturbado. As desventuras amorosas de Rodolpho e Mimi, ainda que continuassem sendo expressas com emoção pela Tebaldi e pelo Prandelli, haviam cedido lugar às cogitações sobre o crime do edifício Deauville.

Mattos, conquanto reconhecesse ser emotivo e impulsivo em demasia, acreditava ter lucidez e perspicácia suficientes para escapar das clássicas ciladas da investigação criminal, principalmente da "armadilha da lógica". A lógica era, para ele, uma aliada do policial, um instrumento crítico que, nas análises das situações controversas, permitia chegar a um conhecimento da verdade. Todavia, assim como existia uma lógica adequada à matemática e outra à metafísica, uma adequada à filosofia especulativa e outra à pesquisa empírica, havia uma lógica adequada à criminologia, que nada tinha a ver, porém, com premissas e deduções silogísticas à la Conan Doyle. Na sua lógica, o conhecimento da verdade e a apreensão da realidade só podiam ser alcançados duvidando-se da própria lógica e até mesmo da realidade. Ele admirava o ceticismo de Hume e lamentava que suas leituras realizadas na faculdade, não apenas do filósofo escocês, mas também de Berkeley e Hegel, tivessem sido tão superficiais.

. Olhou novamente a foto grande de Gregório Fortunato na primeira página, tendo embaixo a legenda: "Gregório é o símbolo ostensivo da capangagem de que Getúlio Vargas com medo do povo procura cercar-se. Ele representa o primarismo dos métodos de fazer calar as vozes que incomodam o sono do grande oligarca, que quer dormir sem pesadelos, apesar dos seus crimes".

Gregório, na foto, de chapéu, paletó e gravata, um lenço branco no bolso do paletó, tinha as mãos em volta da cabeça de Vargas, como se estivesse ajeitando os cabelos do presidente. O que chamava a atenção do comissário, porém, não era aquela demonstração pública de carinho de um capanga pelo seu protegido. Era a mão esquerda do guarda-costas.

O comissário tirou do bolso o anel que encontrara no banheiro de Gomes Aguiar e o dente de ouro. Inexplicavelmente, para ele, estavam no mesmo bolso. Colocou apressadamente o dente de ouro no chão, ao lado do sofá-cama. Com o anel na mão, voltou a olhar para a foto do jornal, para o que realmente lhe interessava, o dedo anular da mão esquerda de Gregório, onde se via um anel parecido com aquele que segurava naquele instante. Rememorou a conversa que tivera com o porteiro Raimundo, sobre a visita de um negro ao apartamento de Gomes Aguiar no dia do assassinato. Juntou essa informação à do perito Antonio Carlos, segundo a qual os cabelos encontrados no sabonete do banheiro do morto eram de um negro. O comissário lutou contra a excitação venatória que estava sentindo, que resultava tanto da eventual descoberta e contingente captura do autor do crime, quanto da identidade do suspeito. Tinha que manter a lucidez e encarar tais indícios friamente: eram apenas um sinal, uma pista a ser seguida como qualquer outra.

Pegou o dente de ouro e foi ao banheiro. Em frente ao espelho arreganhou os lábios e colocou o dente de ouro em frente ao local onde estivera antes, agora ocupado por um incisivo de porcelana. Ninguém mais se lembrava, ou talvez ninguém mesmo soubesse, pois o próprio dentista que fizera aquele trabalho morrera, que ele um dia tivera um dente de ouro na boca. Mas ele não se esquecia.

A música cessara. Mattos virou o long-play no prato do toca-discos. Seu estômago doía. Ele precisava comer alguma coisa. Ao abrir a geladeira a campainha da porta tocou.

"Posso entrar?", perguntou Alice.

"Entra."

Os dois em pé, na sala.

"Que ópera é esta?"

"*La Bohème.*"

Alice andou de um lado para o outro da pequena sala.

"Diz logo o que você quer me dizer."

"Meu marido é amante de Luciana Gomes Aguiar."

Alice falava apressadamente, sem parar de andar.

"Era isso que eu queria dizer naquele dia em que tomamos chá na Cavé. Eu havia lido no jornal que você estava investigando a morte do marido dela."

"Seu marido sabe que você está aqui?"

"Não. Ele foi a São Paulo ver uma luta de boxe."

Lomagno havia viajado na véspera, para ir assistir, naquele sábado, no Ginásio do Pacaembu, as lutas de dois pugilistas brasileiros, Ralph Zumbano e Pedro Galasso, contra adversários argentinos.

"Senta, por favor. Por que você me diz essa história do seu marido com Luciana Aguiar?"

"Precisava desabafar com alguém."

Mattos ficou calado, evitando olhar para o rosto da antiga namorada.

"Você ainda gosta de mim?", perguntou Alice.

"Não sei." Pausa. "Desabafar o quê?" Agora Mattos olhava bem para o rosto da mulher, procurando sinais de astúcia ou insídia.

Novamente a campainha tocou.

"Deixa tocar", disse Alice.

O comissário abriu a porta.

Era Emílio, o maestro. Tirou o chapéu panamá, passando-o para a mão esquerda que já segurava a bengala e estendeu a mão para o comissário.

"Desculpe vir incomodá-lo em casa mas —"

Parou ao perceber a presença de Alice. "Boa tarde, senhorita, sou um velho e humilde amigo do doutor."

"Entre", disse o comissário.

"Posso lhe dizer uma palavrinha em particular?"

Mattos levou Emílio para o quarto.

"Sim, seu Emílio..."

O velho, surpreendido e desapontado com a modéstia do apartamento do comissário, não sabia o que dizer. Mastigou a dentadura nervosamente.

"Fico até sem jeito de lhe fazer outro pedido... Afinal, não tem nem uma semana... Mas eu vou lhe pagar tudo... Aconteceu um imprevisto..."

"Eu estou duro, seu Emílio. Acabei de comprar a Enciclopédia Britânica e uma coleção de livros clássicos... Mais de cinqüenta volumes..."

"Por que você não comprou a crédito?"

"Comprei no sebo. O sebo não vende a crédito." Os ruídos da dentadura de Emílio comoviam o comissário.

"E a sua namorada... será que ela...?"

"Essa moça não é minha namorada."

"Não é? Hum, hum, doutor, esses olhos que a terra vai comer sabem ver a paixão no rosto de uma mulher..."

111

"Não posso pedir dinheiro a ela."

Emílio tirou um enorme lenço sujo do bolso e limpou os olhos.

"Desculpe. Nós, os velhos, choramos à toa."

O comissário passou os braços em torno dos ombros de Emílio. Sentiu pena da magreza frágil do velho e repugnância do cheiro de lavanda barata que se desprendia do seu corpo.

"Espera aí."

O comissário voltou para a sala.

"Você tem dinheiro para me emprestar?"

"Quanto você quer?", disse Alice.

"Quinhentos cruzeiros."

"Duzentos, pode ser duzentos", gritou Emílio de dentro do quarto.

Alice tirou um talão de cheques da bolsa e o preencheu. O comissário pegou o cheque e voltou para o quarto. Encontrou Emílio escondido perto da porta, a boca aberta, atento, tentando ouvir melhor. Estava começando a ficar surdo.

O velho pegou o cheque. Olhou a quantia.

"Ficarei eternamente agradecido, não esquecerei —"

"Sim, sim. Está na hora de ir embora", cortou Mattos, pegando Emílio pelo braço e levando-o para a sala.

Na sala o velho parou. Fez um gesto largo com o chapéu na direção de Alice, como um nobre saudando uma rainha. Depois, da porta, olhou o homem e a mulher sérios no meio da sala e disse, grandiloqüente: "A poção que Brangane lhes deu para beber não é mortal". Dito isto retirou-se, dramaticamente.

"O que ele quis dizer?"

"Estava fazendo jus aos quinhentos cruzeiros que você lhe deu." Mattos virou o disco novamente. La Bohème ao fundo lhe dava uma certa segurança.

"Quem é Brangane? Você tem fósforos?"

"Uma personagem de ópera. Isolda pede que sua aia Brangane prepare um veneno mortal para ela e Tristão. Mas a aia prepara uma outra poção. Ao beberem-na, ambos redescobrem que se amam."

112

"Acende o meu cigarro."

Mattos acendeu o cigarro de Alice.

Alice se aproximou do comissário.

"Você disse *redescobrem*. Eles se amavam antes?"

"Sim."

"E depois da redescoberta do amor, o que foi que eles, os amantes, fizeram?"

"Nada."

Alice olhou atentamente para o rosto do comissário. Ele sempre fora difícil de entender. No início Alice acreditava que a consciência que seu namorado tinha da própria pobreza e um orgulho exacerbado causavam os seus problemas. Depois, concordando com a opinião de sua mãe, passou a acreditar que o rapaz sofria de alguma forma de morbidez psíquica. Mas quem não sofria?

"Por quê?"

"Como diria um wagneriano, o patético da história é que a honra de Tristão impede que o amor dos dois se realize."

Ficaram em silêncio.

"Seu marido é negro?"

"Negro? Meu marido?"

"Quem matou Paulo Machado Gomes Aguiar foi um negro. Se seu marido não é negro ele não é o assassino."

"Eu não disse que o meu marido matou o Paulo."

"Mas você suspeita que seu marido possa ter matado o Gomes Aguiar."

"Não sei, não sei, você está me deixando nervosa!"

"Algum negro freqüenta a casa de vocês?"

"Claro que não!"

"Existem milhões de negros nesta cidade. Um deles podia freqüentar sua casa." Pausa. "Você veio aqui e me disse que o seu marido é amante de Luciana Gomes Aguiar. E depois?"

"Por que você está falando assim comigo?" A dureza na voz do comissário e a mancha de infiltração de água que acabara de ver no teto fizeram-na sentir uma súbita ansiedade. Suas mãos tremiam.

"Você me deixa nervosa, falando assim comigo." Alice apanhou a bolsa, retirou dela um vidro e foi para o banheiro.

Mattos abriu a geladeira, tirou uma garrafa de leite e bebeu no gargalo. A música acabara, mas agora ele preferia o silêncio. Precisava olhar suas fezes, ele sempre se esquecia de fazer isso. Pegou o livro de direito civil e atirou-o com violência de encontro à parede.

"Que barulho foi esse?", perguntou Alice, assustada, saindo do banheiro.

"Não foi nada. Joguei um livro na parede."

"Ah...", disse Alice. "Estou atrasada, tenho que ir."

"Era isso que você queria? Que eu suspeitasse do seu marido?"

"Estou muito nervosa."

"Você quer que eu suspeite do seu marido."

Apressadamente Alice abriu a porta e saiu correndo. Quando o comissário foi atrás dela, Alice já descera pelas escadas e havia desaparecido.

Na porta do edifício da rua Marquês de Abrantes, Salete, sobraçando um embrulho com macarrão, tomates, alho e cebolas, andava nervosamente de um lado para outro, esperando Alice sair. Salete fora ao prédio para visitar o tira e chegara no momento em que Alice saltava de um táxi. Ela pensara em entrar também mas não tivera coragem. Além disso, a presença de Alice estragaria os seus planos. Salete colocou óculos escuros e chorou várias vezes, em pé na rua, ao imaginar com detalhes o que estariam Alice e o comissário fazendo na cama. O desgosto causado pelo amor-próprio ferido teve o efeito de dissipar os escrúpulos que sentira ao fazer os planos para aquela visita ao comissário. Agora ela iria até o fim.

Quando Alice apareceu na porta do prédio, Salete se escondeu na padaria que ficava no térreo, de onde viu a outra mulher entrar num táxi.

Salete subiu o elevador com o coração doendo. Tocou a campainha do apartamento do comissário várias vezes seguidas. Mattos abriu a porta.

"Está com pressa?"

O galo na testa do comissário, como ela temia que acontecesse, havia quase desaparecido e não deixara nenhuma casquinha. Ele tinha um ovo na mão. Salete entrou e tentou tirar o ovo da mão do comissário, mas conseguiu apenas quebrá-lo.

"Que há com você?", perguntou Mattos, procurando, com a outra mão, evitar que o conteúdo do ovo escorresse para o chão.

"Você não vai comer ovo nenhum. Eu vou fazer uma macarronada para você. Macarrão é bom para a sua úlcera."

Mattos, no banheiro, jogou os restos do ovo na privada. Lavou as mãos e foi ao encontro de Salete na cozinha.

"Você tem uma panela?"

O comissário tinha uma única panela, de alumínio.

"Isso serve", disse Salete com o coração batendo ansiosamente.

Salete encheu a panela de água, colocou-a no fogão e ligou o gás no máximo.

"Eu vi aquela moça saindo daqui. Aquela loura do outro dia."

Mattos ficou calado.

"Você comeu ela?"

"Não."

A água demorava a ferver, aumentando o nervosismo de Salete. Ela arrumou os tomates, os dentes de alho e as duas cebolas na bancada ao lado do fogão.

"Como que não? Ela ficou um tempão aqui com você."

"Não chateia, Salete", disse Mattos saindo da cozinha.

Afinal, pequenas bolhas de vapor começaram a surgir na superfície da água da panela.

"Alberto, vem aqui por favor!", gritou Salete.

O comissário entrou na cozinha e viu a panela fervendo no fogão.

"Você me faz um favor, amorzinho? Descasca estes tomates. Olha só minha mão, não posso fazer isso."

Alguns dedos da mão esquerda de Salete estavam cobertos por esparadrapo.

"Como é que a gente descasca tomates?"

Salete também não sabia descascar tomates ou qualquer outro legume. Nem sabia fazer macarronada.

"Ah... com a faca... tira essa pele..."

O comissário teve muitas dificuldades para fazer o que Salete
lhe pedira. Sujou sua camisa; a bancada da pia ficou cheia de pedaços de tomate.

"Pronto, acabei."

"Agora pega isso tudo... com a mão mesmo e joga aqui", disse Salete segurando o cabo da panela fumegante.

O comissário encheu a mão de tomates despedaçados. Quando ia jogá-los na panela, tudo aconteceu rapidamente. A panela
virou e a água fervendo foi derramada sobre sua mão.

"Ai meu Deus!", gritou Salete. "Está doendo muito?"

"Não se preocupe", disse o comissário.

"Meu Deus, meu Deus!"

"Isso não é nada."

"Está doendo muito? Diz a verdade."

"Doeu na hora. Agora só está ardendo."

"Vai ficar uma ferida aí? Com casca?"

"Basta enrolar uma gaze em cima."

"Eu tenho uma gaze na minha bolsa", disse Salete.

Salete tirou da bolsa um rolo de gaze, esparadrapo e uma te-
soura. Enrolou a gaze na mão do comissário e com um pedaço
de esparadrapo prendeu o curativo. Enquanto fazia isso ela se con-
trolava para não chorar.

"Você me queimou de propósito, não foi?"

"Eu...?" Começou a chorar.

"Não vou brigar com você. Só quero saber por quê. Um gesto estúpido desses deve ter um motivo."

"Eu te adoro." Soluços.

"Responde."

"Eu daria a minha vida por você."

"Mas me queimou com água fervendo. Por quê?"

"Me mata, eu mereço morrer", disse Salete.

"Deixa de besteira. Diz logo por que jogou água fervendo na
minha mão."

Salete se ajoelhou e abraçou as pernas do comissário.

"Bate em mim, pelo menos."

O comissário fez Salete levantar-se.

"Diz logo, porra."

"Você me perdoa?"

"Está perdoada. Pronto. Por que você me queimou?"

"Eu preciso de uma casquinha de ferida sua."

"Uma casquinha de ferida?"

Salete contou a história da mãe Ingrácia.

"Eu gosto de você, não é preciso nenhuma macumba para isso. E como é que você pode acreditar numa idiotice dessas?"

"Todo mundo acredita. Professores, advogados, médicos, políticos, grandes industriais, todo mundo freqüenta o terreiro da mãe Ingrácia. Se você for lá ela arranja um jeito de você ficar bom da sua úlcera." Pausa. "Está doendo muito, a sua mão?"

O rosto de Salete parecia o de um preso depois de uma noite inteira de interrogatório.

"Se essa ferida fizer uma casca eu dou para você. Mas você tem que me prometer que nunca mais vai ver essa mãe Ingrácia ou qualquer outra macumbeira."

"Eu prometo. Eu juro por tudo quanto é mais sagrado."

O estômago de Mattos doía. Ele foi até a geladeira e apanhou um ovo.

"Você precisa comer alguma coisa, ficar com o estômago vazio é ruim para você. Vou fazer o macarrão."

"Perdi a vontade de comer macarrão."

Ela amava aquele homem. Precisava mostrar isso para ele: "Então come esse ovo".

Salete assistiu o comissário chupar o ovo, depois de fazer um furo em cada ponta. Ela sempre achara aquilo repulsivo. Assistiu bravamente sem desviar os olhos o comissário chupar um segundo ovo. Quando Mattos acabou, Salete abraçou-o e beijou-o enfiando a língua na sua boca, sentindo o gosto do ovo.

Foram para o sofá-cama Drago e foderam até que a gaze da mão do comissário foi inteiramente arrancada.

"Isso vai dar uma boa casca de ferida", disse Mattos olhando o estado em que ficara a queimadura da sua mão.

* * *

O presidente Vargas recebeu a visita do deputado Lutero Vargas no segundo andar, na sala de despachos.

Quando o deputado entrou na sala, Vargas disse ao ajudante-de-ordens, major Dornelles, que não queria ser interrompido enquanto estivesse com o deputado.

Lutero surpreendeu-se com a fisionomia abatida e preocupada do pai.

"Esse tiro que matou o major Vaz acertou-me também pelas costas", disse Vargas.

Lutero, que ao contrário de sua irmã Alzira nunca se sentia à vontade na presença do pai, permaneceu calado. Suas últimas conversas não haviam sido muito agradáveis. Seu pai fora duro com ele, quando do episódio, amplamente explorado pela oposição, do furto de onze mil dólares que sofrera em Veneza, em recente viagem pela Europa, recriminando-o por tornar-se vulnerável aos ataques dos inimigos da família.

Agora, a prostração do pai o deixou mortificado. Acostumado a ver o pai como um homem de grande força e poder, surpreendia-se ao vê-lo tão desalentado. Não era o mesmo homem que, apenas dois meses antes, furioso por Lacerda ter chamado o filho de debochado, desfaçatado, degenerado, meliante e ladrão, obrigara Lutero a apresentar uma queixa-crime contra o difamador. Onde estavam a fúria, a indignação, a vontade de lutar, agora?

"Estás sendo acusado de mandante do crime", disse Vargas. "Quero ouvir de ti a afirmação de que és inocente."

"Juro que sou inocente", disse Lutero.

Vargas olhou longamente a fisionomia do filho. Lutero nunca realizara as expectativas que Getúlio depositara nele. Darcy, a mãe, incutira no filho o horror à política, ajudando-o a dedicar-se à profissão de médico, assim afastando-o, ainda mais, do pai que, sem um filho que continuasse a tradição familiar, transferira para o genro Ernâni do Amaral Peixoto, um oficial da Marinha de

Guerra, o seu patronato político. Somente quando da volta de Vargas ao governo em 1950, não mais como um ditador, mas eleito numa eleição majoritária, Lutero decidira-se a "entrar para a política". Mas teria sido preferível, para ele e para todos da família, que tivesse continuado a exercer apenas a medicina. Como político, Lutero não dera motivos de orgulho ao pai, que na verdade se interessava mais pelo futuro político do genro, então governador do estado do Rio de Janeiro.

Sem saber se o pai acreditara ou não no seu juramento, Lutero despediu-se dele cerimoniosamente e deixou o palácio.

8

Ilídio, o banqueiro do bicho agredido pelo comissário Mattos, era um homem orgulhoso. Começara sua vida na contravenção trabalhando para o seu Aniceto Moscoso, grande banqueiro em Madureira. Fazia a segurança dos pontos do seu Aniceto com grande eficiência. Evitava usar de violência, mas sempre que necessário não hesitara em matar o invasor de ponto ou qualquer outro indivíduo que estivesse criando problemas sérios para os negócios do seu Aniceto. Sua operosidade lhe propiciou várias promoções dentro da rígida hierarquia do comando do jogo do bicho. Afinal, com a ajuda e proteção do seu patrão, e a aquiescência dos outros grandes banqueiros, Ilídio passou a controlar alguns pontos da cidade. Tornou-se um pequeno banqueiro. Seus negócios, como o de todos os outros bicheiros, grandes ou pequenos, prosperavam incessantemente. Ilídio ambicionava tornar-se, um dia, um banqueiro importante, como o seu Aniceto.

A humilhação que sofrera nas mãos — melhor dizendo, nos pés — daquele comissário tornara-se insuportável para o bicheiro. Ele acreditava que no mundo da contravenção, e particularmente entre seus auxiliares, não havia quem não soubesse e comentasse o que havia acontecido. A única maneira de acabar com a sua vergonha, e recuperar o prestígio que supunha estar perdendo, era matar o comissário. Coisa que não podia fazer pessoalmente: matar uma pessoa com as próprias mãos era uma violação das regras estabelecidas e seguidas pelos banqueiros, e ele pretendia obedecer a isso. Assim, mandou chamar um matador de confiança, conhecido como Turco Velho.

Turco Velho tinha esse apelido devido à sua cabeleira branca. Tinha apenas quarenta e dois anos e era mais novo que um outro pistoleiro chamado Turco Novo, um sujeito em quem não se podia confiar, não só porque pintava os cabelos e o bigode, mas também por ser covarde e mentiroso. Já o Turco Velho, um homem recatado, misterioso, dedicado à família e ao trabalho, era respeitado por sua discrição e temido por sua eficiência. Ninguém jamais o vira contando vantagens e, contudo, no desempenho de suas atividades, já matara mais de vinte pessoas — homens, na totalidade. "Quero o Velho, ouviram?" A mensagem foi espalhada entre os apontadores e demais auxiliares de Ilídio.

Turco Velho foi localizado em Caxambu, Minas Gerais, para onde fora, no fim de semana, visitar a mãe.

"Seu Ilídio, depois de amanhã estou no Rio para fazer o serviço", ele disse depois de ouvir a proposta do bicheiro.

Aniceto Moscoso também soube da convocação de Turco Velho. Preocupado, marcou um encontro com Ilídio, numa churrascaria da praça Saenz Pena.

"A gente não mata os policiais", disse Aniceto, "nós compramos eles."

"Esse puto não se vende."

"Todos têm o seu preço. Falo de cadeira, estou nesse negócio há mais tempo que você."

"O cachorro me humilhou, a cidade inteira está rindo de mim. Ele tem que morrer, para eu poder olhar novamente para a cara dos meus filhos."

"Maior vingança será comprar o sujeito."

"Esse filho da puta não tem preço; ele é maluco. Todo mundo sabe disso."

Aniceto Moscoso procurou convencer Ilídio de que era um erro levar avante o que pretendia, mas este não cedeu e despediu-se sem nada prometer. Pela primeira vez no relacionamento dos dois, um pedido de Moscoso não era prontamente atendido pelo seu ex-empregado.

Naquele mesmo dia Moscoso procurou seu amigo Eusébio de Andrade, grande banqueiro na zona oeste, mentor da comunidade, a quem os outros banqueiros costumavam pedir conselhos. Os dois homens tinham uma paixão em comum, o futebol. Andrade era benemérito do Bangu Atlético Clube e Aniceto Moscoso era patrono do Madureira Atlético Clube, cujo estádio de futebol fora construído com dinheiro dele. Os bicheiros, em geral, eram vistos como marginais, mas as atividades esportivas de Andrade e Moscoso lhes rendiam uma publicidade positiva junto aos meios de comunicação e à sociedade, apesar de esses clubes serem pequenas agremiações do subúrbio. Tanto Andrade quanto Moscoso instavam os outros bicheiros a também patrocinar atividades de interesse popular, sem encontrar porém muita receptividade. "O problema é que os nossos colegas são muito ignorantes", dizia Andrade, "não enxergam um palmo adiante do nariz." Depois de ouvir o que Aniceto lhe dissera, Eusébio de Andrade combinou que iriam juntos falar com Ilídio, para convencê-lo a desistir do seu intento.

"O que você faria se um tira lhe desse um pontapé na bunda?", perguntou Ilídio.

"Não sei, honestamente", respondeu Eusébio de Andrade. "Você sabe que sou uma pessoa que procura se informar bem antes de tomar qualquer decisão, mesmo que seja uma coisa simples. Eu me informei sobre esse comissário. Os colegas não gostam dele, os chefes não gostam dele."

"Nós não gostamos dele", brincou Aniceto.

"Ninguém gosta dele. Mas se a gente mata esse sujeito, ele vira um herói. Não viu o que aconteceu com esse major Vaz? Mataram o cara e deu essa cagada que a gente vê todo dia nos jornais. Matar o major foi uma besteira. Da mesma maneira, se o Turco Velho matar esse comissário ele vai deixar de ser considerado um filho da puta pelos colegas. E os tiras vão pegar você."

"Como? O Turco Velho é um túmulo. Dali não sai nada, você sabe disso", disse Ilídio.

"Claro que o Turco Velho jamais abriria o bico. Mas os tiras saberiam facilmente que foi você quem mandou matar o comissário."

"Não me incomodo com isso."

"Nós nos incomodamos. Eu e o Aniceto estamos aqui representando os outros colegas também. E queremos oferecer uma compensação a você. O Zé do Carmo não deixou herdeiros e os pontos dele estão sendo redistribuídos. Os que fazem limite com sua área serão dados a você."

Ilídio demorou a responder. Aniceto tinha razão, todo homem tinha seu preço, o dele eram os pontos do Zé do Carmo.

"Vou fazer o que vocês querem. Mas esse tira filha da puta vai ficar na minha alça de mira. Não perde por esperar", disse Ilídio, consciente de que os outros sabiam que ele estava apenas fazendo farol com aquelas ameaças.

"Avisa imediatamente o Turco Velho, antes que ele comece a agir", alertou Eusébio de Andrade ao se despedir.

Depois de quase duas horas Ilídio conseguiu que a telefonista do interurbano completasse a ligação para Caxambu.

"Ele foi para o Rio de Janeiro", disse a mãe do Turco Velho.

Ilídio mandou um emissário procurá-lo numa casa em que o Turco Velho costumava ficar, um sobrado na rua Salvador de Sá. O emissário voltou dizendo que Turco Velho não aparecia por lá há algum tempo.

O bicheiro pensou nos pontos que herdaria do espólio de Zé do Carmo e quanto aquilo representaria na sua arrecadação diária. Ele passaria a ser um verdadeiro banqueiro. Gritou para Maneco, seu lugar-tenente: "Preciso achar esse homem!"

Maneco lembrou a Ilídio que era domingo e os pontos do jogo não estavam funcionando. Mas que no dia seguinte, com todos os pontos da cidade alertados, ia ser "uma pechincha encontrar o Turco Velho".

* * *

Ao meio-dia daquele domingo o comissário Mattos entrou de serviço. Ele precisava dar uma ordem aos seus pensamentos tumultuados. Arrumou a gaze que enfaixava sua mão. Pensou na visita de Alice, na foto do tenente Gregório com o anel. Alice e Gregório eram sempre associados em suas cogitações. Aquelas duas coisas tinham uma ligação. Leu a nota sobre a sua mesa, da Chefatura de Polícia, assinada pelo general Ancora. A nota fora causada, evidentemente, pela reunião dos militares no Clube da Aeronáutica na última sexta-feira e tinha o objetivo de acalmar de alguma forma a indignação demonstrada pelos milicos naquela assembléia.

"Desde os primeiros momentos em que tomou conhecimento do lamentável episódio do dia 5 último", dizia a nota, "empenhou-se o Departamento Federal de Segurança Pública na elucidação do fato criminoso, iniciando diligências para prender o responsável pela dolorosa ocorrência em que perdeu a vida um dos mais ilustres oficiais da Aeronáutica, o major Rubens Florentino Vaz, e foi ferido o jornalista Carlos Lacerda, diretor da *Tribuna da Imprensa*. No 2º Distrito Policial desde logo convocou-se uma equipe de trabalho ao mesmo tempo em que solicitava se a colaboração da seção de investigações criminais da Divisão de Polícia Técnica."

A nota era longa e Mattos correu os olhos sobre ela, atento aos pontos relevantes e pulando o que havia de óbvia persuasão dirigida aos militares. Os tiras haviam conseguido apurar em pouco tempo a identidade do motorista Nelson Raimundo de Souza. O delegado Pastor fora imediatamente ao Hospital Miguel Couto onde entrara em contato com o sobrevivente do atentado, o jornalista Carlos Lacerda, a fim de saber de modo resumido como o mesmo ocorrera. (E o filho de Lacerda, o garoto Sérgio, ele também era um sobrevivente do atentado, por que Pastor não o ouvira? Pastor era um bom policial.) Aproximadamente às três horas da madrugada o motorista Nelson Raimundo de Souza se apresentara ao 4º Distrito, no Catete, de onde fora encaminhado ao 2º e submetido aos primeiros interrogatórios. Raimundo dissera que seria capaz de reconhecer a pessoa que conduzira em seu carro e que ouvira ao passar pela esquina das avenidas Calógeras e Beira Mar um ruído estranho que poderia ser de um objeto atirado por seu passageiro ao solo. Um aeroviário vira um mendigo apanhar o objeto. Na sexta-feira, dia 6, Nelson Raimundo fora levado para a Polícia Militar. Naquela corporação, ouvido pelo coronel Adyl, o milico que o ministro da Aeronáutica indicara para acompanhar o inquérito, conforme Pastor dissera no telefonema que lhe dera na madrugada do dia 5, Nelson mantivera o que dissera antes aos tiras. No sábado, enquanto ele, Mattos, estava na cama com Salete, Nelson fora ouvido pelo capitão João Ferreira Neves, da Polícia Militar, com a aquiescência do delegado Pastor, de quem fora colega num curso realizado na Escola de Polícia. (Estavam salvando a cara de Pastor, um homem orgulhoso que devia estar sofrendo muito com aquilo tudo.) Então Nelson modificara suas declarações (teria sido submetido a violências?) e confessara que levara ao local duas pessoas, uma das quais Climério Euribes de Almeida, que a nota dizia ser investigador de polícia. Depois Nelson confirmara essas declarações na presença do coronel Adyl, do promotor Cordeiro Guerra e do delegado Pastor. Para mostrar que as altas autoridades estavam realmente dedicadas à apuração do atentado, a nota mencionava que haviam comparecido ao quartel da PM, para ouvir a confissão de Nelson, o chefe de polícia, general Ancora, e o ministro da Aeronáutica, Nero Moura, e o ministro da Justiça, Tancredo Neves. Os dois ministros, em seguida, haviam ido ao Palácio do Catete, onde os aguardava o general Caiado de Castro. Segundo o chefe do Gabinete Militar, o presidente da República tinha dado ordens para que tudo fosse apurado e o delegado especial de Vigilância e Capturas, Hermes Machado, fora encarregado da prisão de Climério. Hermes Machado era um delegado competente e respeitado. Era um homem vaidoso da sua elegância no trajar e de sua articulação no falar. Um dia, Mattos, no seu afã de entender por que as pessoas, inclusive ele, trabalhavam na polícia, perguntara a Hermes quais as suas razões. "Estou na polícia por vaidade", respondera Hermes, "a vaidade é a grande motivação do homem." No caso de Hermes era a vaidade do poder. "Posso prender, algo que um juiz, um desembargador, o presidente da República não pode fazer." Hermes, porém, usava o poder de polícia com moderação e refinamento. Sua indicação intromissiva fora aceita com desgosto por Pastor, mesmo sendo ele amigo do delegado de Vigilância e Capturas desde o tempo em que, como comissário, servira com Machado quando este era o delegado titular do 2º Distrito. A nota da Chefatura de Polícia terminava informando que Hermes Machado estava realizando diligências para prender Climério, ajudado por oficiais da Aeronáutica indicados pelo coronel Adyl.

Mattos pensou em dar um telefonema para Pastor, e dizer-lhe "manda esses milicos, o promotor, o chefe de polícia, o Tancredo, todos para a puta que pariu". Pastor estava cercado de gente encagaçada ou perplexa ou as duas coisas. Tinha sido praticamente afastado do caso. O que tinha a perder? Um empreguinho de merda de delegado? Na verdade, naquele dia, o chefe de polícia, coronel Paulo Torres, tivera uma reunião secreta com seus principais assessores para examinar uma medida que afastaria Pastor totalmente do caso: a avocação do inquérito da Tonelero ao seu gabinete e a nomeação do delegado Silvio Terra, diretor da Polícia Técnica, para dirigir as investigações. Considerando, porém, que a providência poderia ser vista, dentro do próprio governo, como uma rendição às pressões de Lacerda e seu grupo, a nomeação de Silvio Terra ainda não se efetivara.

Enquanto Mattos lia a nota da Chefatura, Rosalvo entrara na sala. Pela cara do comissário, o investigador concluiu que aquele seria um dia difícil.

* * *

Sempre que visitava a mãe em Caxambu, cidade famosa por suas águas medicinais, Turco Velho aproveitava para fazer um tratamento de vinte e um dias. Três vezes, diariamente, com rigorosa pontualidade, ele bebia água de fontes diferentes, "para descarregar o fígado", conforme recomendação do velho médico da cidade. Com a convocação do bicheiro, Turco Velho teve, a contragosto, que suspender o tratamento.

Depois de encerrar sua curta conversa ao telefone com o bicheiro, Turco Velho dirigiu-se à estação da Rede Mineira de Viação, em Caxambu, e comprara uma passagem para o Rio. Em Cruzeiro faria uma baldeação para um trem da Estrada de Ferro Central do Brasil. No trem veio fazendo seus planos. Normalmente ele gostava de contemplar a paisagem, principalmente durante a descida da serra. Mas, pensando na proposta de Ilídio, naquele dia não olhou pela janela as árvores e montanhas e vales e rios cuja visão lhe dava tanto prazer. "Quero afastar um tira do meu caminho", dissera o bicheiro. "Não tem problema", respondera Turco Velho, "não será o primeiro." "Mas é um comissário tinhoso." "Não tem problema", Turco Velho repetira. Agora, no trem, ele procurava se lembrar se algum comissário já fora liqüidado em circunstâncias semelhantes. Lembrava-se de um comissário assassinado e da confusão que ocorrera, mas o tira fora morto pelo amante da mulher, apenas um caso passional. A coisa tinha que ser feita com muito cuidado.

Turco Velho preferia trabalhar sozinho. Antes de começar a agir gostava de se concentrar, solitariamente. Ao chegar ao Rio, em vez de ir para sua casa procurou alugar um quarto num lugar distante dos bairros que costumava freqüentar. Evitou, portanto, Santo Cristo, Saúde, Estácio. Encontrou um quarto na rua das Marrecas, no centro da cidade, na casa de uma velha cafetina aposentada. Seu problema imediato era descobrir o endereço da residência do comissário. A arma que usaria já estava escolhida. Uma pistola belga FN, 7.65, que Turco Velho guardava zelosamente, nunca a tendo usado antes. Ia tirar o selo da pistola matando um sujeito importante. Aquela FN merecia isso.

***

"Algum problema?", perguntou Rosalvo.

"Você soltou aquele sujeito preso para averiguações?"

"Logo que o senhor mandou. O doutor Pádua havia pedido o boletim dele à Central..."

"Não interessa. Alguma notícia do José Silva? O garoto seviciado pelo Lomagno e os outros no colégio?"

"Acho que estou perto. O gerente de uma padaria na rua Santa Clara disse que se lembrava dos moradores da casa da avenida Atlântica. Ele entregava pão lá."

"Adiante."

"Gastei sola de sapato para encontrar esse padeiro."

"Adiante. Depois lhe dou uma medalhinha de bons serviços."

"Os padeiros de Copacabana não entregam mais pão na casa das pessoas. Ele não sabe onde estão agora os moradores da casa da avenida Atlântica. Mas uma mulher que morava na casa aparece às vezes na padaria, para fazer compras. É uma questão de tempo, apenas, achar o José Silva."

"Tempo para nós não é apenas. Fica na padaria o dia inteiro, a semana toda, até achar a mulher."

"Sim senhor."

Depois que Rosalvo saiu, Mattos procurou no bloco o telefone do senador Vitor Freitas, que o assessor Clemente lhe dera quando visitara o Senado.

"Quem quer falar com ele?"

"O comissário de polícia Mattos."

Esperou.

"Comissário? Aqui é o assessor Clemente. Eu estive com o senhor no Senado, lembra?"

"Sim."

"O senador não pode atendê-lo."

"Eu gostaria que ele marcasse uma hora, da sua conveniência, para me receber."

"Vivemos um momento político muito conturbado, como o senhor não ignora, e o senador está ocupado, muito ocupado, com assuntos da maior relevância. Não creio que ele consiga tempo para recebê-lo."

"Ele terá que falar comigo cedo ou tarde. É melhor falar logo."

"O senhor está me ameaçando?"

"Entenda como quiser."

"Estou entendendo como uma ameaça. Não se esqueça, comissário, que não estamos mais numa ditadura, um esbirro da polícia não pode mais ameaçar um senador da República protegido por imunidades constitucionais sem sofrer as graves conseqüências dessa ação criminosa e atrabiliária. Seus superiores saberão do que está se passando e tomarão —"

Mattos cortou a ligação. Procurou nos bolsos uma pastilha de Pepsamar. Bílis negra, hipercloridria, nervos em frangalhos.

O telefone da sua mesa tocou.

"O comissário Mattos, por favor."

"É ele."

"Eu gostaria de dar uma queixa. A que horas posso fazer isso?"

"A polícia não fecha, cavalheiro. À hora que o senhor quiser. Meu plantão vai até amanhã ao meio-dia."

***

Às sete da noite Rosalvo voltou ao distrito com a informação de que localizara José Silva.

"Avenida Rainha Elizabeth, 60. Quer que eu vá lá conversar com ele?"

"Deixa que eu faço isso."

"Telefone para você, Rosalvo", disse o guarda entrando na sala do comissário. "Na Vigilância."

Na sala da Vigilância, Rosalvo pegou o telefone.

"Alô?"

"É o Teodoro. Trabalhamos juntos na Roubos e Furtos. Lembra de mim?"

"Eu não esqueço nada, Teodoro, ainda mais —"

"Não diga o meu nome, porra."

9

Os laudos do IML e do GEP, referentes à necrópsia de Paulo Gomes Aguiar e ao exame pericial dos indícios do crime do edifício Deauville, foram entregues ao comissário Mattos pela manhã, quando ele estava saindo para ir ao Palácio do Catete. Fez uma leitura rápida das duas peças processuais. Nada além do que os peritos já lhe haviam adiantado informalmente pelo telefone. Guardou-os na gaveta da mesa. Depois leria com mais vagar os dois documentos.

Chegando ao Palácio do Catete, Mattos identificou-se na portaria e preencheu uma ficha em que informava que o objetivo da sua visita era uma entrevista em caráter oficial com o tenente Gregório. Um velho, vestido com a roupa dos contínuos — calça e paletó azul-marinhos, camisa branca e gravata preta —, apanhou a ficha e desapareceu com ela por uma porta nos fundos do hall de entrada, à direita.

Enquanto esperava, o comissário contemplou atrás do balcão da portaria a estátua de bronze, em tamanho natural, de um índio com uma lança na mão fazendo um esgar de cólera.

"De quem é essa estátua?"

"Não sei. Há mais de vinte anos que trabalho no palácio e quando cheguei o Ubirajara já estava aí mesmo", respondeu o porteiro.

"Posso ver?" Mattos aproximou-se para ler o que estava escrito na base da estátua: Chaves Pinheiro, 1920.

No outro lado da portaria havia mais uma estátua de bronze, também em tamanho natural, do mesmo escultor. Perseu libertando Andrômeda, numa das mãos uma espada, noutra a cabeça angüícoma de Medusa.

Mattos já começava a ficar irritado com a espera quando o contínuo voltou acompanhado de um homem vestido de linho branco, sapato bicolor, um alfinete de pérola na gravata vermelha. O homem parecia nervoso e preocupado.

"Sou o inspetor Valente, subchefe da guarda pessoal do presidente da República. Estou às suas ordens."

"Não é com o senhor que quero falar. É com o seu chefe."

"Infelizmente ele não pode atendê-lo, no momento. Qual é o assunto, por favor?"

"É com ele, apenas."

"Então está difícil."

"Acho que o senhor não entendeu. Estou fazendo um inquérito policial e qualquer falta de colaboração será considerada obstrução da Justiça."

Notando a irritação na voz do comissário, que chamara a atenção de outras pessoas que estavam na portaria, o subchefe Valente explicou que o tenente Gregório fora chamado pelo general Caiado de Castro e naquele momento estava no Gabinete Militar da Presidência. Pediu ao comissário que o acompanhasse.

Foram para a cantina do prédio da guarda pessoal.

"Todos que trabalham aqui são do DFSP... Somos colegas, queremos colaborar...", disse Valente.

"Sei, sei."

"O delegado Pastor já esteve aqui."

"Estou trabalhando numa outra investigação. Não estou interessado no atentado da rua Tonelero. Preciso de uma informação do tenente Gregório."

"O chefe não tem nem permanecido aqui", confidenciou Valente.

Mattos notou que um homem de avental branco lhe fazia um gesto dissimulado.

"A situação não está boa", continuou Valente, "não sabemos qual o bicho que vai dar."

"Há um lugar aqui onde eu possa fazer um interrogatório?"

"Aqui?"

"Você disse que quer colaborar."

"Bem, você pode usar a minha sala."

Mattos olhou para os lados e abaixou a voz, como se fosse contar um segredo. "Uma mulher da vizinhança disse que um membro da guarda pessoal teria seduzido a filha dela. A descrição que ela me fez do sujeito coincide com a daquele homem ali."

"Manuel? Ele não é membro da guarda", protestou Valente. "É um cozinheiro."

"Melhor ainda. Quero interrogar esse sujeito. Diga a ele para nos acompanhar até a sua sala."

"Manuel", chamou Valente.

O cozinheiro se aproximou.

"Este aqui é o doutor Mattos, comissário de polícia. Ele quer conversar com você. Venha com a gente."

"O que foi que eu fiz?", perguntou Manuel, confuso.

"Não sei. Você se entenda com o comissário."

Quando entraram na sala de Valente, o comissário disse que queria ficar a sós com Manuel. Antes de sair da sala Valente ouviu a primeira pergunta de Mattos: "Você conhece uma moça chamada Ernestina que mora na rua Silveira Martins?"

Comissário e cozinheiro estavam agora a sós.

"Ernestina?"

"A mãe dela disse que você seduziu a menina", disse Mattos quase gritando, enquanto caminhava até a porta, onde parou, atento aos ruídos de fora.

"Não conheço ninguém com esse nome." A confusão de Manuel aumentara.

"Não minta para mim que é pior", gritou Mattos, o rosto virado para a porta. "Senta aí."

Mattos encostou o ouvido na porta. Em seguida, foi até onde Manuel se sentara.

"Isso tudo é um pretexto, para ninguém saber o assunto de nossa conversa", disse Mattos em voz baixa.

"O senhor me deu um susto", disse Manuel.

"Você fez um gesto de que queria falar comigo."

"Queria mesmo", murmurou Manuel. "Eles não podem saber o que eu vou dizer, me matam se souberem."

"Não se preocupe, para todos os efeitos você é o suspeito

de um crime de sedução e minhas perguntas foram sobre isso. O nome da moça é Ernestina."

"Sou do Clube da Lanterna, mas aqui ninguém sabe disso. O Gregório está envolvido na morte do major Vaz. Eu o vi combinando o crime várias vezes com o Climério."

"Por que você está me fazendo essas confidências?"

"O Valente estava aqui na cantina quando o senhor chegou. Ouvi ele dizer que o senhor devia ser um espião lacerdista. Que a polícia estava infiltrada de lacerdistas."

"Afinal, o que você queria me dizer?" Mattos escondeu seu desapontamento.

"Eles, o Gregório e o Climério ficavam cochichando, mas deu para eu ouvir as palavras *corvo, acabar com ele* e outras. Gregório, Getúlio, eles todos odeiam o Lacerda porque o Lacerda vai acabar com o mar de lama. Parece que o Gregório está preso no Galeão."

"Você viu o Gregório na noite do dia 31 de julho?"

"Que dia foi mesmo o dia 31?"

"Sábado."

"Vi ele no domingo, conspirando com Climério. Bem cedo. Deviam ser umas seis da manhã. O homem acordou cedo, naquele dia. O mordomo, seu Zaratini, disse que viu o Gregório no jardim às cinco da manhã."

"Talvez não tenha nem dormido. O Gregório tinha algum ferimento?"

"Ferimento?"

"Na mão ou em outro lugar."

"Não, não vi nenhum ferimento nele."

"Ele usa um anel largo, na mão direita. Você viu se ele estava com o anel nesse domingo de manhã?"

Manuel já notara o anel antes, mas não podia dizer se Gregório estava ou não com o anel naquele dia.

"Pode ir embora, mas vou querer interrogar você novamente, vou fazer uma acareação com a mãe da menina", gritou Mattos, abrindo a porta.

Valente estava em pé no corredor, próximo da porta. Recuou.

"Obrigado pela colaboração", disse Mattos. Enquanto caminhava na direção da porta que dava para o jardim do palácio, ouviu Valente dizer cinicamente: "Comendo as menininhas, Manuel? Se metendo com chave de cadeia?"

* * *

Quando Mattos chegou de volta ao distrito o guarda da portaria veio falar com ele.

"Um sujeito mandou avisá-lo que um alguém vai lhe dar um tiro."

"Obrigado."

Era comum pessoas ligarem para o distrito para dar informações desse tipo. Nem o guarda, nem o comissário deram importância ao telefonema. O comissário talvez desse mais atenção ao aviso se soubesse que viera do bicheiro Ilídio. O bicheiro, não tendo encontrado Turco Velho para cancelar a empreitada, e sabendo que a morte do comissário impediria que recebesse os pontos de Zé do Carmo, além de indispô-lo com a cúpula do jogo, decidira proteger o tira que antes queria assassinar.

Mas o comissário tinha sua mente voltada para outras coisas. Ligou para a casa de Luciana Gomes Aguiar. Ela não veio ao telefone.

"A madame disse para o senhor se entender com o doutor Galvão, o advogado dela."

Mattos ligou para Galvão.

"Vou abrir o jogo com o senhor, doutor Galvão."

Mattos contou para Galvão a informação que o porteiro Raimundo lhe dera de que um negro estivera no apartamento de Gomes Aguiar na noite do assassinato.

"Deve ser o assaltante, o ladrão — "

"Deixa eu acabar, doutor. Dona Luciana pediu ao porteiro para não falar com ninguém sobre esse negro."

"O porteiro pode estar mentindo..."

"Tenho outras provas de que um negro esteve no apartamento naquela noite. Quero que sua cliente me receba, ou venha falar comigo aqui no distrito."

"Não sei se ela estaria disposta a — "

"Doutor Galvão, estou querendo poupá-la de uma acareação desagradável."

"Vou falar com ela."

"Não posso esperar muito, entendeu? Quero vê-la amanhã, no máximo."

Ao meio-dia terminou o plantão do comissário. Como sempre, assinara todos os atestados de pobreza e de residência que os outros comissários deixavam de despachar.

Depois de passar o serviço para o comissário Maia, que o substituía, Mattos apanhou seu revólver Smith & Wesson na gaveta, colocou-o no coldre do cinto e saiu.

Um sujeito alto, moreno, de bigodes caindo pelos cantos da boca, seguiu o comissário até o ponto do bonde. Quando Mattos pegou o bonde, o sujeito fez o mesmo e sentou-se dois bancos atrás.

Mattos foi seguido até a porta da sua casa, sem perceber que o homem alto estava no seu encalço. Na verdade, espionar um policial como Mattos não era uma tarefa muito difícil. Na época em que ele tentara promover a greve contra o excesso de lotação dos xadrezes, policiais do Serviço Reservado do gabinete do chefe de polícia o haviam acampanado durante um mês sem serem notados.

Quando entrou em casa o telefone estava tocando.

Um homem de voz rouca, velada talvez por um lenço, disse pausadamente:

"Ouça, doutor, isto não é uma brincadeira. Tem um cara querendo matar o senhor. Abre o olho. É um homem alto, moreno, de bigode. Um pistoleiro perigoso."

Mattos ouviu o ruído da ligação sendo cortada. Logo em seguida a campainha da porta tocou.

O comissário abriu a portinhola. Um rosto de homem, moreno, de bigode, apareceu.

"Doutor, vim aqui para lhe fazer uma denúncia."

"Me procure na delegacia."

"A denúncia é sobre crimes cometidos por policiais do seu distrito. Tenho receio de ir lá. Eu lhe telefonei ontem."

"Um momentinho."

O comissário fechou a portinhola. Abriu a porta.

"O que é isso, doutor? O senhor está me confundindo", disse o homem ao ver o revólver na mão de Mattos.

"Entra", disse Mattos.

"Deve haver algum engano."

Mattos fechou a porta com o pé.

"Não estou entendendo", disse o visitante. "Meu nome é Ibrahim Assad. Trabalho com representações."

"Turco?"

"Libanês. Filho. Nasci em Minas. Quer ver minha carteira?"

O homem fez um gesto com a mão esquerda em direção ao bolso interno do paletó.

"Ainda não."

Havia um par de algemas nas estantes. Sem desviar sua atenção de Assad, apanhou as algemas. Mattos nunca havia usado aquelas algemas e havia perdido a sua chave. Mas esse problema podia ficar para depois.

"Senta, no chão."

Assad sentou.

"Pega estas algemas." Mattos jogou as algemas para Assad. Este as agarrou no ar com a mão esquerda.

"Coloca um dos aros no pulso esquerdo."

"O senhor não pode fazer isso comigo. Não sou um criminoso", protestou Assad.

"Se isso for uma arbitrariedade minha, eu lhe peço desde já desculpas. Põe a algema como eu mandei. Fecha. Agora coloca o outro aro no tornozelo da perna direita. Eu disse da perna direita. Fecha. Cruza as pernas que você fica mais confortável."

Assad cruzou as pernas.

Mattos colocou o revólver em cima da mesa. Apanhou no bolso um Pepsamar e enquanto mastigava observou o homem algemado sentado no chão. O sujeito estava tranqüilo e alerta; também observava o comissário.

Mattos revistou Assad. Apanhou sua carteira de identidade.

Na capa da carteira verde havia um desenho prateado do escudo das armas da República e as palavras, também prateadas: *Estados Unidos do Brasil. Polícia do Distrito Federal. Instituto Félix Pacheco. Carteira de Identidade.* Mattos abriu a carteirinha. De um lado: *Registro 749468. Esta carteira pertence a Ibrahim Assad Filho, natural do Estado de Minas, nascido a 12 de agosto de 1912, filiação Ibrahim Assad e Farida Assad, nacionalidade brasileira, Rio de Janeiro, 21 de dezembro de 1943.* Sobre dois selos, um verde de trezentos réis e outro vermelho de duzentos réis, estava aposta a assinatura de *José M. Carvalho, Diretor.* Do outro lado da carteirinha: o retrato de Ibrahim Assad, tendo ao lado as palavras *Não é válido o retrato que não tiver o carimbo do Instituto*; a impressão do polegar direito em tinta preta, tendo ao lado a FD (ficha datiloscópica): série V.4333, seção V.2222; a assinatura de Assad.

A pistola FN de aço negro polido estava sob o braço direito de Assad, num coldre de couro branco. Mattos examinou a arma. Ejetou o projétil que estava na câmara de percussão.

"Você veio aqui para me matar?"

"Negativo, doutor. Isso é um absurdo."

"Você invadiu minha casa para que então?"

"Eu invadi sua casa? Eu invadi sua casa? Doutor, o senhor botou um revólver na minha cara e me mandou entrar. Vim fazer uma queixa."

"Qual era a queixa?"

"Agora estou com receio de fazer minha denúncia. Depois que o senhor me recebeu dessa maneira."

"Sua pistola tinha uma bala na agulha."

"É assim que uma pistola tem que andar sempre, não é doutor?"

"É verdade." Outro Pepsamar.

"Para que você anda armado? Um representante comercial precisa andar armado?"

"Tem bandido demais solto pela cidade. E eu viajo muito. Essa FN é uma lindeza, o senhor não acha?"

"Quem mandou você me matar?"

"Que absurdo. Eu não vim matar o senhor."

"Quem mandou você vir aqui... me visitar?"

"Ninguém. Coisa da minha cachola mesmo, doutor. Queria fazer uma queixa contra os policiais corruptos do seu distrito que levam dinheiro do bicho."

"A população não é contra o jogo do bicho, em geral. Por que você vem fazer essa denúncia?"

"Doutor, o senhor não entendeu. Não sou contra o jogo do bicho. Sou contra os policiais corruptos. Como me disseram que o senhor é um homem honesto, resolvi fazer minha denúncia ao senhor."

"Você acha que vou acreditar nisso?"

"O juiz vai."

O estômago de Mattos começou a doer. Encostou a pistola na cabeça do Turco Velho.

"Posso dar um tiro na sua cabeça e jogar sua carcaça no vazadouro de lixo de Sapucaia."

"O senhor não é homem de fazer uma maldade dessas."

Mattos sentou-se na cadeira da sala.

"O senhor me arranja um copo d'água, por favor?"

Mattos telefonou para o distrito, pedindo uma rádio-patrulha. Encheu um copo com água do filtro e deu para o homem algemado.

* * *

Rosalvo marcara o encontro com seu antigo colega da Roubo e Furtos no dancing Avenida, no centro da cidade.

Rosalvo, que gostava de dançar com as taxi-girls, chegou mais cedo. Comprou o cartão em que eram picotadas as danças, sentou-se, pediu um gim com tônica e ficou olhando as moças sentadas em fileira num lado do salão. Interessou-se especialmente por uma mulatinha magra, mas não muito, a protuberância do seu traseiro mostrava que ela era bem fornida de carnes no lugar certo. Rosalvo gostava de mulatas e justificava essa preferência alegando que era "neto de português".

Tirou a moça para dançar um bolero.

"Gostaria de levar você para casa, depois", disse Rosalvo. Era um homem prático, que não gostava de perder tempo com lero-lero.

"Depois a gente vê", disse Cleyde, a dançarina. Também era uma mulher prática e percebeu que conseguira um velhote otário para picotar o cartão dela várias vezes naquela noite. Quanto mais furado o cartão, mais ela ganhava.

Quando Teodoro chegou, o cartão de Cleyde fora picotado seis vezes, três boleros, dois sambas, um fox-trot. "Volto já", disse Rosalvo para a dançarina, no fim da dança.

Rosalvo e Teodoro sentaram-se à mesa de pista escolhida pelo primeiro. Teodoro pediu desculpas por ter se atrasado.

De olho em Cleyde, que agora dançava com um careca gordo que exibia um solitário de brilhante no dedo, Rosalvo disse: "Vamos logo ao assunto".

"Que tal é esse comissário Alberto Mattos?"

"Um doido criador de casos. Inteligente, mas ingênuo. Asa-branca, sabe como é."

"Qual a sua relação com ele?"

"Come na minha mão."

"Explica isso."

"Não confia em ninguém no distrito, só em mim."

"Qual o interesse dele no senador Vitor Freitas?"

"O que ganho se abrir o bico?"

"Uma transferência para a Costumes."

"Ele está investigando as negociatas do senador."

"O senador não faz negociatas."

"Não fode, Teodoro. Vamos conversar sem um querer enganar o outro. Nós nos conhecemos de outros carnavais."

"Que negociatas?"

"A licença de importação da Cemtex."

"Só isso não vale uma nomeação para a Costumes."

"O Mattos está investigando ainda coisas mais graves."

"O quê?"

"Artigo 121."

"Artigo 121?" Teodoro, surpreso. "O senador não é de matar ninguém. Você tem certeza? Que homicídio é esse?"

Rosalvo hesitou. Era melhor não falar ainda no assassinato de Paulo Gomes Aguiar, guardar alguns trunfos.

"O homicídio eu ainda não sei qual é. Mas tenho certeza plena que o homem investiga um 121 envolvendo o senador."

"Você não disse que ele come na tua mão? Como é que você não sabe?"

"Estou sendo franco com você, ainda não sei. Mas o homem vai ter que me chamar para ajudar ele nas investigações. Como disse, Mattos não confia em mais ninguém. Diga ao senador que se for do interesse dele, e eu acho que é, posso fazer um tal angu-de-caroço dessa investigação que o inquérito depois de terminado não vai valer merda nenhuma."

"Mas você não disse que 121 é esse."

"Ainda não sei. *Ainda*. O senador deve saber, não é? Esqueceu o que aprendeu na Especializada, Sherlock?"

O gordo de anel de brilhante sentara numa das mesas com Cleyde. Bebiam champanhe. Ela arranjara um otário melhor.

Rosalvo olhou para o relógio.

"Vai falar com o teu senador. Quero garantias. A transferência para a Costumes terá que ser publicada antes, no boletim diário da Chefatura. Tenho um mês para me transferir. Dá tempo para eu foder o inquérito." Enquanto dizia isso pensava, arrependido, que havia feito uma besteira em ir correndo contar ao comissário Mattos que havia localizado o José Silva. Mas tudo tinha um jeito na vida.

"Agora vai embora, tenho outros assuntos para tratar."

Teodoro saiu. Rosalvo foi até a mesa onde estavam Cleyde e o gordo.

"Dá o pira", disse Rosalvo, sentando-se ao lado do gordo e mostrando sua carteira onde se lia em letras vermelhas POLÍCIA.

O gordo levantou-se, assustado.

"Você não devia ficar acordado até essas horas... Paga a despesa e vai para casa. Sua patroa está esperando..."

Rosalvo pegou Cleyde pelo braço. A orquestra tocava um bolero; ele gostava de boleros.

Enquanto dançavam: "Aquele gordo é açougueiro?"

"Ele disse que é contador."

"Contador de alcatras e chãs-de-dentro."

"Não sabia que você era polícia."

"Agora já sabe. Quem vê cara não vê coração. Aí é que está o busílis."

"Meu namorado vem me apanhar no fim da noite."

"Você dá o bilhete azul pro cara. Como bom cafetão ele sabe que o que é do homem o bicho não come e vai botar o galho dentro."

***

Às primeiras horas daquela noite, o general Zenóbio da Costa chegara ao Palácio do Catete para uma conferência com o presidente Vargas, no gabinete do segundo andar. Além deles estava presente o general Caiado de Castro. Zenóbio fora levar ao presidente informações sobre a reunião extraordinária do Alto Comando do Exército.

"O Alto Comando pediu-me que reiterasse a vossa excelência o propósito firme do Exército de resguardar e defender as instituições", disse Zenóbio.

Vargas achou ambíguas as garantias do Alto Comando. "A Presidência da República é uma instituição democrática. O Alto Comando pensa nela quando fala em resguardar e defender as instituições?"

Zenóbio hesitou, antes de responder.

"O Alto Comando não entrou em particularidades."

"Discutiu-se na reunião o atentado contra o major Vaz? E os ataques injustos que venho recebendo da oposição?"

Zenóbio continuou vacilante. "Não, durante a reunião não. Falou-se informalmente antes, antes de começar a reunião. Comentários ligeiros."

"De que tipo?"

"Sobre a inquietação do pessoal da Aeronáutica."

"O Exército nunca deu importância às inquietações da Aeronáutica", retrucou Vargas. "Nem mesmo às da Marinha, que é a Arma mais antiga e tradicional. O Exército é o Exército!"

"Sem dúvida, senhor presidente."

"Podemos contar com todos os generais do Alto Comando?", perguntou Vargas.

"Sim, senhor presidente." A cara larga e expressiva de Zenóbio mostrava pateticamente o seu nervosismo.

"General Caiado?"

"Ah, eu não participei da reunião do Alto Comando, mas compartilho do ponto de vista do ministro", respondeu Caiado.

Ao se despedir, antes de sair acompanhado por Caiado de Castro, o general Zenóbio acrescentou:

"Foi muito bem recebida a medida de vossa excelência dissolvendo a guarda pessoal."

Vargas não respondeu. O general saiu e o presidente continuou sentado à sua pequena mesa do segundo andar, olhando a escuridão da noite através das janelas do seu gabinete. Naquele mesmo dia ele recebera, à tarde, a visita do vice-presidente Café Filho, do ministro da Justiça e Negócios Interiores Tancredo Neves, do ministro da Educação Edgard Santos, do ministro da Saúde Mário Pinotti, do ministro do Trabalho Hugo de Faria, e do governador Amaral Peixoto. Com exceção da fisionomia deste último, que era seu genro, e da de Tancredo, nas quais notou principalmente nervosismo, no rosto de todos os outros ele percebera o mesmo que vira na cara de Zenóbio: indecisão.

* * *

Teodoro telefonou para o senador Vitor Freitas.

"O senhor falou para eu ligar para sua casa se tivesse alguma informação importante e urgente."

"Estou ouvindo."

"Não acho bom falar pelo telefone."

"Passe aqui em casa. Praia do Flamengo 88, esquina de Ferreira Viana. Edifício Seabra."

Teodoro sabia onde ficava o edifício Seabra, um dos prédios residenciais mais conhecidos da cidade. Um dos sonhos de Teodoro era morar naquele prédio de granito negro. O mundo é engraçado, ele pensou.

"Quer beber alguma coisa, Teodoro?"

"Não senhor, obrigado."

"Eu vou tomar um scotch, não quer me acompanhar? Chamei meu assessor Clemente para ouvir sua história e enquanto esperamos por ele..."

"Bem, se o senhor insiste..."

Na ampla sala havia um bar, com um balcão de madeira trabalhada sobre o qual havia inúmeras garrafas. Enquanto Freitas preparava as bebidas, Teodoro ficou contemplando a decoração da sala. Ele nunca vira um lugar igual aquele.

"Gostou da decoração?", perguntou o senador estendendo um copo com uísque e gelo para Teodoro.

"Muito bonita", disse Teodoro.

"Os motivos são tunisianos. Você conhece a Tunísia?"

"Nunca saí do Brasil, senador."

"A moda agora é fazer decorações em estilo americano, uma coisa de insuportável mau gosto. Ah! a burguesia brasileira! Antes era tudo afrancesado, agora é tudo americanizado. Os americanos são o povo mais vulgar que existe no mundo. Eles não têm história, cultura, nada, só dinheiro. Já a Tunísia... Você sem dúvida já ouviu falar em Cartago, um império fundado pelos fenícios há milhares de anos..."

"Ah... Sim senhor..."

"Infelizmente é hoje uma colônia francesa. E os franceses, como todos os colonizadores, não têm feito outra coisa que tentar destruir a cultura —"

A campainha da porta cortou a digressão do senador. Era Clemente.

"Esperei você chegar", disse Freitas. "Até agora não sei o que Teodoro tem para nos contar."

Clemente preparou uma bebida. Sentaram-se num dos conjuntos de poltronas e sofás da sala.

"Pode falar, Teodoro", disse Freitas. Ele e seu assessor estavam bem-humorados.

Teodoro pigarreou. Não sabia como começar.

"Anda, Teodoro, está esperando o quê?"

Constrangido, Teodoro contou a conversa que tivera com Rosalvo.

À medida que falava seus dois interlocutores passaram a demonstrar um nervosismo crescente. Clemente foi ao bar e trouxe uma garrafa de uísque. Ele e o senador se serviram de bebida várias vezes. A fisionomia do senador foi ficando soturna. Gotas de suor cobriram sua fronte.

"Podemos acreditar no que diz esse tal de Rosalvo, nas suas promessas?", perguntou Clemente.

"Acho que ele fará tudo, tudo, para conseguir uma transferência para a Costumes", respondeu Teodoro. "Mas primeiro terá que entregar a mercadoria. Diga ao tira que essas são as minhas condições. Ele é que deve confiar em mim, e não eu nele."

A voz do senador soava arrastada. No canto da boca acumulava-se uma quantidade de saliva, que ele limpava à medida que começava a escorrer pelo queixo. "O tira mencionou por acaso boatos sobre meu envolvimento em corrupção de menores?"

"Não senhor", disse Teodoro, com veemência.

Clemente notou que a embriaguez do senador podia levá-lo a cometer outras inconveniências. Sempre que bebia um pouco mais Freitas perdia o controle.

"Você pode ir, Teodoro. Depois a gente conversa", disse Clemente pegando Teodoro pelo braço e conduzindo-o para fora da sala.

Freitas servia-se de uma nova dose de uísque quando Clemente voltou.

"Estou cagando para o caso da Cemtex", disse o senador. "Minha preocupação é essa investigação de assassinato. Pode ser a coisa do síndico?"

"Não sei. Pode ser... e pode não ser. Pode ser a morte do Paulo Gomes Aguiar. O comissário Esplanada está investigando esse caso."

"Que merda é essa de comissário Esplanada?"

"É o lugar onde aquele merdinha compra a roupa feita."

"Você já fez essa crítica idiota antes. Você tem a mania de subestimar as pessoas. Seria ótimo se o assassinato mencionado pelo Teodoro fosse o do Paulo. Eu nem estava aqui no Rio nesse dia, estava no Norte, fazendo contatos políticos. Seria ótimo, ótimo." Freitas encheu seu copo nervosamente, sem colocar gelo na bebida.

"O inquérito do síndico foi engavetado", disse Clemente.

"Mas não foi encerrado. Um dia alguém abre a gaveta..."

"Eles estão procurando um ladrão."

"Foi uma besteira matar aquele velho imbecil."

"A idéia foi sua, queridinho."

"Minha? Você está maluco!", gritou Freitas.

"Quer que eu lhe lembre como tudo aconteceu, Vitinho?"

"Não seja irônico, quem é você para ser irônico comigo?"

"Você chegou bêbado de madrugada na sua garçonnière de Copacabana com um amigo, e num arroubo de paixão, dentro do elevador, ajoelhou-se para venerar Priapo."

"Cretino!" Freitas tentou agredir Clemente. Este empurrou o senador com violência, fazendo-o cair sobre o sofá. Freitas ficou olhando apalermado sua camisa molhada de uísque derramado do copo.

Os acontecimentos referidos por Clemente haviam ocorrido há mais de um ano. O síndico do prédio entrara no elevador e surpreendera Freitas em sua ação libidinosa. Revoltado, disse que ia convocar uma reunião do condomínio para pedir a expulsão de Freitas do prédio por ultraje ao pudor.

"O canalha andava me vigiando", lamentou-se Freitas enquanto tentava enxugar a camisa com um lenço que tirara do bolso.

Freitas telefonara para Clemente dizendo que estava arruinado politicamente, que eles tinham que fazer alguma coisa. Clemente fora ao apartamento do síndico, dizendo que trabalhava com o senador, pedindo que ele nada fizesse; garantiu que Freitas se mudaria no dia seguinte. O síndico respondera que Freitas era um canalha, um pederasta nojento, que o seu comportamento pecaminoso transformara aquele prédio de família numa Sodoma. Clemente oferecera dinheiro ao síndico para que ele esquecesse o que vira. O velho recusara indignado a "proposta imunda" de Clemente dizendo que era um pastor protestante e que Freitas tinha que pagar pelos seus pecados. Logo após o síndico dizer que era um pastor protestante Clemente o matara, esganando-o.

"Eu não disse para matar o sujeito."

"Seu viado, fiz o trabalho sujo que você não teve coragem de fazer e agora quer tirar o corpo fora e me jogar no fogo? Eu arrasto você comigo."

"Não quero ouvir. Cala a boca."

O velho morava sozinho. Depois de matá-lo Clemente revirara a casa toda, para que a polícia pensasse que o crime fora cometido por um ladrão. Levara a Bíblia do síndico para casa, cheia de anotações nas margens. Chegando em casa, urinara sobre as páginas do livro, durante vários dias seguidos, até que a tinta das letras rabiscadas pelo pastor se transformasse em borrões ininteligíveis. O pai de Clemente, que ele odiava em vida e continuava odiando depois de morto, também fora pastor protestante.

"Ainda tenho a Bíblia do síndico, toda cagada. Vou trazê-la aqui e esfregá-la na sua cara."

"Você é um blasfemo, um niilista, um monstro."

"Não foi isso que você me disse naquele dia. Você pegou nas minhas mãos, disse que eu tinha mãos fortes e então beijou e lambeu minhas mãos como uma cadela. Deixei você fazer aquilo apesar do nojo que sentia: o prazer de assistir ao seu aviltamento era maior do que a minha repugnância."

"Chega, Clemente, por favor, vou acabar brigando com você."

Junto com a bebida derramada, o suor empapava a camisa de Freitas. Seu rosto corado adquirira uma palidez cinzenta: "Temos que matar esse comissário. Você pode fazer isso, eu sei que pode".

"O síndico era um velho de oitenta anos. Foi fácil. Esse filho da puta, além de tira, é mais novo do que eu talvez."

"Mais novo? Então ele é ainda um menino..."

"Puxa-saco..."

"Você parece um adolescente... Juro! Não tem uma ruga no rosto."

Clemente foi ao bar, serviu-se de licor de pitanga, uma especialidade enviada do Norte pelo coronel fazendeiro, dono do maior curral eleitoral do senador. Tirou um espelhinho do bolso e olhou seu rosto, embevecido.

"Não exagera... Adolescente também é demais..."

Freitas levantou-se do sofá com dificuldade, caminhou trôpego até o bar. Tentou abraçar Clemente. Este, com um movimento do corpo, desvencilhou-se do abraço, fazendo Freitas cair. O senador rolou no chão, de olhos fechados, procurando uma posição menos inconfortável. Em pouco tempo, ressonava de boca aberta, ante o olhar de desprezo do seu assessor.

**

Exatamente àquela hora, duas e quinze da madrugada, em que o senador Vitor Freitas começava a dormir alcoolizado no chão de sua residência, o jornalista Carlos Lacerda chegava ao Regimento de Cavalaria da Polícia Militar, na rua Salvador de Sá, acompanhado de enorme comitiva que incluía advogados, jornalistas, o chefe de polícia, o delegado Pastor, e vários oficiais do Exército, Marinha e Aeronáutica. O coronel do Exército Florêncio Lessa, comandante do regimento, esperava por Lacerda e o seu grupo. Lacerda ia fazer o reconhecimento do seu agressor, entre os membros da guarda. Ou agressores, como ele afirmava, contrariando as conclusões do delegado Pastor. Lacerda não gostava de Pastor e escrevera no seu jornal que fora levantada na polícia, e pelo próprio delegado que presidia o inquérito, a hipótese de que fora ele, Lacerda, o assassino do major Vaz. Uma das perguntas feitas pelo delegado ao garagista do prédio fora no sentido de saber se houvera discussão entre o major Vaz e Lacerda. Para o jornalista, a autoridade que dirigia o inquérito tinha por dever supor todas as hipóteses, mas, diante da evidência do crime praticado por terceiros, com testemunhas, e indícios fortes, era desnecessária tão "monstruosa indagação" e incompreensível a suspeita do delegado.

Pastor também não gostava de Lacerda. A tensa relação entre os dois era cerimoniosa, mas hostil.

Às duas e trinta chegaram ao quartel quarenta e sete homens, guardas do presidente.

"O efetivo da guarda é de oitenta e três homens", disse o major Enio Garcez dos Reis, chefe do policiamento do Palácio do Catete, que acompanhava os guardas do presidente. "Porém somente consegui localizar, tendo em vista a convocação súbita que me foi pedida, quarenta e sete membros."

Alguém levantou a questão de que o número dos integrantes da guarda era de duzentos homens e não de oitenta e três, como alegava o major Enio.

O major, ante essas afirmativas, explicou que os guardas efetivos eram oitenta e três, mas admitiu que existia um contingente extra de mais cento e dezessete homens. Em grupos de cinco, os guardas desfilaram em frente de Lacerda e das autoridades que o haviam acompanhado. Eram quatro da manhã quando o reconhecimento terminou. Dois guardas haviam sido destacados por Lacerda.

"Reconheci em Antonio Fortes Filho", disse o jornalista, "o tipo físico que mais se assemelha ao indivíduo gordo e baixo que estava postado na esquina das ruas Paula Freitas e Tonelero. E em José Pombo Pereira, vulgo Pombo Manso, o indivíduo mais parecido com o que alvejou o major."

* * *

O mendigo Russo, preso por oficiais da Aeronáutica, indicou a pessoa que comprara o revólver que ele encontrara na avenida Beira Mar, no dia do assassinato do major Vaz, um funcionário da Standard Esso. O mendigo e o funcionário foram acareados na Diretoria de Rotas Aéreas. A arma foi apreendida.

10

O dia começava a raiar quando Climério abandonou o seu sítio Refúgio Feliz, carregando uma pequena maleta com roupas, alguns papéis, um revólver com seis balas e os cinqüenta e três mil cruzeiros que Soares lhe dera dois dias antes, quando se encontrara com ele na praça da República, ao lado do Campo de Santana, no centro. O dinheiro fora apanhado por Valente na gaveta de Gregório, no Palácio do Catete, seguindo ordens do próprio chefe da guarda pessoal. Valente encarregara Soares de passar o dinheiro para o fugitivo.

Antes de sair aguou as árvores frutíferas e a pequena horta onde plantava couve, tomate, abóbora e mandioca. Sempre que estava no sítio ele aguava diariamente a plantação, mesmo nos dias em que o tempo fechado permitia prever que choveria.

Deu comida aos três porcos.

Chegou, muito cansado, no início da noite, ao sítio do seu compadre Oscar Barbosa, no morro do Taboleiro, na serra do Tinguá.

Oscar e sua mulher Honorina estavam sentados à mesa, jantando, quando foram surpreendidos pela chegada de Climério.

Climério disse que se metera numas trapalhadas na capital e que precisava se esconder.

Oscar não perguntou quais eram os problemas do compadre e convidou-o para se sentar e repartir com ele e a mulher o angu com carne que comiam.

Depois de comerem, Oscar disse a Climério que no dia seguinte ele o levaria para se esconder num barraco no meio de um bananal na serra. No barraco havia apenas uma enxerga velha, mas lá ele estava seguro pois ninguém o encontraria. Diariamente, Oscar ou a comadre Honorina levariam comida para Climério.

* * *

Freitas acordou no chão com um toque leve nos ombros. O copeiro, curvado, perguntou: "O senhor está sentindo alguma coisa?"

O senador olhou o relógio de pulso. Meio-dia e meia. "Estou bem. Vá preparar o meu banho."

O copeiro, de nome Severino, um jovem humilde de vinte e dois anos, aceitava o tratamento ríspido que o senador lhe dispensava sem reclamar. O salário que recebia e as gorjetas que ganhava quando o senador estava de bom humor ajudavam a sustentar a mãe viúva e os oito irmãos menores que haviam ficado em Caruaru, Pernambuco.

Preparou o banho quente colocando o cotovelo na água da banheira para verificar se a temperatura estava como o senador exigia. Colocou duas grandes toalhas felpudas e os jornais sobre uma banqueta ao lado da banheira.

O próprio senador adicionou os sais aromáticos na água. "Se ligarem para mim diga que já fui para o Senado."

A água quente envolvendo seu corpo lhe deu uma sensação de bem-estar. Segurou entre os dedos as gorduras do seu ventre. Precisava fazer alguma coisa para eliminar aqueles acúmulos adiposos indesejáveis. Ginástica, dieta, qualquer coisa. Gostaria de ter uma barriga como a de Lomagno, de músculos duros e definidos. Clemente, o seu assessor, já tivera uma barriga assim, mas a vida sedentária que estava levando tornava seu corpo cada vez mais flácido. Anotou mentalmente que precisava se livrar de Clemente. O assessor deixara de ser apenas impertinente e importuno; tornara-se uma pessoa perigosa. Mas era preciso fazer essa operação com muita habilidade para não irritá-lo provocando uma reação intempestiva.

Pegou um dos jornais. Não se confirmavam os boatos que haviam corrido no Senado, de que Getúlio Vargas, numa tentativa de dividir as Forças Armadas, nomearia o general Zenóbio da Costa para substituir o ministro da Aeronáutica Nero Moura, que se mostrara frouxo ante a ostensiva insubmissão dos seus comandados. O ministro Nero Moura desmentia enfaticamente a frase que a *Última Hora* lhe havia atribuído, de que Vaz não fora morto como oficial da Aeronáutica. O ministro tinha mesmo de desmentir, tivesse ou não dito aquilo, não podia repetir o que os getulistas espalhavam pela cidade, que Vaz era uma espécie de capanga de Lacerda e fora morto nessa condição. Na Câmera, a deputada Ivete Vargas perguntara: "Por que aqueles que guardam o presidente são chamados de capangas e os guardam Lacerda são chamados de amigos?"

O cardeal dom Jaime de Barros Câmara enviara uma mensagem ao brigadeiro Eduardo Gomes; dizia que com o pensamento nas tradições generosas do povo brasileiro, formadas aos influxos da civilização cristã, dirigia-se aos sacerdotes de todo o Brasil por meio dos excelentíssimos senhores bispos, para pedir-lhes que na mesma data e hora se unissem também em oração em sufrágio da alma do aviador sacrificado, que era sincero católico, elevando preces a Deus pela concórdia e tranqüilidade da família brasileira.

O senador estava convencido de que havia em curso uma campanha muito bem organizada de desmoralização de Vargas, da qual participavam a Igreja, setores das Forças Armadas, setores do empresariado, partidos políticos da oposição e a imprensa. Quanto mais lama se jogasse em cima do Getúlio, melhor. Antes eram as negociatas dos membros do governo que eram denunciadas. Agora, eram os crimes. Em janeiro de 1920, segundo os jornais, Getúlio Vargas, com seu cúmplice Soriano Serra, teria assassinado o cacique Tibúrcio Fongue, da tribo dos inhacorá. O inquérito aberto teria sido abafado. Fac-símiles das folhas dos vários inquérito instaurados eram reproduzidos nos jornais. Em 1923, Vargas, ainda com a cumplicidade de Soriano Serra, teria assassinado o engenheiro Ildefonso Soares Pinto, secretário de Obras Públicas do então governador Borges de Medeiros. "Soriano foi preso mas o outro assassino, Getúlio Vargas, continua solto até hoje."

"A vida pregressa de Vargas está marcada por crimes monstruosos. Menino ainda, Varga já era um homicida", dizia a *Tribuna*. Em Ouro Preto, Minas Gerais, outras três pessoas teriam sido "trucidadas pelos Vargas e seus capangas": o estudante

Almeida Prado, o médico Benjamim Torres Filho e o major Aureliano Morais Coutinho. "Todos foram mortos em condições traiçoeiras de emboscada à semelhança da tocaia do dia 5 na rua Tonelero." Os capangas de Vargas teriam "estraçalhado o major em plena rua após uma mutilação selvagem do seu corpo". Todas essas acusações eram corroboradas por uma massa de documentos reproduzidos pelos jornais. Estraçalhado. Emboscada traiçoeira. Mutilação selvagem. Trucidado. Lacerda conhecia a força das palavras, pensou Freitas, tivera uma boa escola no Partido Comunista, onde fora o jovem líder de um grupo conhecido como Socorro Vermelho. Uma interessante trajetória: de comunista sectário exaltado a papa-hóstia reacionário udenista, mais furibundo ainda. Em ambas facções se mostrara insuperável na criação de slogans incendiários. Como o do "Rato Fiúza", que destruíra as aspirações do candidato do Partido Comunista nas eleições presidenciais de 1946; e agora o bordão do "mar de lama", que desmoralizara o governo Vargas.

Como sempre, Freitas leu com atenção o que Lacerda escrevia em seu jornal. O general Ancora, antes acusado pelo jornalista de procurar impedir a elucidação do atentado, fora destituído por Getúlio e era agora visto por Lacerda como um homem honrado. Ancora teria sido sacrificado, na versão lacerdista, por ter-se portado com correção. O afastamento de Ancora seria mais um episódio da "mistificação monstruosa comandada por Vargas para esconder os criminosos". Lacerda insinuava nas entrelinhas que os mandantes do assassinato poderiam ser o irmão do presidente, Benjamim Vargas; o filho, deputado Lutero Vargas; o todo-poderoso líder industrial, deputado Euvaldo Lodi; e o próprio Vargas, este, na melhor das hipóteses, um conivente a posteriori.

Ao mesmo tempo em que lhe era útil, agora, louvar o general Ancora, noutra parte do jornal Lacerda elogiava o novo chefe do DFSP. Lacerda era um mestre da intriga, pensou Freitas, conseguia esconder com o brilho da sua oratória as enormes, e às vezes cínicas, contradições do seu oportunismo político. O jornalista estava se candidatando a deputado, nas eleições de outubro; se sua eleição já era certa antes, o atentado faria dele, certamente, o deputado mais votado no Rio, talvez a maior votação do país inteiro. Dar a um homem com aquela terrível eloqüência algum poder, por menor que fosse, era muito perigoso. Teria sido melhor que Lacerda tivesse sido assassinado e não o seu capanga. Getúlio Vargas, com sua velha oratória monótona e prudente conseguira dominar o país durante tanto tempo; o que Lacerda não faria com sua inteligência incendiária e sua capacidade de usar as palavras, como nenhum outro político na história do Brasil, para persuadir, enganar, emocionar, mobilizar as pessoas? Seus artigos no jornal e suas falas no rádio, nos últimos dias, haviam levado o governo a colocar de prontidão dentro dos quartéis trinta mil soldados, somente no Rio de Janeiro.

No jornal havia uma foto do coronel Paulo Torres, novo chefe de polícia. Torres comandara, até então, o 3.º Regimento de Infantaria, aquartelado em São Gonçalo. Tinha quarenta e dois anos de idade, servira com Zenóbio na FEB, na campanha da Itália, sendo condecorado com medalha de bravura. Fora adido militar adjunto em Roma, Paris e Londres. Era também bacharel em direito. No Brasil, todo mundo era bacharel em direito, pensou Freitas, inclusive ele próprio.

Freitas era amigo dos irmãos do novo chefe do DFSP, Acúrcio Torres, deputado e líder da maioria na Câmara Federal durante o governo Dutra, e Alberto Torres, atual líder da UDN na Assembléia fluminense. A nomeação de um chefe de polícia ligado por laços de família à UDN seria uma concessão medrosa de Getúlio? Ou uma comprovação de que Capanema, ao dizer na Câmara que "o presidente da República não quer que este crime fique sem punição", estava falando a verdade? As duas coisas? Getúlio, inocente e medroso? Seria interessante se fosse verdade.

O senador gostava de Capanema, um ingênuo, que se desmoralizara aceitando ser líder do governo na Câmara. Um homem de bem, culto, acusado injustamente de trapaceiro e de burro; de burro por ter sido ministro da Educação no tempo da ditadura. Todo ministro da Educação no Brasil, por mais inteligente que fosse, acabava sendo chamado de burro, era uma espécie de maldição. Ele, Freitas, nunca aceitaria aquele Ministério.

Uma notícia foi lida por Freitas com ironia. Os diretores de jornais Elmano Cardim, do *Jornal do Comércio*, Roberto Marinho, do *Globo*, João Portela Ribeiro Dantas, do *Diário de Notícias*, Carlos Rizzini, dos *Diários Associados*, Chagas Freitas, de *A Notícia*, Othon Paulino, de *O Dia*, Paulo Bittencourt, do *Correio da Manhã*, Macedo Soares, Horácio de Carvalho Júnior, Danton Jobim e Pompeu de Souza, do *Diário Carioca*, haviam reivindicado e conseguido designar um representante credenciado para participar do inquérito da rua Tonelero. Aqueles calhordas acreditavam realmente no mito proveitoso, que eles mesmos haviam inventado, de que a imprensa era o quarto poder da República. Sagaz, o Corvo — raramente Freitas chamava Lacerda pelo apodo usado pelos getulistas, mas aquela notícia o indispusera com todos os jornalistas —, o Corvo, mesmo sendo diretor de jornal deixara de assinar o requerimento. Mas não precisava ter feito aquilo, os militares que agora controlavam o inquérito policial da rua Tonelero eram todos lacerdistas. Lacerda mandava no inquérito. O nome de Samuel Wainer, diretor da *Última Hora*, também não constava da lista. Talvez não tivesse sido convidado pelos seus pares. Como se os signatários do documento tentassem demonstrar que a exclusão de Wainer e Lacerda patenteava a isenção da proposta que faziam. Mas não havia isenção em parte alguma. Duas correntes facciosas e antagônicas se enfrentavam e a imprensa tomara o seu partido.

Freitas imaginou o sucesso das frases candentes de Lacerda na grande reunião do Clube da Lanterna, marcada para aquela noite na ABI: "Somente ditadores e déspotas se protegem com jagunços e sicários; a guarda pessoal de Vargas é uma afronta à ordem jurídica, um desrespeito ao nosso povo; Vargas está deposto pelo sangue que fez derramar".

Diziam ainda os jornais que o funcionário da Estrada de Ferro Central do Brasil, José Antonio Soares, compadre do guarda pessoal Climério Euribes de Almeida, desaparecera da sua residência na rua Padre Nóbrega, 29, em Cascadura, depois de receber um embrulho da sua amante Nelly Gama. Na fuga, Soares, que a polícia acreditava ser o pistoleiro que atirara no major Vaz, deixara nove mil cruzeiros, o que mostrava sua precipitação. A polícia sob o comando do delegado de Vigilância e Capturas Hermes Machado invadira a residência de Soares, encontrando apenas a mãe e os filhos, apavorados com o aparato policial. O delegado apreendera a correspondência de Soares com o famoso doutor Barreto, um estelionatário preso na penitenciária. Numa das cartas, Barreto autorizava Soares a receber cinqüenta por cento de adiantamento pela venda de cinqüenta jipes.

Num canto da *Tribuna* havia uma nota dizendo que Lacerda fizera uma acareação com os membros da guarda pessoal do presidente e que o jornal publicaria uma extensa matéria sobre isso na edição do dia seguinte.

Subitamente um trecho, quase no fim do artigo de Lacerda, fez Freitas sentir um tremor de frio e abrir a torneira de água quente: "Telefonei três vezes ao delegado Pastor sem que tivesse a honra de receber sua visita". Lacerda, alegando que seus atacantes seriam três e não apenas um, como dizia o delegado Pastor, queria novamente confrontar o delegado com o seu testemunho. O nome de Pastor fez voltar à mente de Freitas, numa associação inquietante, outro pastor, o evangelista bisbilhoteiro que o surpreendera em situação vexatória, e outro tira, o comissário Mattos. Saiu da banheira sentindo frio. Corria perigo, precisava fazer alguma coisa. Vestiu-se rapidamente e pegou o carro oficial que o esperava na porta do edifício Seabra.

Entrou no plenário do Senado no momento em que o líder do PTB, senador Carlos Gomes de Oliveira, fazia a defesa do governo. O que era lamentável em todo o episódio da rua Tonelero, dizia o líder do PTB, era a vontade de alguns exacerbados, que, de permeio com as explorações comunistas, procuravam envolver as classes armadas numa tentativa de levá-las a depor o presidente da República, num desdobrar de acontecimentos que não se sabia onde iria acabar.

Getúlio estava mal servido, com líderes como o senador do PTB, pensou Freitas. Naquele mesmo dia começou a fazer consultas e contatos, dentro da bancada do PSD, com o objetivo de examinar a oportunidade e a conveniência de uma mudança de rumos. Apoiar um governo fraco e corrupto lhe propiciara muitos bons negócios. Mas agora estava na hora de abandonar o barco.

***

Um copeiro abriu a porta do apartamento de Luciana Gomes Aguiar.

"Sou o comissário Mattos. Dona Luciana está me esperando." Mattos não se lembrava de ter visto o copeiro quando estivera no apartamento no dia do crime.

"Você é novo, aqui?"

"Sou. Todos os empregados são novos. Menos a cozinheira. Vou avisar dona Luciana."

Luciana demorou cerca de dez minutos para aparecer. Estava vestida como se fosse sair, maquiada com cuidado, usando jóias. Trazia um papel dobrado na mão.

"O doutor Galvão disse-me que o senhor tinha algumas perguntas a me fazer. Sente-se por favor."

"Pensei que ele estaria presente."

"Não achei necessário."

Assim que o comissário se sentou uma copeira apareceu com uma bandeja com café e docinhos.

"Pode deixar sobre a mesa, Mirtes."

A empregada depositou a bandeja sobre uma mesa e saiu. Luciana colocou o papel que tinha na mão ao lado da bandeja.

"Com açúcar?"

"Sim." Ele não devia tomar café, sua hipercloridria ia aumentar. Ficou olhando a mão bonita de Luciana mexendo nas xícaras.

"Dona Luciana, o doutor Galvão lhe falou sobre o que o porteiro Raimundo me disse? Que a senhora lhe dera instruções para não mencionar a visita ao seu apartamento, na noite do crime, de um homem de cor negra?"

Luciana levou lentamente sua xícara aos lábios. "Eu estava tentando proteger o meu marido. Tolice minha."

"Protegê-lo? Como?"

Suspiro de conformação: "Do ridículo. Paulo era um homem muito supersticioso... Ele às vezes recebia a visita de um... pai-de-santo... que vinha ao apartamento fazer uns trabalhos... Como não acredito nisso, pedi que Paulo recebesse esse indivíduo quando eu estivesse na nossa casa de campo em Petrópolis. Foi o que aconteceu naquele dia. Esse, esse —"

"Macumbeiro."

"— macumbeiro, conhecia Paulo há muitos anos. Não foi ele quem assassinou o meu marido, tenho certeza."

"Por que a senhora não me disse isso antes?"

"Não quis que saísse nos jornais que meu marido era dado a práticas tão vulgares."

"Ele pode ser o assassino do seu marido. A senhora nos fez perder muitos dias de investigação."

"Por que ele faria uma coisa dessas? Meu marido lhe dava todo o dinheiro que ele pedia. O doutor Galvão disse que quem matou meu marido foi um ladrão."

"A senhora disse que nada havia desaparecido."

"Quando estive com o senhor eu ainda não havia feito um levantamento das coisas desaparecidas. Foram muitas jóias. Tenho aqui a relação delas."

Deu ao comissário o papel que estava ao lado da bandeja.

"As únicas jóias que sobraram foram estas que estou usando, que eu havia levado para Petropólis."

Mattos guardou o papel no bolso.

"A senhora sabe aonde eu posso encontrar esse pai-de-santo?"

"Sei apenas que mora lá para os lados de Caxias, onde tem um terreiro."

"Sabe o nome dele?"

"Não, infelizmente eu não sei."

***

Na reunião de membros do Clube da Aeronáutica realizada naquela terça-feira, em vez de quatrocentos oficiais, como na reunião do dia 6, havia mais de dois mil, de todas as Armas. O comparecimento de oficiais superiores — generais, brigadeiros, almirantes —- surpreendera todos os presentes.

O brigadeiro Eduardo Gomes discursou e foi aplaudido de pé. Suas palavras foram moderadas, comparadas com as de outros militares que discursaram. "No sacrifício desta vida destemerosa está simbolizada a devoção militar às verdades mais caras à nossa civilização. Honra, pois, à memória gloriosa do major Vaz. Roguemos a Deus que o receba na paz dos justos".

Maritain foi citado pelo major Jarbas Passarinho: "Quando a autoridade perde o seu caráter de legalidade, o ilegal não é aquele que contra ela se volta, mas sim aquele que a ela se curva." O militar só tem um compromisso, o de manter e defender a Constituição com o sacrifício da própria vida, afirmou o brigadeiro Godofredo de Faria, que acusou o poder executivo de se desmandar, o poder legislativo de se pôr de cócoras e o poder judiciário de se omitir. "Não queremos ser mercenários de um governo pervertido e traidor. Nós os generais não estamos cumprindo o nosso dever. Sejamos dignos da farda que vestimos."

A divisão do país entre as forças que defendiam a corrupção, o roubo e o assassínio e as forças que defendiam a dignidade e a pátria foi denunciada pelo coronel José Vaz da Silva, que pediu a união das Forças Armadas para "esmagar a cascavel que morde o país há vinte e cinco anos. Não vamos nos esconder atrás de um princípio vago de indisciplina. Indisciplina foram os movimentos de 7 de setembro, 15 de novembro e 29 de outubro em nossa pátria". O dia 29 de outubro marcava a data em que Vargas fora obrigado a renunciar, em 1945, num golpe militar comandado pelo então ministro da Guerra, general Góes Monteiro. Vaz da Silva encerrou suas palavras com um apelo ao brigadeiro Eduardo Gomes para que voltasse a sentir o arroubo jovem que o fizera marchar em 1922.

O coronel Adyl, que havia solicitado ao ministro da Justiça que aos militares da Aeronáutica que participavam do IPM da rua Tonelero fosse atribuído poder de polícia, ouviu, constrangido, o coronel aviador Ubirajara Alvim declarar, num relato fantasioso e inverídico, que havia se vestido de vagabundo para fazer investigações por conta própria e prendera o indivíduo Tomé de Souza, irmão de Nelson Raimundo de Souza, que conduzira o carro do pistoleiro assassino. Tomé lhe teria dito que o crime fora ordenado pelo deputado Lutero Vargas. "É preciso prender esse deputado de chanchada", declarou o coronel aviador. Seu depoimento provocou sensação entre os presentes.

A única voz que se levantou em defesa do governo, recebida com fria hostilidade, foi a do coronel-aviador Hélio Costa. A morte do major Vaz, segundo o coronel, provocara manifestações espúrias; o major Vaz, quando fora morto, não desempenhava missão oficial, nem estava fardado; a afronta do assassino não fora dirigida contra a Força Aérea; aventureiros pretendiam conduzir as Forças Armadas à desordem e à indisciplina.

Os resmungos que se sucederam às palavras de Hélio Costa foram substituídos por aplausos quando um capitão do Exército, depois de chamar de líderes incontestáveis da Aeronáutica e do Exército o brigadeiro Eduardo Gomes e o general Juarez Távora, exclamou: "Deixemos aos nossos chefes a hora da decisão!"

Finalmente, a assembléia decidiu convidar o advogado Evandro Lins e Silva para prestar assistência jurídica, como advogado de acusação, à família do major Vaz.

***

Por volta da meia-noite o senador Freitas recebeu um telefonema de um "amigo palaciano", segundo o qual o presidente Vargas teria se reunido secretamente naquela noite com a família e alguns amigos íntimos, entre eles o genro Amaral Peixoto e o ministro Oswaldo Aranha, no apartamento da filha Alzira, no edifício Uruguay, na avenida Rui Barbosa. A reunião tivera como objetivo discutir a situação política do país. Falou-se das reuniões do Ministério e do Alto Comando do Exército, realizadas naquela manhã. Vargas teria dito que considerava a situação grave e acrescentou que renunciaria, se necessário, para evitar uma guerra civil no país. O consenso entre os presentes fora o de que o presidente não deveria ceder ante as pressões golpistas dos inimigos do governo.

"Obrigado, Lourival", disse Vitor, desligando o telefone.

11

Alice e Pedro Lomagno moravam num amplo palacete da avenida Oswaldo Cruz, que fora do pai dele. Alice chegou cedo à sala de café. O copeiro, como sempre, pusera a mesa para dois e estava servindo Alice quando Lomagno entrou na sala. Estava vestido para jogar tênis e tinha uma raquete na mão. Cumprimentou Alice, beijando-a carinhosamente no rosto, colocou a raquete sobre o buffet da sala e sentou-se no lado oposto da mesa.

"O *Correio da Manhã* já chegou?"

"Sim senhor", respondeu o copeiro. "Vou trazê-lo em seguida."

O copeiro trouxe o jornal. Lomagno pegou o bule de prata do café, colocou-o à sua frente. Dobrou o jornal e apoiou-o no bule. Ficou lendo, enquanto passava geléia numa torrada.

Do outro lado da mesa, Alice via apenas a testa e os cabelos cuidadosamente penteados do marido. Lomagno dobrou e desdobrou o jornal várias vezes, enquanto tomava café, procurando as matérias que lhe interessavam, sem olhar uma só vez na direção da mulher. Quando terminou, levantou-se da mesa, apanhou a raquete de tênis.

"Talvez tenha de fazer uma viagem ao exterior."

"Posso saber onde você vai?"

"Europa."

"A Europa tem muitos países."

"França. Mais alguma pergunta?"

"Você vai com aquela mulher?"

"Que mulher?"

"Você sabe muito bem."

"Vou sozinho."

"Não acredito."

"Você foi ao médico esta semana? Está tomando os seus remédios?"

"Eu estou bem." Pausa. "Há uma coisa que tenho que dizer a você."

"O que é, querida?"

"Eu disse àquele comissário de polícia amigo meu que você era amante de Luciana Gomes Aguiar." A voz de Alice tremia. Lomagno rodou o cabo da raquete na mão, como fazem os tenistas. Mas seu rosto permaneceu impassível.

"Não sabia que você tinha amigos comissários de polícia", disse Lomagno, calmamente.

"O Alberto Mattos. Que foi meu namorado."

"Ah, sei." Lomagno sabia que Mattos investigava o assassinato de Paulo Gomes Aguiar. Olhou para Alice, interessado nas reações do rosto dela.

"Onde vocês se encontraram?"

"Na casa dele." O tremor de sua voz cessara, agora ela vingava-se do marido e sentia prazer nisso. Sentiria mais prazer ainda se ele perdesse aquela tranqüilidade inquietante.

"O que foi que ele disse? O policial. Fez alguma pergunta?"

"Não."

"Você vai se encontrar com ele novamente?"

"Não sei."

"Você é uma tola. Por que foi fazer uma coisa dessas?"

"Ele perguntou se algum negro freqüentava a nossa casa", exclamou Alice, esperando, sem saber por quê, destruir o controle exibido pelo marido.

Lomagno virou as costas para Alice e saiu, sem olhar para trás.

* * *

Luciana Gomes Aguiar esperava por Lomagno no Country Club, em Ipanema, sentada a uma das mesas em volta da piscina, vestida para jogar tênis. Luciana estava ansiosa, pois eles haviam combinado que ficariam sem se ver alguns dias, depois da morte de Gomes Aguiar, e apenas haviam se falado pelo telefone.

"Eu paguei ao porteiro para não dizer nada, mas o cretino não conseguiu manter a boca fechada."

"Meu amor, eu tinha dito a você que usaríamos o pai-de-santo como cobertura."

"Pode-se confiar nele?"

"Não se pode confiar na ralé. Só existe uma gente pior que os ricos: os pobres." Muitos novos-ricos estavam surgindo na sociedade e Pedro e Luciana desprezavam a vulgaridade desses arrivistas.

"Acontece que o macumbeiro é um trapalhão incapaz de saber as datas certas. Lembre-se de que ele esteve no seu apartamento na véspera, no dia 30. É facil confundir as coisas, eu me encarregarei disso. Vou procurar o comissário, acho que chegou a hora de enfrentá-lo. Confirmarei, para ele, a história do macumbeiro. Se for preciso, falarei dos problemas de saúde dela..."

"Mas temos que sumir com esse porteiro. O Chicão pode se encarregar disso. Ele te adora, faz tudo o que você quer..."

"Vou ligar para ele agora. Não podemos perder tempo."

Pouco depois Lomagno voltou.

"Tudo resolvido. Agora vamos jogar nossa partida."

"Hoje vou ganhar de você", disse Luciana.

"Não duvido. Você está cada vez melhor. Mas não pense que vou entregar o jogo."

Encontrada uma solução para o problema, dirigiram-se para a quadra central de tênis, que já estava reservada para eles.

* * *

Todas as terças-feiras Salete costumava ir à cidade ver as vitrines das lojas de moda. Alguns vestidos chamaram sua atenção na A Imperial e na A Moda, mas ela só experimentou um vestidinho de jérsei que viu na vitrine da A Capital. Mas achou que no seu corpo o vestido não ficava tão bem quanto no manequim.

"Eu sei que o meu rosto é feio, mas o meu corpo é perfeito. Agora, se este vestido ficou mal em mim, imagine numa mulher qualquer."

"Seu rosto é também muito bonito", respondeu a balconista.

"Tenho espelho em casa, queridinha, não pense que com falsos elogios você vai me vender este vestido com um defeito na manga. Você, como vendeuse, devia ter visto isto."

"Ele está muito bem em você", disse a vendedora, sem se importar com o tom agressivo de Salete.

"Você acha mesmo?"

"Está uma maravilha em você."

Salete fez várias poses na frente do espelho antes de decidir-se a comprar o vestido. Carregando feliz o embrulho de papel colorido da loja, com cuidado para que o seu conteúdo não fosse amassado, ela caminhou até o ponto do lotação, no largo da Carioca, que ficava a pouca distância da A Capital. Pegou o primeiro lotação para Copacabana que apareceu. O pequeno ônibus costumava ficar alguns minutos no ponto, esperando passageiros. Salete sentou-se na janela e olhou para fora. Bem em frente havia uma loja popular de tecidos. Uma mulher saía da loja. Ao vê-la, Salete escondeu-se apavorada, curvando-se no banco em que estava sentada, quase encostando a cabeça nos joelhos. Sentiu uma vertigem, como se fosse desmaiar. Não pode ser ela, pensou.

Cautelosamente levantou a cabeça e olhou novamente. A mulher ainda estava lá, parada, como se não soubesse para onde ir. Era ela mesmo, a desgraçada não tinha morrido! Meu Deus, ficou mais negra e mais feia!

Saber que sua mãe ainda estava viva fez o coração de Salete doer de infelicidade. E se Luiz a visse? Pior ainda, se um dia aquela negra aparecesse na frente de Alberto dizendo "eu sou a mãe de Salete"? Novamente afundou no assento, com medo de que a mãe olhasse para o lotação e a visse lá dentro.

O lotação afinal partiu, na direção da rua Senador Dantas. Ao parar na esquina de Evaristo da Veiga, Salete ajeitou-se no banco e olhou para fora. Notou aliviada que o fantasma da sua mãe desaparecera. Um negro alto e forte carregando um pacote atravessou a rua correndo, fazendo sinal para o lotação. Entrou e caminhou para o único banco ainda vazio, no fundo do pequeno ônibus, tendo que se curvar para não bater com a cabeça no teto.

Até poucos momentos antes esse homem estivera na loja Cassio Muniz, onde comprara, a prestação, um Smith & Wesson, calibre 32, por quinhentos e vinte cruzeiros mensais, uma pistola MAB francesa, calibre 7.65, com carregador de dez balas por apenas duzentos e vinte mensais. O preço final não lhe interessava, o crediário fora inventado exatamente para não se ter esse tipo de preocupação. Pensara em comprar também uma carabina Winchester, 22, mas desistiu. Já possuía uma espingarda 12, uma verdadeira jóia mortífera com enfeites de prata lavrada na coronha e na caixa da culatra.

Chicão — este era o nome do negro — fora encarregado por Pedro Lomagno de matar o porteiro Raimundo, do edifício Deauville. Pretendia fazer isso naquela noite. Mas primeiro levaria as armas que comprara para guardar provisoriamente na casa de uma mulher, com quem de vez em quando dormia, na rua Almirante Tamandaré, não muito distante do edifício Deauville.

* * *

Chicão conhecera Pedro Lomagno em janeiro de 1946, no Clube Boqueirão do Passeio, na rua Santa Luzia. Dois anos antes fora convocado para o serviço militar, sendo incorporado ao 9º Batalhão de Engenharia, uma das primeiras unidades da FEB a seguir para a Itália, em julho de 1944 e uma das últimas a regressar, em 3 de outubro de 1945. Chegara ao posto de cabo. Chicão gostara da guerra. Nunca comera tão bem em sua vida, os soldados brasileiros dispunham dos abundantes recursos e serviços do 4º Corpo de Exército americano. As rações, os cigarros, e tudo o mais que recebia facilitavam o seu relacionamento com as ragazze italianas. Por um maço de cigarros americanos ou um pacote de chocolate conseguira dar boas bimbadas. A possibilidade de morrer não o preocupava e depois de ver dois companheiros morrerem ao seu lado, um atingido por um morteiro dos tedeschi e outro varado pelos estilhaços de uma booby trap, sem que nada acontecesse com ele, Chicão chegara à conclusão de que tinha o corpo fechado. Seu porte atlético o levara a ser chamado para participar de exercícios de boxe com os colegas americanos e a participar de lutas de exibição. Fodera e lutara boxe e desarmara minas, sem pegar uma gonorréia, como todo mundo, ou sem quebrar seu nariz fino de branco ou ter o corpo despedaçado: sim, a guerra fora uma coisa boa. As pessoas morriam subitamente na guerra, mas também não morriam assim em São João de Meriti, onde morava?

A desmobilização e a volta ao Brasil fora a pior coisa que acontecera em sua vida. Em pouco tempo gastou o dinheiro que economizara e precisou procurar um trabalho. Antes de ser convocado Chicão trabalhava como servente de obra. Mas agora considerava aquele serviço indigno de um homem com a sua experiência. Um ex-pracinha, colega de regimento, lhe disse que o Clube Boqueirão do Passeio estava precisando de um instrutor de boxe.

Apareceu no clube vestido com uma jacket militar americana forrada de lã e usando uma bota negra, que ia até acima dos tornozelos, de cadarços grossos e solado de borracha dura que ele chamava de batbut, o combat boot do uniforme de campanha dos pracinhas. Juntos com um capacete alemão de aço e uma pistola Walther, a bota e a jaqueta eram os seus troféus de guerra. Após uma rápida entrevista com Kid Terremoto, um ex-campeão carioca dos meio-médios, que dirigia a academia de boxe do Boqueirão do Passeio, Chicão foi contratado. Dois dias depois ele e Pedro Lomagno se conheceram. Lomagno decidira aprender a lutar boxe e o clube ficava convenientemente próximo do escritório da empresa de exportação de café do seu pai, na avenida Graça Aranha, onde Pedro estagiava, preparando-se para assumir, um dia, os negócios do velho Lomagno.

Pedro e Chicão tinham a mesma idade, vinte e dois anos. Um se sentiu logo atraído pelo outro. Lomagno, que era um jovem taciturno e introvertido, admirava o entusiasmo e a alegria de viver de Chicão. Este respeitava a educação, a riqueza e a brancura do outro. Durante um ano os dois se viram três vezes por semana na academia. Apesar da íntima relação que se estabelecera entre eles, os dois nunca saíam juntos. Os pais de Pedro não aceitariam a amizade dele com um negro e os amigos achariam muito estranho se aparecesse com Chicão nas festas elegantes que freqüentava. Com a morte do pai, Pedro Lomagno assumiu os negócios da família e deixou de ir ao Boqueirão. Mas nem por isso abandonou o amigo. Contratou Chicão para superintendente do armazém de café da sua firma, na avenida Rodrigues Alves. Mas Chicão não possuía as qualidades necessárias para aquele trabalho. Lomagno deu-lhe dinheiro para que abrisse sua própria academia de boxe. Depois de alguns meses de prejuízo, e sentindo-se constrangido para pedir mais dinheiro ao seu benfeitor, Chicão decidiu fechar a academia. Pedro Lomagno, que sentia falta das lutas de boxe pois seu corpo começava a adquirir uma indesejável flacidez em volta da cintura, apareceu no ginásio do Rio Comprido no dia em que Chicão arrancava da fachada a placa com o nome da Academia Brasil de Boxe.

"Que foi que houve?"

"Fracassei. Não está dando nem para o aluguel desta joça."

"Você devia ter falado comigo."

"Fiquei sem jeito."

Lomagno entrou no ginásio. Eram seis da tarde, e o salão estava escuro. Apenas uma lâmpada, na entrada dos vestiários, estava acesa.

"Acende todas as luzes", disse Lomagno.

O ringue, de medidas oficiais, destacava-se no meio do ginásio.

"Tem calção e luvas pra mim?"

"Aqui tem tudo o que o senhor quiser. Até capacetes."

Nos tempos do Boqueirão do Passeio, Chicão tratava Lomagno de você. Já há algum tempo, porém, tratava-o de senhor.

"Vamos lutar sem capacetes."

Lutaram vigorosamente, até Lomagno cansar. Há muito tempo que Lomagno não sentia aquela sensação de bem-estar.

"Estava sentindo falta disso." Os dois estavam nus, no vestiário. A nudez dos corpos musculosos suados lhes dava uma sensação de confiança, parceria, conivência. Foram tomar banho de chuveiro. A água tornava a pele de Chicão ainda mais negra. Em contraste, a pele de Lomagno, mesmo depois do exercício violento que praticara, continuava pálida, como se seus músculos poderosos fossem feitos de mármore.

"Pergunta ao dono do ginásio quanto ele quer. Vou comprá-lo para você."

"Não adianta comprar. Sabe quantos alunos eu tinha? Dois."

"Quantos alunos você gostaria de ter?"

"No mínimo uns vinte."

"Você já tem os vinte."

"Tenho?"

"Eu serei os seus vinte alunos."

Chicão comprou o ginásio, com dinheiro emprestado por Lomagno. Fizeram um acordo: Chicão não teria nenhum outro aluno. Duas vezes por semana, Lomagno saía do escritório à tarde, sem dizer a ninguém aonde ia, para treinar boxe no ginásio, agora deserto e fechado, da rua Barão Itapagipe, no Rio Comprido.

* * *

Agora, dentro do lotação, Chicão rememorava o telefonema de Lomagno e fazia os seus planos para aquela noite. O que Lomagno lhe pedira era uma galinha-morta, qualquer um podia fazer aquilo com uma perna nas costas.

Deixou o lotação passar em frente à rua Almirante Tamandaré, indo saltar mais adiante na rua Tucumã. Passou ao lado do banco onde Salete estava sentada, sem olhar para ela, que também não o notou, imersa em suas preocupações.

Subiu a rua Tucumã até a rua Senador Vergueiro, de onde seguiu para o largo do Machado. Sabia que ninguém o estava seguindo, mas agia como se isso pudesse acontecer. Do largo do Machado foi para a Almirante Tamandaré.

Sua amiga Zuleika estava em casa. Pediu a ela que guardasse aquele embrulho.

"O que tem aí dentro?"

Chicão abriu o embrulho.

"Para que você quer essas armas?"

"Gosto de olhar para elas. Acho que todo mundo que andou numa guerra acaba gostando de armas."

"Fico arrepiada de olhar. Embrulha novamente."

Chicão perguntou se Zuleika podia lhe emprestar o carro para aquela noite.

"O que você vai fazer com o carro? Alguma mulher?"

"Minha mulher é você", disse Chicão pegando a amiga no colo e levando-a para a cama.

"Que marca é essa no peito? Parece uma dentada."

"É uma dentada. Eu estava lutando, num clinch, e o outro cara me deu uma dentada."

"Esquisito..."

Na cama, Zuleika esqueceu da dentada. Chicão podia mijar fora da pichorra de vez em quando, desde que quando estivesse com ela fosse apaixonado, como naquele dia.

Chicão saiu para fazer compras e voltou, já de noite, com uma mala preta.

"O que tem aí dentro?", perguntou Zuleika, que era uma mulher curiosa.

"São uns halteres de ginástica", disse Chicão enfiando a mão dentro da mala e tirando dois halteres de cinco quilos.

Zuleika segurou um dos halteres com as duas mãos. "Que troço pesado, pra que serve isso?"

Chicão pegou um haltere em cada mão e começou a abrir e fechar os braços esticados, exibindo sua força. Depois pegou os dois pesos com uma só mão e levantou-os com facilidade sobre a cabeça.

"Você não acha que existem maneiras melhores da gente gastar energia?"

"Você é danada, hein Zuleiquinha?"

Chicão colocou os halteres de volta na mala, fechando-a cuidadosamente. Não estava com vontade de foder novamente, mas precisava do carro, e quando Zuleika tirasse a roupa a vontade vinha.

***

O marechal Mascarenhas de Morais, chefe do Estado-Maior das Forças Armadas, quase às onze da noite recebeu um telefonema de um membro do Estado-Maior, o brigadeiro Neto dos Reis, pedindo permissão para ir à sua casa acompanhado do deputado Amaral Peixoto e do general Juarez Távora, diretor da Escola Superior de Guerra e membro do EMFA, tratar de um assunto da maior gravidade, ligado à situação política que o país atravessava. O marechal Mascarenhas concordou com o pedido. Em seguida ligou para o general Humberto Castello Branco, também do EMFA, e que integrara o seu estado-maior na Itália, relatando o telefonema que recebera e pedindo que ele, Castello Branco, viesse à sua casa testemunhar o encontro pedido pelo brigadeiro Neto dos Reis.

Ao voltar da Itália, em julho de 1945, onde comandara a Força Expedicionária Brasileira, Mascarenhas sofrera diversos aborrecimentos. Em 29 de outubro, o seu amigo Vargas foi deposto; o general Gaspar Dutra, que fora ministro da Guerra de Vargas, com quem Mascarenhas não mantinha boas relações, foi eleito presidente da República nas eleições de 2 de dezembro e tomou posse no dia 31 de janeiro de 1946. Para culminar tudo isso, Góes Monteiro, que era seu inimigo, foi nomeado ministro da Guerra. Nenhum comando lhe foi oferecido, o que o forçou a pedir a sua reforma. Assim, a 27 de agosto de 1946, sua transferência para a reserva foi publicada no *Diário Oficial*.

Depois de ficor sete anos na reserva, o marechal fora nomeado por Vargas chefe do Estado-Maior das Forças Armadas. Como chefe do EMFA ele despachava semanalmente com o presidente, além de presidir as reuniões do Conselho de Chefes de Estado-Maior das três Forças.

Na reunião pedida por Reis, foi dito ao marechal que Vargas

estaria pensando em entregar o governo ao general Zenóbio, conforme informações que haviam vazado do palácio.

Quem respondeu ao deputado e aos generais que haviam ido fazer aquelas sondagens junto ao marechal foi o general Castello Branco, um homem pequeno que, tal qual o seu chefe Mascarenhas, não parecia ter a altura mínima exigida pelos regulamentos militares para servir o Exército. Castello Branco disse, sem que seus interlocutores tivessem coragem de discordar, que se o presidente quisesse renunciar não seria nenhum general que devia assumir o governo mas sim o seu substituto legal, o vice-presidente.

12

Passavam alguns minutos da meia-noite quando Chicão pediu as chaves do carro à sua amiga Zuleika.

"Não sei a que horas volto. Não me espere."

"Você não me disse o que vai fazer."

"Vou levar um figurão para dar uma bimbada com uma dona no hotel Colonial, na Niemeier. Ele finge para a patroa que vai para São Paulo e fica por aqui mesmo para dar uma trepada fora da rotina. Acho que tem medo de ir sozinho para aqueles lados. Não sei se ele vai querer dormir com a dona. Se dormir, só venho de manhã, fico no carro esperando por ele. Está satisfeita? Depois racho com você a grana que o cara vai me dar. Vou levar a mala preta. Os halteres são para ele."

"Esse sujeito precisa desses halteres para comer a dona?"

"O mundo está cheio de gente biruta, amorzinho."

No volante do velho Armstrong de Zuleika, Chicão parou em frente ao edifício Deauville. Raimundo estava na portaria. Ainda era cedo para fazer o trabalho. Chicão ligou o carro e foi para o largo do Machado, estacionando próximo da estação de bondes da Light.

Caminhou até o restaurante Lamas, atravessou o comprido salão por entre as mesas quase todas ocupadas, em direção aos fundos, onde ficava a sinuca.

Não havia mesa de sinuca vaga. Uma madrugada de quarta-feira, bastante movimentada, pensou Chicão. Durante algum tempo observou os que jogavam e os que peruavam. Gostava de olhar as pessoas, eram tão parecidas umas com as outras e ao mesmo tempo tão diferentes. Durante a guerra vivera um longo tempo no meio de homens, todos usando o mesmo uniforme verde-oliva, falando as mesmas gírias, fazendo as mesmas brincadeiras, buscando os mesmos prazeres, sentindo os mesmos medos e no entanto pudera perceber que as diferenças existentes entre eles eram maiores do que as semelhanças. Falara com o tenente Lobão sobre isso, mas o tenente respondera que todos os homens eram basicamente iguais. O tenente não sabia nada. Era como a Zuleika, que depois de ouvir, sem entender lhufas o que ele lhe dissera sobre isso, respondera que "o hábito não faz o monge".

Perguntou a um dos perus que zanzavam em torno das mesas se queria jogar.

"Estou duro", disse o sujeito.

"Eu pago a hora", disse Chicão.

Jogaram, sem fazer apostas.

"Você joga bem", disse Chicão, que com a cabeça no trabalho que ia fazer prestara pouca atenção ao jogo e mesmo assim ganhara uma partida.

"Já ganhei do Carne Frita. Você sabe quem é o Carne Frita, não sabe?"

"Quem não sabe."

"Jogo duro, aquele. Ficamos pela sete. Juntou gente para ver."

"Foi aqui mesmo, no Lamas?"

O sujeito hesitou.

"Eh... Não... Lá na cidade... Naquela sinuca da praça Tiradentes..."

Chicão colocou o taco sobre o feltro verde da mesa.

"Se você ganhou do Carne Frita, eu sou mico de circo."

O falso adversário do Carne Frita olhou para Chicão como quem fosse dizer alguma coisa, mas desistiu, o negro era muito grande e por baixo daquela voz suave havia uma coisa muito má. Baixou os olhos e ficou passando giz no taco.

O relógio na parede do salão marcava uma e vinte. Está na hora da cobra fumar, pensou Chicão.

Entrou no carro e voltou para a rua do edifício Deauville. Escolheu um local longe dos postes de iluminação. Tirou do porta-

176

luvas uma tira larga de pano que colocou em volta do pescoço. Enfiou o braço direito na tira.

Saiu do carro. Bateu na porta de vidro do edifício. O porteiro Raimundo veio abrir a porta, demonstrando que o havia reconhecido.

"Tenho uma mala no carro para dona Luciana. Você podia me ajudar apanhando a mala pra mim. Não posso tirar o braço da tipóia. Acho que quebrei." Fez uma careta de dor. "Está doendo pra caralho. Daqui vou pro Pronto Socorro, pros médicos fazerem uma radiografia."

Raimundo seguiu Chicão até o carro.

"Está no banco de trás."

Raimundo olhou a mala dentro do carro.

"É melhor você entrar para apanhar a mala."

Com a mão esquerda, Chicão desajeitadamente abriu a porta do carro.

"Se tivesse que ganhar a vida usando a mão esquerda ia ter que ser mendigo."

"Podia ser porteiro de edifício. Pra ser porteiro basta ter um saco maior que o do Papai Noel."

Os dois riram. Raimundo teve vontade de avisar o negão de que a polícia andava atrás dele, mas pra que se meter?

Raimundo curvou-se e entrou no carro. Chicão entrou atrás dele.

Jogando seu corpo pesado sobre o frágil esqueleto de nordestino subnutrido do porteiro, e agarrando-o fortemente pelo pescoço, Chicão imobilizou-o. Se alguém passasse por perto, naquele momento, não teria ouvido sequer um gemido, nem mesmo percebido algum movimento de sombras escuras se debatendo dentro do carro. O único ruído que se ouviu parecia o de um palito de picolé sendo quebrado. Eram os ossos do pescoço de Raimundo sendo partidos pelas mãos de Chicão.

A rua estava vazia. As janelas dos prédios, apagadas. Chicão matara Raimundo em menos de dois minutos.

Deixando o corpo do morto estendido no banco de trás do carro, Chicão pulou para o banco da frente e empreendeu a viagem que planejara para aquela madrugada. Uma parte da viagem poderia ser feita mais rapidamente por um trecho da estrada Rio—São Paulo, mas ele não queria correr o risco de ser parado por algum patrulheiro rodoviário numa inspeção de rotina. Assim, escolheu o trajeto mais longo, porém seguro. Encheu o tanque do carro, num posto da avenida Brasil. O homem do posto viu o morto deitado no banco e pensou que ele estivesse dormindo. Chicão passou por São João de Meriti, cidade onde morara tantos anos, seguindo para Nilópolis, dali para Mesquita. Em Mesquita o carro morreu e demorou a pegar novamente. Em Nova Iguaçu um pneu furou e deu um enorme trabalho trocá-lo com o motor ligado. Ao chegar a Queimados, Chicão parou na porta de um borracheiro com a intenção de consertar o pneu furado mas preferiu seguir em frente, era melhor que sua presença não fosse registrada naquelas vizinhanças.

Chegou a Engenheiro Pedreira e logo viu o rio. Eram quatro da manhã. Parou o carro num enorme descampado deserto, em parte coberto por uma vegetação rasteira. Desligou os faróis, deixando o motor ligado. Quando sua vista se adaptou à escuridão, retirou o corpo do carro jogando-o sobre um monte de capim. Apanhou a mala, colocando-a no chão ao lado do cadáver. De dentro da mala tirou uma lanterna elétrica comprida, acendeu-a e enfiou-a na boca, prendendo-a entre os dentes; queria ter as mãos livres para o trabalho que ia fazer. Retirou da mala uma machadinha, uma saca de lona reforçada com ilhoses de metal, uma corda e um pequeno saquinho de pano.

Desnudou o cadáver e examinou-o para ver se encontrava alguma marca de nascença ou cicatriz. Nada descobrindo, cortou com a machadinha todos os dedos das mãos do morto, sem sentir a menor pena, o filho da puta estava lhe criando muitos problemas. Colocou os dedos, contando-os um a um, no pequeno saco de pano. Prudentemente recontou os dedos, não queria perder um deles naquele local. Com os dez dedos seguramente presos dentro do saquinho, Chicão guardou-os no bolso da calça. Tirou a camisa, colocou a saca de lona em volta do pescoço como se fosse um enorme guardanapo e ajoelhou-se ao lado do cadáver.

Colocou o facho de luz da lanterna que mantinha presa entre os dentes sobre o rosto ossudo de Raimundo. Com aquela cara aquele sujeito nunca ia ser ninguém na vida. Qual seria o lugar melhor para começar? Virou o corpo de rosto para o chão e começou a golpear com a machadinha a parte do pescoço logo abaixo do cabelo.

Chicão nunca havia decepado a cabeça de ninguém e não esperava ter tanto trabalho para fazer uma coisa tão simples. O desgraçado, além de furar o pneu do carro e fazer a bateria cair, tinha o pescoço duro como pau-ferro. O rancor que sentia pelo morto fez aumentar a violência dos golpes. Uma pancada violenta, ao mesmo tempo em que decepava a cabeça, fê-la virar-se e Chicão viu, pela última vez, iluminado pelo facho da lanterna, o rosto sujo de Raimundo, separado do tronco.

"Sujeitinho ordinário", tentou dizer Chicão, mas sua língua, presa pelo cabo da lanterna enfiado na boca, emitiu um som ininteligível que parecia o rosnar de um cão.

Retirou a saca que usara como babador para não se sujar de sangue. Pegou a cabeça de Raimundo, enfiou-a dentro da saca, deixando-a ao lado da mala preta. Agarrou pelas pernas o corpo mutilado e arrastou-o até a beira do rio, empurrando-o para dentro d'água. O corpo boiou alguns segundos e afundou, mas Chicão sabia que com os gases que se formariam nos intestinos o corpo voltaria à tona, em algum lugar.

Apanhou na mala os halteres e a corda. Colocou os halteres dentro da saca de lona, junto com a cabeça decepada.

A pilha da lanterna começava a fraquejar. Enfiou a corda nos ilhoses da saca, fechando-a com um nó forte.

Esse nem o demônio desata, pensou ao rodar a saca sobre a cabeça arremessando-a no rio.

Junto com o ruído da saca atingindo a água, a lanterna apagou de vez. Tirou a lanterna da boca e atirou-a também no rio.

Na volta pensou em espalhar os dedos pelas ruas, com intervalos de cinco quilômetros entre um dedo e outro, mas lembrou-se da história de Joãozinho e Maria jogando miolo de pão no caminho e sem saber bem por que preferiu ficar com os dedos de Raimundo no bolso.

Depois de Queimados, pegou a estrada Rio—São Paulo. Não tinha mais receio da patrulha rodoviária. O dia começava a raiar.

Gostava de ver nascer o sol. Na Itália vira belas alvoradas, mas nenhuma tão bonita quanto as do seu país, nenhuma tão bela quanto a daquele dia.

* * *

Chicão parou numa oficina da estrada e mandou que um mecânico consertasse o carro. Chegou ao Rio depois das onze da manhã. Ficou preso no trânsito, centro da cidade, em frente à igreja da Candelária.

Uma multidão cercava a igreja.

"Que está havendo, seu guarda?", perguntou Chicão a um guarda que tentava organizar o trânsito.

"Missa de sétimo dia pela alma do major Rubens Vaz", disse o guarda.

A missa estava sendo celebrada pelo cardeal dom Jaime de Barros Câmara auxiliado pelos bispos dom Hélder Câmara, dom Jorge Marcos de Oliveira e dom José Távora. Pelo número de carros oficiais, Chicão concluiu que a igreja deveria estar repleta de altas autoridades.

A missa acabou. A multidão em torno da igreja aumentou.

Um táxi, com um enorme alto-falante sobre a capota, colocou-se à frente da multidão, na avenida Rio Branco. Uma voz dentro do carro bradava: "Como acontece com todos os brasileiros, meu coração está tomado pela tristeza e pela revolta. Brasileiros, não é possível haver democracia em nosso país enquanto esse velho ditador corrupto ocupar a Presidência. Getúlio tem as mãos manchadas de sangue. Só uma revolução pode fazer retornar a decência, a dignidade, a honradez ao Brasil. Só uma revolução pode acabar com o mar de lama. Para vereador votem em Wilson Leite Passos. Para deputado federal, Carlos Lacerda!" Quem estava dentro do carro, discursando, era o próprio candidato a vereador.

Chicão, em seu carro, cercado por uma multidão que engrossava a cada minuto, seguiu o táxi com o alto-falante, que se deslocava lentamente. Os gritos da multidão abafavam o discurso que vinha de dentro do táxi.

Na praça Marechal Floriano, em frente a um prédio onde ficava um escritório eleitoral da UDN, a multidão parou, aumentando seus gritos.

Subitamente, o clamor da multidão cessou. A atenção da turba, agora silenciosa, se voltara para a janela do primeiro andar, onde funcionava o escritório eleitoral de Wilson Leite Passos. Na janela estava um homem que todos conheciam. "Lacerda!", alguém gritou, um brado que pareceu varar a praça de ponta a ponta.

Logo a multidão passou a gritar o nome de Lacerda, que da janela fazia com as duas mãos gestos pedindo silêncio.

"Peço a todos que voltem para casa", Lacerda gritou, através de um alto-falante, "as desordens de rua apenas interessam aos oligarcas assassinos que estão no poder."

Os gritos da multidão abafavam suas palavras. O Hino Nacional foi colocado no alto-falante substituindo as palavras inaudíveis de Lacerda, mas a sanha da multidão não cessou. Enfurecida, cercou um carro com propaganda do PTB, arrancando do volante um homem que dizia ser Aires de Castro, presidente do Sindicato dos Metalúrgicos. Em poucos minutos o carro com propaganda do PTB foi incendiado.

Ouviu-se o espoucar de granadas de gás lacrimejante. Logo a praça foi invadida pela tropa de choque da Polícia Especial, que se destacava por seus bonés vermelhos e começou a dispersar a multidão com golpes de cassetetes. Um carro-tanque, vindo do quartel da PM da rua Evaristo da Veiga, entrou na praça atingindo os manifestantes com fortes jatos de água. Pessoas corriam protegendo os olhos do gás das bombas, caíam ao chão, eram pisadas; os policiais espancavam com violência todos que estavam à sua frente. Gritos de pavor eram ouvidos. Presos eram arrastados para cambúrões estacionados na rua Treze de Maio. Quando terminou a ação policial havia na praça, agora vazia, feridos estendidos no chão ou amparados por pessoas amedrontadas. Ouviam-se apenas gemidos e ordens bruscas proferidas pelos policiais.

Chicão assistiu a tudo de dentro do seu carro estacionado na avenida Rio Branco, sem ser incomodado. Vira coisas piores, na guerra. O que estava acontecendo não lhe interessava nem o comovia. Todos os políticos eram corruptos e aqueles que não eram ladrões, se é que existiam, eram mentirosos. E os imbecis que saíam às ruas para dar vivas aos políticos mereciam era aquilo mesmo, porrada nos cornos.

Divertiu-se jogando pela janela do carro, no meio da correria de manifestantes e policiais, os dedos cortados de Raimundo; os pedaços de dedos eram colocados sobre o indicador da mão direita de Chicão e impulsionados pelo polegar, como se fossem bolas de gude.

Depois de tomar banho na casa de Zuleika, Chicão ligou para o escritório de Lomagno, conforme haviam combinado.

"Está feito, doutor. Segui os planos."

"Onde é que você está?"

"Na casa de uma amiga."

"Onde?"

"Almirante Tamandaré."

"Sai daí. Some da zona sul. Oportunamente eu te procurarei na academia."

***

O presidente Vargas, acompanhado do deputado Danton Coelho, saiu do Rio às quinze para as nove da manhã, num avião da FAB, com destino a Belo Horizonte, para inaugurar a usina siderúrgica Mannesmann.

"Tudo está tranqüilo", declarou à imprensa, no aeroporto, o ministro Tancredo Neves.

Após a inauguração da usina, em almoço no Palácio da Liberdade com o governador Juscelino Kubitschek, Vargas declarou que não permitiria que agentes da mentira levassem o país ao caos. Enquanto ele plantava usinas para a emancipação econômica do Brasil, os seus adversários tentavam plantar a desordem nas ruas para escravizar o povo aos seus interesses escusos. Ele não pensava, nunca pensara, em renunciar. Era o presidente eleito e pretendia desempenhar o seu mandato até o fim, nem mais um minuto.

Um ato falho de quem sempre fora acusado de não querer largar o poder. Vargas deveria ter dito, nas circunstâncias, que pretendia desempenhar seu mandato até o fim, nem menos um minuto.

"Presidirei as eleições", disse o presidente encerrando seu discurso, "assegurando a livre manifestação do direito do voto, oferecendo amplas garantias ao povo para escolher seus representantes. Ao contrário do que propalam os agitadores e boateiros, não considero o regime ameaçado. Os homens passam, o Brasil continua."

* * *

Aproveitando-se dos incidentes da Cinelândia, os deputados da UDN ocuparam a tribuna da Câmara para acusar o governo.

Maurício Joppert: "O povo está nas ruas reclamando a punição dos criminosos, exigindo justiça. Temos agora, mais do que nunca, que exigir do presidente da República a renúncia do cargo que ele não soube honrar".

Herbert Levy: "A conclusão é certa e obrigatória: não é necessária maior apuração dos fatos. A responsabilidade moral do presidente da República, esta, é definitiva".

Bilac Pinto: "O presidente da República pode e deve ser denunciado como co-autor do homicídio do major Vaz".

Tristão da Cunha: "O presidente da República está moralmente impossibilitado de presidir este inquérito, dadas as suspeitas que recaem sobre sua excelência e pessoas de sua família. Em condições muito menos graves do que as atuais, Pedro I abdicou e Deodoro renunciou".

Afonso Arinos: "A renúncia é a solução que afastará as possibilidades de subversão, anarquia e golpe".

* * *

Na sala do delegado Ramos, este conversava com os comissários Mattos e Pádua.

"É só dar um cacete nesse puto que ele abre o bico", disse Pádua.

"Nós não vamos fazer isso", disse Mattos.

"O cara vai na sua casa para te matar e você me vem com esses escrúpulos idiotas? Não é somente a sua vida que foi ameaçada. Foi a vida de todos nós. Esse cara tem que servir de exemplo. Esses putos têm que saber que quem encosta um dedo na gente morre que nem um cão danado."

"Não diz besteira, Pádua."

"Vê lá como fala comigo!" A musculatura dos braços de Pádua entrou em convulsão.

Ramos franzia a testa, como se estivesse preocupado com a áspera discussão entre Mattos e Pádua. Na verdade estava muito feliz; odiava os dois comissários e gostaria que ambos, como num filme de caubói, se matassem simultaneamente. Mas infelizmente, Mattos, com certeza, não estaria portando a arma dele. Que Pádua matasse Mattos então, devaneou Ramos.

"Pádua, eu não quero brigar com você. Não quero mesmo."

"Você é um idiota", suspirou Pádua. "Não sei como ainda está vivo."

"Vamos ter que soltar o homem", disse Ramos.

Há muito que o delegado esperava por uma situação como aquela, em que pudesse tomar uma decisão correta que levasse Pádua ao desespero e prejudicasse Mattos, pelo menos teoricamente, pois o bandido que Mattos prendera era obviamente perigoso.

"Ele está preso desde anteontem", continuou Ramos, "sem nota de culpa. Aliás esse sujeito não é culpado de nada. Não houve, a rigor, nem mesmo invasão de domicílio, conforme o relato que o próprio doutor Mattos fez. O máximo que podemos fazer é enquadrá-lo por porte de arma e mandá-lo embora em seguida."

"Se for a julgamento vai ser absolvido ou receber uma multa de duzentos cruzeiros, o que é o mais provável", disse Pádua.

"A lei é para ser cumprida", disse Mattos.

"Está bem. Como vocês quiserem", concordou Pádua. "Eu também não quero brigar com você, Mattos." Pausa. "Pensando bem, você tem razão. Nós policiais temos que seguir a lei."

Pádua fez um afago no braço de Mattos. "Você me desculpa?"

"Eu também peço desculpas", disse Mattos.

"O convívio com você vai acabar me fazendo ficar com um coração de manteiga", disse Pádua.

"Telefone para o senhor, doutor Mattos", disse o guarda entrando na sala.

"Quem é?", perguntou o comissário.

"Um tal de Lomagno."

O comissário foi atender na portaria.

"Mattos falando."

"Meu nome é Pedro Lomagno."

"Adiante."

"Gostaria de conversar com o senhor."

"Passe aqui no distrito amanhã. Entrarei de serviço ao meiodia."

"É urgente."

"Venha agora."

Mattos sentiu uma curta hesitação do outro lado. "Estou... ahn... com problemas aqui na firma, não sei a que horas estarei livre. O senhor não poderia vir ao meu escritório? É um assunto do seu interesse. Do nosso interesse."

Mattos se despediu de Pádua com um abraço. "Tenho que sair."

"Abre o olho, rapaz", disse Pádua, carinhosamente.

Trinta minutos depois o comissário chegava ao escritório da Lomagno & Cia., na avenida Graça Aranha.

A cidade estava tranqüila; a única anormalidade era a presença, em quase todas as esquinas do centro, de carros abertos da Polícia Especial, lotados de homens de uniforme cáqui e boné vermelho.

Uma secretária conduziu o comissário à sala de Pedro Lomagno.

Os dois homens se viam pela primeira vez. Mattos, que adquirira como policial o hábito de olhar de maneira direta as pessoas, examinou o rosto, as roupas, o cabelo abundante fixo na cabeça com glostora, o corpo atlético que o terno elegante não escondia, a mão forte de pálidos dedos longos do homem que casara com sua antiga namorada. Só não viu os olhos do outro, pois Lomagno fingia arrumar uns papéis sobre a mesa.

"Sente-se, por favor", disse Lomagno, ainda arrumando os papéis.

É mais alto do que eu. Tem todos os dentes. Boa saúde, pensou Mattos.

"Nem sei como começar", disse Lomagno sentando-se do outro lado da mesa.

Lomagno havia ensaiado com Luciana a conversa que teria com o comissário, mas fora dominado por um súbito nervosismo que não conseguia controlar e que o outro certamente estaria notando. Sentia ódio e medo do policial sentado à sua frente. Sua frase inicial lhe parecia uma boa justificativa para a sua insegurança.

"Não sei como começar", repetiu Lomagno.

Mattos continuou calado, observando o outro. Olhos verdes esquivos, não usa aliança de casado, está incomodado com a minha presença. Não sabe como começar sua história por que vai mentir? Ou por que vai dizer a verdade?

"É sobre minha mulher."

Silêncio de Mattos.

"Sobre Alice."

Silêncio.

"Ela disse que foi procurá-lo."

Silêncio.

"O que foi que ela lhe disse?"

"Vim aqui para ouvir."

"É muito difícil para mim, dizer o que tenho de dizer."

Silêncio. Alice quando estivera com ele dissera palavras parecidas com aquelas, pensou Mattos.

"Alice não anda bem, está doente, fazendo tratamento psiquiátrico."

Silêncio.

"Ela me disse que foi procurá-lo e lhe disse que eu... ahn..."

Silêncio.

"...que eu era amante de Luciana Gomes Aguiar."
Silêncio.
"Isso não passa de uma alucinação mórbida da minha mulher.
Paulo era o meu melhor amigo e espero que o senhor, que está
investigando o seu assassinato, encontre logo o culpado."
Silêncio.
"Ela já esteve internada na Casa de Saúde Doutor Eiras."
Silêncio.
"Eu não queria interná-la, mas o médico disse que era neces-
sário."
"Podia me dar o nome e o endereço do médico?"
"Tenho aqui o cartão dele." Lomagno apanhou um cartão so-
bre a mesa e estendeu-o para Mattos, que o colocou no bolso sem
ler.
"O senhor conhece o tenente Gregório?"
"Como?"
"O tenente Gregório, chefe da guarda pessoal do presidente."
"Não."
Ora, ora, pensou Lomagno aliviado, o tira supõe que o negro
referido por Alice e pelo porteiro é o tal Gregório. Teve que se
dominar para não demonstrar sua satisfação.
O equívoco de Mattos deu-lhe coragem para observar sem re-
buços, pela primeira vez, o policial que o interrogava. O que uma
mulher fina e elegante, de boa família, como Alice, vira naquele su-
jeito? Na verdade, Alice nunca fora uma pessoa de muito bom senso.
"Não conheço esse senhor pessoalmente, só de nome. Quem
o conhecia bem era o Paulo. Parece que o tenente Gregório o ajudou a conseguir... A superar algumas dificuldades, ahn, burocráti-
cas... Sabe como é..."
"Seja mais explícito."
"O senhor sabe como é o Brasil..."
"Não sei. Me diga."
"Se o senhor tivesse uma empresa de importação e exportação saberia."
"Eu não tenho."
"Para se importar ou exportar qualquer coisa é preciso uma
licença da Cexim. Isso não é fácil de conseguir. Muitas vezes é

necessária a colaboração de um amigo influente. O tenente Gregório ajudou Paulo a conseguir uma licença... importante... para a empresa dele, a Cemtex, na qual aliás eu tenho uma participação societária. Para fazer o Brasil crescer os empresários precisam se humilhar pedindo favores."

"Gregório freqüentava a casa de Paulo Gomes Aguiar?"

"Não sei dizer. Sei que se encontraram algumas vezes... Existia entre eles um bom relacionamento... Eu não chamaria de amizade... Sim, creio que esse senhor freqüentava a casa de Paulo, esporadicamente..."

"Dona Luciana me disse que o marido costumava usar os serviços de um pai-de-santo. Este indivíduo teria ido à casa deles no dia em que Gomes Aguiar foi assassinado."

"É verdade. Paulo costumava consultar um macumbeiro. Sempre estranhei que uma pessoa inteligente como Paulo acreditasse nessas imposturas. Mas esse pai-de-santo é apenas um espertalhão que explora a crendice das pessoas. Não creio que seja capaz de cometer uma violência."

"O senhor o conhece?"

"Estive uma vez no terreiro dele em Caxias, com o Paulo. Pura curiosidade."

"O senhor podia me dar o endereço desse terreiro?"

"Infelizmente eu não sei. Nem mesmo sei como lhe dar informações corretas sobre o local. Mas posso levá-lo lá. Acho que chegando em Caxias acabo descobrindo o terreiro. Me lembro de uma birosca, coisas assim que poderão me orientar."

"Amanhã seria possível?"

"Creio que sim."

***

Ao sair do escritório de Lomagno, o estômago de Mattos doía fortemente. Ele tinha médico marcado para aquela tarde. Da Leiteria Mineira, na rua São José em frente à Galeria Cruzeiro, Mattos telefonou para o médico desmarcando a consulta. Tomou meio litro de leite e foi pegar um bonde no Taboleiro da Baiana, há anos que os bondes não iam mais até a galeria.

No bonde, a caminho da Casa de Saúde Doutor Eiras, o comissário pensava na entrevista que tivera momentos antes. Lomagno no início estava muito perturbado; no fim, muito tranqüilo. Acostumara-se com a mentira que lhe dizia, ou com a verdade? A história do macumbeiro talvez fosse verdadeira. E também o que Lomagno lhe dissera sobre Alice. Essa reflexão fazia-lhe doer o estômago e o coração, prejudicava-lhe o raciocínio, impedia que o tira pensasse com clareza no papel do — Gregório ainda não, ainda era cedo! — do misterioso homem negro. Alice doente mental. Ele não percebera isso quando haviam estado juntos. Como uma pessoa tão bonita podia ser doente? Não, ele não teria sua lucidez prejudicada por dúvidas impertinentes: o negro era o Gregório, cada vez tinha mais certeza disso. O F de Fortunato gravado no anel de ouro. Então ele, que gostava de repetir a máxima de Diderot de que o ceticismo era o primeiro passo em direção à verdade, estava agora cheio de certezas? Novamente a doença de Alice. Alice. Lembrou-se da irmã de sua mãe, que não era boa da cabeça, contando para ele — quando fora mesmo? — que vira um escarro na calçada e quedara-se repetindo mentalmente "lambo ou não lambo?" Sabendo que na história da sua família havia vários loucos, considerava possível sofrer, também ele, um surto psicótico. Possível, mas não provável. De qualquer maneira esperava não vir a ter um impulso incoercível de lamber o catarro de alguém na calçada.

Arnoldo Coelho, o psiquiatra de Alice, trabalhara algum tempo no Manicômio Judiciário e recebeu o comissário atenciosamente. Todavia, somente concordou em falar sobre sua cliente quando Mattos, após esclarecer que investigava um homicídio, lhe garantiu que as informações por ele fornecidas teriam seu sigilo assegurado.

"Ela sofre de psicose maníaco-depressiva."

"O senhor pode dar mais detalhes sobre a doença?"

"Falret chamou-a de loucura circular; Baillarger, de psicose de dupla forma; Delay, de loucura de formas alternadas; Magnan, de psicose intermitente; Kahlbaum, de vesânia típica circular.

Kraepelin foi o primeiro a usar a terminologia psicose maníaco-depressiva. Kretschmer —"

"Doutor, não agüento mais ouvir falar nesses alemães cujo nome começa com K. Na Escola de Polícia estudei psicologia judiciária, psiquiatria jurídica, medicina legal, antropologia criminal. Isso podia ter me matado."

Riram.

"Seu professor foi o Alves Garcia?"

"Antes fosse. Não tive essa sorte." Pausa. "Doutor, fale-me de Alice."

"Quando está na fase maníaca ela tem uma necessidade irreprimível de movimento. É irônica, mordaz mesmo. Tem idéias delirantes, com associações muito rápidas. Escreve compulsivamente páginas e páginas no seu diário. Comporta-se prodigamente. Certa ocasião deu-me um relógio de ouro. Um Vacheron Constantin. Devolvi o relógio, é claro."

"Ela escreve um diário?"

"Sim. Mas não o li. Na fase depressiva, fica muito apática, uma vez chegou ao estupor. Foi quando tivemos de interná-la."

"Não há remédios?"

"Sim, existem remédios. A psicose maníaco-depressiva é curável, mas nem todos os pacientes têm a mesma resposta positiva. Alice é um caso, digamos, mais difícil. Ela é muito inteligente, como aliás ocorre com muitos desses psicóticos, e está colaborando bastante. Sempre que vem ao hospital — Alice sabe quando está tendo um surto — eu lhe digo 'mostra-me a língua'. Se mostra a língua, ela está na fase maníaca. Se não mostra, está na fase depressiva."

"Ela tem alucinações?"

"Não. Digamos que tem ilusões, nos momentos mais agudos dos surtos. Alucinação é a percepção sem objeto. Ilusão, a percepção deformada do objeto."

"Que tipo de ilusões?"

"Algumas concepções persecutórias, transitórias e epifenomênicas."

***

Pela manhã, enquanto o presidente estava em Belo Horizonte, o general Zenóbio conferenciou longamente com o general Caiado de Castro, no Palácio do Catete. Os principais assuntos examinados foram os distúrbios na praça Marechal Floriano, a assembléia dos militares no Clube da Aeronáutica e o interrogatório do tenente Gregório no quartel do 2º Batalhão da Polícia Militar. À tarde, o ministro da Guerra, Zenóbio, promoveu uma reunião com sessenta e três generais, que serviam na capital, entre eles o general Estillac Leal, que viera de São Paulo especialmente para aquele encontro. Nenhum general quis prestar declarações à imprensa depois da reunião. Mais tarde, cerca das sete da noite, seria distribuída uma nota: "Na reunião de hoje, presentes todos os oficiais generais em serviço nesta capital e o senhor general de Exército comandante da Zona Militar Central, Estillac Leal, e seu chefe de estado-maior, general Floriano Keller, foi reafirmada a seguinte posição, ontem tomada por altas patentes das três Forças Armadas: perseverar no propósito de apurar o fato criminoso que culminou no assassínio do major aviador Rubens Florentino Vaz, efetuar o julgamento dos criminosos pela Justiça, e, outrossim, manter-se, em qualquer eventualidade que possa sobrevir, dentro das prescrições impostas pela Constituição Federal".

* * *

Gregório fora interrogado, no Galeão, durante oito horas. Os principais interrogadores haviam sido o delegado Pastor, o promotor Cordeiro Guerra e o coronel Adyl. Presentes vários oficiais da Aeronáutica.

Gregório dissera que dispunha de oitenta homens na guarda pessoal, cada um ganhando cinco mil cruzeiros mensais. Ele ganhava dez mil. A despesa mensal da guarda se elevava a quinhentos mil cruzeiros. Estava dormindo quando foi informado do atentado por um telefonema. Não lhe deu a menor importância e voltara a dormir. No dia seguinte soube maiores detalhes. Supôs tratar-se de um caso pessoal e não político. Nunca lhe passou pela mente que um dos seus homens estivesse envolvido, por isso não levou o fato ao conhecimento do chefe da nação ou do general Caiado de Castro. Mais tarde recebera com surpresa a notícia de que Climério estaria envolvido no atentado. No fim do interrogatório, Gregório sentira-se mal. Levado sob forte escolta para o hospital do Galeão, os médicos militares constataram que o seu estado de saúde era bom.

***

Naquela noite, Pedro Lomagno ao chegar ao edifício Deauville teve a porta da rua aberta por um novo porteiro.

"Por favor, cavalheiro, a quem o senhor vai visitar?"

"Você é novo aqui?"

"Trabalho na garagem. Estou substituindo o Raimundo."

"Dona Luciana Gomes Aguiar está me esperando. Sou Pedro Lomagno."

Luciana abriu a porta com um cálice de champanhe na mão. Abraçou Lomagno com força, mordendo sua orelha.

Lomagno afastou o rosto. "Há quanto tempo você está bebendo?"

"Estou me sentindo tão feliz, tão feliz. Acho que só me senti feliz assim quando tinha seis anos de idade. Lembra que eu te contei isso? Na época em que minha mãe me deu aquela boneca? Eu te contei isso? Eu não queria usar um aparelho nos dentes."

"Contou. Há quanto tempo você está bebendo?"

"Desde a hora em que você me telefonou dizendo que o tira pensava que o negro... Mas não foi por isso não. Estou feliz porque te amo..."

Luciana pegou a garrafa e encheu duas taças. Estavam na ampla sala de estar do apartamento do Deauville.

"É melhor você parar um pouco."

"Está tudo dando certo, meu amor. Você não se sente mais livre? Cada vez mais livre? Ah... Esqueci de Alice. Coitadinho de você, meu benzinho, tendo esse peso nas costas."

Lomagno tirou a taça da mão de Luciana. "Pára um pouco."

"Vamos tirar também Alice da nossa frente. De qualquer for-

192

ma uma doida como ela não vai fazer falta. Você merece ser feliz, nós merecemos ser felizes. Eu quero ser feliz!"

"Não chore, Luciana."

"Meu pai não gostava de mim, minha mãe não gostava de mim."

"Nenhum filho gosta dos pais."

"Foi isso mesmo que eu quis dizer."

"Me dá essa garrafa."

"Existem venenos."

"Me dá a garrafa."

Luciana segurou a garrafa com força. Seu rosto estava transtornado.

"Malucos se atiram debaixo do trem, se jogam da janela, tomam formicida, ateiam fogo às vestes, se enforcam, cortam os pulsos, dão um tiro na cabeça. Por que Alice não faz nada disso? Você ainda me ama? Prova, anda, me fode, mata Alice, me fode antes, agora."

A garrafa escapou das mãos de Luciana, espatifando-se no chão.

Lomagno pegou-a no colo e carregou-a, caminhando lentamente, subindo com cuidado as escadas para o quarto que ficava no andar de cima.

Antes de chegar ao quarto, Luciana adormecera. Lomagno deitou-a na cama. Por alguns momentos ficou olhando a amante, como se ela fosse uma desconhecida.

Deixando acesa a luz do abajur, Lomagno saiu do quarto e andou, curioso, pelo amplo apartamento. Os cômodos antes ocupados pela criadagem estavam vazios. Nenhum dos empregados dormia mais no apartamento. "Não quero ninguém me vigiando", dissera Luciana.

Afinal Lomagno parou, pensativo, num quarto que fora planejado originalmente para abrigar uma criança e que agora servia como depósito de guardados. Abriu a janela e deixou entrar uma brisa fresca que vinha do mar.

Um bom lugar para instalar uma punching-ball, pensou.

***

193

De madrugada, o comissário Pádua entrou no xadrez do distrito.

"Ibrahim Assad", ele gritou.

Assad aproximou-se das grades.

"Você vai ser solto", disse Pádua.

"A essa hora da noite?"

"Teu habeas-corpus acabou de ser entregue."

No distrito, naquele momento, estavam de serviço apenas Pádua, o investigador Murilo, que há anos trabalhava com o comissário e o guarda da portaria.

Pádua, acompanhado de Murilo, levou Assad para a sala vazia da Roubos e Furtos.

"Onde é que está meu advogado?"

"Não tem advogado nenhum, porra de habeas-corpus nenhum. Eu vou acabar com você", disse Pádua. "Mas se você disser por que queria matar o comissário Mattos, eu posso poupá-lo."

"O senhor me desculpe mas eu não posso dizer, doutor Pádua."

A tranqüilidade do preso impressionou o comissário.

"Não pode dizer por quê?"

"Isso me desmoralizaria, doutor. Tenho um nome a zelar."

"Ibrahim? Isso é lá um nome a zelar?" Murilo riu.

Porém Pádua manteve-se sério. Aquele sujeito não era nenhum bunda-suja pé-de-chinelo.

"Precisamente. O doutor entende essas coisas. Sou mais conhecido pelo apelido. Turco Velho."

"O Turco Velho?", disse Murilo, com admiração.

"Bem que eu desconfiei de alguma coisa, quando vi a sua carteira de identidade...", disse Pádua. "O Turco Velho... Eu sempre quis conhecer você, Turco Velho..."

"Ainda bem que o senhor ouviu falar em mim. Então deve saber que não é possível eu atender o seu pedido, doutor. Nunca traí aqueles que confiam em mim. Não posso, não consigo, mesmo se quisesse não conseguiria trair — e eu não quero. Por favor, não perca o seu tempo."

"Você também entende que tem de morrer para servir de exemplo?"

"Compreendo, doutor. Sei como é a vida", disse o Turco Velho estoicamente. "Estava escrito que eu ia morrer no dia em que nasci."

"Você já matou um monte de gente. Como é mais rápido e sem dor?"

"Em cima da nuca. Apoiando o cano com firmeza. O que os antigos chamavam de tiro de misericórdia."

"Está bom. Vamos tomar um cafezinho?"

"O senhor pode me fazer um favor?"

"Faço, qual é?"

"Ligar para minha mãe e dizer para ela ir apanhar uma escritura no tabelião de Caxambu. Comprei uma casinha para ela e a velha ainda não sabe. Era para dar no aniversário dela, depois de amanhã."

"Me dá o telefone que eu ligo."

"Obrigado, doutor."

O Turco Velho sabia que Pádua cumpriria sua promessa. Os três tomaram café de uma garrafa térmica, em silêncio. Depois saíram de carro.

13

Pádua passou a manhã chuvosa, dentro do seu gabinete, retesando os músculos dos braços, pensativo. Telefonou para a mãe do Turco Velho, conforme o combinado. Promessa era promessa, mesmo quando feita a um bandido.

"Está preocupado, chefe?", perguntou Murilo, que raramente via Pádua tão sorumbático.

"Não", respondeu Pádua.

A preocupação de Pádua era, porém, muito grande. Estava arrependido por ter matado Turco Velho. Ele já se arrependera por ter deixado de matar alguém. Por ter matado, aquela era a primeira vez. Fora um erro liquidar o Turco Velho. Turco Velho era um pistoleiro caro, que costumava servir políticos, fazendeiros e outras pessoas de recursos financeiros. Agora era impossível saber quem o havia empreitado para assassinar Mattos. Havia um canalha na cidade com tutano para mandar matar um comissário de polícia: esse puto tinha que ser identificado. Como? Como? Ainda por cima, agora ele não podia alertar o idiota do Mattos, dizendo "sabe quem era esse Ibrahim Assad? O famoso Turco Velho, o maior pistoleiro do país. Alguém com muito arame quer acabar com você". Mattos era doido, se soubesse que ele, Pádua, havia matado o Turco Velho, abriria imediatamente um inquérito dizendo com aquele jeito infeliz dele, "sinto muito Pádua, mas você infringiu a lei". Que interesses importantes Mattos estaria contrariando, a quem Mattos provocara de maneira a causar uma reação tão poderosa? Pádua, erroneamente, não perdeu tempo em cogitações sobre o episódio da prisão do bicheiro Ilídio. Bicheiros não mandavam matar policiais. O mandante era outro.

Mattos chegou ao distrito pouco depois das onze da manhã.

Pádua entregou a Mattos o livro de ocorrências.

"Alguma coisa importante?"

"Nada. Rotina."

"Você está se sentindo bem?"

"Estou com um pouco de dor de cabeça. Ah, ia me esquecendo. Soltei o mascate que você prendeu."

"Que mascate?"

"Aquele cara que entrou na sua casa. Um ladrãozinho de merda que errou o endereço. Acho que aprendeu a lição."

"Ele não era um ladrãozinho de merda. Eu gostaria de saber mais sobre ele. Você pediu o boletim dele à Central?"

"Pedi as informações pelo telefone, como você faz. O cara era, é limpo."

"Você mandou lavrar o flagrante de porte de arma?"

"Não. Você cansou de fazer isso comigo. Soltar os bandidos que eu prendo. Está vendo como é chato?"

"Esse caso era diferente. Havia um flagrante."

"Mas eu soltei o sujeito. Agora é tarde." Pausa. "Agora é tarde."

Mattos percebeu mentira e amargura na voz do colega.

"Como andam as coisas?", perguntou Pádua.

"Que coisas?"

"O trabalho."

"Sem novidade."

"Você não me disse por que queria saber informações sobre o senador Vitor Freitas. Alguma coisa que eu possa ajudar?"

"Não, obrigado."

"Se precisar de ajuda, pode contar comigo, está bem?"

Depois que Pádua saiu, Mattos foi ao xadrez. Mandou o carcereiro abrir a cela.

"Odorico, venha ao meu gabinete."

O xerife seguiu Mattos até sua sala.

"Lembra aquele sujeito alto que foi preso há uns dois dias?"

"Lembro, doutor. Um com cara de sírio. Não gostei dele. Ficou isolado num canto, sem falar com ninguém. Acho que eu ia ter problemas com ele. Foi solto."

"Quem soltou?"

"O comissário Pádua."

"Você viu?"

"Vi. De madrugada o comissário Pádua apareceu no xadrez e chamou o homem dizendo que ele ia ser solto."

"Mais alguma coisa?"

Odorico achava muito estranho o comissário Pádua soltar um preso. Mas o trabalho de um xerife era apenas manter a ordem no xadrez. Quem falava muito era comadre velha.

"Depois que o homem foi solto, voltei a dormir, doutor. Tudo em ordem."

Mattos mandou chamar Rosalvo.

"Liga pra todos os distritos e diga que estamos procurando um homem moreno, de bigode, de nome Ibrahim Assad, natural de Caxambu, Minas Gerais, nascido em 1912. Liga para o IML e pede que me avisem se der entrada no necrotério algum morto com essas características."

Mattos ficou no seu gabinete ouvindo rádio enquanto assinava atestados de pobreza e de residência.

O brigadeiro Eduardo Gomes desmentia que houvesse ocorrido um levante na base aérea de Santa Cruz, onde estava sediado o esquadrão de aviões de caça da FAB. Havia um clima de apreensão na cidade, segundo o noticiário. Famílias tiravam os filhos das escolas.

A Rádio Globo falava num outro atentado contra Lacerda, até então mantido em segredo. Lacerda chegava de lancha a Paquetá, no domingo, dia 8, para um comício, acompanhado do radialista da Globo, Raul Brunini, e de outras pessoas, quando, por entre o espoucar dos fogos de artifício soltados pelos eleitores que lhes davam as boas-vindas, sentiram um grande estouro sob os pés. Uma banana de dinamite havia explodido junto do casco. Ninguém se ferira. A embarcação começara a fazer água, sem ir ao fundo, todavia. A comitiva de Lacerda procurou não dar maior importância ao fato e voltou pela barca da Cantareira.

Não deram importância ao fato? Alguém acreditaria naquilo?, pensou Mattos. Uma cabeça de negro provavelmente estourara perto da lancha e algum futriqueiro espertinho devia ter sugerido: "por que não dizer que sofremos um atentado?"

Notícias de todo o Brasil eram transmitidas pelo rádio, enfatizando o clima de exaltação existente entre estudantes, políticos, classes produtoras, profissionais liberais, devido ao assassinato do major Vaz.

A agência ASA distribuía declarações do deputado federal Otávio Mangabeira, prestadas no hotel Bahia, em Salvador. Mangabeira dizia que a nação estava exausta de tanta humilhação e sofrimento. Tudo porém tinha limites. Somente as Forças Armadas podiam acudir o país. "Unamo-nos como um só homem ao seu redor, pondo nelas toda a confiança, obedecendo ao seu comando como se estivéssemos em guerra."

O que se podia esperar de um sujeito que na condição de deputado federal havia beijado a mão de Eisenhower, de maneira subserviente, em pleno Congresso Nacional, quando o general americano visitara o Brasil depois da guerra?, pensou Mattos. O que se podia esperar de um velho inimigo de Vargas? De um fundador da UDN?

Mangabeira dizia não ter nenhuma dúvida sobre a responsabilidade do governo e do próprio presidente da República pelo monstruoso atentado que tanto vinha comovendo a opinião do país. Até então, era a roubalheira em proporções nunca vistas, era a imoralidade corrompendo com uma desfaçatez incrível. O povo, levado à fome pela carestia da vida resultante em grande parte de atos do próprio governo, era claramente, calculadamente conduzido à anarquia para dela tirarem partido. Mas agora ocorria a tentativa de eliminação do invicto denunciante dos escândalos, que só por milagre escapara. Mas os tiros que lhe haviam sido destinados mataram um oficial da Aeronáutica, exemplo de devoção à sua classe, que acompanhava, no momento, o intrépido Lacerda. Aquilo que estava funcionando no país com o nome pomposo de legalidade era uma negação da ordem legal, tanto maior quanto acabava de baixar até ao crime de morte. O miserável que executara o crime era, no caso, o menor responsável. O grande, o verdadeiro responsável estava no Palácio do Catete, embora pronto, se fosse necessário, até a derramar lágrimas. Mangabeira preferia ver o Brasil atacado e a expelir bravamente o estrangeiro do que ver o que dizia estar vendo: o país minado, solapado e apodrecido pelo inimigo interior instalado no governo.

Às sete da noite Mattos disse a Rosalvo que ia dar uma saída. "Não demoro. Se me procurarem estarei aqui por volta das nove horas."

"Posso saber onde o senhor vai?"

"Não. Uma diligência."

Pegou um táxi. "Rainha Elisabeth, 60", disse para o motorista. Rosalvo mentira ou se enganara com o endereço do José Silva? O número 60 era um edifício de luxo.

"Qual o apartamento do senhor José Silva?"

"Quinhentos e um", disse o porteiro.

Mattos pegou o elevador. Um apartamento por andar.

Tocou a campainha. Uma menina, com o cabelo preso em duas tranças compridas, abriu a porta.

"Eu queria falar com o senhor José Silva."

"Papai", gritou a garota, "é para o senhor."

O homem que surgiu aparentava cerca de quarenta anos, cabelos castanho-claros, começando a ficar calvo. Segurava um jornal.

"Estou procurando o senhor José Silva."

"Sou eu."

Mattos se identificou. "Estou investigando o assassinato de Paulo Gomes Aguiar."

"Não sei como posso ajudá-lo..."

"Posso entrar?"

"Ah... Sim... Tenha a bondade..."

A menina continuava na sala, olhando o tira com curiosidade.

"Vai lá para dentro, fica com a mamãe", disse José Silva.

José Silva dobrou, desdobrou o jornal. Colocou-o sobre uma mesa.

"Sente-se, por favor."

"Tenho informações de que o senhor conheceu Paulo Machado Gomes Aguiar."

"Sim. Mas não o vejo há muitos anos."

"O senhor podia ser mais preciso?"

"Fomos colegas nos primeiros anos do curso ginasial, no Colégio São Joaquim. Depois nunca mais o vi."

"E Pedro Lomagno? O senhor também foi colega dele?"

"Sim."

"O senhor tem visto Pedro Lomagno?"

"Também não. Eles não eram meus amigos. Apenas colegas de escola. Aliás saíram do colégio antes do fim do curso."

A menina apareceu na porta e ficou olhando o policial.

"O que é, Aninha?"

"A mamãe quer falar com o senhor."

"Um momento, por favor."

Mattos e a menina ficaram a sós na sala.

"Você é da polícia?", perguntou a menina.

"Sou."

"Veio prender o papai?"

"Não."

"A mamãe?"

"Não vim prender ninguém."

"Ah...", exclamou a menina, desapontada.

José Silva voltou.

"Minha mulher não está se sentindo bem." Sorriso. "Nós estamos esperando um outro filho, sabe? Vai ser o nosso segundo."

Mattos olhou as pequenas gotas de suor que se formavam na testa de José Silva.

"Posso saber qual a sua profissão?"

"Sou dentista."

"Uma boa profissão", disse Mattos.

"Eu gosto do meu trabalho", disse José Silva.

Mattos levantou-se. "Bem, doutor Silva, creio que o senhor não tem muita coisa a me dizer. Desculpe ter tomado o seu tempo."

José Silva abriu a porta.

"Outra coisa. Se aparecer qualquer outro policial aqui o senhor diga a ele que já falou comigo. Diga: o comissário Mattos deu ordens para que eu conversasse apenas com ele sobre a morte do Paulo Gomes Aguiar."

"Não estou entendendo."

"Não precisa entender. Apenas diga isso, a qualquer policial que aparecer."

"Posso oferecer-lhe um cafezinho?"

Mattos gostaria de tomar um copo de leite.

"Não, muito obrigado."

Antes das nove horas Mattos estava de volta ao distrito. Rosalvo veio falar com ele.

"Vi os laudos. Um negro. O Antonio Carlos não está inventando?"

"Ele é competente e estudioso."

"O senhor quer eu comece a procurar esse negro?"

"Não precisa. Já sei quem ele é."

"E foi ele quem matou o Paulo Gomes Aguiar?"

"É muito provável."

"Quando o senhor vai prender ele?"

"Oportunamente."

O comissário estava muito lacônico. Talvez fosse conveniente irritá-lo um pouco. Irado, ele sempre falava bastante.

"O senhor viu que o presidente vai indultar mais criminosos? Em julho já foram beneficiados trinta assassinos, vinte e dois ladrões, três estelionatários, um macumbeiro e um receptador. O que o senhor acha disto, doutor? Mais sessenta e tantos criminosos soltos na rua."

"Eles não deviam nem sequer ter sido presos."

"O senhor está falando sério? Acho que o nosso problema é que existem criminosos demais na rua."

"Prender um macumbeiro, um receptador é uma estupidez. O sujeito preso custa um dinheirão à sociedade, cumpre algum tempo de cadeia e sai pior do que entrou."

"Então o senhor acha que nem ladrões nem assassinos deveriam ser presos? E um tarado estuprador, como o Febrônio?"

"Se o sujeito for um risco grande para a sociedade, um criminoso psicopata, coisa assim, aí o cara tem que ser tratado apenas."

"E a família da vítima?"

"Foda-se a família da vítima. Você fala como se estivéssemos no século XVIII, antes de Feuerbach. A pena como vingança. Você devia ter estudado melhor esta merda na faculdade."

"Não sou um homem culto como o senhor, mas por favor, me diga: o número dos criminosos não é cada vez maior? No mundo inteiro? Qual a razão disso, me esclareça por favor? Presos demais, ou de menos, nas cadeias?"

"Não vou perder tempo discutindo com você."

Desta vez não funcionara. O homem estava escondendo alguma coisa. O investigador acreditava firmemente que pessoas obsessivas, como Mattos, não deviam ser da polícia ou ter qualquer tipo de autoridade. Ele, Rosalvo, não tinha nenhuma obsessão, a não ser gostar de viver bem, o que significava dormir bem, comer bem e foder bem. Pensou na promessa de Teodoro. Quando fosse para a Costumes, suas obsessões singelas poderiam ser melhor satisfeitas. O problema era como convencer o senador Freitas de que ele fizera alguma coisa para merecer aquele prêmio. Um negro. Ele não via como um negro pudesse estar envolvido com o senador. De qualquer forma já tinha alguma coisa para oferecer.

***

Conforme haviam combinado, Lomagno chegou ao distrito para apanhar o comissário Mattos, a fim de irem procurar o pai-de-santo em Caxias. Chegou num Buick novo, dirigido por um motorista uniformizado da Lomagno & Cia.

"Espera eu voltar", disse Mattos para Rosalvo.

"Onde o senhor vai? Não é melhor eu ir com o senhor?"

"Não. Fica aqui."

Mattos e Lomagno, sentados no banco de trás do carro, não conversaram até chegarem à cidade da Baixada Fluminense.

Depois de rodarem algum tempo pelo centro de Caxias, o carro seguiu para um dos bairros da periferia da cidade. Em certo momento Lomagno disse ao motorista para entrar numa rua de terra. Pararam em frente a uma casa de alvenaria, de janelas azuis, que tinha ao lado um terreiro de terra batida cercado de árvores.

"É aqui", disse Lomagno.

Os dois homens saltaram do carro.

Uma mulata de tamancos, de cabelos grisalhos, que viera para a porta da casa ao notar a chegada do carro, cumprimentou os visitantes.

"Estamos procurando o pai-de-santo", disse Lomagno.

"Tenham a bondade de entrar", disse a mulher.

A sala era modestamente mobiliada; mesa, algumas cadeiras, um sofá surrado, uma cristaleira velha.

"Vou chamar o pai Miguel", disse a mulher.

O pai-de-santo, um negro magro de idade indefinida, vestido de branco, recebeu os visitantes com deferência.

"Sejam bem-vindos à minha casa."

"O senhor se lembra de mim, pai Miguel?"

O pai-de-santo hesitou.

"Estive aqui com o Paulo Gomes Aguiar."

"Ah... sim..."

"Este aqui é o comissário de polícia, doutor Alberto Mattos.

"Polícia?"

O pai-de-santo recuou assustado. Virou-se para fugir. Mattos agarrou-o pela camisa.

"Doutor, eu fechei o terreiro. Não me prenda, por favor!"

"Não vim prender o senhor. Fique calmo."

Ser chamado de senhor pelo policial tranqüilizou um pouco o pai-de-santo.

"Não estou interessado nas suas atividades. Acho que pessoas como o senhor devem ser deixadas em paz. Vim apenas lhe fazer umas perguntas e depois vou embora. O senhor sabe que o Paulo Machado Gomes Aguiar foi assassinado?"

"Sei. Uma das minhas cambonas me disse. Fiquei muito triste. Ele era uma boa pessoa."

"O senhor costumava ir à casa do Gomes Aguiar?"

"Fui umas três ou quatro vezes. Estava fazendo um trabalho para fechar o corpo dele. Muita inveja, muitos inimigos. Tinham posto um encosto nele. Mas a senhora do doutor Paulo não gostava de mim e eu não pude fazer o trabalho direito. Eu sabia que ia acontecer uma desgraça, um espírito tinha baixado aqui no terreiro e me disse. Tinha gente fazendo coisa ruim contra ele."

"Qual foi a última vez que o senhor esteve com o Paulo Gomes Aguiar?"

"Pouco antes dele morrer. Acho que foi numa sexta-feira."

"Lembra o dia?"

"O dia não me lembro."

"Tem certeza de que foi numa sexta-feira?"

"Certeza eu não tenho. Mas certos trabalhos eu gosto de fazer na sexta-feira. Que dia foi a outra sexta-feira?"

"Dia 30."

"Dia 30, dia 30..."

"Pode ter sido no sábado, dia 31?", disse Lomagno.

"Deixa que eu faço as perguntas", disse Mattos.

"Desculpe", disse Lomagno.

"Um momento, por favor", disse Miguel.

Afastou-se e foi conversar com a mulata, que estava a certa distância. Confabularam algum tempo.

"Ela também não se lembra, já foi há tanto tempo..."

"Treze dias apenas", disse o comissário. "O senhor não toma notas do seu trabalho?"

"Eu sou analfabeto, doutor. Mas a Cremilda acha que pode ter sido no sábado, depois da meia-noite. Esse trabalho de tirar o encosto também pode ser feito nas primeiras horas do mês de agosto. O mês de agosto é um mês bom pros espíritos baixarem."

"Você saiu do apartamento do Gomes Aguiar depois de meia-noite?"

"Saí. Acho que foi no sábado, sim... Fiz o serviço já entrando no domingo, em agosto..."

"O Gomes Aguiar foi assassinado na madrugada de domingo, primeiras horas do primeiro dia de agosto, quando os espíritos estavam baixando, como diz o senhor."

"Como? Eu saí de lá e o homem estava vivo, eu juro pro senhor... Vai ver eu fui lá na sexta-feira."

Mattos tirou o anel do bolso.

"Este anel é seu?"

"Não senhor."

"Coloque o anel no dedo, por favor."

Miguel enfiou o anel no dedo. Muito largo.

Mattos botou de volta no bolso o anel, apanhou um Pepsamar. Mastigou a pastilha pensativamente. No anel havia um F gravado; o porteiro mencionara um negro forte e mal-encarado que parecia o Gregório, o Fortunato; Miguel não começava com F e não era exatamente um negro forte.

"Qual o seu nome todo?"

"Miguel Francisco dos Santos, sim senhor."

Francisco. F. Dois negros cujos nomes tinham um F. Coincidências... Nada de conclusões apressadas... Era preciso fazer uma acareação entre o macumbeiro e o porteiro para esclarecer aquele episódio.

"Gostaria que o senhor me acompanhasse até o distrito, no Rio."

"O senhor disse que não ia me prender", lamentou-se Miguel.

"Não o estou prendendo. Isso é um convite."

"É melhor você acompanhar o doutor", disse Lomagno, ameaçadoramente.

"Cala a boca ou volta para o carro", disse Mattos irritado.

Lomagno engoliu em seco. Seu rosto empalideceu de ódio.

"Eu não vou ser preso?"

"Não, não vai ser preso."

Entraram no carro. Lomagno sentou-se na frente com o motorista. Miguel lamentou-se durante a viagem, protestando inocência. Apesar do Pepsamar que mastigara, o estômago de Mattos doía.

Ao chegarem ao distrito, Lomagno disse:

"Espero tê-lo ajudado, de alguma forma."

"Ajudou muito. Eu agradeço. O senhor pode ir embora."

Rosalvo, curioso, observou Mattos levar Miguel para o gabinete. Pela porta aberta percebeu que o comissário dizia alguma coisa ao negro sentado, abatido numa cadeira.

"Conseguiu encontrar o homem?", perguntou Rosalvo, da porta.

"Não sei. Vamos ao edifício Deauville. Pega a caminhonete."

Ao chegarem ao Deauville, acompanhados de Miguel, foram recebidos por outro porteiro que não era Raimundo.

"Onde está o Raimundo? Sou o comissário Mattos."

"Ele não veio. Abandonou o serviço no meio, deixando a portaria vazia a noite toda. O síndico disse que vai mandar ele embora."

Mattos foi ao quarto do porteiro, nos fundos.

"Essas roupas são dele?"

"São. Ele deve voltar, pois deixou tudo aqui."

"Se voltar, diga que quero falar com ele. Para ele ir ao distrito, senão será preso."

"Doutor, eu estou no ar, perdido. O que está acontecendo?", perguntou Rosalvo, na caminhonete.

"Não sei, ainda." Para Miguel: "Talvez precise lhe falar em outra ocasião. Não precisa ficar preocupado."

Mattos estava certo de que Miguel não era o negro que procurava, apesar das coincidências. "Desculpe o transtorno. Vou deixá-lo na estrada de ferro."

Aquela hora não havia mais trem. Mas Miguel nada disse. Preferia passar a noite na estação do que continuar com os tiras.

Não foram muitas as ocorrências no resto do plantão. De madrugada o guarda entrou na sala do comissário, acompanhado de Rosalvo.

"Alguma coisa?"

"A RP trouxe um homem e uma mulher que estavam afogando o ganso numa rua escura. O que faço?", perguntou Rosalvo.

"Quem são eles?"

"O homem é servente de obra. A mulher é empregada doméstica."

"Manda embora", disse Mattos.

"O investigador que comanda a guarnição é um seboso. Diz que fizeram um flagrante."

Um homem e uma mulher estavam sentados num banco de madeira na sala de espera. Levantaram-se ao ver o comissário.

"Leva o pessoal da guarnição ao meu gabinete", disse Mattos para Rosalvo.

O investigador e os dois guardas-civis entraram no gabinete.

"O que aconteceu?"

O investigador explicou que estavam fazendo uma ronda quando viram o homem e a mulher agarrados.

"Agarrados? Fazendo o quê?"

Um guarda riu.

"Estava muito escuro mas tínhamos uma lanterna e deu para ver o que eles estavam fazendo. Quando nos viram a mulher baixou correndo a saia, mas já era tarde. Pegamos a calcinha dela, que estava no chão, para fazer prova."

"Prova?" Mattos sentia o gosto ruim da azia na boca. "Não me tragam mais nenhum casal de infelizes que estejam fodendo num local escuro. Não existe ultraje ao pudor invisível, alguém tem que ver. Sem usar uma lanterna."

Certamente os policiais haviam tentado tirar dinheiro dos dois infelizes.

"Vocês podem ir embora. Na próxima vez que me trouxerem um casal nessas circunstâncias eu enquadro vocês por violência arbitrária."

"Que é isso, doutor?"

"Ou então, extorsão e abuso de poder. Podem se retirar."

Os policiais saíram e Mattos ficou pensando no que faria um sujeito ser da polícia. No seu caso fora simplesmente a incapacidade de arranjar um emprego melhor. Depois de três anos advogando para criminosos pobres, sem ganhar dinheiro para pagar o aluguel do escritório, sem dinheiro para casar, surgira aquela oportunidade de trabalhar vinte e quatro horas e ter setenta e duas horas de folga, tempo que ele pretendia usar estudando as matérias do concurso para juiz. Um empreguinho garantido e digno. Dentro de mais um ano ele teria os cinco anos de formado exigidos para o concurso. Mas Alice não tivera paciência de esperar.

O casal do aterro continuava sentado no banco da sala de espera, ambos calados e assustados.

"Vocês podem ir embora", disse o comissário.

"Eu não tenho nenhum dinheiro comigo... Eu expliquei para os guardas... Ainda não recebi..."

Mattos estava muito cansado para fazer outro discurso.

"Vocês podem ir embora."

Já passava de quatro da manhã quando pegou o livro de direito civil, o rádio e subiu para o quarto onde os comissários de plantão descansavam. Quando dos primeiros plantões, Mattos passava as vinte e quatro horas na sua sala ou então em diligências. Ultimamente ia para o quarto, mas não levava um lençol e uma fronha limpos para colocar na cama como os outros faziam. Deitava em cima do colchão fedorento, tirando apenas o paletó e a gravata.

Durante a madrugada o cozinheiro Geraldo Barbosa, vinte e seis anos, foi atropelado em frente à sua residência, por auto não identificado e internado no Hospital Pronto Socorro. Bernardo Lemgruber, trinta e dois anos, assaltado na rua por dois indivíduos. Mattos fez os devidos registros no livro de ocorrências. Um bêbado foi preso por perturbar a paz pública. O comissário deixou o homem sentado na sala e depois mandou-o embora, sem as lições de moral que os bons policiais costumam ministrar aos bêbados inofensivos.

Estava cada vez mais cansado. O estômago começou a doer e ele mastigou dois comprimidos de Pepsamar.

Foi ao banheiro. Suas fezes estavam escuras. O médico falara em aparência de borra de café. Não havia papel higiênico no banheiro do distrito. Mas o comissário levara um jornal, cheio de notícias importantes sobre o Brasil e o mundo. Não era a primeira vez que ele se limpava com jornal. Sua juventude fora muito pobre. Apenas evitou se limpar com a fotografia de alguém. Um escrúpulo que tinha desde criança.

14

Vitor Freitas, em reunião secreta com alguns membros do seu partido, o PSD, chamou a atenção dos seus pares para a campanha promovida pela UDN, aproveitando-se da insatisfação dos militares e do clima político conturbado, resultantes do atentado da rua Tonelero.

"A UDN mobilizou seus melhores oradores para exigir a licença ou a renúncia ou a deposição de Vargas. Se qualquer dessas hipóteses acontecer — "

"Getúlio jamais renunciará", cortou o deputado Azevedo Pascoal.

"Deixe-me terminar. Se a renúncia, ou deposição — "

"Deposição? O Exército está com Getúlio."

"Vocês se esqueceram da assembléia do Clube da Aeronáutica realizada ontem", continuou Freitas, "quando centenas de oficiais do Exército presentes se solidarizaram com os seus colegas da Aeronáutica. Zenóbio declarou: 'Unamo-nos na defesa da paz e da felicidade da família brasileira'. E Estillac acrescentou: 'O Exército está coeso contra qualquer tentativa de golpe e pronto para defender a Constituição'. Golpe de quem? Que golpe é esse referido pelo general Estillac? Não é um golpe de origem e inspiração militares. É um golpe de quem até agora conseguiu dar todos os golpes, o presidente da República. Na verdade os militares estão advertindo o próprio Getúlio. É preciso saber ler nas entrelinhas, meus amigos, conhecer as metáforas castrenses. O Exército não aceitará golpe pró-Getúlio. Mas o oposto, sim."

"Não é preciso nos dar uma aula, Freitas. Ninguém aqui nasceu ontem."

"Como eu dizia — deixem-me continuar meu raciocínio —

se acontecer a renúncia ou a deposição de Getúlio, a UDN tomará o poder, quer aproveitando-se para instalar sua ditadura bacharelesca-militar, quer preenchendo o vácuo político deixado por Vargas para ganhar as eleições de outubro. Alguns setores da UDN preferem a renúncia, que desmoralizará Vargas, e deixará mal os partidos importantes que o apóiam, ou seja, nós e o PTB. Os brasileiros não gostam de quem renuncia. Mas uma ponderável parte da UDN, liderada por Lacerda, quer a deposição pura e simples. Poucos aqui, lamento registrar, ouviram o discurso de Afonso Arinos atacando Vargas, ouviram Arinos afirmar que a suspeita da nação converge para o presidente da República, ou para pessoas a ele intimamente ligadas — Arinos teve a elegância de não mencionar o filho Lutero ou o irmão Benjamim — e concluir sua catilinária exigindo o afastamento de Vargas para que em condições de absoluta imparcialidade e segurança o crime da Tonelero fique de uma vez por todas esclarecido. Arinos fala em desagregação da autoridade pública, crise moral, esses sovados — e no entanto ainda eficazes — lugares-comuns da retórica udenista. O discurso de Arinos, todavia, não foi violento. Ele quer o afastamento voluntário do presidente, ele integra aqueles setores mais inteligentes a que me referi. É possível que o setor golpista, que não se incomoda que os militares tomem o poder, desde que Getúlio seja deposto, acabe prevalecendo na UDN. De qualquer forma me parece que se Getúlio pedir uma licença não deixarão que ele reassuma, será o mesmo que uma renúncia.''

"Lutero abriu mão de suas imunidades parlamentares para que possa surgir toda a verdade. Ele jurou perante Deus e a nação que não tem nenhuma responsabilidade nos acontecimentos e que a trama urdida usando seu nome pretende atingir o seu pai'', disse o deputado Azevedo Pascoal.

"Lutero Vargas jurou! Alguém aqui acredita num juramento de Lutero Vargas? Que esse inocente levante a mão, quero ver a cara dele.''

Novamente Azevedo Pascoal usou da palavra. "Eu estava presente quando Arinos fez o seu discurso e achei-o indeciso, medíocre, indigno dessa inteligência que você mencionou. Ao afirmar que suspeita do inquérito policial, Arinos declarou que a polícia procura elidir a validade das provas através de um processo de 'desmilingüização'. Esta palavra chula não está registrada no Cândido Figueiredo, no Antenor Nascentes, no Caldas Aulete, em nenhum dicionário, enfim. Parece-me que o aviltamento da língua portuguesa, constatado no discurso do deputado, reflete o seu desprezo, talvez inconsciente, pelas instituições. Creio que nem mesmo Arinos se incomodaria com o golpe, desde que os bacharéis udenistas assumissem o poder. Eles sabem como tutorar e manipular os militares."

"Há ainda o discurso do José Bonifácio", continuou Freitas. "Vocês conhecem a andradice mineira dos membros do clã político a que pertence o Zé Bonifácio — uso 'andradice' como sinônimo de astúcia provinciana. Para o Zé, o governo de Getúlio desapareceu desta terra com sua guarda pessoal. Ele acredita, ou finge acreditar, que o governo vive dos favores das classes armadas, dos amores dos sargentos, da indiferença dos soldados, da esperança de aclaramento da verdade neste inquérito. Os dias do governo estariam contados e o Zé pede ao Getúlio um gesto de altivez, de verdadeiro gaúcho, pede ao presidente que realize aquele conselho que certa vez o João Neves da Fontoura, num dos seus raros minutos de lucidez política, lhe deu: que, na hora do desmoronamento, Getúlio tenha a elegância dos vencidos, olhe o Brasil de frente, faça continência e tombe. Mas que tombe, diz o Zé, envolto no manto da dignidade e da honra, renunciando."

"Na UDN os políticos, em qualquer situação, querem sempre que se bata continência", ironizou um deputado.

"O Zé Bonifácio propõe o que ele chama de incisão de um dos mais inomináveis, de um dos mais abjetos e purulentos abscessos que têm corrompido o organismo de qualquer nação. Assistimos, segundo o astuto deputado mineiro, ao sangue e à lágrima; assistimos a reputações impolutas se desfazerem na vala comum da cobiça do jogo; assistimos ao terror dos fracos, ao grito de vitória dos potentados; assistimos ao câmbio negro, às delícias da inflação fazerem com que um major da FAB não tivesse dinheiro para o telefone enquanto o seu assassino possuía uma casa de campo."

"Não podemos tapar o sol com uma peneira. O mar de lama existe", comentou um deputado.

"Essa casa de campo, poucos sabem", continuou Freitas, "não passa de um chácara miserável entre Belford Roxo e Nova Iguaçu. Um lugar que o sicário Climério chama de Repouso Feliz, sem esgoto, sem água corrente, em que alguns porcos chafurdam na lama e galinhas ciscadeiras passeiam por dentro da casa. Um sargento da FAB teria vergonha de morar nela. O Zé Bonifácio sabe disso, mas é preciso despertar indignação, revolta, não importam os meios utilizados."

"Aonde você quer chegar, Freitas?"

"A opinião pública está sendo manipulada de maneira inescrupulosa. Mas com eficácia. Precisamos nos definir. Não podemos esconder a cabeça como avestruzes e fingir que nada está acontecendo. Não havia um único líder da maioria presente ao discurso de Arinos e ao discurso de Baleeiro, para retrucar na hora, defendendo o presidente."

"Defendendo as instituições", disse Azevedo Pascoal.

"Em última análise, defendendo o nosso partido, pois a defesa dos destinos do PSD se confunde com a defesa das instituições. Meus amigos, faltam menos de dois meses para a eleição. Nós sabemos que Getúlio é inocente do crime do major Vaz. Todo mundo sabe disso. Por mais senil que esteja, Getúlio jamais mandaria matar Lacerda, por uma simples razão: ele e o governo nada teriam a ganhar com a morte do jornalista, apenas criariam um mártir para a UDN. O assassinato foi obra de subordinados estúpidos, como o negro Gregório, insuflados por pessoas cujos interesses estavam sendo prejudicados por Lacerda. Mas a campanha da imprensa está fazendo o povo acreditar na culpa de Getúlio. O pistoleiro Alcino foi preso, Gregório foi preso e provavelmente eles dirão aquilo que quiserem que eles digam. A prisão de Climério ocorrerá a qualquer momento. Está sendo organizada uma verdadeira operação de guerra para efetuar essa prisão. O cenário está montado, meus amigos. Getúlio não tem saída. Se ficar no governo, esse desprestígio aumentará a cada dia. Se renunciar, ele será abominado, execrado pelo povo. Os destinos do PSD não podem ser caudatariamente ligados à sina de um presidente com os dias contados, e além disso omisso e prevaricador."

"Aonde você quer chegar?", repetiu o deputado.

"Quando os mineiros perdem a prudência e saem de cima do muro é sinal de que não existe mais um equilíbrio de forças, de que a balança pendeu para um dos lados. Estou convicto de que o PSD deve assumir uma postura de independência nesta delicada conjuntura."

"Nós somos o governo. Muitos dos nossos correligionários também prevaricaram e se aproveitaram da situação", disse Azevedo Pascoal, olhando significativamente para Freitas, que todos sabiam ter enriquecido durante o governo de Vargas. "Capanema jamais aceitaria um posicionamento cínico e oportunista como este."

Após dizer isso, Azevedo Pascoal retirou-se da reunião.

Os que ficaram — dezesseis deputados e quatro senadores — continuaram a discutir as alternativas políticas apresentadas por Vitor Freitas.

Depois que a reunião acabou, Freitas ficou meditando, na solidão do seu gabinete. Se os militares e a UDN assumissem o poder, como certamente iria acontecer, haveria uma onda de moralismo, que seria farisaica e duraria pouco, mas que, de imediato, precisaria de alguns bodes expiatórios. Mas era muito remota a possibilidade de ser descoberta sua participação na negociata da Cemtex. E as suspeitas daquele comissário cretino também não deviam ser levadas em conta. Assim, não havia necessidade de nenhuma ação, fosse de que natureza fosse, junto àquele policial. Clemente não pensava assim, mas ao seu assessor interessava mostrar serviço, tornar-se indispensável, criar cumplicidades. Ele precisava cortar as asas de Clemente, mais do que isso, tirá-lo da sua vida.

Freitas, pelo telefone, pediu que Clemente viesse ao seu gabinete.

"Clemente, procura o Teodoro e diz a ele que não me interessa mais o que esse comissário — como é mesmo o nome dele?"

"Mattos."

"O que esse comissário Mattos está investigando a meu respeito. Não quero saber o que ele está fazendo ou deixando de fazer. Na verdade não quero nem mais ouvir falar no nome desse indivíduo. Diga isso ao Teodoro."

"Teodoro já está em campo, fazendo esse trabalho."

Freitas riu, sem muita convicção: "Então tira ele de campo. Acaba com o jogo".

Clemente saiu da sala de Freitas pensativo. Não demorou muito a arquitetar seu plano. Ligou para Teodoro.

"Como é, Teodoro? O senador quer notícias. Você está muito mole."

"Estou agindo, doutor, estou agindo. Pode dizer isso ao senador."

***

Durante um dia e uma noite Salete pensou apenas na sua mãe. Se tivesse sabido, algo que nunca procurara fazer, que ela morrera, Salete ficaria muito triste e choraria de dor. Mas a desgraçada não havia morrido. Então Salete durante vinte e quatro horas apenas sentiu ódio por sua mãe estar viva, por sua mãe estar mais feia, e mais velha e mais preta.

No fim desse período de rancor, um sentimento de pena começou a tomar conta dela. Isso começou a acontecer quando viu uma peça de seda no seu armário, que havia comprado para fazer um vestido. Ela vira sua mãe saindo de uma loja de tecidos ordinários no largo da Carioca, usando um vestido de chita estampado de cores desbotadas. Com certeza fora comprar alguns retalhos para fazer um outro vestido horrendo.

Salete pensava nisso enquanto alisava a peça de seda francesa que tinha sobre o colo. Sua mãe nunca tivera um vestido de seda; nunca sentira o prazer de sentir sobre a pele a maciez da seda, a pobre infeliz.

Uma idéia foi adquirindo contornos definidos em sua mente. Vestiu a saia e a blusa mais simples que tinha em seu guarda-roupa, tirou suas jóias. Carregando um embrulho com a peça de seda, pegou um táxi e mandou que o motorista seguisse para São Cristóvão.

"Que lugar de São Cristóvão?"

216

"Morr — ah, rua São Luiz Gonzaga."

Quando chegaram à rua São Luiz Gonzaga, Salete perguntou ao motorista se ele sabia onde ficava a praça Elisa Cylleno. O motorista não sabia.

"Eu vou indicando para o senhor."

Rodaram por uma porção de vielas sem encontrar a praça.

"Afinal onde a senhora quer ir exatamente?", perguntou o motorista.

"No morro do Tuiuti."

"Infelizmente eu não subo em morro, minha senhora. Muito perigoso. Nem a polícia sobe."

Rodaram mais um pouco. Salete reconheceu a rua Curuzu.

"Pode me deixar aqui", disse.

Da rua Curuzu, ela se lembrava de como ir ao morro. Chegou ao sopé do morro. Começou a subir, passando pelos barracos, em cujas portas viu as mesmas mulheres da sua infância, colocando roupas em varais para secar, carregando crianças raquíticas no colo, algumas grávidas; molecotes jogando bola de gude no chão de terra; homens de camisa de meia bebendo numa birosca. Todos olhavam para ela, estranhando sua presença.

"Está procurando quem, filha?", perguntou uma velha com uma criança no colo.

"A casa de dona Sebastiana."

"Fica lá em cima."

"Eu sei onde é."

A porta do barraco de madeira, coberto com folhas de zinco, estava fechada. Salete bateu.

A mãe abriu a porta. Não reconheceu a filha.

"Sou eu... mamãe."

"Salete? Salete?"

Ficaram alguns segundos caladas, a mãe limpando as mãos na saia suja, mexendo os pés calçados de tamancos.

"Trouxe um presente para a senhora."

"Você não quer entrar...?"

Salete entrou. Ela se lembrava daqueles odores impregnando a casa: cheiros do corpo; mofo, comida rançosa; o fedor da pobreza. Os poucos móveis velhos e estragados pareciam ser os mesmos do seu tempo.

"E os meus irmãos?"

"Joãozinho está preso. Andou se metendo com más companhias. Tião sumiu de casa um dia e nunca mais voltou. Como você."

"Eu voltei, mamãe. Abra o seu presente."

Sebastiana abriu o embrulho.

"O que eu vou fazer com uma coisa dessas?"

"Um vestido."

"Um vestido? Eu andando com um vestido de seda aqui no morro?"

"A senhora vai sair do morro", disse Salete, impulsivamente.

"Eu vim buscar a senhora para morar comigo."

Sebastiana cobriu o rosto com as mãos e começou a chorar.

Salete aproximou-se da mãe. Abraçou carinhosamente aquele corpo barrigudo sacudido pelos soluços.

"Me perdoe, mamãe."

As duas ficaram chorando, abraçadas. Junto com a dor e o arrependimento que sentia, Salete pensou também que sua mãe estava precisando de um banho.

* * *

"Gostaria de falar com você."

"Sim."

"Posso passar na sua casa?"

"Alice, me desculpe pela maneira que..."

"Posso passar na sua casa?"

"Saio do plantão ao meio-dia."

Logo que desligou o telefone, Mattos recebeu outra chamada.

"Por que você não passa aqui?", perguntou o comissário ao seu interlocutor, depois de ouvi-lo.

"Sou algum maluco? Não posso ser visto com o senhor."

"Por que não me diz pelo telefone?"

"O senhor não quer ver a carta?"

"Onde, então?"

"Na sua casa, logo mais."

"Vou receber uma visita hoje. Pode ser amanhã?"
"Amanhã minha mulher tem que entregar a carta ao Bolão."
"Está bem. Na minha casa. Anota meu endereço. Sete horas está bom?"

Ao entrar no apartamento de Salete na avenida Atlântica, sua mãe perguntou:
"O apartamento é seu, Sassá?"
Sassá era o apelido de Salete quando criança.
"Eu vivo com um rapaz. Ele me deu. Vamos nos casar. Estamos só esperando terminar o desquite dele, que está muito enrolado."
"Ele é muito velho?"
"Não, é moço ainda. Olha, aqui é o banheiro. Tem tudo, sabonete, talco, toalhas. Toma banho enquanto eu arranjo uma roupa para a senhora."
Salete abriu seus armários e depois de muito procurar encontrou uma bata larga, que saíra de moda mas ela não jogara fora. Ela nunca se desfazia das roupas que deixava de usar, por isso tinha tantos armários cheios de roupas.
A roupa ficou um pouco apertada na mãe, mas serviu. Sebastiana parecia outra pessoa.
"Vamos à cidade para comprar umas roupas para a senhora."
Salete sabia que na Casa Santa Branca, na rua do Ouvidor, estavam fazendo uma grande venda de batistas, lãs, organdis, casemiras, sedas, aleutiennes, alpacas, algodões. Comprariam alguns tecidos e iriam depois a uma costureira.

*　*　*

Mattos abriu a porta para Alice. Ela estendeu o disco long-play para ele.
"Uma amiga trouxe para mim da Europa."
Tristão e Isolda.
"Com Lauritz Melchior e Kirsten Flagstad. É para você. Espero que goste."

219

"Muito obrigado."

Enquanto olhava Alice, o comissário pensava nas palavras do psiquiatra da Casa de Saúde... loucura circular... psicose de dupla forma... loucura de formas alternadas... psicose intermitente... vesânia típica circular... psicose maníaco-depressiva...

"Estou muito nervosa... Você me arranja um copo de água?"

"Gelada?"

"Não, é para tomar um remédio."

Alice tomou uma pílula que tirou de um vidro que trazia na bolsa.

"Vou me separar do Pedro."

"Posso colocar o disco?", perguntou Mattos.

"Eu não consigo mais viver com o Pedro."

Mattos colocou o disco na vitrola. A música da ouverture inundou a pequena sala: identificou logo a melodia de um e a do outro, amor e ódio, Isolda e Tristão, Alice e Alberto, o paradoxo e a loucura.

"Minha mãe morreu, eu lhe contei? Não tenho para onde ir, acho que vou para um hotel. Ou talvez venha para aqui."

Vesânia típica circular.

(Me mostra a língua, Alice?)

"Aqui não há nenhum conforto."

"Quem disse que eu preciso de conforto?", respondeu Alice.

"Tenho apenas mais duas óperas. Uma em 78 rotações." Mattos riu.

"Eu sei. Aumenta o som e vamos ouvir deitados."

"Um sujeito vem aqui. Um informante, um cachorrinho."

"Se ele aparecer a gente não deixa ele latir muito."

"É um informante da polícia. Ele vai chegar daqui a pouco."

Os dois ficaram calados.

A campainha tocou.

"Deve ser ele."

Alice foi para o quarto e fechou a porta.

Anastácio Santos, vulgo Cegueta, entrou. Tinha olhos pequenos que ficavam ainda menores quando ele queria ver alguma coisa com nitidez e apertava as pálpebras para corrigir sua miopia.

220

Olhou desconfiado para a porta fechada do quarto. "Tem alguém aí?", perguntou.

"Uma mulher dormindo", disse Mattos.

"Com essa música toda?"

"Música faz ela dormir."

"Deixa a música tocando", disse Anastácio, tirando um envelope do bolso.

Mattos leu a carta com alguma dificuldade.

"Quem é o Genivaldo?", perguntou, devolvendo a carta.

"É um lanceiro, amigo do Bolão."

"Bolão também é punguista?"

"É. Mas os dois trabalham como apontadores de bicho para o seu Ilídio, quando a punga está ruim."

"O que você quer pela informação?"

"Me disseram que o senhor tem moral sobre o doutor Pádua. Quero fazer um acordo com o doutor Pádua mas ele não faz acordo."

"Eu também não faço acordo."

"Doutor, acho que o babado que eu lhe dei vale alguma coisa."

"É verdade."

"Eu fiz o serviço na Esmeralda. O doutor Pádua descobriu e está atrás de mim. Quero devolver as jóias e livrar a cara."

"Está bem. Eu falo com o doutor Pádua. Hoje é sexta-feira. Pádua entra de serviço no domingo. Falo com ele na segunda, quando for substituí-lo. Não garanto mais nada. Não tenho nenhuma influência sobre o doutor Pádua."

Indeciso, Anastácio estendeu a mão para Mattos. Depois de hesitar um segundo, Mattos apertou a mão do ladrão de jóias.

A carta que Genivaldo escrevera para Bolão, entre notícias de família, dizia que o seu Ilídio tinha pago ao Turco Velho para matar o comissário Mattos. "Mas o Turco Velho bobeou e o comissa matou ele."

Mattos entrou no quarto. Acendeu a luz.

Alice estava deitada no sofá-cama Drago, inteiramente vestida. "Deixa a luz apagada. Deita aqui perto de mim."

Mattos deitou-se ao lado de Alice. Como o sofá era estreito, os corpos se tocavam. A janela estava fechada, as persianas descidas e a escuridão dentro do quarto era muito grande.

Alice abraçou Mattos com força. "Não estou vendo o teu rosto. Estou tentando me lembrar como é o teu rosto agora, mas esqueci."

O comissário também não sabia como era o rosto dela, ali no sofá-cama Drago, só vinha à sua mente o rosto de Alice do tempo em que eram namorados.

Mattos sentiu os dedos de Alice deslizando levemente pelo seu rosto. "Teu nariz é grande... Homem deve ter nariz grande... O que você está pensando de mim? Neste momento?"

"Nada."

"Se eu pedir para você tirar a roupa o que você vai pensar de mim?"

"Nada."

Alice saiu do sofá; Mattos notou o vulto dela, se despindo. Mattos levantou-se e tirou sua roupa. Acostumado com a escuridão, ele podia perceber a brancura do corpo nu de Alice, em pé, imóvel.

Sentaram-se no sofá. Durante algum tempo ficaram de mãos dadas. Mattos ouvia a respiração ofegante de Alice. Beijou-a no rosto e afagou-lhe os cabelos finos. Alice deitou-se e puxou o corpo de Mattos para cima dela.

* * *

Climério passou dois dias escondido dentro do barraco no meio do bananal, a maior parte do tempo deitado no colchão esburacado de onde saíam tufos de palha de milho. Oscar e Honorina se revezavam levando-lhe uma marmita com comida e uma garrafa com água. Depois Oscar construiu no barraco um fogão rudimentar de lenha, onde Climério podia fazer comida e café. Ele gostaria de poder tomar um chimarrão bem quente, mas o compadre não conseguiu arranjar o mate. De qualquer forma ele não tinha a cuia apropriada para tomar aquela bebida.

Ficar sozinho naquele lugar ficou insuportável. Houve um momento em que Climério pegou o revólver e pensou em dar um tiro na cabeça. Nesse dia Climério disse a Oscar que ficaria maluco se não saísse para dar uma volta. "Ninguém vai me procurar aqui nessa roça."

"Você matou alguém, compadre?"

Pela primeira vez Climério contou a Oscar o que havia acontecido. Oscar não deu muita importância ao que ouviu do compadre, ele não sabia quem era Carlos Lacerda, nem Gregório nem qualquer dos envolvidos no crime da rua Tonelero, do qual ouvira falar vagamente quando fora à venda do Simplício Rodrigues no vilarejo. Ele não tinha rádio em casa e passava o dia cuidando da sua plantação de bananas no morro do Taboleiro. De política, Oscar só sabia que o presidente era o Getúlio.

No fim da tarde, Oscar e Climério pegaram uma carroça, puxada por um cavalo magro, e foram ao vilarejo. Oscar, depois de comprar adubo, foi com Climério à venda de Simplício, onde compraram cigarros e tomaram cachaça. Oscar explicou que seu compadre Almeida, morador no Rio de Janeiro, estava passando uns dias na casa dele.

Na venda estava uma mulher, dona Maria.

"Também moro no Rio", disse a mulher. "Na rua Santa Isabel, 57, em Vilar dos Teles."

"Vilar dos Teles", disse Climério, "sei onde é, fica lá em deus-me-livre."

"E você, mora aonde? Em Copacabana?", perguntou dona Maria.

"Não precisa ficar agastada, estou brincando", disse Climério.

O comissário Mattos acordou quando a primeira claridade do dia entrou pelas persianas da janela do seu quarto.

Olhou Alice dormindo ao seu lado, mas logo tirou os olhos do rosto da mulher. Ver Alice dormindo lhe pareceu uma indignidade, uma invasão grosseira da intimidade de uma pessoa indefesa. Ele não suportava que o vissem dormindo; desde menino, quando morava na casa dos pais, era o primeiro a se levantar; detestava ser surpreendido dormindo até mesmo por sua mãe.

Sempre que dormia com alguma mulher acordava antes dela. Cuidadosamente saiu do sofá-cama Drago. Levou sua roupa para a sala e vestiu-se.

Naquele fim de semana ele estava de folga. Podia aproveitar para fazer algumas investigações.

Ouviu a voz de Alice. "Alberto?"

Entrou no quarto.

"Que horas são?" Alice cobrira o corpo com o lençol até o pescoço.

"Oito horas."

"Tenho que levantar. Muita coisa para fazer hoje."

Queria que Mattos saísse do quarto, para se vestir. Sentia vergonha de ficar nua na frente dele.

Mattos saiu do quarto.

Depois os dois conversaram, na sala. Mattos deu a Alice duas chaves, uma da portaria do prédio e outra da porta do apartamento.

"Podíamos almoçar juntos", disse Alice.

"Na hora do almoço não creio que já tenha terminado meu trabalho. Podemos jantar."

Os dois saíram juntos do apartamento. Alice pegou um táxi.

"Quer uma carona para a cidade?"

"Não vou para a cidade. Obrigado."

* * *

Numa casa da rua Oliveira da Silva, uma pequena rua perto da praça Xavier de Brito, na Tijuca, um comitê integrado pelo coronel Alberico, do Exército, coronel Arruda, da Aeronáutica, e o capitão de mar-e-guerra Osório, se reunia naquela manhã para fazer uma avaliação do trabalho que denominavam "a missão". Os três militares eram muito conhecidos e respeitados pelos seus colegas de farda, tanto subordinados quanto superiores, razão pela qual haviam sido escolhidos para integrar aquela comissão informal, cujo objetivo era visitar unidades militares para evidenciar à tropa a falência do governo e promover e instigar o repúdio a

Vargas. A morte do major Vaz era o carro-chefe dos "missionários", a principal acusação do comitê. Depois vinham a corrupção e a degradação do governo, que além do mar de lama incluía o assassínio dos opositores do regime que clamavam pela moralização do país. Finalmente, era demonstrado aos militares — praças e cabos estavam excluídos — o descalabro administrativo que estava levando o país à ruína.

As mesmas denúncias podiam ser lidas diariamente em artigos e editoriais publicados pelos grandes jornais do país.

* * *

Alice ao sair de casa deixara uma carta para Lomagno dizendo que não queria mais viver com ele. Pedia que o marido procurasse um advogado para tratar do desquite. Terminava dizendo estar bem de saúde, que Lomagno não se preocupasse nem a procurasse pois oportunamente entraria em contato com ele.

Lomagno encontrara a carta pouco antes de sair para a assembléia extraordinária de acionistas da Cemtex. Perguntara à arrumadeira a que horas dona Alice havia saído. Os dois dormiam em quartos separados. A arrumadeira respondera que a madame havia se levantado e saído em seguida, sem mesmo tomar o café da manhã, por volta das nove horas. Não, não levava com ela, ao sair, nenhuma mala ou embrulho.

Além de Pedro Lomagno, estiveram presentes à reunião da Cemtex, Claudio Aguiar e meia dúzia de acionistas. Luciana Gomes Aguiar presidira a reunião. O diretor jurídico da Cemtex, doutor Rafael Fagundes, dirigira os trabalhos. Luciana fora eleita presidente da empresa.

Claudio Aguiar mantivera-se calado, suspirando às vezes.

Depois da reunião, Luciana e Lomagno foram se encontrar na garçonnière de Lomagno, um apartamento na avenida Beira Mar, próximo da esquina da avenida Antonio Carlos. Pouco tempo depois de se tornarem amantes, Luciana trocara todos os móveis, tapetes, quadros, louças e utensílios de cozinha do apartamento. Toalhas, lençóis e discos ela jogara no lixo. "Não quero nada que lembre as mulherzinhas ordinárias que vinham aqui", Luciana dissera.

Eram conhecidos pelo porteiro como doutor José Paulo e dona Luiza.

Logo que entraram, Luciana abraçou Lomagno, beijando-o na boca.

A morte do marido aumentara o desejo que sentia pelo amante. O mesmo porém não acontecia com Lomagno. Afastou o corpo, para que Luciana não percebesse que seu sexo não dera sinal de vida, após o beijo apaixonado.

Anteriormente, nas primeiras vezes em que se encontravam, assim que Luciana entrava na garçonnière Lomagno exibia a ereta substância física do seu ardor amoroso, atirava-se impetuosamente sobre ela, rasgando sua roupa, mordendo-a, estuprando-a, maravilhando-a. Parte desse furor era pura encenação. Mas era verdadeiro, nos primeiros encontros, o prazer que ele sentia nessa prosápia: carregar Luciana pelo quarto, virar e revirar a mulher na cama, fazendo-a sentir-se uma frágil boneca nas mãos de um macho poderoso; era verdadeiro, no princípio, o prazer fanfarrão que sentia em exauri-la e afinal receber o gesto de submissão de Luciana: as duas mãos juntas numa súplica muda de devoção e trégua.

Era algo que ele não conseguia fantasiar com Alice.

Agora, fingir com Luciana estava ficando cada vez mais penoso.

"Vou rapidinho ao banheiro", disse Lomagno.

"Não demora, querido, estou à morte..."

No banheiro Lomagno tirou a roupa e contemplou-se no espelho. A visão do próprio corpo nu conseguiu levar algum sangue ao seu pênis murcho. Enquanto olhava os possantes músculos do seu peito, dos braços, da coxa, Lomagno sacudiu o pênis até que verga e glande começaram a inchar. Olhar seu pênis endurecer o excitava e fazia aumentar o fluxo de sangue para os labirintos e cavernas do membro. Quanto mais intumescia na imagem do espelho, mais rijo e grande o pênis ficava em sua mão.

Ao sentir o momento certo, Lomagno correu para o quarto, atirou-se sobre Luciana que estava deitada de costas na cama dizendo palavras obscenas. Mordeu o peito, o pescoço, os braços da amante; apertou violentamente com as mãos a carne da perna e das nádegas de Luciana, fazendo-a rolar na cama. Movimento e força eram o aparato do sexo. Tomou posse da mulher.

"Precisamos conversar sobre nossa situação", disse Luciana, sentando-se, exausta, depois de colocar os travesseiros na cabeceira da cama para neles apoiar as costas. "Agora você vai largar essa mulher, não vai?"

"Calma, Luciana. Temos que esperar um pouco, você sabe disso tão bem quanto eu."

"O pai e a mãe deixaram muito dinheiro para Alice. Quem toma conta dos negócios dela?"

"Eu. A maior parte apliquei em imóveis."

"Vocês são casados com comunhão ou separação de bens?"

"Separação. Meu velho achou melhor assim. Mas Alice hoje talvez tenha mais dinheiro do que eu."

"Mas não tem mais dinheiro do que eu, nem é mais bonita do que eu", disse Luciana.

"Não sei quanto você tem, mas imagino que não."

Luciana acariciou o corpo de Lomagno. Lomagno segurou a mão da mulher, afastando-a do seu sexo. Suores no rosto. Lembrou-se de Freitas, no restaurante A Minhota, chamando Luciana de harpia ninfomaníaca. Limpou o suor da testa com a mão. Brincou: "Sua Messalina, tenho que telefonar".

"Espera... Depois você telefona", sussurrou Luciana.

"É urgente. Um negócio importante."

* * *

O comissário Mattos passou a maior parte do dia procurando obter informações sobre Anastácio, o Cegueta, e sobre o presidiário Bolão. Quem acabou lhe dando a informação fidedigna que queria foi um repórter de O Radical, que recebia dinheiro do bicheiro Ilídio, dono dos pontos próximos da sede do jornal, no centro.

"Levo um arame desse puto porque o jornal não me paga e minha mulher, você sabe, está internada tuberculosa em Belo Horizonte."

"Eu sei, eu sei."

"Mattos, você não recebe o levado, eu sei, mas é uma das poucas exceções, está todo mundo na gaveta dos bicheiros. Tem político, juiz, gente que se eu dissesse o nome você não acreditaria. Daria uma reportagem do caralho. O diabo é que ninguém publicaria. Nem eu sou maluco de botar isso no papel."

"Esse Cegueta trabalha para o Ilídio? Você tem certeza?"

"Sem a menor dúvida. O Bolão também."

Antes de se despedir, Mattos ouviu pacientemente, enquanto seu estômago ardia, o repórter contar suas vicissitudes e sofrimentos.

Ao chegar em seu apartamento duas surpresas o esperavam.

Na sala, sentadas em silêncio em torno da mesa, Alice, Salete e uma velha negra.

Todas se levantaram quando o comissário entrou. Ele percebeu que sua chegada aliviava alguma tensão entre elas.

"Pedi a Salete que esperasse por você. Ela queria ir embora e eu não deixei", disse Alice. "Ela veio lhe apresentar a mãe dela."

"Esta é a minha mãe", disse Salete.

A mulher se levantou e estendeu a mão para Mattos.

"Minha filha disse que o senhor é muito bom para ela."

Mattos apertou a mão da mãe de Salete. "Muito prazer. Tenho o maior respeito e admiração por sua filha."

"Muito obrigada. Meu nome é Sebastiana. Estou muito feliz de estar aqui... eu tinha perdido minha filha. Já imaginaram, perder uma filha e acabar achando ela de volta?"

"Alice foi muito simpática", disse Salete.

"Muito simpática", repetiu a mãe.

"Quem foi simpática foi Salete", disse Alice.

A segunda surpresa: um console com uma vitrola nova, um

monte de discos long-play, embrulhos fechados de vários tamanhos, espalhados pelo chão; uma cama nova, de casal.

O sofá-cama Drago sumira.

"Que coisas são essas?" Mattos apontou os embrulhos no chão.

Alice olhando para Salete: "Depois a gente conversa... Nós fomos namorados, quase nos casamos, não foi, Alberto?"

"Mas agora ele é meu namorado", disse Salete.

"Não vou discutir", disse Alice.

"Eu também não vou discutir", disse Salete.

Mattos também não ia discutir com ninguém. "Vou tomar um copo de leite", disse. Apanhou o leite na geladeira e foi para o quarto. Sentiu as molas da cama nova cederem ao peso do seu corpo, enquanto tomava o leite, pensativamente. Doutor Arnoldo: *Comporta-se prodigamente, certa ocasião deu-me um relógio de ouro.*

As duas mulheres mais jovens permaneciam de pé na sala, olhando para paredes opostas.

Sebastiana, respeitosamente: "Você tem mãe, minha filha?"

"Minha mãe morreu."

"De quê?, coitada."

"Câncer."

"Essa é uma doença muito ruim."

"Não vamos conversar sobre coisas tristes, mamãe."

"Eu só queria quebrar o silêncio."

"Ele vai querer namorar nós duas?", perguntou Salete.

"Isso é impossível", disse Alice.

"O pai de Salete namorava dez ao mesmo tempo."

"Namorar dez não é tão complicado quanto namorar duas", disse Alice.

"Ele era uma borboleta. Dizia que as mulheres eram flores. Um português bonito e finório", disse Salete.

"A Salete se parece muito com ele. A cara escarrada do pai."

"Eu não sou bonita."

Mattos voltou para a sala.

Salete e Alice olharam apreensivas para ele.

229

"Sua mãe é uma senhora muito simpática. Gostaria de numa outra oportunidade conversar mais com ela... Eu... Eu..."

"Você quer que a gente vá embora?" Salete colocou as duas mãos no peito. Parecia que seu coração ia parar.

"Não é isso. Eu preciso ter uma conversa particular com Alice. Por favor. Depois eu telefono para você."

"Vamos, minha filha, o moço está pedindo."

Salete sentiu vontade de chorar, mas dominou-se. Não ia passar vexame na frente daquela lambisgóia loura.

Ao se despedir virou o rosto para que Mattos não conseguisse beijá-la. E também para que não visse seus olhos úmidos. Correu para a porta, seguida pela mãe.

Mattos e Alice sozinhos.

"Onde está o meu sofá-cama Drago?"

"Mandei os homens jogarem fora."

"Você está tomando os seus remédios?"

"Não preciso tomar remédios. Estou me sentindo muito bem. Não acredite no que os outros dizem."

"Para que você comprou tudo isso?"

"Para você. Quer ouvir uma ópera na vitrola nova? *Elixir de amor*? Tem aquela ária, *Una furtiva lágrima*, que fazia você chorar quando era criança."

"Não, não quero ouvir. Larga esse disco e senta aqui perto de mim."

"Tem o *Parsifal*, prometo que não bato palmas no fim do primeiro ato..."

"Pára de andar de um lado para o outro e senta aqui perto de mim. Por favor."

Alice sentou-se numa cadeira ao lado de Mattos.

"Alice, presta atenção, eu não posso aceitar isso. Vou ter que devolver, sinto muito."

"Está tudo pago. A loja não aceita de volta."

"Então eu dou para um asilo de velhos."

"Os velhos são surdos e não gostam de ópera."

"Não estou brincando, Alice."

"Quer saber do que os velhos dos asilos gostam? De doces e de visitas, pra conversar. As velhas gostam também de água-de-colônia, batom e pó-de-arroz."

"Eu não estou brincando, Alice."

"Eu sei porque, quando a minha antiga babá foi internada no asilo —"

"Isso tudo tem que ir embora."

Alice começou a chorar. "Deixa então a cama, as óperas, os pratos, os copos e os talheres."

Mattos procurou um Pepsamar no bolso. Nada. Os vizinhos do lado começaram a discutir em voz alta. Ele fechou a janela. Acendeu a luz.

"Está bem. Vamos ouvir o *Elixir de amor*."

"Suas xícaras são muito feias e estão todas lascadas", disse Alice rindo, enquanto colocava o long-play na vitrola nova.

15

Dona Maria saiu de Tinguá no domingo bem cedo, aproveitando a carona de seu Onofre Braga, que ia ao Rio visitar um parente doente.

Chegando em Vilar dos Teles, dona Maria telefonou para um seu conhecido, o tenente Niemeier, da Aeronáutica.

Algum tempo depois, dois automóveis particulares chegaram ao número 57 da rua Santa Isabel. Os carros eram marcados por duas cruzes brancas, uma no pára-brisa dianteiro, outra no vidro traseiro. Vinte e seis carros particulares, identificados por cruzes brancas, como aqueles, de oficiais das três Armas, ajudavam nas diligências para a busca e prisão dos envolvidos no crime da rua Tonelero.

"Dona Maria, esse aqui é o coronel Aquino", disse o tenente Niemeier. "Conte para ele o que a senhora me disse no telefone."

Dona Maria foi ouvida atentamente pelos militares.

"A senhora tem certeza de que o homem é o Climério?"

"O seu Oscar disse que o nome dele era Almeida."

"Quem é o seu Oscar?"

"É o compadre dele. Os dois estavam juntos no armazém do seu Simplício. Como eu disse, esse homem está morando no sítio do seu Oscar."

"Como é que ele é? A senhora pode descrevê-lo?"

"É mais ou menos da sua altura. Tem uma cara bexigosa. Fala como gaúcho."

"O sítio fica exatamente onde?"

"Fica perto de Tinguá. Num morro, eu nunca fui lá."

"Tinguá fica na Baixada Fluminense", esclareceu Niemeier.

Depois de ouvirem várias vezes o relato de dona Maria e de pedirem a ela que não falasse sobre aquilo com ninguém, pois poderia prejudicar as diligências que iriam realizar para prender o assassino, os militares entraram nos seus carros e foram embora.

Antes dos carros partirem dona Maria disse ao coronel Aquino, em voz alta para que os outros militares também ouvissem: "Pelo doutor Carlos Lacerda eu faço qualquer coisa."

***

Luciana telefonou para Lomagno.

"Sabe o que eu gostaria de fazer hoje? Ir almoçar na tribuna especial do Jockey assistindo às corridas de cavalos."

"Eu também gostaria, mas não acho conveniente."

"Que tal a gente se encontrar lá na Beira Mar?"

"Estou esperando um telefonema..."

"De quem?"

"Do Chicão."

"Do Chicão? O que ele quer?"

"Não sei. Eu não estava quando ele ligou."

"Podíamos fazer uma viagem."

"Vamos esperar um tempo."

"Minha vida está tão chata... Como são aborrecidos os domingos... Alice já voltou de São Paulo?"

Lomagno hesitou. "Ainda não. Descobri que ela levou o diário que estava escrevendo."

"Diário!? Isso é coisa de criança. Eu escrevia um diário quando tinha doze anos. Que diabo ela escreve no diário? Os ataques de loucura?"

"Ela não tem ataques de loucura."

"Agora está defendendo a sua mulherzinha?"

"Não é nada disso. Não gosto que você fale mal dela. Você sabe disso."

"O que é que ela escreve no diariozinho dela? Hein?"

"Não sei. Nunca li."

"Nunca teve curiosidade?"

"Não."

"Com medo de descobrir que ela tem um amante? Toda mulher tem um amante, você sabia? E falam a verdade para o seu diário. Querido diário, estou apaixonada, meu marido é um chato bruto e eu encontrei esse rapaz delicado que me dá rosas vermelhas. As sonsas como Alice são as piores."

"E você? Tem um diário?"

"Ainda não, por enquanto só tenho o amante. Que não me dá rosas vermelhas."

"O que há com você?"

"Os domingos são tão chatos! E este ainda está no princípio!"

"Você está nervosa. Calma."

"Você não está esperando nenhum telefonema do Chicão. Isso é uma desculpa para não me ver. Estou achando você diferente."

"Que bobagem."

"Não tente me enganar. Eu não sou Alice. Estou avisando. Minha loucura não é mansa."

"Você bebeu?"

"Uma taça de champanhe não embriaga ninguém."

"De manhã cedo?"

"São onze horas. Vamos nos encontrar na Beira Mar, meu amor. Por favor. Eu suplico."

Teria ela largado a taça de champanhe e juntado as duas mãos num gesto de prece como fazia depois de foder? Lomagno limpou o suor da testa.

"Tenho que telefonar para o Chicão."

"Não é ele que vai ligar para você?"

"Sim, mas se o Chicão não ligar eu tenho que procurar saber o que ele quer."

"Você disse que não sabia onde o Chicão estava. Disse que havia mandado ele sumir. Como é que vai ligar para ele? Pedro Lomagno, eu não fiz o que fiz para você depois me fazer de boba!"

Harpia ninfomaníaca. Por causa dela, duas pessoas tinham sido mortas. Como é que as coisas haviam chegado naquele ponto?

"Você ouviu o que eu disse!?"

"Ouvi, Luciana..."

"Então vamos nos encontrar na Beira Mar. Agora! O Chicão que vá para o inferno."

"Impossível, querida, seja razoável."

Luciana mudou de voz. Agora, sarcástica, e amarga: "Alguma vez esse negro serviu de mulher pra você? Ou você de mulher pra ele?"

"Não diz besteira."

"O Paulo fazia isso. Por que você não?"

"Seu marido era diferente de mim."

"Você é um gilete igual a ele."

Lomagno cortou a ligação. Perplexo, atordoado, Lomagno analisou o que estava sentindo. Um mês antes ele era dominado por um permanente e insopitável desejo de estar junto daquela mulher, de comer e beber com ela, de ir para a cama com ela. Lembrava-se da graça dos encontros públicos fingidamente casuais, cuidadosamente planejados; de uma ida ao balé em que ele, do fundo do seu camarote, passara a noite olhando-a de binóculo enquanto Luciana, sabendo-se observada, fazia-lhe sutis sinais dissimulados, passava a língua nos lábios, ou mordia-os, ou acariciava disfarçadamente os próprios seios quase desnudados pelo decotado vestido de noite. Subitamente, inesperadamente, ele se cansara dela; como se cansava de tudo, era verdade, mas nunca daquela maneira. Ele não conseguia entender o que causara aquele repentino, e tão forte, sentimento de aversão. A morte de Paulo, que ela planejara? Ele desprezava Paulo. E Paulo tinha de ser morto ou acabaria levando a Cemtex à falência. O que era então? Agora, ele sentia vontade de ter Alice ao seu lado. Ele amava Alice?

Talvez ele não estivesse fazendo as perguntas certas, talvez não estivesse respondendo certo as perguntas certas ou as perguntas erradas que fazia a si mesmo. Talvez não existisse uma pergunta a fazer, nem existisse uma resposta ao ofuscamento, à perturbação que sentia naquele momento.

***

Como sempre, Mattos acordou antes de Alice, que dormira com ele na cama nova.

Mas não haviam dormido bem.

Ambos ficaram imóveis no escuro, de olhos fechados. Alice se divertiu durante algum tempo com as imagens escuras que se formavam sob suas pálpebras fechadas: gases negros expandindo-se como tempestuosas nuvens de carvão numa infindável abóboda opaca assumiam formas quase indistintas em mutação contínua — um rosto sem olhos, uma borboleta negra, um corcunda, o próprio rosto dela...

"Você está dormindo?"

"Não", disse Mattos. "Sempre demoro muito para dormir." (Quando dormia com uma mulher.)

"Acho que vou tomar outra pílula", disse Alice.

Mattos levantou-se, acendeu a luz e foi à cozinha buscar um copo com água.

Alice vestia uma camisola de manga curta fechada até o pescoço. Mattos vestia um calção e uma camisa social de manga comprida, que ele enrolara até os cotovelos. Nenhum dos dois queria ficar nu em repouso na frente do outro.

"É melhor tomar uma pílula e dormir do que ficar acordada, você não acha?"

"Você não quer um copo de leite quente?", perguntou Mattos, preocupado com o pálido rosto magro de olheiras escuras da mulher.

"Está bem. Se não funcionar eu tomo a pílula."

Sentaram-se na beira da cama, tomando leite morno.

"Você está estranhando a cama nova?", perguntou Alice.

"Estou sem sono."

"Naquele sofá você dormia melhor?"

"Durmo mal sempre."

"Você está zangado comigo por causa do sofá-cama Drago?"

"Não. Deita. Vamos ver se agora você consegue dormir."

Novamente no escuro. "Posso abraçar você?"

"Pode."

Alice abraçou Mattos.

Dormir abraçado com uma mulher era uma coisa cansativa e desagradável para Mattos. Uma mulher agarrada nele não o deixava pensar direito.

Agora na sala, Mattos, que se vestira como se fosse sair para trabalhar, pensava na mulher que dormia no quarto. Se tivesse um amigo perguntaria o que ele faria numa situação daquelas. Seu amor-próprio fora muito ferido, quando ela o deixara. Não adiantava Alice voltar agora, humilde, louca, perdulária. Ele não queria mais viver com ela. Não queria viver com mulher nenhuma.

Alice apareceu na sala.

"Você vai sair?"

"Eu sempre me visto quando levanto. Tomo banho e me visto. Mas não coloquei a gravata."

"É verdade. Você não colocou a gravata."

"Não sei como dizer isso..."

"Isso o quê?"

Alice parecia ter definhado durante a noite. As olheiras não haviam desaparecido com a noite de sono e destacavam-se na pele anêmica do seu rosto.

"Não é nada importante. Depois nós conversamos."

"Que bom. Eu acordo completamente embotada. Não acordo direito até — Isso o quê? O que é que você não sabe como dizer para mim? É alguma coisa desagradável?"

"Não... não é... Já disse que não é importante..."

"Eu quero saber logo. Por favor..."

"Aqui não é um bom lugar para você ficar. É isso."

"Por quê?"

"Vários motivos. Outro dia um homem veio aqui para me matar."

"Você ficou com medo?"

"Não."

"Então eu também não estou com medo."

"Este lugar não é confortável... Ele é muito pequeno..."

"Você está me mandando embora?"

"Não, não é isso... Você podia alugar um apartamento para você, um lugar maior, mais confortável... Isso não seria problema para você."

"Você vai morar comigo?"

"Depois a gente vê."

"Depois quando?"

"Você é uma mulher casada..."

"Separada."

"Depois a gente vê."

O telefone tocou.

"Doutor Mattos, aqui é o Leonídio, do Instituto Médico Legal. Hoje é domingo mas achei que o senhor talvez quisesse vir aqui assim mesmo. Apareceu um cadáver com as características do sujeito que o senhor estava procurando."

"Já vou para aí."

"Aonde você vai?", perguntou Alice.

"Uma diligência."

"Aonde?"

"Rua dos Inválidos."

"Rua dos Inválidos? Fazer o quê, na rua dos Inválidos? O que é que tem na rua dos Inválidos?"

"Uma repartição pública."

"Você vai demorar?"

"Não sei. Pensa naquilo que eu lhe disse."

"Não demora não. Vou esperar você chegar para irmos almoçar juntos. Ou você quer que eu faça almoço para você? Posso sair para comprar o que for preciso. Você gosta de carne, não gosta?"

"Não me espera, por favor. Eu raramente almoço. Ando ruim do estômago."

"Vou esperar sim."

Leonídio levantou o lençol azul desbotado, mostrando o cadáver sobre a mesa de metal. Com o altear do lençol, o cheiro do corpo se expandiu pela sala.

"É esse?"

"É. O nome é Ibrahim Assad. Onde foi achado?"

"Na Floresta da Tijuca. Foi morto com um tiro na nuca."

"Quando?"

"Que dia é hoje mesmo?"

"Dia 15."

"Dia 11 ou 12."

"Que marcas são essas, na boca e no rosto?"

"Formiga. Ele estava sendo comido pelas formigas."

Não havia muita diferença entre os vários odores mefíticos que podiam exalar um homem morto e um rato morto. Havia cadáveres, de animais e de homens, que cheiravam a queijo estragado; outros a brócolis podre; outros a carne de porco rançosa; outros a feijão deteriorado; et cetera. Esse repugnante catálogo dos fedores da putrefação, recolhidos pelo nariz sensível de Mattos, era acrescido de novos cotejos à medida que encontrava mais cadáveres pestilentos em seu trabalho.

O comissário seguiu pela rua do Riachuelo em direção à Lapa sentindo no ar o cheiro de repolho podre do cadáver de Ibrahim Assad. Atravessou os Arcos, passou pela porta do cinema Colonial e continuou caminhando pela rua Joaquim Silva até chegar à rua Conde Lage.

A rua das hetairas elegantes da sua infância. Ele ia vê-las à noite, quando matava aula no primeiro ano ginasial do colégio noturno. As mulheres moviam-se suntuosas sob as luzes dos candelabros em seus vestidos longos elegantes de cetim, rostos de alvura irreal, bocas vermelhas e olhos brilhantes, distribuindo sorrisos para os clientes. Em pé na rua escura, vendo-as de longe, através das janelas dos casarões, ele percebia nos sorrisos das mulheres algo além da vontade de seduzir, alguma coisa secreta que transparecia quando uma delas olhava para a outra; e que agora ele sabia que era desdém e escárnio.

Ele nunca estivera naquela rua à luz do dia.

Tantos anos depois, a rua lhe parecia insulsa e melancólica. As árvores eram menos imponentes. As grandes pensões — assim eram eufemisticamente chamadas — haviam se transformado em cabeças-de-porco de fachadas arruinadas, janelas e portões quebrados. A única mulher que viu foi uma lavadeira com um saco de roupa na cabeça.

Caminhou até aos jardins da praça Paris, na Glória, e sentou-se num banco. Um garoto olhava a copa de uma amendoeira, procurando frutos. Aquela espécie de amendoeira costumava dar um fruto amargo, que só mesmo um menino miserável conseguiria comer. Ele mesmo, quando da idade daquele garoto, ia para a praça arrancar a pedradas, para comer, os frutos mais maduros daquelas árvores, de coloração amarelo-escuro com manchas avermelhadas.

"Nessa época do ano não tem amêndoa", gritou Mattos para o menino, "não adianta procurar."

"Em nenhuma árvore?"

"Em nenhuma."

Já que tinha as pedras na mão, o menino atirou-as na árvore e foi embora.

Mattos foi pela praia do Flamengo até a rua Machado de Assis de onde chegou ao largo do Machado e daí à sua casa na rua Marquês de Abrantes.

Alice ouvia *Elixir de amor*.

"Quer ouvir *Una furtiva lágrima?*"

"Não, por favor, não."

"Quer que eu desligue a vitrola?"

"Sim, por favor."

"Você está triste? O que houve na rua dos Inválidos?"

"Não foi na rua dos Inválidos."

"Eu telefonei para o Pedro. Disse que estava aqui."

"O que foi que ele disse?"

"Para eu voltar para casa. Eu disse que não voltava. Ele disse que me amava. Que havia rompido com aquela mulher. Acho que ele me ama mesmo, apenas é muito egoísta. Mandou-me procurar o doutor Arnoldo. Respondi que estou boa e não preciso de nenhum doutor Arnoldo. Disse que amo você e só preciso de você."

241

***

Apesar de ser um domingo, um grupo de senadores do PSD se reuniu no edifício Seabra para discutir a situação política do país e ouvir as informações que Freitas costumava obter em suas variadas fontes.

Freitas tinha um amigo altamente colocado no palácio, o chefe do Gabinete Civil, Lourival Fontes, que fazia um jogo duplo, realizando contatos secretos com aliados e inimigos do governo, um velho processo utilizado por Fontes desde a época em que era o todo-poderoso chefe do DIP — Departamento de Imprensa e Propaganda — nos tempos da ditadura, uma tática que aprendera com Filinto Müller, o então chefe da polícia política de Vargas. Freitas tinha também seus espiões nas hostes lacerdistas, e sabia que alguém de dentro do Catete, talvez o próprio chefe do Gabinete Civil, passava ocultamente para o arquiinimigo Lacerda informações confidenciais sobre o que acontecia nas reuniões reservadas do palácio do governo. A traição fazia parte do jogo político. Ainda mais agora, em que a grande imprensa, os militares, os políticos, os estudantes, as classes produtoras, a Igreja, contribuíam, todos, com ardor exaltado para a mazorca que começava a dominar o país.

Esse grupo passara a ser conhecido como "os independentes de Vitor Freitas", graças às notas plantadas na imprensa por um repórter do O Jornal que fazia a cobertura do Senado, e que devia a Freitas o favor de uma nomeação de procurador do Instituto de Aposentadorias e Pensões dos Comerciários; era comum os jornalistas que faziam a cobertura das casas do Parlamento ou dos órgãos do Executivo arranjarem cargos públicos que acabavam se tornando vitalícios; os institutos de pensões e aposentadorias do Ministério do Trabalho eram os preferidos dos jornalistas, por várias razões, sendo uma delas o fato de que não precisavam comparecer regularmente ao emprego.

Severino servia bebidas e salgadinhos enquanto os independentes de Vitor Freitas analisavam a situação.

"O que vocês acham da ida de Lutero para ser interrogado

na República do Galeão? O Lodi se recusou a atender a intimação que lhe fizeram invocando suas imunidades parlamentares." "O Getúlio mandou o Lutero ir", disse Freitas. "Lutero abriu mão, momentaneamente, das imunidades e foi ao Galeão, acompanhado do Adroaldo Mesquita da Costa, vice-presidente da Câmara dos Deputados. O Adroaldo me contou, em confiança, o que aconteceu. O coronel Adyl de Oliveira não se dignou a receber o deputado. Mandou um subordinado, um major ou coronel de nome Toledo, interrogá-lo. Quando chegaram, Toledo deu ao Lutero uma folha de papel dizendo, 'leia isso, deputado'. Era o depoimento de Gregório no interrogatório a que fora submetido. Estarrecido — foi esse o termo que ele usou depois, para o Adroaldo — Lutero leu o que estava escrito. Gregório dizia com todos os ffs e rrs que o mandante do crime da rua Tonelero era ele, Lutero. No depoimento Gregório fazia, ainda, referências desairosas a Getúlio. Lutero teria protestado, dizendo que aquelas declarações não passavam de uma torpe difamação, uma trama para envolver o seu nome e assim atingir a pessoa do seu pai; que o atentado merecera do presidente a mais viva repulsa e que ninguém mais do que ele estava empenhado na completa elucidação dos acontecimentos e na severa punição dos responsáveis. Adroaldo diz que Lutero foi bastante eloqüente, mas sabendo, como sabemos, que Lutero nunca foi capaz de improvisar nem mesmo as mais sofríveis peças oratórias, tudo indica que ele decorou um texto escrito por outra pessoa."

"Provavelmente pelo Tancredo. Consta que ele consultou o raposão mineiro antes de se decidir a ir depor."

Severino serviu mais bebidas e salgadinhos.

"O que mais disse o Adroaldo?"

" 'O senhor quer ver o Gregório?', Toledo teria perguntado. Parece que Lutero hesitou. Estava claro que Toledo queria fazer uma acareação que colocasse Lutero numa situação desmoralizante. Pensava que tinha trunfos para isso. Toledo segurou Lutero pelo braço: 'Vamos, deputado, eu o levo aonde ele está'. Seguiram por um longo corredor, Lutero, Adroaldo, e alguns militares, entre esses, Toledo agarrado no braço de Lutero. Abriram uma porta e lá estava, sentado numa cama, o Anjo Negro. Gregório olhou os que chegavam, com um olhar vago, e voltou à meditação soturna em que parecia mergulhado. Todos ficaram frustrados com o comportamento de Gregório. Toledo, sem dúvida, esperava que Gregório, provavelmente obedecendo a alguma combinação feita com seus captores, atacasse Lutero frontalmente. Lutero esperava que Gregório se levantasse, com a deferência que sempre lhe dispensara, e se desculpasse, de alguma maneira, pelos termos do seu depoimento. Toledo, parecendo surpreso ante a indiferença e o alheamento de Gregório, repetiu várias vezes, sem quebrar todavia o mutismo do Anjo Negro: 'Gregório, o deputado Lutero Vargas está aqui'."

"Então o Gregório acusou o Lutero! Nunca pensei que ele fizesse isso, sendo ou não o Lutero o mandante."

"Lutero acredita, conforme Adroaldo, que Gregório deve ter sido interrogado sob o efeito de alguma droga, escopolamina ou coisa assim, para forçá-lo a dizer o que disse. Afirma ainda Lutero que colocaram Gregório num avião da FAB e ameaçaram jogá-lo ao mar se não assinasse aquela confissão."

Uma discussão acesa estabeleceu-se entre os "independentes". Para uns Lutero era inocente; para outros era tolo o suficiente para cometer uma calinada daquelas. Todos concordavam que a situação política se agravava continuamente. Quando fosse preso, diziam uns, Climério faria declarações que certamente causariam ainda maior agitação; se deixarem Climério vivo, outros responderam.

Estavam todos os parlamentares de acordo em que eram grandes os interesses em jogo. Inclusive os deles.

As maquinações políticas em que Freitas se envolvera nos últimos dias haviam colocado em segundo plano as suas preocupações com o comissário Mattos. A política era, para Freitas, uma espécie de afrodisíaco. Os planos contingenciais que ele armava, tecendo os fios de uma intrincada trama cujo objetivo era obter o máximo aproveitamento da complexa e caótica situação política do país, deixavam-no num estado de euforia em que o desejo sexual se misturava com sonhos ambiciosos de conquista de um poder ainda maior. Na noite anterior ele satisfizera essa necessidade imperiosa com um parceiro que lhe dera muito prazer e alegria, e com isso aumentara sua motivação para prosseguir nas complexas articulações que planejara.

Naquele dia, o senador acordara pensando no problema representado pelo seu assessor Clemente e telefonou para ele pedindo que comparecesse ao edifício Seabra, tão logo terminou a reunião dos "independentes".

Procurando ser persuasivo, Freitas disse a Clemente que ia ter de reorganizar o seu gabinete. Um sobrinho, jovem advogado brilhante, estava de mudança para o Rio de Janeiro e ele, Freitas, não podia deixar de atender ao pedido de sua irmã para colocá-lo em seu gabinete.

"Apesar de jovem ele é professor assistente da Faculdade de Direito. Um rapaz cheio de títulos, altamente qualificado. Não posso deixar de dar a ele a chefia da minha assessoria."

Clemente ouvia em silêncio, seu rosto inescrutável.

"Como sei que você não gostaria de ser subordinado de um homem mais jovem — conheço bem o seu brio, a sua altivez, meu caro — estou pensando em arranjar para você uma nomeação para procurador do Banco do Brasil. Já falei com o Souza Dantas sobre isso."

"Vou pensar", disse Clemente.

"Me ajude a resolver este problema. É o meu único sobrinho. Nós continuaremos amigos... Nada vai mudar, entre nós dois..."

Clemente repetiu que ia pensar. E, sem mais dizer, retirou-se.

16

Os mercados de câmbio e de café abriram em atitude de expectativa, a maioria dos operadores ainda incertos quanto à interpretação da Resolução 99 da Sumoc — Superintendência da Moeda e do Crédito — que estabelecera a taxa flutuante do câmbio.

Os preços em dólar, para o café e demais mercadorias, passaram a variar em razão das taxas de câmbio livre, cuja média seria calculada pela Carteira de Câmbio do Banco do Brasil.

Como resultado da Resolução 99, o café baixou para 65 centavos de dólar por libra-peso. Pedro Lomagno fora informado por Luiz Magalhães que a resolução seria baixada. Assim, antes que a nova diretriz da Sumoc fosse publicada, Lomagno & Cia. e outros exportadores a ele associados conseguiram fechar contratos de venda num montante de trezentas mil sacas de café, ao preço antigo de 87 centavos por libra-peso.

Essas vendas chegaram ao conhecimento de outros comerciantes de café, que acusaram o governo de protecionismo e alegaram ter sofrido um prejuízo de um bilhão de cruzeiros com a resolução, pois o ministro da Fazenda, Oswaldo Aranha, e o presidente do Banco do Brasil, Souza Dantas, haviam garantido que o preço mínimo do café não seria alterado.

A Confederação Nacional do Comércio distribuiu uma nota apoiando a medida adotada pelo governo.

O mercado livre de câmbio mostrou-se cauteloso. O dólar foi cotado a 60 cruzeiros.

***

A velha caminhonete da polícia transportava o comissário Mattos pela avenida Brasil, soltando uma fumaça negra pelo cano de descarga. Ele fora ao distrito bem cedo, apanhara a caminhonete e falara rapidamente com Pádua, a quem substituiria no plantão ao meio-dia, sobre a conversa que tivera com Anastácio.

"O puto quer arreglo porque está com medo de morrer", disse Pádua. "Então o seu Ilídio, hein?..." Pádua deu uma pequena gargalhada de escárnio enquanto contraía os músculos dos braços.

"Quando eu voltar do Galeão a gente conversa mais sobre isso", disse Mattos.

Na ponte da ilha do Governador apareceram as primeiras patrulhas de soldados da Aeronáutica, fortemente armados. A caminhonete do comissário foi parada três vezes, para identificação dos seus ocupantes, antes de entrar no aeroporto do Galeão, onde ficava a base militar da Aeronáutica, sede do Inquérito Policial-Militar sobre o assassinato do major Rubens Vaz. No início do IPM, a base era chamada com zombaria, pelos getulistas, de República do Galeão. Um governo dentro do governo. Mas nos últimos dias não se faziam mais piadas sobre o inquérito da Aeronáutica.

Na entrada da base a caminhonete foi obrigada a parar mais uma vez, numa barreira. O oficial de dia foi chamado e Mattos disse que queria falar com o coronel Adyl.

O comissário esperou um longo tempo, dentro da caminhonete, vigiado por um soldado armado de metralhadora postado ao lado do carro. O oficial de dia voltou, deu instruções ao motorista quanto ao local em que deveria parar o carro e disse ao comissário para acompanhá-lo.

A base estava transformada numa agitada praça de guerra. Helicópteros militares Bell e aviões de caça P-40, os Tomahawk, estavam na pista, com seus pilotos a postos. Caminhões e jipes ocupados por soldados do Exército, da Aeronáutica e por fuzileiros navais, fortemente armados, aguardavam ordem para entrar em ação. Viam-se carros com os holofotes usados pelas baterias antiaéreas do Exército.

"Armamos uma operação militar para pegar aquele bandido.

Sabemos que está escondido nas matas do Tinguá", disse o oficial de dia, com orgulho. "Ele agora não escapa."

O comissário seguiu o oficial até uma sala onde estava um capitão da Aeronáutica, em uniforme de campanha, com uma pistola 45 num coldre na cintura.

"Sou o capitão Ranildo. O coronel Adyl pediu-me que o recebesse."

O comissário falou das suas suspeitas sobre o envolvimento de Gregório Fortunato no assassinato de Gomes Aguiar. Disse que talvez fosse um caso de passionalismo homossexual. O capitão ouviu o comissário em silêncio, controlando sua excitação o melhor que pôde. Enquanto o comissário falava Ranildo se levantara da cadeira onde se sentara, atrás de uma escrivaninha, e pegara num telefone à sua frente, sem todavia fazer qualquer ligação.

"Gostaria de poder interrogar o Gregório Fortunato", disse o comissário.

"Espere aqui um momento", disse o capitão.

Ranildo foi até a sala do seu superior imediato, o major Fraga, e contou o que ouvira do comissário.

"Esse negro safado é bem capaz de ter feito isso, eu não me surpreenderia", disse Ranildo.

"Não estou gostando disso", disse Fraga. "Gregório envolvido num crime homossexual? Não confio na polícia, até agora não conseguiram prender o Climério. Lembra do delegado Pastor tentando demonstrar que os ferimentos mortais no Rubens Vaz poderiam ter sido causados pelos tiros que Lacerda desferiu no pistoleiro?"

"O senhor quer falar com o comissário?"

"Você disse que tinha um cupincha na Ordem Política e Social. Tenta obter com ele a ficha desse comissário. Tudo na moita. Enquanto isso eu vou conversar com ele. Informa o coronel Adyl do que está acontecendo."

Fraga, que estava desarmado, apanhou na gaveta um cinturão com uma pistola 45, que afivelou na cintura.

O comissário levantou-se quando Fraga entrou na sala.

"Bom dia, comissário. O capitão Ranildo me falou da sua investigação. O problema é que a autorização para interrogar o Gregório Fortunato só pode ser dada pelo coronel Adyl, o encarregado do IPM, e ele não está aqui no momento."

"Eu espero", disse o comissário. "Meu interrogatório será feito na presença de um militar, caso assim queiram."

Fraga apanhou um maço de cigarros do bolso e ofereceu ao comissário.

"Não fumo, obrigado."

Fraga demorou a acender o cigarro e a colocar o maço de volta no bolso. "O senhor entende que o momento que enfrentamos é muito delicado. Uma situação política da maior gravidade. Afinal, pessoas direta e intimamente ligadas ao presidente da República estão envolvidas num dos crimes políticos mais hediondos já cometidos neste país."

Mattos ficou calado.

"Gregório é um dos envolvidos", continuou Fraga, "mas existem outros, acima dele. Já sabemos, pela confissão do pistoleiro Alcino, que Lutero Vargas, o filho do presidente, é um dos mandantes. Queremos descobrir toda a verdade, por mais horrível e chocante que ela seja para o povo brasileiro. O Gregório Fortunato tem ainda muita coisa a dizer sobre esse crime repugnante. O senhor concorda comigo que foi um crime repugnante, não concorda?"

"Para mim todos os crimes são iguais. Sou um policial."

"Mas mesmo para um policial existem uns crimes mais nefandos do que outros."

"A nós policiais não compete fazer julgamento de valor sobre o fato ilícito." Pausa. "O melhor policial seria talvez um autômato que conhecesse bem a lei e a obedecesse cegamente."

Fraga meditou sobre o que Mattos dissera.

"Toda autoridade contém, de certa forma, a responsabilidade de julgar", disse Fraga.

"Toda autoridade contém, de certa forma, algo de corrupto e imoral", disse o comissário.

Fraga olhou surpreso para o policial, sem saber o que dizer. Preferiu deixar passar a observação do tira.

"Não falo em julgar como um juiz. Julgar como um homem de bem", disse Fraga.

"Aqueles que se consideram homens de bem nem sempre são bons policiais."

"Mas o senhor é um homem de bem, não é, comissário? Não vai me dizer que essa torpeza, a corrupção, o mar de lama que cobre o nosso Brasil não o deixam preocupado?"

"Coronel —"

"Major."

"Major, a única coisa que me preocupa é fazer bem o meu trabalho." O estômago do comissário começou a arder.

O capitão Ranildo entrou na sala.

"Posso lhe dar uma palavra, major?"

"Um momento, volto já", disse Fraga, saindo da sala com Ranildo.

No corredor.

"Já tenho a ficha desse sujeito. Quando aluno da faculdade de direito, foi preso duas vezes. Primeiro em 1944, no tempo da ditadura. Depois foi preso em 1945, após a deposição de Getúlio, durante a campanha do queremismo, quando os comunas passaram a sustentar o ex-ditador, aquela coisa nojenta do Prestes apoiar o homem que fora o seu torturador e o carrasco da sua mulher. Parece que o nosso comissário segue as palavras de ordem do Partido Comunista."

"Eu conversei com ele", disse Fraga. "Ele tem umas idéias... estranhas. Não é burro, não."

"Como é que deixam um sujeito com uma ficha dessas entrar para a polícia?", continuou Ranildo. "Quando isto tudo acabar vamos ter que fazer uma limpeza na polícia."

"O sujeito pode estar realmente investigando a possível participação de Gregório no assassinato de um civil."

"A história que esse comissário conta é muito fantasiosa para ser verdadeira. O senhor acha que Gregório é um homossexual? Ele é um cínico, um ladrão, um assassino, mas não um homossexual. As informações que temos é que ele é um mulherengo", disse Ranildo.

"Qual é então o objetivo desse comissário?"

251

"Tumultuar o Inquérito Policial-Militar. Acho que a polícia quer que a gente entre numa canoa furada. Acusa Gregório falsa mente, com a nossa colaboração, de ter cometido um crime, depois inocenta o crioulo, nos envolvendo de uma forma ou de outra. Então a *Última Hora* publica com espalhafato que assim como Gregório foi inocentemente acusado desse crime inventado pelo comissário também nada tem a ver com o assassinato do major Vaz, et cetera et cetera", disse Ranildo.

"Isso me parece muito... rebuscado", disse Fraga.

"A minha tese ou a dele?"

"As duas."

"Major, o comissário pode até estar aqui de boa-fé, o que eu não acredito. Não seria bom, para o nosso inquérito, agora, acusar o Gregório de qualquer outra coisa que não esteja ligada ao crime da rua Tonelero. Pode atrapalhar. Nós nem tivemos tempo de interrogar o homem direito. O importante é provar que Gregório mandou matar Lacerda obedecendo ordens de um grupo que inclui Benjamim, Lutero, Lodi e o próprio Getúlio."

"E se Gregório cometeu também o tal assassinato mencionado pelo tira?"

"Eu entendo os seus escrúpulos, major, mas isso pode ficar para depois."

"Depois talvez seja tarde."

"Qual é o problema? Gregório vai passar o resto da vida na cadeia, de qualquer maneira."

"Acho bom falarmos com o coronel Adyl."

Os dois militares pararam na porta do gabinete do coronel Adyl.

"Você espera aqui", disse Fraga, entrando na sala.

Fraga não demorou muito.

"Ranildo, vá e diga ao comissário que por enquanto o Gregório não pode ser interrogado. O coronel Adyl vai dar início à operação militar para prender o Climério e me deu instruções para eu mesmo falar com o chefe de polícia sobre esse comissário."

"O coronel Adyl confia no Paulo Torres?", perguntou o capitão.

"O Torres não é nenhum tira safado. É um coronel do Exército, herói da FEB."

Ranildo voltou ao encontro de Mattos.

"O coronel disse que o Gregório Fortunato, no momento, não poderá ser interrogado pela polícia. Ele está incomunicável."

"Posso lhe pedir um favor, capitão?"

"Pedir pode. Não sei se poderei atendê-lo."

"É uma coisa simples: o senhor poderia me dizer se o tenente Gregório está usando um anel de ouro na mão esquerda?" Ranildo olhou surpreso para o comissário. "Um anel de ouro!?"

"Sim. Isso é muito importante para a investigação que estou realizando."

Ranildo foi até a janela e ficou olhando pensativo as tropas em prontidão lá fora.

"Eu vou fazer o que o senhor me pede, mas depois peço que se retire. Tenho muitos problemas para resolver."

Ranildo saiu da sala. Um cabo armado, em uniforme de campanha, entrou e postou-se rigidamente perto da porta.

Ranildo voltou.

"Ele está usando um anel, sim."

"De ouro?"

Ranildo esticou o braço. "Este aqui."

"Posso vê-lo?"

Ranildo entregou o anel ao comissário. Um anel de ouro, parecido com o que o comissário tinha no bolso, um pouco mais largo, sem nenhuma letra ou inscrição na parte interior.

O comissário devolveu o anel para Ranildo.

"Obrigado, capitão. Podemos ir."

Ranildo levou o comissário de volta à sua caminhonete e ficou olhando o carro da polícia abandonar a base.

Dez minutos depois ouviu-se o ronco dos motores dos caminhões e dos jipes, o farfalhar metálico das hélices dos helicópteros e dos Tomahawk. Iniciava-se a operação de guerra para prender Climério.

De volta ao distrito para substituir Pádua, o comissário Mattos perguntou ao colega se ele faria o acordo com Anastácio.

253

"Não basta esse cachorro devolver as jóias. Ele precisa depor contra o bicheiro."

"Isso ele não faz."

"A gente aperta ele."

"Não quero que você faça violências com ele. O sujeito está arrependido."

"Está com medo. Você vai deixar o bicheiro escapar?"

"Não. Não estou com pressa. O Turco Velho apareceu morto na Floresta da Tijuca."

"É mesmo? Quando?"

"Ontem."

"Não sabia. Veja você, fiz um favor soltando o pilantra e fecharam o paletó dele."

Mattos encarou Pádua, que sustentou o olhar do colega.

"Acho que você matou o Turco Velho."

"Não quero discutir com você, Mattos."

"Foi um crime estúpido."

"Não vamos gastar vela com defunto barato."

"Sinto muito, mas vou ter que ir até o fim."

"Faz o que você quiser."

Quando Pádua saiu, Mattos mandou o guarda soltar os presos para averiguação que estivessem no xadrez. Havia dois. Depois chamou o escrivão Oliveira a quem deu instruções para que intimasse o bicheiro Ilídio para comparecer à delegacia para prestar esclarecimentos.

***

No momento em que as tropas militares começavam sua caçada a Climério, o chefe de polícia do Departamento Federal de Segurança Pública, coronel Paulo Torres, declarava à imprensa que o ex-chefe da guarda pessoal do presidente, Gregório Fortunato, não estava preso, mas tão-somente à disposição das autoridades da Aeronáutica. O chefe de polícia adiantou ainda que apenas o ex-subchefe da guarda, Valente, estava preso, que o motorista Nelson Raimundo estava recluso espontaneamente, não demonstrando desejo de aceitar qualquer pedido de habeas-corpus a seu favor.

O coronel Paulo Torres afirmou ainda que avocara ao seu gabinete o inquérito policial da rua Tonelero com o objetivo de tornar mais eficientes as diligências e que todos os recursos seriam fornecidos ao diretor da Polícia Técnica, delegado Silvio Terra, escolhido para dirigir as novas investigações.

"Essa medida não deslustra o trabalho realizado até agora pelo delegado Pastor, de quem possuo as referências mais elogiosas."

Pastor havia sido afastado pelas pressões dos militares e dos políticos udenistas, devido às acusações que Lacerda lhe fizera de falta de isenção, por ser getulista, na condução das investigações do atentado. Silvio Terra tinha a confiança de Lacerda, dos militares e dos políticos da UDN e nada viria a fazer para desmerecer essa confiança.

Tudo indicava, porém, que nenhum dos adversários de Pastor lera o livro que o diretor da Polícia Técnica escrevera em parceria com Pedro Mac Cord, um alentado volume de 464 páginas intitulado *Polícia, lei e cultura*, publicado em 1939. Nesse livro, que exibia logo após a folha de rosto uma página inteira com o retrato oficial de perfil de Vargas, de casaca, usando a faixa presidencial, havia um interessante capítulo sobre o Estado Novo, na página 103.

"O Poder Legislativo, representado pelo Congresso Federal, isto é, a Câmara dos Deputados e o Senado Federal, não se constituía em salvaguarda legal dos interesses do povo", dizia Terra. "Por esses motivos, o presidente Getúlio Vargas, aos 10 de novembro de 1937, extirpou a tempo o quisto que se formava em nosso organismo democrático. Com o Estado Novo nascia uma democracia forte. O presidente Vargas outorgou à nação uma nova Carta constitucional. Reforçando o Poder Central, estendeu sua profilaxia democrática até ao sistema inexeqüível entre nós do voto universal. A Carta constitucional de 10 de novembro de 1937 é um documento de alto valor histórico. Ela ficará para a posteridade como um símbolo de grandeza nacional."

* * *

A UDN se organizara de maneira a não deixar passar um dia sem que fossem proferidos na Câmara e no Senado discursos contra Vargas.

O deputado Herbert Levy começou seu discurso dizendo que o país assistia naquele momento ao último ato de uma tragédia iniciada em 1930. "Os homens honestos, os cidadãos impecáveis, como o intemerato Carlos Lacerda, símbolo do que o Brasil podia oferecer de melhor em resistência moral, eram ameaçados pelos assassinos acobertados pelos donos do poder. Pouco importava que os responsáveis diretos e indiretos que haviam movido os braços das marionetes assassinas fossem pessoas ligadas mais ou menos intimamente ao presidente da República; já se sabia definitivamente que o clima moral que tornara possível um atentado como aquele que afrontara a opinião pública fora criado pelo presidente da República."

**

O barraco onde Climério Euribes de Almeida se escondia era usado pelo compadre Oscar apenas para guardar a madeira que cortava no mato. A melhor madeira Oscar usava para fazer moirões, que vendia para os vizinhos que queriam consertar suas cercas de arame farpado. A madeira de pior qualidade era queimada no fogão de lenha da sua casa, para fazer comida. A floresta do Tinguá tinha muita madeira boa.

Naquele dia Climério saiu do seu esconderijo e desceu o morro para ir almoçar com seus compadres. Depois do almoço Climério e Oscar foram ao bananal, levando dois jumentos com cangalhas, para apanhar os cachos de banana que Oscar havia cortado pela manhã. Haviam acabado de carregar os burros, quando Oscar ouviu um ruído que vinha dos ares.

"Que barulho é esse, compadre?"

"Não estou ouvindo."

"Presta atenção... Olha lá, o que é aquilo?"

Oscar nunca vira um helicóptero.

"Aquilo o quê?"

"Um negócio esquisito, lá longe. Sumiu."

Como só tinham um facão e uma foice com eles, Oscar sugeriu que Climério levasse os burros para descarregar, enquanto ele ficava para cortar mais bananas.

Climério levou os burros e descarregou os cachos de banana num depósito nos fundos da casa de Oscar. Depois desse trabalho Climério sentiu-se muito cansado e pediu a Honorina um cafezinho.

"Hoje está com jeito de que vai fazer frio", disse Honorina.

Oscar cortava os cachos verdes de banana e deixava-os ao lado das bananeiras. Ele trabalhava rápido, pois queria cortar o maior número possível de cachos antes que a noite caísse. Quando o dia começou a escurecer, pegou a foice e o facão e foi em direção à sua casa.

Caminhava por uma estrada de terra quando foi subitamente cercado por uma patrulha de soldados armados, alguns dos quais levavam cães presos por coleiras. Oscar, assustado, deixou cair ao chão a foice e o facão.

"Como é o seu nome?", perguntou um oficial que se destacou do grupo de soldados.

"Oscar, sim senhor, às suas ordens."

"Há um homem morando na sua casa?"

"Não senhor."

"O Simplício Rodrigues, comerciante do vilarejo, disse que o seu cunhado Climério está morando na sua casa."

"Ah, o meu compadre Climério. Ele esteve aqui, sim senhor."

"Seu compadre é um assassino procurado", disse o oficial.

Dois soldados agarraram Oscar pelos braços, um de cada lado, e o oficial ordenou que o lavrador mostrasse onde era a sua casa.

Os soldados cercaram a casa. A uma ordem do oficial a casa foi invadida.

Honorina viu os soldados revistarem a casa sem dizer uma palavra.

"Onde está homem?"

"Ele fugiu", disse Honorina. Disse que Climério fugira meia hora antes, ao pressentir a chegada dos soldados.

O oficial, pelo rádio, mobilizou os demais grupos que participavam da operação.

Todas as estradas da região foram bloqueadas. Nenhum veículo atravessava as barreiras sem ser revistado; os passageiros eram identificados e também revistados.

Anoiteceu. Cada vez afluíam mais soldados e equipamentos militares ao posto de comando que havia sido estabelecido em Tinguá.

Às dez da noite foram suspensas as operações e marcado o seu reinício para as cinco da manhã do dia seguinte.

Na fuga pelo mato cerrado em direção ao barraco no morro, Climério rasgara completamente a calça azul que vestia e destruíra os sapatos que calçava. No barraco, tirou a calça rasgada e vestiu outra. No lugar dos sapatos destruídos, calçou um par de tamancos. Comeu macarrão com feijão que esquentou no forno de lenha do barraco. Antes de sair e embrenhar-se no mato apanhou o revólver 38 carregado com seis cartuchos e os cinqüenta mil cruzeiros que lhe haviam sido entregues por Soares, a mando de Gregório.

Depois de correr e andar, desorientado, na escuridão que rapidamente caiu sobre a floresta, sendo fustigado e às vezes ferido por galhos de arbustos, Climério, que era um homem gordo, sentou-se cansado ao lado de uma árvore, na qual apoiou suas costas. Tremia de medo e de frio; passou a mão gelada nas marcas de varíola do rosto.

A noite era densa, sem ao menos a luz do luar para dissipar, um pouco que fosse, o absoluto negror que o envolvia.

17

Na manhã daquela terça-feira, enquanto tropas do Exército, da Aeronáutica e da Marinha, com apoio de aviões, helicópteros e viaturas militares, fechavam, na serra do Tinguá, o cerco sobre Climério, o coronel Adyl, acompanhado de uma escolta fortemente armada, levando preso João Valente, subchefe da extinta guarda pessoal do presidente Vargas, invadiu o Palácio do Catete e dirigiu-se ao antigo alojamento da guarda, onde arrombou gavetas de mesas e arquivos e apreendeu toda a correspondência particular e outros papéis do tenente Gregório Fortunato, além de cerca de trezentos mil cruzeiros em dinheiro. A diligência foi rápida, demorando apenas cerca de dez minutos. Essa invasão viria a ser anunciada na Câmara e no Senado, pela oposição, como prova de que "o governo não governava mais".

Um pouco mais tarde, o ministro da Guerra foi homenageado pelo comandante e pela oficialidade do 1º Regimento de Cavalaria de Guardas, os Dragões da Independência, no quartel de São Cristóvão.

Além daquela reverência a Zenóbio, uma outra estava programada para aquela terça-feira. A partir das duas e meia da tarde começaram a chegar ao edifício do Ministério da Guerra, ao lado da estação da Estrada de Ferro Central do Brasil, os carros pretos conduzindo os altos chefes do Exército e a oficialidade superior da guarnição do Rio de Janeiro, tendo à frente o general Odilio Denys, comandante da Zona Militar Leste. Eles demonstrariam ao general Zenóbio a solidariedade e a confiança dos seus camaradas pela sua decisiva atuação em manter elevado o prestígio do Exército

259

e da nação. Respondendo à saudação do general Denys, o general Zenóbio disse: "Camaradas! Confiem em mim, como eu confio em vocês!"

* * *

Na Câmara dos Deputados, o líder da maioria, Capanema, constantemente interrompido por apartes e brados de protesto dos deputados da minoria, disse que a renúncia do senhor Getúlio Vargas não era uma exigência do povo; era uma exigência de um partido político, do mesmo partido político que tentara impedir a sua posse com o célebre argumento da maioria absoluta, que quisera tirá-lo do Catete, há pouco tempo, com um impeachment sem fundamento. Aquele episódio, aquela exploração em torno da morte do major Vaz era mais um passo na luta iniciada há cerca de quatro anos para tirar o presidente do governo de qualquer maneira, ou pela instigação popular, ou pela instigação da imprensa, ou pela instigação das Forças Armadas.

Do plenário vinham os gritos de "assassino, ditador, criminoso", proferidos contra Vargas. Comandado pelos udenistas, os deputados da oposição iniciaram um coro que ressoou forte no recinto da Câmara: "Re-nún-cia! Re-nún-cia! Re-nún-cia!"

O presidente da República, continuou Capanema em meio à balbúrdia que vinha do plenário, não podia renunciar em face do povo porque precisava defender, a bem do povo, os valores essenciais da obra administrativa e da estabilidade constitucional. Capanema repetia um argumento que usara repetidas vezes. Agora respondia ao deputado Bilac Pinto, para dizer-lhe que não fizesse a conjectura da pacífica sucessão do vice-presidente Café Filho, não porque ele Capanema não confiasse na expectativa serena e correta das Forças Armadas, mas por temer e prever que essa renúncia assim exigida por uma minoria apaixonada contra a maioria do povo, assim lançada em face dos pobres, dos operários, dos trabalhadores, dos soldados, subverteria em tais termos a ordem pública, perturbaria de tal modo a tranqüilidade e a ordem, que a nação de um momento para o outro poderia enfrentar uma conflagração de conseqüências desastrosas e imprevisíveis; porque, uma vez deflagrada a chispa da revolução, quem mais poderia assegurar a vigência das instituições?

* * *

Pouco depois de Capanema ter terminado o seu discurso, Vitor Freitas reuniu-se com o seu "grupo independente" para relatar a informação que recebera do seu "amigo do palácio". O que Freitas disse foi acolhido com surpresa e apreensão pelos outros parlamentares. Segundo o informante palaciano, um emissário do presidente, Márcio Alves, teria embarcado naquele dia para Minas, em missão secreta de Vargas, para conseguir apoio do governador Juscelino Kubitschek para a decretação do estado de sítio no país.

Alguns membros do grupo duvidaram da veracidade da informação.

"Por que o Getúlio não escolheu o Capanema ou o Tancredo para essa missão?"

"Seria impossível para o Capanema ou para o Tancredo fazerem isso secretamente", respondeu Freitas. "O Capanema procurou o general Dutra a fim de obter apoio para o Getúlio e todo mundo soube disso. A escolha do Márcio Alves foi hábil. Ele é amigo íntimo do casal Amaral Peixoto, é inteligente, discreto e leal ao governo. A pessoa certa para uma missão delicada como essa."

"Lacerda já sabe disso?"

"Certamente. Ele tem os mesmos informantes que eu."

"Então a UDN vai tentar dar o golpe antes."

"É preciso convencer os militares."

"O pessoal da Aeronáutica já está mais do que convencido."

"Mas quem manda é o Exército e o Exército está indeciso. Zenóbio, Estillac, Denys — tudo depende deles, e por enquanto eles não sabem o que fazer."

"A UDN está tentando influir nos militares de várias maneiras. Uma delas é através da pressão da opinião pública. Os grandes jornais estão fazendo o jogo da oposição. A *Última Hora*, que antes apoiava o presidente com vigor, me parece acovardada ultimamente."

"Getúlio recebeu hoje de manhã o Assis Chateaubriand."
"Vamos ver como os jornais do Chatô se comportam daqui
pra frente. De qualquer maneira, a batalha da opinião pública já
está perdida pelo Getúlio."

***

Pouco antes de terminar o seu plantão o comissário Mattos
recebeu do escrivão Oliveira uma informação:
"Lembra-se daquele português das laranjas? O seu Adelino?"
"Claro. O filho havia confessado falsamente a autoria de um
homicídio. Eu indiciei o velho por lesão corporal seguida de morte,
e deixei claro que as circunstâncias evidenciavam que o agente
não quisera produzir aquele resultado fatal."
"É, o senhor teve pena dele... Mas não adiantou nada. O português teve um enfarte e morreu."
Mattos já havia passado o serviço para o comissário Maia,
quando o carcereiro veio lhe dizer que o xerife Odorico queria
falar com ele.
"Quer vir comigo?", perguntou Mattos.
"Eles querem falar com você", escusou-se Maia. "Faz de conta
que você ainda não me passou o serviço."
No xadrez os presos discutiam. Ao ver Mattos correram para
as grades. As reclamações que faziam, simultaneamente, foram caladas por um gesto de Odorico, o xerife da cela.
"Doutor, uma palavrinha só. Sabemos que o senhor está lar-
gando o plantão, mas não temos ninguém a quem apelar."
Mattos apanhou um Pepsamar no bolso, colocou-o na boca
e mastigou.
"Sempre que o senhor chefia a delegacia, o senhor esvazia
um pouco o xadrez. Mas a situação está cada vez pior. Esta semana chegaram mais cinco condenados, que nem o senhor pode mandar embora, estão condenados. Não se pode nem andar aqui dentro. Já quase não dá para dormir todo mundo ao mesmo tempo."
Mattos aproximou-se das grades. Os presos, grudados nas grades, faziam um paredão duplo de corpos.
"Abre a porta", disse Mattos para o carcereiro.

Mattos entrou no xadrez. Andou dentro da cela. Os detentos se espremiam uns contra os outros para deixarem-no passar. Mesmo assim, Mattos esfregava-se nos corpos sujos dos presos, sentia-lhes o hálito fedorento.

"Não podemos tomar sol, fazer exercício. É horrível. Não dá um jeito do senhor conseguir a transferência de alguns para a penitenciária?"

"Vou ver, Odorico. Vou ver."

Mattos sabia que não havia vagas nos presídios. E que todas as outras delegacias tinham também seus xadrezes lotados acima da capacidade normal.

"A comida melhorou, não melhorou?"

"Melhorou, mas comida não é tudo."

"Vou ver, Odorico, vou ver."

Mattos saiu do plantão, pegou o bonde pensando no Odorico e nos outros presos dentro da imunda cela fétida. Pensou no seu Adelino. Como seria o laranjal dele? Laranjas-lima? Ele, Mattos, só podia comer laranjas-lima, por serem menos ácidas. Pensou no filho Cosme, na mulher grávida. O mundo em que ele vivia era uma merda. O mundo inteiro era uma merda. E agora ele estava indo à casa de uma cafetina de luxo fazer um trabalho de abutre, com o coração pesado e a cabeça cheia de problemas. O negro que matara Paulo Gomes Aguiar não era o tenente Gregório, como sua afoiteza ingênua o levara a supor. Agora precisava achar um negro, que fosse grande e forte — o pai-de-santo Miguel podia também sair das suas cogitações. Precisava encontrar o porteiro Raimundo. Precisava juntar todas os fios da meada. Precisava investigar a morte de Turco Velho ainda que o assunto estivesse em outra jurisdição, e as perspectivas fossem muito desagradáveis, pois suspeitava de Pádua. Precisava dar um aperto no bicheiro Ilídio. Precisava ter uma conversa com Alice. Precisava ter uma conversa com Salete. Precisava ir ao médico. Precisava lembrar-se de olhar suas fezes no vaso sanitário.

Almeidinha abriu a porta.

"Doutor Mattos, que alegria vê-lo. Dona Laura está esperando pelo senhor." Blandicioso, alcoviteiro: "O senhor precisa vir mais aqui... Dona Laura gostou muito do senhor..."

Laura estava sentada num sofá, na semipenumbra de sua sala vermelha.

"Pode ir, Almeidinha."

Os dois ficaram em silêncio, por algum momento.

"Sente-se comissário."

Mattos sentou-se numa poltrona.

"Sente-se aqui perto de mim", disse Laura batendo de leve no sofá.

"Estou bem aqui."

"Mas eu não estou bem aqui com você aí. Não quero colocar meu pincenê para vê-lo, entendeu? Sou muito míope."

Mattos não se mexeu.

"Por favor, eu não mordo."

"Ponha o pincenê."

Laura apanhou o pincenê na mesinha ao lado do sofá. Colocou o cordão de seda em volta do pescoço. Levou o pincenê à frente do olhos, sem apoiá-lo sobre o nariz.

"O senhor parou de bater com a cabeça nas paredes?"

"Por enquanto. Eu gostaria de ter um informação sua."

"Sobre o senador Freitas."

"Exato."

"O que você — posso chamá-lo assim, não? — quer saber?"

"Que tipo de pessoa o senador... ah..."

"Rapazes. Empregadinhos do comércio, estudantes — qualquer jovem limpo e bonito."

"Ele gosta de rapazes negros?"

"O senador?! Ele é racista. Odeia os pretos. Brigou com um amigo, certa ocasião, porque o sujeito tem um professor de boxe preto."

"Pode me dizer o nome desse amigo?"

"Um tal de Pedro Lomagno."

"Pode me dizer alguma coisa sobre esse Lomagno?"

"Só esteve aqui uma vez. Apenas bebeu alguns uísques com

o Freitas e foi embora. Eles iam se encontrar com um outro senador, que não apareceu. Ouvi um pouco da discussão deles. Freitas dizia que o Brasil era um país atrasado devido aos negros e à religião católica. Uma herança negra maldita: a batina dos jesuítas e a pele dos escravos. Ele não deixa de ter um pouco de razão." Laura ajeitou os cabelos ruivos. "Claro que os pretos não têm culpa de serem pretos, coitados."

Rosalvo, infelizmente, estava certo, Mattos tinha de admitir, nos bordéis de luxo descobria-se muita coisa.

"Esse... treinador de boxe. Você o conhece? Sabe alguma coisa sobre ele?"

"Não tenho menor a idéia de quem seja. Vamos mudar de assunto, comissário... Vamos esquecer esse trabalho policial desagradável... Tenho uma sugestão..."

"Não tenho outro assunto para tratar com você."

"Mas você nem sabe qual é a minha sugestão."

Mattos levantou-se. "Nem quero saber."

"Nenhum homem me trata assim, sabia?"

"Assim como?"

"Com esse desprezo. Você não gosta de pessoas que servem de intermediários em encontros amorosos, é isso?"

"Isso é um crime. Chama-se lenocínio. Eu não fiz a lei."

"Então você me despreza porque sou uma criminosa?"

"Não desprezo ninguém." Pensou em Salete. Pensou no seu Adelino. Em Alice. Luciana. Lomagno. Ilídio. No Turco Velho. Nas prostitutas de sua infância na rua Conde Lage. Um turbilhão na sua cabeça.

"O que uma pessoa precisa fazer para merecer um pouco, não digo do seu carinho, mas da sua compaixão?", perguntou Laura.

"Ouça, eu já tenho duas mulheres e não sei o que fazer com elas. Tenho as mãos e o coração cheios."

"Quem tem duas pode ter três", disse Laura, com seriedade. "Eu gosto de você. Não me incomodo que seja polícia, não me incomodo que tenha uma úlcera no estômago, não me incomodo que bata com a cabeça na parede. Não me incomodo que tenha quantas mulheres quiser."

Mattos voltou a sentar-se.

"Você me arranja um copo de leite?"

"O quê?"

"Meu estômago está doendo."

Laura levantou-se. Usava um vestido longo justo de cetim. Rua Conde Lage.

"Vou apanhar o seu leite."

Ao passar perto, Mattos sentiu o perfume que se desprendia do corpo de Laura. Rua Conde Lage.

* * *

Ainda estava escuro, às cinco da manhã, quando os contingentes militares empenhados na captura de Climério iniciaram a execução do plano traçado pelos comandantes. Os cães, depois de farejarem novamente peças de roupa de Climério apreendidas na casa do seu compadre, tornaram-se indóceis e foram os primeiros a partir, contidos pelos soldados da patrulha.

Logo que clareou o dia, os helicópteros levantaram vôo.

No alto da serra os ruídos dos pequenos seres da floresta, que durante a noite inteira haviam amedrontado Climério não o deixando dormir, começaram a ser substituídos por longínquos latidos de cães. Pouco depois, um som mais forte encheu Climério de pavor. Deitou-se no chão, encolhido, e viu, através da copa das árvores, um helicóptero voando lentamente. O aparelho estava tão perto que Climério conseguiu ler as letras FAB na cabine.

O latido dos cães aumentou.

Agora ele podia ouvir gritos de comando.

Climério tremia de frio. Sua mão estava tão gelada que teve dificuldade para empunhar o revólver que trazia na cintura. Encostou o cano do revólver na cabeça. Não teve coragem de apertar o gatilho; eles não vão me matar, pensou, eles precisam de mim vivo.

Quando viu os primeiros cães e homens da patrulha, Climério saiu de trás das árvores, com as mãos levantadas.

Ouviram-se três tiros. O sinal combinado de que a caçada havia terminado. Eram oito horas da manhã.

Às onze, Climério desembarcava preso de um helicóptero na

base militar do Galeão, sendo recebido com festa e regozijo. Sua mulher, Elvira de Almeida, também fora presa naquela manhã. O brigadeiro Eduardo Gomes, o líder militar oposicionista, foi logo informado da captura do fugitivo. Não se cogitou de informar com a mesma presteza o ministro da Aeronáutica, Nero Moura. De qualquer forma, ele seria substituído naquele dia por um novo ministro, o brigadeiro Epaminondas. Mas nem um nem outro eram respeitados pelos oficiais da Aeronáutica. O ministro de fato era Eduardo Gomes.

* * *

Em sua fortaleza de Bangu, Eusébio de Andrade reuniu-se com os colegas banqueiros Aniceto Moscoso e Ilídio.

"Você já recebeu a intimação?", perguntou Eusébio.

"Ainda não. Mas o escrivão me avisou que eu vou receber."

"Esse comissário ainda vai nos dar problemas", disse Aniceto.

"Ele já está nos dando problemas", disse Ilídio.

"Não falo nestes. Estes, foi você quem criou", disse Aniceto.

"Já falei com o meu advogado", disse Ilídio.

"Você precisa trocar de advogado. Esse perna-de-pau não dá no couro." Aniceto e Moscoso riram da imagem futebolística; o advogado de Ilídio tinha de fato uma perna mecânica.

"Ele caiu do bonde, quando era estudante", disse Ilídio.

"Nós não podemos ter advogados que caem do bonde", disse Eusébio. "Você se interna hoje numa clínica, essas de repouso. Tem uma no Alto da Gávea muito boa. Fica lá uma semana. Quando a intimação chegar, manda o perna-de-pau com um atestado médico dizer que você está doente. Nesse ínterim nós vamos agir por outro lado, não é, Aniceto?"

"A gente dá um jeito nisso. Vai custar dinheiro, o teu dinheiro, Ilídio, mas a gente quebra esse galho."

"Vai ser muito?"

"Seja o que for, é bom para você aprender a não fazer besteira."

18

"Preciso dar alguma informação ao senador Freitas. Ele está me apertando."

Rosalvo ficou calado, meditando.

"Você me disse que o comissário estava investigando um homicídio no qual o senador estaria envolvido. Afinal que crime é esse?"

Teodoro, o segurança do Senado, e Rosalvo, o auxiliar do comissário Mattos, conversavam num restaurante na praça General Osório, em Ipanema.

"Lembra aquele bacana que apareceu morto no edifício Deauville?"

"É esse o caso?"

"O granfa estava metido em negociatas com o senador, licenças de importação conseguidas fraudulentamente na Cexim e outras sujeiras. Sabia demais e foi morto."

"E o comissário acha que foi o senador Freitas que matou o sujeito?"

"A conclusão dele é que o senador mandou matar, para esconder a participação dele na roubalheira."

"O comissário tem provas ou é apenas uma suposição, um palpite?"

"Não sei."

O garçom trouxe dois lombinhos de porco com farofa.

"Corre uma milonga que o senador é fruta", disse Rosalvo.

"Que é isso! Essa gente tem a mania de chamar de fresco o camarada só porque ele não se casou. O senador é homem."

"Pode ser fanchona."

"Nada disso. Se ele fosse, eu sabia."

"Não vai dizer para o senador isso que eu te disse."

"De jeito nenhum! O senador acaba comigo se eu disser uma coisa dessas para ele."

"O comissário Mattos é maluco. Maluco mesmo, desse tipo que fala sozinho e rasga dinheiro. Diz isso para o senador. É preciso tomar cuidado com ele."

***

Teodoro não perdeu tempo em ir contar para Clemente o que Rosalvo lhe dissera. A parte referente ao possível homossexualismo do senador foi omitida.

"Vou falar com o senador sobre isso..."

Clemente encarou Teodoro algum tempo, até perceber o nervosismo no seu rosto: "Podemos confiar em você?"

"Mas é claro, doutor."

"O senador pode confiar em você? Cegamente?"

Teodoro empalideceu.

"O senador saberá recompensar essa confiança", continuou Clemente.

"O que o senador pedir, pedir não, ordenar, eu faço."

Mandar matar adversários políticos, disse Clemente, era habitual no interior do Brasil, ainda mais na terra do senador, Pernambuco; mas no Rio de Janeiro, capital da República, era algo mais raro, por uma simples razão: era difícil encontrar um matador "de fé". Um matador tão confiável que, se viesse a ser apanhado, jamais denunciaria o mandante. Depois de fazer esse longo rodeio, Clemente encarando Teodoro disse:

"O senador quer dar um fim a esse comissário. Você poderia fazer isso?"

"Eu?!"

"O senador confia em você."

"Doutor Clemente, eu tenho alguém melhor do que eu."

"Nosso homem não pode ser um berdamerda como o tal de Alcino da rua Tonelero. Quem é esse homem?"

"Meu irmão."

"Seu irmão? Não sabia que você tinha um irmão."

"Ele é a ovelha negra da família. Desde menino se metia em trapalhadas. Ele pode fazer isso que o senador quer. Ele é um cabra-macho pernambucano. Se for apanhado não abre o bico, ele se mata antes. Mas isso não vai acontecer. Meu irmão já matou mais de vinte e nunca puseram a mão nele. Sabe quem matou o prefeito de Caruaru? O chefe de polícia de Maceió? Foi ele. Já matou político, militar, padre. Ele é muito bom."

"Os pernambucanos são de confiança, eu sei disso."

"Ele costuma pedir cem contos, para fazer trabalho de responsabilidade como este."

"Como é o nome dele?"

"Genésio."

"Ele mora no Rio?"

"Recife. Mas é só chamar que ele vem, faz o serviço e dá às de vila-diogo no mesmo dia."

"Então manda ele vir logo. De avião. O senador tem pressa. Assim que o — Genésio, não é? — chegar você me avisa. Se tudo correr bem, aquela nomeação da sua mulher será resolvida logo. Você tem um filho de dezenove anos, não tem?"

"Tenho, sim senhor."

"O senador pode arranjar alguma coisa para ele também."

Enquanto isso, em seu gabinete, o senador Freitas recebia o seu principal cabo eleitoral, um fazendeiro conhecido como "coronel" Linhares. O "coronel" informou que estava comprando títulos eleitorais falsos para a eleição de outubro por cinco cruzeiros cada.

"Aqui no estado do Rio compra-se um título por dois, três cruzeiros no máximo", protestou Freitas. "Você pensa que eu tenho uma guitarra para fabricar dinheiro como o Oswaldo Aranha?"

"Trouxe uma garrafa do seu licor de pitanga", disse Linhares.

"Não muda de assunto. Você tem que conseguir os títulos eleitorais por menos. Duvido que os meus adversários estejam pagando isso tudo."

"Vou ver o que posso fazer, senador. Agora prove o licor, prove, está muito bom mesmo."

***

O comissário começou o dia indo fazer uma radiografia do estômago.

O consultório médico ficava na rua Barata Ribeiro, em Copacabana. O comissário encontrou na rua muitas mulheres carregando na cabeça e nas mãos latas, baldes, panelas e chaleiras cheias de água.

"Não tenho água para lavar as mãos", foi a primeira coisa que o médico radiologista lhe disse. "Minha mulher saiu de manhã para procurar água com a empregada, um absurdo, nem fez o café. Ontem foi a mesma coisa. A escola dos meus filhos fechou por falta de água e há três dias eles não têm aula. Todas as escolas de Copacabana estão fechadas. Estou lavando as mãos com água mineral. Enquanto isso os políticos fazem discursos, os generais fazem discursos, todo mundo faz discurso mas resolver o problema da falta de água ninguém resolve."

O médico abriu com gestos dramáticos, como se quisesse demonstrar a gravidade da situação, uma garrafa de água São Lourenço e lavou com ela as mãos na pequena pia do consultório.

"Como estão as suas fezes? Muito escuras?"

"Eu sempre esqueço de ver."

"Você tem que cuidar da sua saúde. A contagem de hemoglobina do exame de sangue indica que você está tendo hemorragias estomacais. Vamos ver o que a radiografia vai dizer."

"Tenho cuidado da minha saúde. Carrego sempre Pepsamar no bolso e tomo leite a toda hora."

O radiologista lhe deu um copo com um espesso líquido bege.

"Que beberragem é essa que estou tomando?" Um gosto de terra misturada com cal, parecido com o sabor dos rebocos de parede que ele às vezes comia quando era criança.

"Bário. Para fazer o contraste."

Mattos tirou a roupa, vestiu uma camisola e deitou na cama do aparelho radiológico.

As radiografias foram feitas.

"Talvez você tenha problemas de trânsito intestinal, por causa do bário", disse o radiologista.

* * *

O confronto das impressões digitais com as fichas do Instituto Félix Pacheco confirmaram que era de Ibrahim Assad o cadáver identificado no IML por Mattos.

Mattos havia pedido a Leonídio que anotasse o nome de quem fosse ao necrotério reclamar o corpo e passasse em seguida a informação para ele. Durante três dias o cadáver ficara na geladeira, sem receber uma única visita. Providências administrativas estavam sendo tomadas para Assad ser enterrado como indigente quando um funcionário da Santa Casa de Misericórdia compareceu ao necrotério para embalsamar o corpo.

"O corpo vai ser transportado para Caxambu, em Minas, onde será enterrado. O papa-defunto disse que não sabe quem pagou as despesas", disse Leonídio.

No escritório da funerária da Santa Casa um funcionário recebeu Mattos e disse que a pessoa que pagara as despesas do embalsamamento e transporte do corpo pedira que o seu gesto de caridade ficasse anônimo.

"Essa pessoa conhece a mãe do morto, uma senhora sem recursos... Ainda existe gente boa neste mundo, capaz de um gesto desinteressado de bondade..."

Mattos, que até então não dissera ser da polícia, mostrou sua carteira funcional. Ele sentia o estômago pesado devido ao bário que tomara para a radiografia, mas ao mesmo tempo acreditava que com o exame que fizera tinha melhorado sua saúde, e que já estava curado.

"Estou investigando um assassinato. Diga quem pagou as despesas."

"O senhor me deixa numa situação difícil."

"Diz logo. Tenho ainda muita coisa para fazer hoje."

"Uma situação difícil..."

"O senhor prefere ir para a delegacia comigo?"

"Foi um policial, como o senhor."

"O nome dele."

O funcionário limpou o suor da testa com um lenço roxo que tirou do bolso. "O doutor Ubaldo Pádua."

273

***

O prefeito de Nova Orleans, Lesseps S. Morrison, recebido em audiência pelo presidente Vargas, disse que o Rio de Janeiro ainda continuava sendo, apesar de certo pessimismo que encontrou entre alguns cariocas, uma das mais agradáveis e seguramente a mais bela cidade do mundo.

Morrison, que visitava o Rio pela terceira vez, acompanhava Henry Kaiser, considerado um dos reis da indústria automobilística americana.

Kaiser assegurou, na audiência com o presidente da República, estar sua empresa em condições de transportar imediatamente para o Brasil uma fábrica com capacidade de produção anual de cinqüenta mil automóveis destinados ao mercado interno e à exportação.

Estavam também presentes à audiência o ministro Oswaldo Aranha, o embaixador americano James Kemper e o senhor Herbert Moses.

Quando os americanos saíram da entrevista, Kaiser comentou no carro que os levou do Palácio do Catete para o hotel Copacabana Palace, que pelas fotos de Vargas que vira nos Estados Unidos, sempre sorridente com um charuto na mão, imaginava que ele fosse uma pessoa alegre e bonachona; surpreendera-se com o aspecto melancólico e sorumbático do presidente.

"Ele deve estar doente", disse o embaixador Kemper, que também notara a tristeza de Vargas. "É a única explicação para o seu abatimento."

Morrison aventou a hipótese, logo aceita por todos, de que o presidente talvez estivesse com o mesmo vírus de influenza que o contagiara ao chegar ao Brasil. "Foi muito gentil da parte dele, nos receber nessas condições."

***

Mattos tentou localizar Pádua durante todo o dia.

Ao chegar em casa, Alice estava sentada na sala escrevendo num caderno grosso de capa de couro.

"Meu diário. Mas não é bem um diário, é mais um livro de

274

pensamentos. Estava escrevendo sobre a morte da Collete, o que isso significou para mim. Coloquei aqui o que você me disse naquele dia: Tenho outros mortos para me preocupar."

"Eu disse isso?"

"Disse."

"Posso ler?"

Alice fechou o caderno. "Nunca ninguém leu o meu diário. Jamais o mostrarei para ninguém neste mundo. Ainda mais para você. Um dia, quando éramos namorados, eu dei para você um poema que havia escrito e você riu dizendo que achava engraçado."

"Não me lembro disso."

"Você não gosta de poesia."

"Eu nunca lhe disse que não gostava de poesia."

"Você só gosta de ópera. Porque quando era garotinho sua mãe colocava *Una furtiva lágrima* na vitrola e você chorava."

"Você está inventando."

"Foi você quem me contou."

"Inventando essa coisa de que eu não gosto de poesia."

"Um policial não pode gostar de poesia. Ele tem outros cadáveres com que se preocupar."

"Você procurou o apartamento para alugar?"

"Não tive tempo. Sabe o que eu gostaria de ter feito nestes dias? Gostaria de ter ido a São Paulo assistir ao Congresso Internacional de Escritores, mas você nem pensou em me levar."

"Você não me falou nisso. De qualquer forma eu não poderia sair do Rio. Estou no meio de uma investigação muito difícil."

"Não grita comigo, por favor."

"Não estou gritando."

"Tente sopitar sua agressividade por um minuto para ouvir o que eu vou ler agora." Alice mostrou um papel que tinha na mão. "Você consegue? Um minuto?"

"Está bem."

"Vamos sentar lá no quarto."

Mattos tirou o paletó. Agora, devido à presença de Alice no apartamento, ele deixava o revólver na delegacia.

Sentaram-se na cama. "Posso ler?"

"Sim."

"Declaração de Princípios do Congresso de Poesia. Você está prestando atenção?"

"Estou, estou."

"Vê como você é? Não consegue esconder sua impaciência."

"Por favor, leia, estou prestando a maior atenção."

"A seção de poesia do Congresso Internacional de Escritores, reunido em São Paulo, durante as solenidades comemorativas do quarto centenário da cidade em cuja fundação colaborou o poeta padre José de Anchieta, reconhece o considerável progresso técnico que tem caracterizado a poesia, internacional e brasileira, sistematizado por críticos de concepções as mais diversas; proclama o amplo direito que tem o poeta à pesquisa estética e a necessidade de que domine o seu instrumento a fim de que se valorize a criação; e manifesta não só a convicção de que as conquistas formais serão encaminhadas no sentido de exprimir as grandes aspirações coletivas, a crença no ser humano e nos direitos do indivíduo, como também a confiança de que será encontrada plenamente a forma de atingir a sensibilidade do homem de hoje — isso é dirigido diretamente a você, Alberto — do homem de hoje circunstancialmente alheio à poesia de boa qualidade que se vem publicando."

"Interessante."

"Interessante? Sabe quem está em São Paulo neste justo momento? Robert Frost, William Faulkner, Miguel Torga, João Cabral de Melo Neto. E você apenas diz interessante?"

"Maravilhoso."

Alice rasgou o papel que tinha nas mãos. Com os punhos fechados bateu no peito de Mattos, dizendo que ele não podia tratá-la com aquela crueldade; seus socos eram fracos; Mattos deixou-a bater até se cansar.

Deixando Alice deitada na cama, agora imóvel como se estivesse morta, Mattos foi para a sala. Seu estômago doía, mas não havia leite na geladeira e o Pepsamar acabara.

O telefone tocou.

"Quem fala aqui é Pedro Lomagno. Minha mulher está aí?"

"Ela está dormindo."

"Eu queria falar com ela."

"Ela está dormindo."

"O senhor sabe que minha mulher... ah... tem problemas... Eu consultei o médico e ele me disse que seria melhor para Alice voltar para casa... Ela se sente mais protegida no ambiente familiar... Eu gostaria de ter a sua ajuda para isso..."

"Senhor Lomagno, eu também não me sinto bem com essa situação. Mas Alice está na minha casa porque quer. Ela me disse que se separou do senhor. Me pediu para ficar aqui, pois não tem uma pessoa da família com quem ficar. Eu também acho que essa não é uma boa solução, mas não posso expulsá-la daqui..."

"Eu gostaria de ouvi-la dizer isso."

"O senhor falou com ela creio que anteontem e ela lhe disse coisa parecida. Sinto muito, senhor Lomagno, mas eu não posso fazer nada."

"Gostaria falar com ela novamente."

"Já disse que ela está dormindo."

"O senhor não esta cooperando."

"Sinto muito. Boa noite."

Assim que Mattos desligou, o telefone tocou novamente.

"Você andou me procurando?"

"Queria falar sobre a crise de consciência que você teve."

"Que crise? Não estou entendendo o assunto que você está falando."

"Se não foi arrependimento, o que foi que levou você a pagar o enterro do Turco Velho em Caxambu?"

"Não estou entendendo."

"Pádua, eu sei que você matou o Turco Velho. Eu não posso ficar sem fazer nada, sabendo disso. Não posso ser conivente."

"Você não está sendo conivente. Você vai ficar sem fazer nada simplesmente porque não pode fazer coisa alguma."

"Posso sim."

"Não pode. Sei que você é um bom policial, mas nem o Sherlock Holmes poderia provar que eu matei esse sujeito. Mattos, o Turco Velho era um assassino de aluguel, ia te matar. Você precisa parar de sofrer por besteira. É por isso que tem essa úlcera.

Quando for me substituir, depois de amanhã, a gente conversa mais sobre esse assunto, se você quiser." Pausa. Procurando mudar de assunto: "Você soube que o Arlindo Pimenta se candidatou a vereador?"

"Isso não me interessa."

"Os bicheiros ainda vão tomar conta do país. Tenho uma história do Arlindo muito engraçada."

"Não estou interessado." Mattos desligou o telefone.

Era esta a história que Mattos não quisera ouvir:

O banqueiro do bicho Arlindo Pimenta, comumente chamado de gângster pelos jornais devido à maneira ostensiva com que exercia outras atividades criminosas além de bancar o jogo, fora aconselhado pelo seu advogado e pelos colegas de contravenção a mudar sua imagem negativa. Atendendo aos seus conselheiros, Arlindo prometeu que continuaria a exercer apenas, com a devida compostura, a contravenção do bicho; vendeu o Cadillac em que circulava com aparato pelos subúrbios da cidade; deixou de promover arruaças nos bares; e, finalmente, candidatou-se a vereador.

Arlindo aproveitou para lançar sua candidatura no dia do seu aniversário. Na rua Leopoldina Rego, no subúrbio, foi realizada uma festa eleitoral com discursos e queima de fogos de artifício. Uma grande mesa de doces e salgadinhos ostentava, no centro, um formidável bolo de aniversário representando um jardim chinês com um enorme pagode, que provocou admiração, e até mesmo assombro, entre os convivas. O confeiteiro, em atenção ao pedido de um dos capangas de Arlindo, que desejava agradar o chefe, colocou no meio do jardim chinês a miniatura em marzipã de um revólver 38. Uma velinha de aniversário foi colocada no cano do revólver. Arlindo Pimenta, entre aplausos, apagou a velinha com um único sopro.

19

A queimadura que Salete causara na mão de Mattos com água fervendo cicatrizara, criara uma casca, o comissário retirara a casca da ferida, mas Salete não sabia disso pois não aparecera mais no apartamento do comissário desde que Alice se mudara para lá. Alice atendera ao telefone nas duas vezes em que telefonara para a casa de Mattos. Salete desligara sem nada dizer. Foram dias de sofrimento. Não tinha vontade de sair de casa. Não foi ao chá do clube Monte Líbano, em benefício da Sociedade dos Maronitas, com desfile de modelos de Elsa Haouche, a modista cujos vestidos ela mais apreciava, mesmo sabendo que Mário Mascarenhas, seu músico favorito, acompanhado de mais quinze acordeonistas tocaria, no desfile, músicas clássicas e folclóricas. Deixou de ir assistir o filme *Mogambo*, com Clark Gable e Ava Gardner, que ela adorava. Sentia-se tão infeliz que nem mesmo as unhas dos pés e das mãos fazia mais.

Ficava chorando pelos cantos, não comia, emagreceu e os seus olhos ficaram ainda maiores e o rosto mais ossudo, o que aumentou o seu desgosto, pois acreditava que com isso sua feiúra piorara. Na verdade a magreza fizera com que seu rosto ficasse ainda mais bonito.

Padecia da sua desgraça irremediável quando Luiz Magalhães telefonou. Ultimamente Salete se recusava a falar com ele, mandando a empregada dizer que estava muito doente. Naquela quinta-feira, foi ao telefone. Magalhães disse que precisava que ela lhe fizesse um grande favor. Quando Salete se recusou mais uma vez a vê-lo, Magalhães suplicou, de maneira humilde que a deixou perturbada:

"Estou metido num aperto, preciso de você, pelo amor de Deus, me ajuda."

"Não tenho coragem de sair. Estou muito feia, não quero que ninguém me veja."

"É uma coisa rápida. Pego você de táxi, vamos até ao centro e resolvemos tudo em poucos minutos."

Magalhães chegou com uma pasta preta larga, estufada de tão cheia. Parecia muito preocupado; olhava repetidamente pelo vidro traseiro do carro, como se estivesse sendo seguido. O tempo todo mantinha a pasta preta apertada de encontro ao corpo.

"Onde nós vamos?", perguntou Salete.

"Depois eu explico", disse Magalhães olhando desconfiado para o motorista.

Saltaram na avenida Rio Branco, próximo da rua do Ouvidor. Os dois, Magalhães sempre mantendo a pasta de encontro ao peito, caminharam apressadamente pela rua do Ouvidor até a esquina da rua da Quitanda.

"É aqui", disse Magalhães. Entraram num prédio. Na porta Salete pode ler os dizeres. *Sul América — Seguros e Capitalização*.

Magalhães parou no largo saguão do prédio. Explicou em voz baixa, olhando, receoso, para os lados, que estava alugando um cofre em nome de Salete. No cofre ele guardaria algumas coisas de muito valor, que mais tarde ela lhe devolveria, quando ele retornasse da viagem que faria no dia seguinte.

"Você vai para onde?"

"Vou para o Uruguai. Quando as coisas melhorarem eu volto. Mas isso não interessa", disse Magalhães impaciente.

"Por que você não aluga um cofre em seu nome?"

Magalhães explicou que tinha muitos inimigos poderosos, que poderiam arrombar o cofre e tirar as coisas lá de dentro. Esses inimigos não iriam procurar um cofre no nome dela.

"Obrigada por confiar em mim."

Magalhães não podia alugar um cofre no nome da esposa ou de algum parente. Era muito arriscado. Salete era a única opção possível. Mas de qualquer forma ele confiava plenamente na moça.

Um funcionário da Sul América preencheu formulários com

os dados da identidade de Salete. A moça assinou os papéis. Depois, numa sala forte, colocaram a pasta de Magalhães num cofre. Uma chave, com um número, foi dada a Salete.

"A senhora não pode perder essa chave", disse o funcionário. "É isso mesmo", disse Magalhães. "Onde é que você vai guardar a chave?"

"Pode deixar. Vou esconder num lugar que ninguém vai achar por mais que procure."

Na saída, ainda no grande saguão, Salete segurou Magalhães pelo braço.

"Mas tem uma coisa que você deve saber."

"O que é? Diga logo. Estou com muita pressa."

"Eu gosto de outro homem."

"Está certo. Mas não fala a ele sobre o que fizemos aqui hoje."

"Você disse que me matava se eu gostasse de outro homem."

"Na minha volta a gente conversa sobre isso. Você não pode perder essa chave, ouviu?" Ao notar a decepção no rosto de Salete, Magalhães acrescentou, brincando, nervosamente: "Eu ainda gosto muito de você. Na volta eu te mato".

"Você não gosta nada. Era tudo mentira."

"Eu tenho que ir. Coloquei bastante dinheiro na tua conta do Boavista."

Magalhães deu um beijo no rosto da moça e retirou-se, quase correndo, seus passos ressoando no chão de mármore do saguão.

Salete ficou parada, com a chave na mão.

"Era tudo mentira", murmurou.

* * *

Os principais envolvidos no atentado da rua Tonelero foram apresentados à imprensa, na base militar do Galeão, às dez horas da manhã. Durante a apresentação algumas informações foram fornecidas pelos militares. Os textos dos depoimentos dos acusados, conquanto solicitados, não foram fornecidos à imprensa e os jornalistas tiveram que se contentar com as informações esparsas que lhes foram dadas durante a apresentação.

O primeiro a desfilar perante os jornalistas foi o tenente Gregório. Vestido de terno e gravata, como sempre, manteve-se calado, o cenho fechado. A sua participação no atentado era conhecida de todos. Fora cassada a alta condecoração que recebera do Exército, a Medalha de Maria Quitéria. Sua confissão, segundo os militares, fora plena, ele chamara a si a responsabilidade de mandante. Como somente dois dias mais tarde, em outro interrogatório, Gregório diria que o deputado Euvaldo Lodi o visitara em seu quarto, no Palácio do Catete, propondo "bombardear" Lacerda, os militares não mencionaram, naquela apresentação, o nome do deputado. Também não mencionaram, pela mesma circunstância, isto é, por ainda ignorarem o fato, que, na véspera da dissolução da guarda pessoal, no dia 8, ao saber que o presidente mandara o ajudante-de-ordens major Accioly chamar ao palácio o seu irmão Benjamim que se achava em Petrópolis, Gregório se antecipara indo ao encontro de Benjamim naquela cidade; e que, na volta para o Rio, viajando no mesmo carro, Gregório confessara ao irmão do presidente ter mandado matar Lacerda. (Esta última informação viria a servir de fundamento à convicção dos militares encarregados do IPM de que o presidente, desde o dia 8, ou seja, três dias após o atentado, já sabia que o chefe da sua guarda pessoal era o mandante do assassinato, pois, certamente, Benjamim teria relatado ao irmão a confissão de Gregório.)

Em seguida foi apresentado João Valente, o ex-subchefe da guarda. Por ordem de Gregório ele dera a José Antonio Soares cinqüenta mil cruzeiros que este entregaria a Climério para a sua fuga. Valente elogiou o tratamento que lhe estava sendo dado no Galeão; brincou com os oficiais que o acompanhavam; declarou que estava comendo "peru e dormindo em colchão de molas".

A apresentação de Alcino foi precedida de informações mais minuciosas. Antes de prender Alcino, os oficiais da Aeronáutica haviam detido sua mulher Abigail Rabelo, que levada para Diretoria de Rotas Aéreas, por ordem do major-aviador Borges, lá confessou a participação do marido no atentado. Oficiais da Aeronáutica e policiais civis ficaram escondidos na casa de Alcino à rua Gil

Queiróz, 192, em São João de Meriti, aguardando que ele viesse apanhar a mulher e os cinco filhos, pois prometera fazer isso, conforme informação fornecida no interrogatório de Abigail. Quando apareceu para levar a família em sua fuga, Alcino foi preso sem oferecer resistência.

Alcino declarou, na apresentação, que estava sendo bem tratado e elogiou também a boa qualidade do colchão de molas em que dormia na prisão.

O motorista Nelson Raimundo de Souza declarou que queria continuar preso no Galeão, pois temia represálias.

O último dos presos a ser apresentado foi Climério. Os lances espetaculares da operação de guerra realizada para sua prisão na serra do Tinguá foram recordados. Climério mostrava-se assustado, mas perguntado por um jornalista disse que estava sendo bem tratado e que, como os outros, também dormia em colchão de molas.

Os encarregados do inquérito militar informaram que José Antonio Soares ainda não fora preso, o que eles esperavam que acontecesse em poucos dias. (Na verdade, naquele momento Soares acabava de ser detido pelo delegado de polícia de Muriaé, em companhia do pai e da esposa, com um revólver 38 e trinta mil cruzeiros em cédulas novas, dinheiro que ele declarou ser proveniente do filho do presidente da República.)

Em seguida foi exibido na base militar do Galeão o material de propaganda política do PTB encontrado com os presos. Eram ventarolas — uma espécie de leque ou abano que não se fecha — com o retrato de Vargas, sorridente, de lenço no pescoço, sob o qual estava escrita a frase: "O PTB é uma revolução em marcha". Na ventarola havia ainda a bandeira do PTB, o emblema do partido — uma bigorna — e os dizeres: "Trabalhador, alista-te no Partido Trabalhista Brasileiro para garantir os teus direitos".

As principais informações que os militares do IPM deixaram de fornecer à imprensa, por ordem do coronel Adyl de Oliveira, chefe do inquérito militar, foram as acusações feitas por Climério e Alcino em seus depoimentos de que Lutero Vargas seria o mandante do assassinato. Adyl estava convicto que essa imputação era falsa, uma "manobra diversionista" de inspiração ainda misteriosa e que tinha como objetivo tumultuar as investigações.

* * *

Numa reunião realizada no Clube Militar fora apresentada uma moção exigindo a renúncia do presidente, mas os generais Canrobert e Juarez Távora externaram o ponto de vista de que primeiro o crime deveria ser apurado para depois então discutir-se a renúncia do presidente. A sugestão dos dois generais oposicionistas foi vitoriosa, pois todos acreditavam que o resultado do inquérito demonstraria inequivocamente a responsabilidade do presidente pelo atentado. Nessa mesma ocasião o ministro da Guerra, Zenóbio, dissera, apoiado pelos setenta e três generais que se encontraram com ele no Rio, que a renúncia era uma questão muito melindrosa, que tinha de ser resolvida dentro de um clima de harmonia e patriotismo. "Só nos interessam soluções dentro da lei, a fim de não levar o país à anarquia", dissera Zenóbio. "Em defesa da Constituição agirei com toda presteza e vigor. Este é o meu papel e eu o cumprirei até o fim."

Enquanto isso, aumentavam as manifestações de protesto contra o presidente da República. As Assembléias Legislativas de quase todos estados do Brasil exigiam a renúncia de Vargas. O Instituto de Advogados do Brasil aprovou uma moção, com quarenta e três votos a favor e seis contra, afirmando considerar o país acéfalo e pedindo às Forças Armadas que retirassem Vargas do Palácio do Catete e garantissem a posse de Café Filho, vice-presidente eleito, para que a legalidade fosse restaurada. No meio militar, a repulsa ao presidente aumentava continuamente. A oficialidade da Marinha, que até então mantinha uma posição menos radical que a da Aeronáutica, recebeu com indignação a prisão do almirante Muniz Freire por ter criticado o governo numa cerimônia a bordo do cruzador *Barroso*; o Almirantado, pressionado pela oficialidade jovem, obrigou o ministro da Marinha a revogar a punição. Entre os altos comandantes das Forças Armadas apenas o marechal Mascarenhas de Morais tinha uma postura favorável ao presidente; porém o marechal, conquanto chefiasse o Estado-Maior das Forças Armadas e fosse respeitado pelo seu passado ilustre, não dispunha, na verdade, de nenhum poder real naquela conjuntura de extensa subversão hierárquica. Em todo o Brasil eram lançados candidatos do Clube da Lanterna às eleições de outubro. Associações de estudantes de todo o país divulgaram manifesto exigindo a renúncia de Vargas. O Tribunal de Contas da União, aprovando moção apresentada pelo conselheiro Silvestre Péricles de Góis Monteiro, tornou pública uma declaração segundo a qual o Tribunal não podia ficar em silêncio diante do atentado da rua Tonelero, no qual perdera a vida o valoroso major Vaz, vítima da perversidade de assassinos e malfeitores, fato que ferira profundamente a sociedade brasileira e revoltara a alma nacional. A nota do Tribunal mencionava ainda o ambiente de violência e corrupção que dominava o país.

Ao mesmo tempo, os jornais publicaram o parecer enviado à Câmara pelo consultor geral da República, senhor Carlos Medeiros Silva, sobre o inquérito parlamentar referente aos empréstimos, num total superior a duzentos e vinte milhões de cruzeiros, feitos pelo Banco do Brasil a "empresas e pessoas sem idoneidade financeira", no caso a *Última Hora* e os senhores Samuel Wainer, L. F. Bocaiúva Cunha, entre outros. O consultor geral debruçara-se sobre as 2979 páginas dos cinco volumes do inquérito e afinal dera o seu parecer, que fora enviado à Câmara dos Deputados através do ministro da Justiça, atendendo a requerimento dos deputados Armando Falcão e Frota Aguiar. Segundo o parecer do consultor geral, ficara evidenciado no curso do inquérito parlamentar a maneira arbitrária e abusiva pela qual o presidente do Banco do Brasil, na ocasião o senhor Ricardo Jafet, decidia os negócios da sociedade. Nem a lei geral, nem as especiais, nem os regulamentos, nem os estatutos sociais haviam sido barreiras eficazes contra os propósitos mal-inspirados da administração superior do Banco na proteção de interesses escusos. O presidente do Banco do Brasil desprezara as informações dos peritos sobre a inconveniência e a inoportunidade de tais transações, realizadas sem obedecer às mais comezinhas cautelas bancárias.

O texto do parecer do consultor da República fora tornado público por iniciativa do deputado Armando Falcão através de requerimento à mesa da Câmara.

Uma das poucas vozes destoantes do coro de invectivas contra Vargas foi a do líder dos portuários, Duque de Assis. Para ele o movimento pela renúncia de Vargas tinha como objetivo único impedir o progresso do país e barrar a marcha das lutas operárias. "Nossos opositores, opositores do governo e do proletariado, estão a soldo de forças ocultas", disse ele.

* * *

O comissário Pádua entregou na Delegacia de Roubos e Furtos a apreensão que fizera das jóias roubadas da joalheria Esmeralda: um broche abelha; um anel de ouro com um solitário de brilhante; um relógio suíço de ouro legítimo de dezoito quilates cravejado de brilhantes; um anel sextavado em ouro, dezoito quilates, com três brilhantes cravejados em platina; uma pulseira sextavada em ouro de dezoito quilates, com nove brilhantes, cravejados em platina; entre outras jóias. A apreensão fora feita através de uma denúncia. O ladrão não fora encontrado, segundo Pádua, mas como todas as jóias haviam sido recuperadas o assunto foi engavetado.

* * *

Sabendo por Mattos que Lomagno iria ligar para ela, Alice deixou de atender o telefone naquele dia. A campainha tocou inúmeras vezes. Alice deixou o telefone no gancho.

Assim, foi Mattos, mais uma vez, quem atendeu ao telefonema de Lomagno.

"Queria falar com Alice."

"Ela está aqui ao meu lado e disse que não quer falar com o senhor."

Silêncio.

"Doutor Mattos, eu estou convencido que o senhor está me impedindo de falar com a minha mulher. Quero adverti-lo de que consultei um advogado, o qual, após ouvir os fatos que lhe relatei, afirmou-me que posso denunciá-lo por crime de seqüestro e cárcere privado. O seu crime tem uma agravante, segundo o advogado, pois deve ter causado a Alice, tendo em vista suas condições de saúde, grave sofrimento físico e moral."

"O senhor faça o que quiser. Mas eu o aconselho a procurar outro advogado. Esse que o senhor consultou é um idiota. Boa noite."

20

Pouco antes do meio-dia Mattos chegou à delegacia para substituir Pádua. Ele normalmente chegava mais cedo, para se informar minuciosamente sobre as ocorrências da véspera com o comissário que o antecedera no plantão. Mas naquele dia ele estava disposto a ter o menor contato possível com Pádua.

Pádua esperava por ele. "Quero falar com você."

"Basta me dar o livro de ocorrências."

Pádua apanhou o livro sobre a mesa e colocou-o sob o braço.

"Cinco minutos. Tenho uma pergunta a lhe fazer. Não ao policial, ao primeiro aluno da faculdade de direito."

"Eu não fui o primeiro aluno."

"Mas foi um dos primeiros. Todo mundo sabe. Você tinha o apelido de Crânio."

"O que você quer saber?"

"Moralmente somos obrigados a sacrificar a própria vida, se necessário, para cumprir o nosso dever, que é impedir que se cometam crimes. Não é verdade? Por que não podemos, também para cumprir o nosso dever, matar um bandido para impedi-lo de cometer um crime?"

"Vou responder de maneira simples à sua pergunta simplória. Porque a lei não nos dá esse direito. E a lei é feita para todos, principalmente para pessoas que têm alguma forma de poder, como nós. Um policial pode morrer no exercício do seu dever, mas não pode desobedecer a lei."

"Você disse que a minha pergunta era simplória. A sua resposta é santimônica, no mau sentido. Você escolheu a profissão errada."

"Acho que quem escolheu a profissão errada foi você."

Pádua jogou o livro sobre a mesa, retesou os músculos dos braços e saiu do gabinete do comissário.

Ipojucan Salustiano, o advogado perna-de-pau de Ilídio, compareceu ao distrito com o atestado médico provando que seu cliente não podia atender a intimação que lhe fora feita. O atestado foi entregue ao escrivão, na frente do comissário Mattos.

Ipojucan gostava de falar de sua perna mecânica. Era uma forma de não se sentir constrangido devido ao seu caminhar rígido e periclitante. Agora que era advogado de um banqueiro de bicho e ganhava mais dinheiro, ele pretendia encomendar uma perna mecânica nos Estados Unidos.

"Tenho uma perna mecânica", disse Salustiano ao comissário Mattos.

"Não parece", disse Mattos gentilmente.

"Se me permite perguntar, qual a razão dessa intimação? Meu cliente cometeu algum crime?"

"Eu por enquanto quero apenas qualificá-lo, de acordo com a lei. O senhor sabe, doutor, que é contravenção penal recusar à autoridade policial, quando por esta justificadamente exigidos, dados ou indicações concernentes à identidade, estado civil, profissão, domicílio e residência?"

"Claro, doutor, conheço a lei."

"Diga ao seu cliente que ele não vai poder ficar escondido muito tempo na clínica, que se ele não ficar bom até terça-feira eu vou provar que este atestado médico é falso, o que é um crime previsto no Código Penal. O senhor não quer piorar as coisas para o seu cliente, quer?"

Salustiano consultou um pequeno calendário que tirou do bolso. "Terça-feira, 24. São apenas quatro dias. Não sei se ele ficará bom em tão pouco tempo."

"Se não ficar bom um médico da polícia irá examiná-lo na clínica."

* * *

Na Câmara dos Deputados, o deputado e jurista Bilac Pinto discursou afirmando que Vargas teria que sentar-se no banco dos réus ao lado dos seus pistoleiros. Citando o artigo 25 do Código Penal — quem de qualquer modo concorre para o crime incide nas penas a este cominadas —, Bilac Pinto disse que Vargas, ao organizar uma quadrilha de bandidos, assassinos, ladrões e falsários como sua guarda pessoal, assumira os riscos decorrentes de sua ação e escolha. Sua prisão preventiva teria que ser decretada e Vargas recolhido preso ao quartel e depois julgado pelo Supremo Tribunal Federal. Não havia necessidade de licença da Câmara pois não se tratava de crime político, mas de crime comum.

* * *

A cafetina Laura dissera a Mattos que Lomagno tinha um professor de boxe que era negro. Lutadores negros havia muitos, esse é que era o problema. Mattos procurava um cujo nome tivesse uma inicial F. Muitos lutadores eram conhecidos apenas pelos apelidos; a maioria vivia viajando para fazer lutas nas arenas do interior do país.

Mattos pedira ajuda ao pessoal da Seção de Vigilância para procurar, nos clubes da cidade, os negros que ensinavam boxe. Durante dias nenhuma informação valiosa chegou ao seu conhecimento. Mas pouco depois que o advogado Salustiano saiu da delegacia, um investigador da Vigilância veio lhe dizer que no Boqueirão do Passeio havia um instrutor negro de boxe chamado Chicão.

Mattos procurou o telefone do Boqueirão do Passeio na lista. O sujeito que atendeu disse que não havia nenhum professor chamado Chicão, que o professor de boxe era o Kid Terremoto. Terremoto podia ser encontrado no clube naquela sexta-feira, na aula das oito da noite.

O Boqueirão do Passeio ficava na rua Santa Luzia, perto da rua México. Era um clube de regatas; o boxe, assim como o basquete e a ginástica sueca, eram atividades secundárias do Boqueirão.

Quando Mattos chegou havia uma meia dúzia de atletas no ginásio. Um deles batia numa punching ball; dois esmurravam um saco de areia. Outros pulavam corda. No ringue, uma dupla, com capacete de proteção, lutava orientada por um velho barrigudo de nariz quebrado. Mattos concluiu, acertadamente, que aquele devia ser o Kid Terremoto.

Mattos esperou pacientemente que as atividades terminassem, o que demorou mais de duas horas. Então dirigiu-se ao Kid Terremoto.

"Gostaria de cinco minutos da sua atenção. Podíamos tomar uma cerveja, enquanto conversamos."

"Qual o assunto?"

"Eu sou da polícia."

"Tomar cerveja com a polícia não é bom para a saúde."

"Desculpe, Kid, mas você vai ter que conversar comigo de qualquer maneira. Eu quero apenas uma informação. Não é nada contra você."

Kid Terremoto pareceu meditar sobre o que Mattos dissera.

"Vou mudar de roupa. "

Voltou pouco depois, carregando um enorme saco. "Não deixo mais meu material aqui. Roubaram um par novo de luvas meu na semana passada. Tem ladrão em todo lugar agora. Mas o senhor sabe disso melhor do que eu."

Foram para um botequim na Lapa, que ficava aberto até tarde. No tampo redondo de mármore branco da mesa alguém havia escrito a lápis: "Marieta, ainda vou tomar formicida por tua causa".

"Formicida com guaraná é tiro-e-queda", disse Kid Terremoto que lera as palavras escritas no mármore. "Tive um primo que se matou assim, coisa de mulher também, dor-de-corno."

Mattos pediu uma garrafa de cerveja e um copo de leite.

"Só tem leite quente", disse o garçom.

"Serve."

"Você não bebe cerveja?", perguntou Kid Terremoto.

"Tenho uma úlcera no duodeno."

"Isso é no estômago, não é? Tenho um primo que tem essa doença."

Quando Kid Terremoto terminou de beber a segunda garrafa, Mattos perguntou a ele sobre Chicão.

"Não trabalha mais comigo. Era um crioulo forte pra caralho, mas não tinha boa técnica. Só força bruta. Serviu na FEB. Aprendeu a lutar com os americanos na guerra. Ele fez alguma cagada?"

"Não, não fez nada. Eu o estou procurando para ele me dar uma informação sobre um sujeito que foi aluno dele lá no Boqueirão. Um tal de Pedro Lomagno."

"Foi esse cara então que fez a cagada?"

"Ninguém fez cagada."

"Então por que esse interesse da polícia?"

"Bem, pra você eu posso contar. Esse Lomagno seduziu uma moça." Mattos sempre que precisava pretextar uma investigação falsa de crime, usava o de sedução. Fora assim no Palácio do Catete, ao visitar o alojamento da ex-guarda pessoal do presidente.

"Sedução. Nunca entendi muito bem esse crime", disse Kid Terremoto.

Crime de sedução — ao contrário do estupro — não causava reações fortes em ninguém que não estivesse diretamente envolvido, como o pai e a mãe da vítima. Ou o acusado.

"O crime de sedução ocorre quando um homem, aproveitando-se da inexperiência ou da justificável confiança de uma mulher de mais de catorze anos e menos de dezoito, mantém com ela conjunção carnal."

"Conjunção carnal é o cara enfiar o nabo na moça, é isso?"

"É preciso que ela confie nele ou seja inexperiente."

"Como?"

"O cara é noivo e diz que vai casar. A moça consente, acreditando na promessa. Ou então a moça não sabe o que está fazendo, por ser ingênua —"

"Doutor, o senhor acredita nisso? As mulheres sabem o que estão fazendo desde que nascem. Quem não sabe são os homens."

Mattos pediu outra cerveja.

"Você é um tira decente", disse Kid Terremoto, "vi logo pela sua cara. Então vou lhe dar o serviço, mesmo porque esse Pedro Lomagno é um sujeito rico metido a besta. Estou surpreso por você me dizer que esse Lomagno fez mal a uma moça, pois eu sempre achei que ele era viado. Eu desconfio que ele fazia meia com o Chicão. Ele montou uma academia para o Chicão, mas o crioulo deu com os burros n'água e parece que fechou a academia."

"Você sabe onde era essa academia?"

"Sei. O Chicão me deu o endereço pedindo que eu mandasse aluno para ele. Mas você acha que eu ia mandar aluno para ele quando mal tenho para o meu gasto?"

"Esse Chicão tem um anel largo de ouro?"

"Tem. Gostava de exibir o anel. Não tirava do dedo nunca. Só na hora de colocar as luvas e de tomar banho. Dizia que sabão era ruim para o anel. Ele dizia muita besteira."

Era tarde da noite, mas mesmo assim Mattos pegou um táxi e foi para a rua Barão de Itapagipe, o endereço que Kid Terremoto lhe havia dado. Saltou do táxi e viu-se em frente a um galpão grande de paredes de alvenaria pintadas de branco e telhas de alumínio. A porta, de metal pintado de verde, estava fechada. Não havia uma luz dentro do prédio.

Mattos chegando ao portão bateu com força. Ninguém respondeu. Já se afastava quando ouviu o barulho da porta se abrindo.

Um mulato desdentado, vestido de pijama listado, perguntou: "O que é? O que é?"

"Estou procurando o Chicão."

"Aqui não tem nenhum Chicão." O homem tentou fechar a porta, mas foi impedido por Mattos.

"Quero falar com o dono."

"O dono é o seu Francisco Albergaria."

"O apelido dele não é Chicão?"

"Pode ser."

"É com ele mesmo que eu quero falar."

"Ele não tem vindo. Eu sou o vigia."

"Como é o seu nome, por favor?"

"José."

"Você sabe ler, José?"

"Mais ou menos. Se o senhor escrever uma letrinha pequena no papel eu não sei. Só sei ler letras grandes."

"Você é capaz de dar um recado ao seu Francisco?"

"Se não for muito comprido."

"Diga que o comissário Mattos que investiga o crime do edifício Deauville quer falar com ele."

"É muito comprido."

"Acho que vou escrever um bilhete para você entregar a ele. Você tem um papel que possa me arranjar?"

"Vou ver."

José voltou com uma folha de papelão pardo.

Mattos escreveu em largas letras de forma: "Francisco Albergaria. Gostaria de me encontrar com o senhor. Quero apenas uma informação sua. Coisa sem importância. Favor telefonar para mim".

21

Entre os papéis que o coronel Adyl de Oliveira apreendera ao arrombar as gavetas e os arquivos de Gregório Fortunato quando invadira o Palácio do Catete, estavam os documentos relativos às negociatas feitas na Cexim, patrocinadas por Gregório, juntamente com Arquimedes Manhães, e Luiz Magalhães, amante de Salete Rodrigues, a namorada do comissário Mattos. De acordo com os documentos, Manhães e seus sócios teriam ganho, como intermediários desses negócios, mais de cinqüenta e dois milhões de cruzeiros.

Luiz Magalhães não foi encontrado pelos encarregados do inquérito. Manhães, porém, foi preso e levado para a base do Galeão, onde prestou depoimento.

Manhães declarou que fora hóspede do Catete no início do governo Vargas, mas que se afastara do palácio depois de um negócio de compra e venda de algodão, que havia feito com financiamento do Banco do Brasil, em sociedade com Roberto Alves, ex-secretário do presidente. Perguntado quanto ganhara nessa transação, disse que não podia precisar, pois já se passara algum tempo desde que o negócio se realizara.

Para sorte dos investigadores, o homem com quem Manhães trabalhava em Marília, São Paulo, foi ao Galeão, acompanhado de um advogado, com o fim de tentar liberar o preso. O patrão de Manhães, o japonês Iassuro Matsubara, foi imediatamente preso pelos militares.

Arquimedes Manhães declarou que Matsubara financiava a campanha de candidatos à Câmara e ao Senado. Para a campanha de Roberto Alves a deputado federal pelo Estado de São Paulo, Matsubara contribuíra com quinhentos mil cruzeiros. Esse dinheiro teria sido desviado por Gregório para ser entregue a Climério em sua fuga. Em troca das contribuições que fazia, Matsubara recebia financiamentos e regalias especiais do Banco do Brasil e de outras repartições da administração pública, além de favorecimentos de governadores estaduais para a compra de terras em São Paulo e Mato Grosso.

***

Durante o dia inteiro Lomagno ouviu, em todos os lugares a que compareceu, os boatos que corriam pela cidade. Falava-se num golpe militar depondo o presidente; nos escândalos escabrosos descobertos no arquivo secreto de Gregório — o porão dos Vargas se assemelharia ao porão dos Borgia; todas as guarnições militares estariam de prontidão; os tanques da Vila Militar estariam preparados para entrar em ação; Café Filho teria sido chamado ao palácio para ser empossado. Para Lomagno os comentários que ouvia dos boateiros não lhe pareciam muito diferentes, no humor e no alvoroço, das bisbilhotices geradas, meses antes, pelos detalhes lúbricos do assassinato, por ciúmes, do bancário Arsênio pelo tenente aviador Bandeira. Para ele, o prestígio do presidente Vargas e do seu governo vinha há muitos meses sofrendo um processo contínuo de desgaste e chegara, naquele mês de agosto, ao seu mais baixo nível de aprovação popular. E uma deposição de Getúlio Vargas pelas Forças Armadas não era propriamente uma novidade.

Lomagno tinha motivos para preocupação. No arquivo secreto apreendido no Catete, na relação das firmas importadoras do país que subornavam Gregório com vinte por cento do valor das licenças de importação obtidas na Cexim sem cobertura cambial constava o nome da Lomagno & Cia., junto com o de outras firmas, como a Brasfesa, a Cemtex, a Corpax. A notícia estava em todos os jornais. Apenas o *Diário Carioca* mencionava a circunstância de que o presidente da Cemtex, Paulo Gomes Aguiar, fora assassinado no início do mês e dizendo que a polícia parecia ter desistido de descobrir o criminoso. Lomagno tinha motivos para se preocupar com revelações escandalosas que envolviam sua firma, mas não estava. Tinha motivos para se preocupar caso um golpe militar depusesse o presidente. Mas não estava. Seu pai, no leito do hospital, poucos dias antes de morrer, provavelmente recordando os fracassos que sofrera ao pensar que poderia mudar o país militando na Ação Integralista Brasileira, lhe dissera: "Meu filho, não pense que você pode mudar o Brasil. Os franceses, que são um povo inteligente, inventaram esta máxima perfeita, que quanto mais velha, mais verdadeira: plus ça change, plus c'est la même chose".

Mas sua falta de preocupação com os acontecimentos resultava principalmente do fato de que uma inquietação maior ocupava sua mente. Ela envolvia um plano, para cuja realização precisava da ajuda de Chicão.

"A Zuleika me deu o seu recado. Eu também precisava conversar com o senhor. O comissário esteve com o Kid Terremoto, lá no Boqueirão, procurando por mim. Não sei como conseguiu me achar. Talvez impressões digitais, mas eu usei uma luva... O anel que esqueci lá —"

"Você deixou o seu anel no apartamento do Paulo?"

"Esqueci em algum lugar, quando fui tomar banho. O puto me mordeu no peito, me encheu de imundícies, até minhas mãos ficaram sujas, eu tinha que tomar um banho. Mas era um anel como qualquer outro, sem nenhuma identificação... Tem um F gravado dentro. Comprei com sacrifício, logo que voltei da FEB, é de ouro. O F vale para Francisco e vale para FEB. Fiquei muito chateado quando perdi o anel."

"Esse tira já sabia que fora um homem de cor negra que matara Paulo. Ele esteve aqui comigo e falou nisso."

"Por que o senhor não me disse?"

"Eu ia falar com você. Mas ele estava numa pista maluca achando que o negro era o Gregório, o guarda-costas do Getúlio."

"Mas agora ele sabe que sou eu, Francisco Albergaria."

Lomagno ouvia com satisfação o que Chicão lhe dizia, apesar dos graves riscos pessoais que as investigações de Mattos poderiam lhe causar. Chicão estava se sentindo acuado. Seria mais fácil convencê-lo a se defender.

"O que o senhor queria de mim?"

"Quero que você mate esse filho da puta."

"Eu não, doutor. Vou me mandar para a Bahia. Sempre quis conhecer a boa terra."

"Eu conheço esse tira. Ele vai atrás de você até no inferno. Ele é um obsessivo, um louco."

"A Bahia é grande e está cheia de crioulo como eu. Vai ser difícil ele me achar."

"Eu estou lhe dizendo: ele acaba encontrando você. Você vai viver apavorado, acossado, com medo de revelar que é do Rio, com medo de lutar boxe, com medo de dizer que foi pracinha, essas coisas que ele já sabe de você. Um dia você abre a guarda e ele te pega. Você vai querer viver num buraco, escondido como um rato?"

"Esse comissário é viado igual o doutor Paulo?"

"Não." Pausa. "Vai ser um trabalho mais difícil". Pausa. "Alice —"

Lomagno ia dizer que Alice o abandonara para viver com o tira, mas calou-se. Não queria se humilhar perante Chicão.

"Se você matar esse cachorro, o que será ainda mais útil para você do que para mim, eu lhe dou o que você quiser. Dinheiro para comprar uma casa na Bahia, na beira da praia. Um estipêndio, todo mês, para suas despesas, o resto de sua vida."

"O senhor já me deu muito. Faço isso de graça para o senhor."

"Matando esse cão você me dará uma alegria tão grande que eu faço questão de lhe dar esses presentes."

"Posso fazer uma pergunta?"

"Pode."

"Dona Luciana está sabendo disso?"

"Não. Eu não tenho mais nada com dona Luciana. Nós brigamos."

***

Salete telefonou para Mattos. Alice, irritada, parou de escrever no seu diário para atender ao telefone.

"O Alberto não está."

"Sabe onde ele foi?"

"Está trabalhando."

"Ele não deixou o plantão hoje ao meio-dia? Liguei para o distrito e ele não estava."

"O que você quer, Salete? Eu estou muito ocupada."

"Eu queria saber se o Alberto queria ir a São Paulo comigo. Já comprei as passagens de avião. Vai haver em São Paulo, no Parque do Ibirapuera, está aqui no jornal, uma grandiosa festa do fogo e da luz, inaugurando a exposição do quarto centenário da cidade."

"Essa festa deve ser adiada. Estão adiando tudo."

"Está aqui no jornal que o governador Garcez de São Paulo disse que só um terremoto impedirá essa festa."

"Alberto me telefonou dizendo que ia chegar tarde. É melhor você ir sozinha."

"Ah... Que pena... Você não quer ir comigo?"

"Eu?!"

"Você."

"Não, muito obrigada. Estou muito ocupada. Desculpe, eu vou desligar, estou muito ocupada."

22

Alzira Vargas do Amaral Peixoto descobriu seu pai, como ela mesmo dizia, no dia em que o perdeu pela primeira vez. Era o ano de 1923 e o pai partia para lutar numa revolução que parecia não ter fim, a primeira entre muitas outras em sua vida. Ele parecia muito alto, e poderoso, em sua farda mescla azul de coronel do Corpo Auxiliar Provisório da Brigada Militar, com botas e talabarte pretos, um revólver negro num coldre preso no cinturão, a cabeça de bastos cabelos castanho-escuros ondulados coberta por um chapéu de abas largas. Alzira não esqueceria nunca a leve carícia do bigode preto do pai roçando o rosto dela num beijo de despedida. Desde aquela época passara a vê-lo, sempre, como um protagonista de grandes feitos. Os momentos de singela alegria, como quando ele lhe ensinara a jogar bilhar nos salões do palácio do governo em Porto Alegre, eram menos significativos, ainda que agradáveis de recordar. As lembranças que dominavam sua mente, e ocupavam seus sonhos, eram as dos momentos de tensão e heroísmo que haviam vivido juntos. Como em maio de 1938, quando os integralistas invadiram o palácio para prender o presidente, com a conivência do comandante da guarda, o tenente fuzileiro Júlio Nascimento. Os invasores eram jovens imberbes e inexperientes; atacantes e defensores se igualavam em sua grotesca e fatal inépcia, isso ela podia ver hoje, friamente; mas Alzira recordava, sem que essa lembrança tivesse sido deformada pelo tempo, a figura épica do pai mantendo a calma no meio da comoção geral. Antes, em 1930, naquela plataforma de estrada de ferro, ela ouvira emocionada seu pai, agora não mais um coronel, como em 23, mas um soldado raso vestido de cáqui que chefiava a revolução que colocaria em suas mãos, por muitos anos, os destinos de um povo e de um país, proferir seu inesquecível comando: "Rio Grande! De pé pelo Brasil!" Em 1932, no dia 9 de julho, ela estava em um jantar dançante no Country Club do Rio de Janeiro, a primeira festa realmente elegante a que fora em sua vida, quando vieram buscá-la para voltar para o palácio pois havia eclodido uma insurreição em São Paulo. Seu coração batia excitado enquanto o pai lhe dizia que as alegações constitucionalistas dos paulistas eram um simples pretexto para a sublevação, pois ele há mais de um mês nomeara uma comissão para elaborar o projeto da nova Constituição brasileira. Essas reminiscências vinham, às vezes, misturadas com o doce aroma dos charutos que o pai fumava. Ah, como ela sofrera naquele 27 de novembro de 1935, ausente do Brasil e não podendo estar ao lado do pai comandando a resistência aos rebeldes no Campo dos Afonsos ou no 3.º Regimento de Infantaria, quando os comunistas com sua revolta engendraram uma insensata comédia de erros sangrenta, idêntica à que os integralistas repetiriam três anos mais tarde. Ela jurara que nunca mais abandonaria seu pai. Na traição de 45, estava ao seu lado; derrotado, ele mantivera a coragem; exilado em seu próprio país, portara-se com dignidade exemplar.

Alzira pensara que a História redimira seu pai em 1950. Agora, naquele aflitivo agosto de 1954, em que pela primeira vez via o pai como um velho desencantado, um homem sem esperança, sem desejo, sem vontade de lutar; um homem pequeno, frágil, doente, vítima das aleivosias torpes dos inimigos, dos julgamentos ambíguos dos amigos; agora, ela tomava consciência da História como uma estúpida sucessão de acontecimentos aleatórios, um enredo inepto e incompreensível de falsidades, inferências fictícias, ilusões, povoado de fantasmas. Ela agora se perguntava, então deixara de existir aquele outro homem cuja memória guardara tantos anos em seu coração? Era ele um outro fantasma, nunca existira? Esse pensamento lhe foi tão doloroso e insuportável que por momentos ela pensou que não resistiria e morreria de dor, ali, na janela do Palácio do Ingá, em Niterói.

* * *

Apesar de ter saído de folga na véspera, Mattos estava na delegacia naquele domingo quando Cosme, o filho do português Adelino, pediu para lhe falar.

"O senhor sabe que o meu pai morreu?"

"Eu soube. Sinto muito."

"Desde garotinho eu tenho medo da polícia. Eu perguntava para o meu pai, ainda menino, por que tinha que existir uma coisa tão ruim assim, que prendia e maltratava as pessoas."

"Essa pergunta é difícil de responder", disse Mattos.

"Não que o senhor me tenha maltratado, quando estive preso aqui."

Silêncio.

"E o parto da sua mulher? Correu tudo bem?"

"Sim, sim. Mais ou menos. O menino tem um problema de asma, mas a doutora disse que com o tempo isso passa."

Silêncio.

"Você precisa de alguma coisa? O assunto do seu pai está encerrado."

"Eu vim aqui para lhe dizer uma coisa. Não sei se isso pode ser ruim para mim, talvez seja, mas não me importo."

"Diz o que você quer dizer."

"O senhor convenceu meu pai a confessar que havia matado aquele sujeito da oficina. Convenceu o promotor a oferecer denúncia contra ele. Convenceu todo mundo. O senhor é um homem inteligente."

"Fiz o que tinha de ser feito. Procurar a verdade. Sinto muito pela morte do seu pai."

"A verdade. Quer saber a verdade?"

Mattos colocou um Pepsamar na boca. Mastigou.

"Sim, quero saber a verdade."

"Quem matou aquele sujeito fui eu mesmo."

"Seu pai confessou."

"O senhor forçou ele a confessar. E eu, minha mãe, minha mulher, todos nós acabamos acreditando, iludidos pelo nosso egoísmo, que era melhor o pai dizer que era o culpado, porque sendo velho seria absolvido mais facilmente do que eu. Acreditamos porque era melhor para nós. Eu podia ficar perto do meu filho e da minha mulher; podia tomar conta, melhor do que ele, da oficina e do laranjal. Meu pai era um velho e nós os moços achamos que os velhos não precisam de nada, já viveram tudo o que tinham de viver. Então nós todos resolvemos deixar que o pai se sacrificasse por mim."

Silêncio.

"O senhor matou o meu pai. Eu matei o meu pai. Minha mulher, minha mãe mataram o meu pai. Ele era um português velho que não sabia fingir ser o que não era, um assassino, mesmo que fosse para proteger o seu filho."

"Agora é tarde. As coisas nunca são como são, assim é a vida."

"Eu quero que o senhor me prenda."

"O caso está encerrado."

"Me prenda."

Mattos agarrou Cosme pelos braços e arrastou-o como a um boneco por dentro do gabinete. O estômago do comissário ardia. Jogou o corpo do frágil rapaz de encontro à parede.

"Ouça, sua besta. Eu não posso e não quero prender você por esse crime. Não posso aliviar sua consciência, nem a da sua mulher, nem a da sua mãe. Não seja estúpido. Não há nada mais a fazer. Saia daqui e não volte, não quero ver sua cara nunca mais, viva com essa lembrança horrível pelo resto da sua vida, como eu também terei de viver com ela."

"Doutor..."

"Fora! Fora!"

Mattos, sempre agarrando Cosme pelos braços, levou-o até a porta do gabinete, empurrando-o com violência para o corredor, por onde o arrastou até a porta da rua.

***

Numa reunião que durou doze horas, todos os brigadeiros-do-ar presentes na capital decidiram por unanimidade que somente a renúncia do presidente Vargas seria capaz de restaurar a tranqüilidade ao país. A reunião foi interrompida duas vezes: para que o brigadeiro Eduardo Gomes comunicasse aos demais ministros militares a decisão da assembléia de lançar uma proclamação exigindo a renúncia de Vargas; para que Eduardo Gomes tentasse conseguir o apoio do marechal Mascarenhas de Morais, cuja lealdade a Vargas era notória. A reunião se realizou num clima de exaltação criado pelos oficiais de menor patente. A redação do comunicado fora extremamente difícil. De um lado, os jovens oficiais exigiam, em intervenções coléricas, que a nota acusasse frontalmente o presidente como culpado da morte do major Vaz e exigisse a sua renúncia. Se não renunciasse, que fosse deposto pelas armas. Do outro lado, os brigadeiros, mais prudentes e com um sentido mais agudo de disciplina e hierarquia, não queriam que a nota pudesse ser caracterizada como subversiva. Não fosse a presença do brigadeiro Eduardo Gomes e os oficiais jovens teriam se insubordinado e feito prevalecer o seu ponto de vista. O brigadeiro Eduardo Gomes ponderou que uma luta entre camaradas, naquele momento, só beneficiava o inimigo comum; pediu aos jovens oficiais que confiassem nos seus chefes, aqueles chefes ali presentes, entre os quais não se incluía o ministro da Aeronáutica, Epaminondas.

Para ir à residência do marechal Mascarenhas de Morais comunicar a decisão da assembléia de militares, em reunião permanente no Clube da Aeronáutica, aguardando o resultado das gestões do seu líder, Eduardo Gomes fez-se acompanhar do brigadeiro Ivã Carpenter e dos generais Juarez Távora, Fiuza de Castro e Canrobert. Eduardo Gomes tentava, ao levar com ele importantes generais do Exército, conseguir o apoio do chefe do EMFA. Mais uma vez o marechal convocou o general Humberto Castello Branco para assessorá-lo. Após ouvir os visitantes, o marechal afirmou que, embora julgasse a renúncia uma solução digna, não admitiria, de forma alguma, sua imposição ao presidente da República.

A atitude do marechal decepcionou os generais e brigadeiros. Todavia, como a reação do marechal não fora de repúdio violento às sondagens subversivas que lhe haviam feito, os aliciadores saíram da casa do marechal acreditando que no caso de um golpe militar o marechal não lutaria contra os seus colegas de farda.

Como um bom cumpridor dos regulamentos, Mascarenhas de Morais relatou ao ministro Zenóbio, quando conseguiu encontrá-lo, o que estava ocorrendo. "A situação é grave, muito grave", dissera Zenóbio. Às sete da noite o chefe do EMFA foi ao Palácio do Catete, onde repetiu para o presidente o encontro que tivera em sua residência. "Não renunciarei. Fui eleito pelo povo e não posso sair enxotado pelas Forças Armadas. Só sairei daqui morto", disse o presidente. O marechal percebeu preocupado, na voz do amigo, mais do que desafio: tristeza e desgosto.

Eduardo Gomes teve dificuldade para se encontrar com o ministro da Guerra.

Zenóbio fora almoçar e assistir corridas de cavalo no hipódromo do Jockey Club Brasileiro, na Gávea. O brigadeiro só conseguiu se avistar com o ministro, na residência deste, às cinco da tarde.

"O Exército não permitirá a subversão da ordem", disse Zenóbio, rispidamente.

"Ministro, não estou falando em subversão da ordem. Vim avisá-lo de que se o presidente não renunciar haverá uma guerra civil", respondeu Eduardo Gomes. "Consulte seus generais e saberá, se é que já não sabe, que nossos camaradas do Exército, assim como os da Marinha, comungam do mesmo sentimento de revolta dos seus companheiros da Aeronáutica."

Ainda naquele dia, Zenóbio conferenciou, em sua residência, que se transformara no seu quartel-general, com o brigadeiro Epaminondas, ministro da Aeronáutica, que já fora informado, por Eduardo Gomes, dos rumos da reunião no Clube da Aeronáutica. Estavam presentes ao encontro dos dois ministros, o general Odilio Denys, comandante da Zona Militar Leste e o chefe de polícia, coronel Paulo Torres.

Por volta das dez da noite, Zenóbio seguiu para a Vila Militar, onde se concentravam as principais unidades do Exército na capital. Pouco depois da meia-noite, voltou da Vila Militar, indo direto para o Ministério da Guerra, onde o esperavam quase todos os generais da ativa no Distrito Federal. Um comunicado foi emitido dizendo que as Forças Armadas estavam unidas na defesa da lei e da Constituição e que todas as medidas já haviam sido tomadas para impedir que a ordem fosse subvertida, partisse de onde partisse o sinal para a violação do regime.

* * *

Até de madrugada, a residência do senhor Café Filho, vice-presidente da República, manteve-se repleta de amigos e correligionários. Café Filho mostrava-se bem-humorado, dando vazão a uma característica de sua personalidade que os amigos chamavam de "espírito blagueur". Não quis fazer declarações à imprensa.

* * *

Os navios de guerra, ancorados na baía de Guanabara, mantiveram seus fogos acesos durante toda a noite.

23

Mattos leu nos jornais de segunda-feira o comunicado dos brigadeiros sobre a reunião de domingo no Clube da Aeronáutica. Para o comissário, a nota, lacunosa e obscura, contribuiria com suas ameaças veladas para aumentar os boatos que corriam pela cidade. "Os oficiais-generais da Força Aérea Brasileira, identificados com o sentimento de sua corporação ante a evolução dos fatos criminosos revelados no Inquérito Policial-Militar, exprimem mais uma vez o seu agradecimento à solidariedade recebida do Exército e da Marinha, e a certeza de que as Forças Armadas, dentro da ordem, da disciplina e fiéis à Constituição, não faltarão à confiança nelas depositada para que a presente crise tenha solução definitiva e digna. Convieram também em que o senhor tenente-brigadeiro Eduardo Gomes, oficial mais graduado presente à reunião, comunicasse aos senhores ministros das pastas militares e ao senhor marechal-chefe do Estado-Maior das Forças Armadas uma determinada decisão unânime que foi ali tomada, como capaz de restaurar a tranqüilidade do país."

A nota, para Mattos, deixara um campo aberto à especulação. Mas a palavra secreta que Eduardo Gomes levara aos ministros militares não era difícil de ser conjeturada; a Aeronáutica exigia o afastamento do presidente Vargas.

"No Palácio da Guerra, o general Zenóbio, herói da FEB e ministro da Guerra, declarou estar plenamente satisfeito com a conduta das tropas da Vila Militar, que permaneciam de prontidão para garantia do regime e da Constituição", dizia a rádio Globo. Uma notícia idêntica, também chamando Zenóbio de herói da FEB, fora publicada naquele dia pela *Última Hora*. O governo decidira impedir a "divulgação de notícias alarmistas". As emissoras de rádio noticiavam os acontecimentos controladas pela polícia. Mas a censura agora é inútil, pensou o comissário. A opinião pública, àquela altura, não valia mais nada.

Enquanto Mattos se entregava a estas cogitações, Alice escrevia no seu diário, sentada à mesa da sala. Ultimamente ela permanecia calada, olhando para a parede, ou então escrevendo horas seguidas no grosso caderno de capa dura.

Por um instante ela levantou os olhos do diário e notou a fisionomia absorta de Mattos.

"Em que você está pensando?"

"No Getúlio Vargas." Pausa. "E você?"

"Tenho coisas mais importantes para pensar. Tenho a minha vida."

"Getúlio Vargas faz parte da minha vida", disse Mattos.

"Getúlio prendeu você quando era estudante."

"Não foi ele. Foi um beleguim qualquer. Estou sentindo pena do Getúlio. Sei que isto parece absurdo; eu mesmo estou surpreso."

"Você me disse que quando foi preso eles puseram você numa coisa chamada corredor polonês, onde você recebia socos e pontapés enquanto era obrigado a caminhar. Você tinha só dezessete anos."

"Tudo demorou no máximo dois minutos."

Mattos levantou-se e apanhou no quarto uma pasta com papéis e fotografias.

"Está vendo esta foto aqui? Eu estou desfilando como estudante do ginásio numa parada de 7 de setembro, em 1937, em plena ditadura. Eu gostava de desfilar no dia 7 de setembro. Gostava de marchar ao compasso dos tambores. Vê esta outra foto? Estou cantando hinos patrióticos com milhares de outras crianças no estádio do Vasco, um coro regido pelo Vila-Lobos. Nesta aqui estou falando num comício queremista em 1945, quando já estava na faculdade de direito".

"Queremismo... Eu me lembro vagamente... O que era mesmo?"

"Pressionado pelos militares, em 45, o Getúlio teve que marcar eleições para a Presidência da República e lançou a candidatura do seu ministro da Guerra, o Gaspar Dutra. Mas ao mesmo tempo organizou um movimento para manter-se no poder, cuja palavra de ordem era 'Queremos Getúlio', que defendia a reunião de uma Assembléia Constituinte com Getúlio no poder."

"E você era queremista?" Pausa. "Ou masoquista?"

"Eu estava muito confuso naquela época."

"Hoje também."

"Hoje também." Pausa. "O Getúlio acabou sendo deposto, em 45. Sabe o que ele gostava de fazer quando voltou, como um réprobo, para sua fazenda no Sul? Plantar árvores." Pausa. "Ele gostava de plantar árvores."

"Eu gosto de flores. Por que você está tão infeliz? Isso está me irritando. Você está infeliz, não está?"

"O que você quer que eu responda?"

"Que está feliz."

"Estou feliz."

"Promete que não vai mais ver aquela moça, a Salete."

"Isso eu não posso prometer. Só posso prometer que estou feliz."

"Ela não é uma mulher do seu mundo."

Mattos teve vontade de dizer a Alice que ela também não era do seu mundo; que ele mesmo não sabia qual era o seu mundo; que se sentia um estranho no mundo nebuloso dele e no mundo dos outros também.

"Tenho que sair", ele disse.

"É bom eu ficar sozinha. Tenho muitas coisas para escrever no meu diário."

Mattos antes de passar no distrito foi ao senadinho, no edifício São Borja, procurar Laura, mas Almeidinha disse que ela não estava.

"Diga que eu passo aqui logo mais para falar com ela."

Chegando ao distrito ligou para o seu médico.

"Sua radiografia não está boa. Talvez você tenha que operar. Lembra daquela técnica nova que eu lhe falei? Antrectomia e vagotomia?"

313

"Lembro." Mattos colocou um Pepsamar na boca. "Vocês retiram o antro do meu estômago e cortam os nervos que se encarregam da secreção estomacal. Acabam com minha úlcera e com minha hipercloridria. Doutor, sou um pouco médico e um pouco louco, como todo mundo. Continuarei o mesmo homem, ou serei outra pessoa depois disso?"

"É bom não brincar com sua saúde. É um assunto que temos de resolver logo. Você está correndo o risco de uma hemorragia grave. Você pode vir hoje aqui?"

"A que horas?"

"Assim que você puder. Não deixe de vir."

Rosalvo entrou na sua sala.

"Alguma instrução, doutor?"

Mattos estava esperando a chegada do detetive Celso, chefe da Seção de Vigilância e Capturas, com quem estabeleceria um plano para a prisão de Francisco Albergaria. Ele ainda não falara com ninguém sobre as informações que obtivera de Kid Terremoto nas investigações que fizera no Boqueirão do Passeio; e nem revelara, ainda, para seus colegas o nome do suspeito.

"Quando o Celso da Vigilância chegar você me avisa."

Mas o aviso que Rosalvo lhe deu, pouco tempo depois, foi o de que o porteiro do prédio em que Mattos morava acabara de telefonar, dizendo que houvera um princípio de incêndio no seu apartamento e que dona Alice não estava bem.

"Quem é dona Alice?", perguntou Rosalvo.

Mattos não respondeu. Saiu apressado à procura de um táxi.

O porteiro do prédio subiu no elevador com Mattos.

"Houve alguma coisa com dona Alice?"

"Não... Quer dizer, ela ficou um pouco transtornada... Mas não foi preciso chamar os bombeiros. Eu mesmo apaguei com o extintor. Coisa chata, não é, doutor?"

"Como foi que aconteceu?"

Chegaram ao andar onde o comissário morava. No corredor sentia-se o cheiro de queimado. A porta do apartamento estava fechada.

O porteiro segurou o braço do comissário.

"Olha, doutor, foi a moça quem botou fogo no apartamento. Acho que ela teve um troço... Eu quis deixar a minha mulher com a dona Alice enquanto o senhor não chegava mas ela botou a minha mulher para fora."

"Obrigado. Pode deixar que eu tomo conta de tudo."

A mesa e as cadeiras estavam parcialmente queimadas. Também os livros da estante, os discos e a vitrola estavam crestados pelo fogo. Tudo isso Mattos viu muito rapidamente ao passar em direção ao quarto.

Alice estava sentada na cama. Sua cabeça estava coberta de resíduos negros de papel carbonizado, que se espalhavam pelo rosto.

Mattos sentou-se ao seu lado. Pegou delicadamente as mãos de Alice sujas de cinzas.

"Queimei o meu diário", disse Alice. Ela parecia sentir sono.

"Não tem importância. Você escreve outro."

"Não quero escrever outro. Quero esquecer."

Mattos pegou o vidro de remédio, aberto em cima da cama. Estava quase cheio.

Mattos colocou o vidro no bolso. "Quantas pílulas você tomou?"

"Duas... Três... Duas..."

"Posso ligar para o doutor Arnoldo?"

"Eu quero ficar com você."

"Você vai ficar comigo. Só quero ligar para o doutor Arnoldo. Fica aqui um pouco enquanto eu ligo para ele."

O doutor Arnoldo pediu que Mattos levasse Alice para a Casa de Saúde Doutor Eiras, na rua Assunção, 2, em Botafogo. Que procurasse o doutor Feitosa. Ele, Arnoldo, iria em seguida.

"Se ela criar alguma resistência para ir, é melhor não forçá-la. Volte a me ligar."

Mattos pegou uma toalha úmida e limpou os cabelos e as mãos de Alice. Sonolentamente, ela deixou que Mattos trocasse o seu vestido por outro limpo. O comissário colocou no bolso a escova de dentes de Alice, antes de saírem.

* * *

Por sugestão do general Humberto Castello Branco, o marechal Mascarenhas de Morais, chefe do EMFA, realizou uma reunião do Conselho de Chefes do Estado-Maior. Apreensivo, Mascarenhas ouviu dos chefes das três Forças — Exército, Marinha e Aeronáutica — que somente a renúncia do presidente Vargas poderia solucionar a crise.

* * *

"O melhor agora é deixá-la dormir", disse o doutor Arnoldo. "Alice não está nada bem. Entrou em profunda depressão. Vou ligar para o marido dela."

"Ela se separou do marido", disse Mattos.

"Legalmente?"

"Ainda não."

"Eu tomo sempre a precaução de comunicar à família, no caso de certos tratamentos —".

"Que tratamento?"

"Eletrochoque. Não é a primeira vez em que isso foi cogitado, no caso de Alice."

"Mas o eletrochoque não pode causar resultados deletérios, como perda de memória?"

"O senhor acabou de me declarar que ela lhe teria dito que queria esquecer e que por isso queimou o diário que estava escrevendo. Não acha isso significativo?" Pausa. "De qualquer forma, a amnésia que poderia ser provocada pelo tratamento é sempre transitória."

"Não faça isso, doutor, eu lhe peço, por favor. Quando ela acordar talvez já esteja melhor."

"Esse quadro de depressão e melancolia só tende a piorar."

"Ela não estava depressiva hoje de manhã quando saí de casa. Por favor, me prometa que espera alguns dias."

"Está bem. Vou esperar um pouco. Aliás, esse é o procedimento que adoto, como regra. De qualquer forma vou ter que avisar o marido. Eles ainda não estão separados legalmente. Ela não tem parentes, entendeu?"

"Eu não posso ser responsável por ela?"

"O senhor não é nada dela — é um bom amigo, eu sei — mas ela tem um marido."

"Eu volto aqui mais tarde."

"Passe amanhã. Ela vai dormir a tarde e a noite inteira. Ela será bem tratada, não se preocupe."

"Nada de eletrochoques, por favor."

"Isso é um preconceito leigo, doutor. Todos os avanços da medicina encontram, historicamente, objeções hostis baseadas na ignorância e na superstição. Há pessoas que por motivos religiosos se recusam a receber transfusões de sangue. Outras, por ignorância, se recusam a tomar remédios alopáticos. Et cetera."

"Doutor, eu entro de plantão amanhã ao meio-dia. Mas antes vou dar uma passada aqui."

* * *

Eram onze da noite quando o general Zenóbio pediu ao marechal Mascarenhas para ir ao Ministério da Guerra.

"A situação se agravou", disse Zenóbio, "mais de quarenta generais do Exército subscreveram o manifesto dos brigadeiros. Pedi ao Mendes de Moraes para ir ao Catete falar com a Alzirinha. Estou aguardando a volta do general."

Os dois sentaram-se, abatidos, nas poltronas de couro marrom do gabinete do ministro. Os dois haviam servido juntos na FEB. Mascarenhas, então general-de-divisão, comandara os 25 162 homens da Força Expedicionária enviada à Itália em 1944. Zenóbio, na ocasião general-de-brigada, comandara um dos cinco escalões em que se dividia a Força.

"Na Itália as decisões foram mais fáceis de serem tomadas", disse Zenóbio, levantando-se impaciente. "Acho melhor irmos ao Catete, falar com o presidente. Vou pedir ao Denys para nos acompanhar."

Passava da meia-noite quando chegaram ao Catete. Os filhos e demais parentes do presidente estavam no palácio. Vargas re-

317

cebeu Mascarenhas e Zenóbio na presença do ministro Oswaldo Aranha. Ouviu, em silêncio, Zenóbio lhe dizer que ele, presidente, perdera o apoio militar.

"Amanhã convocarei uma reunião do Ministério", disse Vargas.

Mascarenhas propôs que a convocação fosse imediata, o que foi aceito pelo presidente.

Pouco depois das duas da madrugada já estavam presentes na sala de reuniões do palácio todos os ministros de Estado. Faltava apenas o ministro das Relações Exteriores.

Vargas sentou-se na cadeira escura de assento de palhinha que ficava na cabeceira da mesa da sala de reuniões do Ministério. Os ministros já estavam em seus lugares, em silêncio. Todas as luzes estavam acesas; mas nas reuniões noturnas aquela sala sempre ficava escura, lúgubre. Vargas contemplou, por momentos, na parede em frente, o quadro de Antonio Parreiras, um óleo de tonalidade cinzenta que o pintor denominara "Um dia triste".

O presidente, com voz cansada, depois de relatar as informações que seus chefes militares lhe haviam transmitido, pediu a opinião dos ministros presentes. Os ministros militares confirmaram que a Marinha e a Aeronáutica, de maneira coesa, queriam a renúncia do presidente; o Exército estava dividido. Os ministros militares aconselharam a renúncia.

Enquanto os ministros militares falavam, entraram na sala Alzira Vargas, o deputado Danton Coelho, o genro do presidente, Amaral Peixoto, e outras pessoas.

O presidente pediu então aos ministros civis que opinassem. O ministro interino do Trabalho, Hugo de Faria, disse que a Constuição precisava ser respeitada e mantida e que o presidente não devia renunciar. Oswaldo Aranha e José Américo seguiram as opiniões dos ministros militares, favoráveis à renúncia. Os outros se mostraram vacilantes; nenhum deles deu um parecer objetivo.

Neste instante, Alzira saiu do fundo da sala e postou-se em pé, ao lado da cadeira do presidente.

"E o senhor, general Caiado? Quero sua opinião", disse Vargas.

"Presidente. Não aceite nenhuma imposição. Sou favorável à resistência armada. O Exército, mesmo dividido, como alega o senhor ministro, impedirá qualquer sublevação."

"Se o senhor me disser o nome do regimento que vai resistir, eu, com a devida permissão do senhor presidente, lhe darei o seu comando", disse Zenóbio.

"Assim será", disse Caiado.

"General Zenóbio", gritou o deputado Danton Coelho do fundo da sala, "a culpa é sua se o Exército está dividido."

"Repilo sua afirmativa grosseira e falsa. Não admito que me dirija a palavra", retrucou Zenóbio.

"General", disse Alzira, "eu fiquei surpresa e desapontada quando ouvi o senhor sugerir que o presidente renunciasse. Eu lhe pergunto: por que não podemos resistir? Creio que o que falta, apenas, é vontade de lutar."

"A resistência provocará derramamento de sangue. Seremos derrotados", disse Zenóbio.

"Que sejamos então derrotados, mas lutando", disse Alzira.

As alternativas que existiam sobre a mesa eram: resistência armada ou renúncia. O genro Amaral Peixoto acrescentou uma outra: licenciamento. O presidente se afastaria até que fosse terminado o IPM sobre o crime da rua Tonelero.

Vários dos presentes, tanto os ministros quanto aqueles que haviam entrado indevidamente na reunião, começaram a falar ao mesmo tempo. Lourival Fontes, o chefe do Gabinete Civil, que estava sentado ao lado de Mascarenhas, virou-se para o chefe do EMFA e disse: "Isto está virando uma palhaçada".

No meio do tumulto, Vargas olhou o relógio-armário J. B. Deletrezz colocado entre as cortinas cinza e bordô das grandes portas que abriam para a varanda do jardim, totalmente escuro. Os ponteiros do mostrador de porcelana branca marcavam quatro e vinte da madrugada. Vargas se sentia extenuado. Desde o princípio ele não esperava um apoio sólido para lutar; conhecia a natureza humana, participara, em sua carreira política, de conchavos, revoltas, comborças, golpes, revoluções. Assim, os rostos cautelosos da maioria dos ministros, e as palavras evasivas deles, envoltas em metáforas abdicatórias — José Américo sugerira-lhe um "grande gesto", quase um eco do "gesto elegante dos vencidos" proposto pelo udenista José Bonifácio — não lhe haviam causado surpresa, apenas aumentaram seu cansaço. Num último esforço tomou a palavra, com autoridade, silenciando as vozes, fazendo cessar a balbúrdia. "Se os ministros militares me garantem que as instituições serão mantidas, eu me licenciarei."

Após dizer isso, acompanhado da filha, Vargas retirou-se do salão, sob aplausos. Já no terceiro andar, antes de entrar no quarto onde dormia solitário — sua esposa, dona Darcy, dormia em outro quarto do palácio — sua filha o abraçou e beijou.

Tancredo Neves, o ministro da Justiça, ficou encarregado de redigir a nota expressando a decisão presidencial de entrar em licença passando o governo ao seu substituto legal. Procurando preservar a dignidade do presidente, seria dito que aquela era uma decisão espontânea que recebera a integral solidariedade dos seus ministros. Tancredo diria ainda que o presidente exigira que a ordem e o respeito à Constituição fossem mantidos e honrados os compromissos solenemente assumidos perante a nação pelos generais das Forças Armadas. A nota terminaria dizendo que em caso contrário o presidente persistiria no seu propósito inabalável de defender suas prerrogativas constitucionais com o sacrifício de sua própria vida. Tancredo, Oswaldo Aranha, Mascarenhas e os demais amigos do presidente acreditavam que aquela solução de transigência, nos termos da declaração a ser divulgada imediatamente, evitaria a renúncia, a guerra civil, a humilhação do presidente.

***

O vice Café Filho recebeu os primeiros cumprimentos como novo presidente da República ainda de pijama, às quatro e trinta da manhã, em sua residência. As estações de rádio, rompendo a censura estabelecida pela polícia, acabavam de noticiar que o presidente Vargas havia renunciado. O presidente do Clube da Lanterna, o jornalista Amaral Neto, foi o primeiro a cumprimentar o vice Café Filho. Cercado de líderes da oposição, Café Filho declarou que pretendia pacificar os ânimos e fazer um governo de união nacional. "Minha guarda pessoal será a minha mulher", afirmou.

Quando, às cinco e vinte, o chefe de polícia declarou pelo rádio que não se tratava propriamente de uma renúncia, que o presidente Vargas apenas se licenciara do cargo, o entusiasmo dos presentes à casa de Café Filho foi substituído por tensa expectativa.

Às sete da manhã, Café Filho isolou-se dos demais presentes em sua residência para conferenciar com os deputados Afonso Arinos e Bilac Pinto, que acabavam de chegar.

24

Sozinho no seu quarto, Vargas, lentamente, tirou a roupa e apanhou o pijama de listas sob o travesseiro.

Estava viva na memória de Vargas o rosto envergonhado da filha, quando saíram abraçados da reunião do Ministério. Alzira fora com ele até o seu quarto para dizer-lhe que os pusilânimes haviam ido embora; os que lhe eram leais estavam prontos para a luta.

Ele se recusara a lutar. Pedira à filha que o deixasse dormir. Alzira o perdoaria um dia pela covardia daquele momento?

Acabou de vestir o pijama. Evitou, deliberadamente, olhar sua imagem refletida nos dois espelhos grandes dos armários antigos que havia no quarto. O quadro de Cristo num canto da parede, um Sagrado Coração, do pintor Décio Villares, trouxe-lhe a fugaz lembrança de uma conversa que tivera sobre aquela pintura com o cardeal Pacelli, quando este se hospedara durante dois dias no palácio, em 1934, alguns anos antes de tornar-se o papa Pio XII.

Apagou a luz, deitou-se.

A manhã demorou a chegar. Benjamim veio ao seu quarto lhe dizer que fora intimado a depor no Galeão; e que Zenóbio se reunira com os outros generais no Ministério da Guerra para afirmar que na verdade o presidente não fora licenciado e sim deposto. Isso ele também já esperava.

Lembrou-se novamente do sofrimento que vira no rosto de sua filha, pensou em sua própria recusa à luta. Pensou na morte. Começou a chorar. Benjamim, que nunca o vira chorar, nem mesmo quando eram crianças, colocou, emocionado, a mão no ombro do irmão, pedindo-lhe que não desse aquela satisfação aos seus inimigos. "Tu já saíste de situações piores."

Benjamim retirou-se e Getúlio voltou a deitar-se. Pensou no discurso de Capanema na Câmara, defendendo-o dos ataques injustos que lhe faziam. Lembrava-se do que dissera o seu líder parlamentar: ele, Getúlio Vargas, presidente da República, não podia abandonar seu posto, não podia ir saindo, por medo, por vaidade ou por comodismo. Ele tinha que ficar, em face das exigências das forças políticas majoritárias que o apoiavam. Mais ainda, ele tinha o dever para com o seu nome. O nome do presidente era um nome sagrado. O presidente era como um rei, como um príncipe. Ele governava em nome do monarca do mundo, como dizia Bossuet. E esse monarca do mundo estabelecia que o nome do presidente tinha qualquer coisa de sagrado. Quem exercia a Presidência da República tinha o dever, e não apenas o direito, de defender o seu nome, porque esse nome não era apenas o de Getúlio Vargas, era o nome do presidente da República. O presidente da República tinha de estar à altura da dignidade que se inscrevia na sua função, no seu cargo, no seu poder. Ele tinha o dever de defender o seu nome, e, na defesa do seu nome, ele não podia renunciar, porque essa renúncia seria uma complacência com a suspeita.

* * *

Bem cedo o comissário Mattos dirigiu-se para a Casa de Saúde Doutor Eiras para saber notícias de Alice.

"Ela não pode receber visitas", disse um funcionário da portaria.

"Mas ela está bem?"

"Dona Alice está dormindo. O doutor Arnoldo esteve aqui hoje e ela foi medicada. Talvez logo mais ela possa receber visitas."

"O doutor Arnoldo está na clínica?"

"Não, ele saiu. Deve ter ido ver outros doentes."

* * *

324

Deitado na cama, com os olhos abertos sem ver, Vargas imaginou como sua morte seria recebida pelos seus inimigos. Sua carta, que fora escrita para se despedir do governo e não da vida, rascunhada dias antes a seu pedido por Maciel Filho, seu amigo e auxiliar desde os anos 30, podia servir também, e até melhor, para um adeus definitivo. A carta, mal batida a máquina, estava sobre o tampo de mármore da pequena cômoda do quarto, ao lado da porta do banheiro.

Quando o camareiro Barbosa entrou no quarto para lhe fazer a barba Vargas estava de pé, imóvel no centro do quarto, vestido em seu pijama de listas. O camareiro pediu-lhe que vestisse um roupão, pois fazia frio. "Não tem importância", ele respondeu. Disse ainda que não queria fazer a barba.

Barbosa saiu e Vargas voltou a ficar só.

Faria o que tinha que ser feito. Desafronta e redenção. Uma sensação eufórica de orgulho e dignidade tomou conta dele. Sim, sua filha agora o perdoaria.

Apanhou o revólver na gaveta da cômoda e deitou-se na cama. Encostou o cano do revólver no lado esquerdo do peito e apertou o gatilho.

O major Dornelles conversava com Barbosa, no corredor.
"O presidente disse alguma coisa?"
"Disse que não tinha importância."
"Não tem importância o quê?"
"Pedi para ele vestir o roupão pois está frio e ele disse que não tinha importância."
Ouviram o tiro. Dornelles correu para o quarto, seguido por Barbosa. Abriram a porta e viram o presidente, na cama, de olhos fechados, e a grande mancha de sangue no lado esquerdo do peito.
"Presidente!", gritou Dornelles.
Barbosa olhou atônito os curtos fios brancos de barba aparecendo no rosto pálido de Vargas. Eu devia ter feito a barba do presidente, pensou o camareiro.
Dornelles tocou no braço de Vargas. "Presidente! Presidente!"
"Eu devia ter feito a barba dele", murmurou Barbosa.

Dornelles saiu correndo do quarto e voltou com Sarmanho, cunhado de Vargas.

"Meu Deus!", exclamou Sarmanho. "Ele está morto?"

"Não sei", disse Dornelles. "Temos que telefonar para o Pronto Socorro."

O telefone do quarto, um aparelho de cor preta sobre a mesinha de cabeceira, não funcionava.

"Chamem o general Caiado!", gritou Sarmanho, da porta do quarto. Seu grito foi tão forte que foi ouvido pelas pessoas que estavam no térreo, fazendo-as olhar para cima pelo grande vão das escadarias.

O chefe do Gabinete Militar entrou no quarto acompanhado de Arísio Viana, presidente do DASP. Viana ouvira no rádio notícias sobre o licenciamento de Vargas e fora ao palácio para obter maiores informações.

Ao ver o presidente ferido, com o peito coberto de sangue, o general Caiado desfaleceu e foi retirado do quarto.

Zaratini, o mordomo, correu para avisar os filhos e a mulher do presidente.

**

O comissário chegou ao distrito e Pádua lhe disse:

"O Getúlio se matou. O Vilanova, do GEP, acabou de ir para o Palácio do Catete para fazer o exame pericial. O Jessé de Paiva e o Nilton Salles vão fazer a autópsia. Ordens diretas do chefe de polícia."

"Eu vou ao Catete", disse Mattos.

Ele tinha que ver o corpo morto de Getúlio.

"Passa o serviço para o Rosalvo", disse Mattos.

"Não posso."

"Então eu recebo o serviço antes da hora. Isso é permitido pelos regulamentos."

"Só se você me fizer uma promessa."

"Qual é?"

"Não soltar vários vagabundos que prendi."

"Prometo."

Logo depois que recebeu o livro de registro de Pádua e este se retirou, Mattos ligou para a casa de Rosalvo, mandando que ele viesse imediatamente para o distrito. Rosalvo não demorou a chegar. "Vou sair numa diligência. Não sei a que horas volto. Toma conta do serviço."

***

Alzira Vargas, no quarto do suicida, revistava os bolsos do terno azul-marinho que o seu pai usara na reunião ministerial daquela madrugada, quando vieram lhe dizer que os peritos da polícia haviam chegado.

"Eles que esperem", disse Alzira, agora revirando nervosamente os bolsos do pijama do morto estendido sobre a cama.

O que ela procurava foi afinal encontrado embaixo do cadáver do presidente: uma chave do cofre Fichet do quarto. Alzira abriu o cofre e colocou rapidamente o conteúdo de suas gavetas numa pasta que trouxera do palácio do governo do estado do Rio, em Niterói, e que continha, até então, apenas um revólver.

***

A confusão no Palácio do Catete era tão grande que o comissário Mattos não teve dificuldades para entrar; não precisou nem mesmo mostrar sua carteira funcional. A portaria estava abandonada. Atrás do balcão do porteiro havia apenas a estátua de bronze do índio Ubirajara fazendo um esgar de cólera.

Da sala do general Caiado de Castro, no andar térreo, estavam sendo retirados os móveis. Alguém disse ao comissário que ali seria armada uma câmara ardente onde colocariam o corpo de Vargas. O comissário subiu os vinte degraus acarpetados de vermelho do primeiro lance das escadas, ladeada pelo corrimão de enfeites de ferro batido e querubins dourados. Parou no primeiro patamar. Onde estaria o corpo do presidente? Seu estômago doía. Colocou três pastilhas de Pepsamar na boca. Ele precisava ver o corpo de Getúlio.

Pessoas subiam e desciam as escadas apressadamente. O comissário subiu outros dezessete degraus e chegou ao segundo pavimento. Ele tinha a mania de contar os degraus das escadas que subia.

No grande salão nobre, cujas janelas abriam para a rua do Catete, encontrou um contínuo vestido de terno azul-marinho. Mattos exibiu sua carteira funcional.

"Polícia. Onde está o corpo do presidente?"

"O senhor devia ter pegado o elevador", disse o contínuo.

"Onde está?"

"Agora é melhor ir pela escadinha, que fica no fundo à direita."

Uma porta ocultava a escada que levava à área residencial do palácio. O comissário subiu três lances de escada, com nove degraus estreitos de mármore cada lance, e saiu no andar residencial. Em frente ao quarto do presidente havia um grupo de pessoas, entre elas um capitão do Exército com os alamares dourados dos ajudantes-de-ordens. O comissário mostrou sua carteira de policial ao capitão.

"Sou do gabinete do chefe de polícia. Os peritos já chegaram?", perguntou Mattos.

"Estão lá dentro. Alguma coisa?" O capitão segurou a maçaneta da porta: "Quer entrar?"

"Falo com eles quando saírem."

O comissário desceu, pelas escadas, ao andar térreo onde a confusão aumentara. Era maior o número de pessoas andando de um lado para o outro, gritando ordens incompreensíveis. Nos jardins, viam-se alguns ninhos de metralhadoras leves, apressadamente colocadas. Não havia nenhum soldado atrás dos poucos sacos de areia amontoados desordenadamente, o que dava uma aparência melancólica e frágil àquele improvisado aparato bélico.

O comissário notou numa das janelas do terceiro pavimento uma mulher de óculos escuros, que parecia chorar. Era a mulher do presidente, Darcy Vargas. Ela casara-se com Vargas quando tinha quinze anos.

Mattos contemplou as duas aves de bronze nas platibandas da parte traseira do telhado do palácio, inclinadas como se fossem alçar vôo. À sombra das enormes árvores do jardim, o silêncio era quebrado apenas pelo suave jorro da água de um pequeno chafariz de mármore branco.

Um homem, que Mattos reconheceu ser o chefe do Gabinete Civil, Lourival Fontes, colocava uma pilha de papéis na mala de um carro. Fontes fechou a mala e olhou sorrateiramente em volta, para ver se estava sendo observado. Ao notar o comissário, Fontes voltou em passos rápidos para o palácio. Mattos o seguiu. Em meio à desordem do pavimento térreo o comissário perdeu Fontes de vista. Subiu correndo, e contando, os trinta e sete degraus até o terceiro andar. Aproximou-se do quarto do presidente. Através da porta entreaberta, Mattos viu o que estava procurando. Ali estava ele, Getúlio Vargas. Morto, sentado na cama, amparado pela mulher e por outras pessoas que procuravam despir o paletó do pijama listado manchado de sangue. Ao lado, alguém segurava um terno escuro num cabide. Os movimentos das pessoas impediam que ele pudesse ver bem o rosto de Vargas.

Um homem que fazia anotações guardou no bolso, com visível constrangimento, o bloco em que escrevia. Notando o olhar inquisitivo do comissário, disse: "Meu nome é Arlindo Silva. Sou jornalista. Esse quadro jamais se apagará da minha mente".

O repórter, evidentemente constrangido, afastou-se da porta, desaparecendo.

Os peritos terminaram seu trabalho e colocaram instrumentos e papéis em maletas negras. O primeiro a sair foi Vilanova.

Normalmente bem-humorado, Vilanova tinha o rosto fechado e preocupado. O perito conhecia o comissário e achou natural a sua presença no local.

"Constatei uma larga zona de esfumaçamento ao redor do orifício do projétil no pijama e também resíduos de nitrito na mão. Não há dúvidas de que o presidente se matou. O Jessé e o Nilton concordam comigo", disse Vilanova.

Os legistas Jessé de Paiva e Nilton Salles haviam realizado apenas um exame superficial do cadáver. O chefe de polícia dera ordens para que os peritos do GEP e do IML liberassem logo o corpo, não havia condições de proceder, naquele local, a uma autópsia, conforme mandava a lei. Os dois legistas haviam apenas extraído o projétil, alojado no tórax, e injetado formol nas veias do cadáver. Isso foi dito ao comissário por Salles.

O comissário desceu ao andar térreo, onde inúmeras pessoas aglomeravam-se, lamentando-se e vociferando. Num canto, sob a grande estátua de Perseu, um coronel fardado dizia que o general Zenóbio manifestara desejo de ir ao palácio, mas a família de Vargas proibira a sua entrada. "Não levaram em consideração o fato de Zenóbio ter se oposto em 1950 a outra tentativa de golpe da UDN, quando Eduardo Gomes foi derrotado por Vargas nas eleições presidenciais", repetia o coronel.

Genolino Amado e Lourival Fontes distribuíam aos jornalistas que chegavam ao Catete uma nota oficial sobre a morte de Vargas. Junto com a nota, entregavam também dois documentos "encontrados no quarto do presidente": o texto da carta, mal datilografada, a que chamavam de carta-testamento de Vargas, e o texto de um bilhete que o major Fitipaldi dizia ter encontrado no quarto do presidente, apesar de Lourival Fontes ter verificado que aquela não era a letra de Vargas.

O major Fitipaldi ao saber do suicídio do presidente trancara-se numa sala da assessoria militar, no andar térreo, onde escrevera apressadamente um bilhete no fim do qual assinara o nome de Getúlio Vargas.

Agora, Fitipaldi, Genolino e Fontes liam o bilhete para os jornalistas que chegavam ao palácio como sendo do presidente. "Deixo à sanha dos meus inimigos o legado da minha morte", começava o bilhete, que terminava dizendo: "A resposta do povo virá mais tarde..."

Mattos saiu do palácio. Abriu caminho por entre a multidão aglomerada em frente ao palácio. Precisava voltar para o distrito.

***

No final do ponto dos bondes no largo da Carioca, no Taboleiro da Baiana, o comissário pegou um bonde e foi para o distrito.

Automaticamente começou a assinar os atestados de pobreza sobre a mesa. Rosalvo entrou na sala. "Os milicos são muito burros. Aí é que está o busílis. Se deixassem Getúlio em paz o velho gagá ia morrer escrachado, sendo penteado em público pelo Anjo Negro, afogado no mar de lama. Mas os milicos apertaram ele na parede, sem dar a ele uma chance de livrar a cara. Fizeram o jogo do Lacerda, que é um maníaco que não sabe onde parar. O povo já tinha tirado novamente o retrato do velho da parede, agora vai começar tudo de novo, o velho virou santo, como todo político que morre no governo, neste país de merda." "Você não era lacerdista? Contra o Getúlio?" "Virei a casaca."

Rosalvo começou a cantar uma música de carnaval de 1951: "Bota o retrato do velho outra vez, bota no mesmo lugar, o sorriso do velhinho faz a gente trabalhar".

"Cala a boca", disse o comissário.

"A UDN acabou", disse Rosalvo. "Nunca vai ser governo neste país. Perdeu o bonde."

"Chama o carcereiro e o guarda de plantão."

Rosalvo e os policiais de plantão, o investigador que trabalhava como carcereiro e o guarda, entraram no gabinete do comissário. Mattos ordenou que o acompanhassem à sala da seção de Roubos e Furtos.

"Coloquem as armas em cima dessa mesa", disse o comissário.

"Não estou entendendo, doutor", disse Rosalvo.

Mattos tirou o revólver da cintura e apontou-o para a cabeça do investigador.

"Não é para entender. Anda logo."

"Vamos fazer o que o homem está mandando", disse Rosalvo.

Os policiais colocaram os revólveres sobre a mesa. Rosalvo balançou a cabeça como quem diz: "o homem desta vez enlouqueceu mesmo".

"As chaves do xadrez."

O carcereiro colocou um molho de chaves sobre a mesa.

Mattos saiu, fechando a porta a chave. A sala da seção de Roubos e Furtos tinha apenas uma janela de basculantes estreitos que abriam para uma área de ventilação.

Os presos se espremeram na parede quando Mattos entrou na cela. O cheiro repugnante de pobreza, de sujeira, de doença fortaleceu ainda mais a decisão do comissário.

"Todo mundo para fora."

Os presos não entenderam a ordem do comissário e continuaram imóveis dentro do xadrez.

"Pra fora!", gritou o comissário. Seu estômago ardia.

Os presos saíram e ficaram agrupados no fundo do corredor. Mattos chamou o xerife para perto dele. "Olha, vai sair um de cada vez, com intervalo de um minuto entre um e outro. Você é responsável."

Um a um os presos foram saindo em silêncio. Pareciam ratos fugindo.

Mattos localizou Pádua depois de vários telefonemas.

"Pádua, ouça bem. Soltei todos os presos do xadrez. Todos, os condenados também."

"Você enlouqueceu Mattos! Vão ser abertos um inquérito administrativo e um inquérito policial. Agora eles vão conseguir te expulsar da polícia. Sabe qual vai ser o desenlace disso?"

"Foda-se o desenlace."

"Vou ter que ir aí te prender."

"Não tente fazer isso, Pádua. Estou te chamando apenas para vir aqui assumir o controle desta merda. Eu prendi o pessoal que dava plantão comigo."

"Você é um homem desgraçado!"

"Estou te esperando."

"Posso ligar para a Central e dizer pro pessoal da Vigilância ir te grampear."

"Você não vai fazer isso."

"Vou sim, porra!", gritou Pádua. "Filho da puta!"

Mattos desligou.

Pensou então que não tivera oportunidade de falar com o detetive Celso sobre o Francisco Albergaria. Quando Pádua chegar eu vou dar a ele todas as informações sobre as minhas investigações. Pádua vai gostar de prender o assassino do Paulo Gomes Aguiar e resolver o mistério do edifício Deauville. Porém Mattos iria se esquecer de dar essa informação ao seu colega.

Pádua chegou sozinho.

Mattos estava sentado atrás de sua mesa, sobre ela o molho de chaves do xadrez e os revólveres.

Os dois se olharam em silêncio.

"Diga que eu o ameacei."

Pádua suspirou. "Todo mundo sabe que não tenho medo de ameaça. E você nem é capaz de usar essa merda dessas armas."

"Diga o que quiser. Diga que sentiu pena de mim."

"É isso mesmo que estou sentindo. Um dos poucos tiras honestos desta delegacia faz uma coisa dessas. Olha, eu mando o Rosalvo e os outros dois dizerem que os presos serraram as grades e fugiram. A gente inventa um troço desses. O país está no meio de uma convulsão, a Chefatura não vai nem mesmo mandar fazer uma sindicância, todo mundo vai ser substituído, vão botar esse chefe de polícia para fora. Uma fuga de presos não vai interessar a ninguém."

"Interessa para mim. Quero que seja assim."

Mattos colocou sua carteira funcional perto dos revólveres.

"Entrega isso a quem de direito."

"Quem de direito? Não existe quem de direito. Fica com essa merda até abrirem o inquérito e botarem você na rua."

Mattos colocou a carteira no bolso e foi andando em direção à porta.

"O que você vai fazer agora? Outra loucura?"

"Desenlace. Gostei dessa palavra. Desculpe eu fazer você dobrar o serviço."

Quando já estava saindo ouviu Pádua dizer:

"Você sabia que hoje é dia de são Bartolomeu?"

25

Mattos caminhava de madrugada nas imediações do Palácio do Catete, no meio da multidão de pessoas que formavam filas imensas para ver o presidente morto, procurando um botequim aberto para tomar um copo de leite. Mas todos estavam fechados. Muitas pessoas choravam e gritavam; um grupo cantava de maneira desafinada e errada o Hino Nacional. Usando sua carteira de policial, Mattos entrou no palácio. Ele queria voltar a ver Getúlio morto.

O esquife com o corpo de Vargas fora colocado na sala do chefe do Gabinete Militar. Mattos postou-se ao lado do caixão, de onde podia ver o rosto tranqüilo do morto. Em frente ao comissário, do outro lado do ataúde, estavam os filhos e o irmão do presidente. Alzira, o rosto inchado, continha as lágrimas.

O estômago de Mattos doía fortemente, mas ele não quis se afastar dali para ir verificar se algum botequim teria aberto suas portas.

Desde as cinco e meia da tarde do dia anterior — quando o corpo descera do quarto do terceiro andar para a câmara mortuária, e as pessoas que enchiam o salão o receberam cantando o Hino Nacional — os pranteadores desfilavam sem cessar em frente ao caixão; colocavam papeizinhos com pedidos na mão do morto, arrancavam as flores para levar como lembrança, rezavam. Muitos desmaiavam e eram carregados para fora. Um homem, com a mão sobre o caixão, conseguiu fazer um curto discurso antes de ser afastado: "O povo vingará Getúlio!" Apolonio Salles, o ministro da Agricultura, colocou um terço entre os dedos das mãos ceráceas de Vargas.

Às oito e meia Lutero Vargas, João Goulart e o general Caiado de Castro fecharam o caixão.

Pouco depois o esquife com o morto foi retirado da câmara ardente e colocado numa carreta, no portão lateral do palácio, da rua Silveira Martins.

Mattos juntou-se à multidão que, bradando o nome de Getúlio e acenando com lenços brancos, empurrava a carreta pela praia do Flamengo. Ao chegar aos jardins da Glória o cortejo aumentara em milhares de pessoas.

Perto do Calabouço, na avenida Beira Mar, soldados da Aeronáutica dispararam contra a multidão. Em pânico, centenas de pessoas fugiram correndo em direção aos prédios da avenida. Outros reagiram enfurecidos jogando o que podiam, sapatos e tamancos, contra os soldados que atiravam. Muitas pessoas foram feridas.

O comissário procurou ficar junto com o grosso da multidão que mantinha-se cerrada em torno do caixão, sem se dispersar, empurrando obsessivamente a carreta em meio ao ruído seco dos disparos das metralhadoras.

Afinal chegaram ao aeroporto Santos Dumont. Um avião da Cruzeiro do Sul aguardava na pista. Um homem, erguido por dois outros, explicou de punhos cerrados que a família do presidente recusara a oferta de um avião da FAB para transportar o corpo e a multidão prorrompeu em gritos de ódio, imprecações, urros e uivos de fúria e desespero.

O caixão, acompanhado por Darcy Vargas e os dois filhos do presidente, Alzira e Lutero, foi posto dentro do avião. Fez-se então um súbito e soturno silêncio no meio da multidão, quebrado inopinadamente pelo girar das hélices do avião postas em movimento.

Em meio ao acenar de lenços o avião deslizou pela pista, em direção ao mar, alçou vôo e passou por cima do cruzador *Barroso*, que imóvel sobre as águas parecia um navio de brinquedo.

Mattos permaneceu em meio à massa compacta de pessoas que continuavam na pista e nas imediações do aeroporto.

Getúlio morreu, ele pensava a todo instante.

Aos poucos as pessoas foram saindo do curto estupor que as dominara quando o avião desapareceu no céu. Agora, homens e mulheres começaram a se enfurecer, a gritar e a se agitar de maneira caótica, espalhando-se pelas cercanias do aeroporto.

Alguém apontou um edifício na avenida Marechal Câmara dizendo que ali funcionava uma repartição do governo. As pedras portuguesas do calçamento foram arrancadas e os vidros da fachada do edifício destruídos em poucos segundos, enquanto um grupo invadia o prédio.

Dois pelotões de soldados, um do Exército e outro da Marinha, de baionetas caladas, investiram de pontos diferentes contra os manifestantes, atirando granadas de efeito moral e bombas de gás lacrimejante.

Cerca de quinhentas pessoas juntaram-se em frente ao Ministério da Aeronáutica na avenida Marechal Câmara, gritando o nome de Getúlio, mas foram prontamente rechaçadas. Dezenas de manifestantes ficaram feridos.

Mattos caminhou em direção à avenida Rio Branco.

Um grupo tentava invadir a embaixada americana, na avenida Presidente Wilson, sendo repelido com disparos de metralhadora pelos soldados que protegiam a embaixada. Rechaçados, os manifestantes atravessaram a rua carregando os feridos, decididos a depredar e incendiar o prédio da Standard Esso. Mas novamente foram dispersados por um pelotão de soldados do Exército, de baionetas caladas.

Na pequena praça em frente ao edifício da Standard Esso, agora vazia, ficaram apenas Mattos e um homem caído. Mattos ajoelhou-se ao lado do ferido. O homem tentou lhe dizer alguma coisa, mas morreu antes de poder falar. O comissário procurou nos bolsos do morto algum documento que pudesse identificá-lo, mas nada encontrou. Um morto na rua era responsabilidade da polícia, e ele ainda não fora expulso da polícia. Precisava arranjar um telefone, para pedir a remoção do corpo para o IML. Caminhou pela avenida, passou em frente ao Senado, cercado por tropas do Exército, e parou na porta do edifício São Borja. Pensou em subir e telefonar do rendez-vous da Laura. Mas preferiu telefonar da portaria.

Ao sair, notou que mais adiante, na esquina da rua Santa Luzia com a avenida Rio Branco, o mesmo grupo que antes atacara a embaixada americana e o prédio da Standard Esso, voltara a se reunir.

Um homem subira num poste e gritava: "Não vamos fugir, não vamos fugir!"

A multidão, animada pelo discurso inflamado que ouvia, avançou num bloco coeso pela Santa Luzia até a embaixada americana. Agora, além de pedras, muitos portavam paus e ferros arrancados dos bancos dos jardins. O homem que subira no poste tinha um revólver na mão.

Essa segunda investida foi repelida com grande violência pelos soldados. Uma metralhadora abriu fogo contra os atacantes ferindo a maioria dos que vinham à frente. A multidão recuou, perseguida pelos soldados até em frente à sede do Supremo Tribunal Federal, na avenida Rio Branco, onde um tenente deu ordem para que os soldados voltassem para a embaixada americana. Em pouco tempo a multidão reagrupou-se na Cinelândia e deslocou-se pela rua Treze de Maio em direção ao largo da Carioca. Os que iam à frente gritavam que iam botar fogo no jornal O Globo.

O jornal, localizado num sobrado acima da livraria Freitas Bastos, acabara de ter seu portão fechado quando chegaram os primeiros manifestantes, que corriam à frente da massa. Duas caminhonetes do jornal foram incendiadas. "Arromba! Arromba!", gritavam as pessoas amontoadas de encontro ao portão do jornal. Nas janelas do prédio alguns rostos assustados apareceram rapidamente.

O portão do jornal resistiu aos esforços dos que queriam invadi-lo. Cartazes dos candidatos da UDN, arrancados dos postes e das árvores, foram usados para fazer uma fogueira no portão do jornal. As bancas de jornais próximas foram depredadas e os jornais e revistas, com exceção da Última Hora, jogados na fogueira. As labaredas começavam a queimar o edifício quando se ouviram as sirenes estridentes dos carros dos bombeiros.

Junto com os bombeiros chegaram três carros da polícia, mas os policiais não procuraram impedir o quebra-quebra. Um policial reconheceu o comissário e lhe disse que populares saqueavam prédios da avenida Presidente Vargas. A Tribuna da Imprensa estaria sendo apedrejada por uma massa enfurecida que enchia a rua do Lavradio.

"O povo vai fazer uma revolução", disse o policial.

***

Os elevadores do edifício de Mattos estavam com defeito. Ele subiu com dificuldade os oito andares, sem contar os degraus. Sentia-se muito cansado. "Devo estar tendo a tal hemorragia." Logo que entrou em casa abriu a geladeira. Bebeu o leite que encontrou, diretamente da garrafa.

Pelo rádio ouviu as notícias de que a cidade voltara à calma. O presidente Café Filho nomeara, no primeiro ato de sua investidura no governo, o brigadeiro Eduardo Gomes para o Ministério da Aeronáutica. O general Juarez Távora fora nomeado chefe do Gabinete Militar da Presidência. O governo colocara doze mil soldados, centenas de tanques de guerra e outras viaturas militares em pontos estratégicos da cidade. As autoridades afirmavam que a agitação, prontamente dominada, obedecera a um plano esquerdista: os comunistas queriam causar uma guerra civil e instalar uma ditadura soviética. Luiz Carlos Prestes teria declarado que estava pronto para assumir o comando da revolução e que uma greve geral dos trabalhadores fora marcada para o dia 2 de setembro. O tenente Gregório manifestara ao coronel Adyl de Oliveira o desejo de despedir-se de Vargas mas seu pedido não fora aceito. "Os malefícios causados ao presidente pelo ex-Anjo Negro, pelo prevaricador de ébano, haviam feito com que a família de Vargas se recusasse a permitir a sua presença na sala mortuária", dizia o locutor. Gregório teria entrado em "intensa crise emocional" e as autoridades da Aeronáutica temiam que atentasse contra a própria vida, tendo sido colocado sob a vigilância permanente de duas sentinelas.

Mattos ligou para a Casa de Saúde Doutor Eiras. Conseguiu falar com o doutor Arnoldo.

"Alice está bem melhor. Dentro de uns dois dias creio que poderei lhe dar alta. Ela disse que quer voltar para sua casa. Recusa-se a ter contato com o marido."

"Diga a ela que está bem. Que volte para minha casa. Estarei esperando por ela..."

Depois ligou para Salete.

"Olha, Salete. Aquela moça, a Alice, ficou doente. Quando sair do hospital vai ter que ficar aqui em casa algum tempo. Eu estou telefonando para dizer que gosto muito de você. Que você é a minha namorada verdadeira. Depois a gente vê como resolve o problema da Alice. Ela precisa de mim, entendeu?"

"Eu ajudo você a tomar conta dela. Posso passar no seu apartamento agora?"

"Vem, estou com saudades de você."

Se eu deitar, essa fraqueza passa, ele pensou.

Deixou a porta do apartamento aberta, para que Salete pudesse entrar sem que ele tivesse que se levantar. Foi para o quarto e deitou-se. Dormiu.

Acordou com a voz de Salete:

"Alberto, você está aí? O que foi que houve aqui? Um incêndio?"

"Estou no quarto."

"Meu Deus! Como você está pálido", disse a moça.

Mattos tentou levantar-se da cama, mas não conseguiu. Sua roupa e seus cabelos estavam empapados de suor.

"Quem botou fogo na casa?"

"Eu. Mas você chama alguém para dar um jeito nisso, por favor."

"Você está se sentindo bem?"

"Desculpe. Não esperava que minha úlcera fosse me pregar uma peça logo agora. Eu chamei você aqui... Eu queria... Mas vai ficar para depois. Acho que agora tenho que ir para um hospital."

"Você vai ter que operar?"

"Creio que sim."

"Você vai morrer?"

"Não. Pega esse embrulhinho de papel de seda em cima da mesinha. É para você. Abre com cuidado."

Salete abriu o embrulhinho.

"Meu Deus! Não acredito. É isso mesmo que eu estou vendo?"

"É."

"Uma casquinha de ferida tua..."

"Guardei esses dias todos para você levar para aquela macumbeira."

"Ela não é macumbeira."

"Seja o que for. Mas antes você vai me ajudar a ir para o hospital. É este o endereço; o meu médico disse que eu fosse para lá se me sentisse muito mal. Depois volta aqui para casa, espera a chegada da Alice. Ela pode chegar amanhã ou depois. Explica tudo para ela. Trate ela bem."

Salete sentou-se ao lado de Mattos na cama. Colocou a cabeça do comissário no seu colo.

"Abre os olhos, meu bem, só um pouquinho."

Mattos abriu os olhos.

"Está vendo isso aqui?" Salete mostrou o embrulhinho que Mattos lhe dera. "Olha o que eu vou fazer com a casquinha."

Salete fez uma bola de papel do embrulhinho e arremessou-o ao chão, como se atirasse uma pedra.

"Depois eu ponho no lixo", disse a moça.

Na verdade o embrulhinho não continha mais a casquinha de ferida, que Salete guardara antes em sua bolsa, na trousse de pó-de-arroz.

Mattos voltou a fechar os olhos. Continuava suando muito. Mas o estômago não doía. Nem mesmo azia sentia.

"Pega o disco que está em cima da vitrola, por favor, e põe para tocar. Está escrito *Elixir de amor* na capa. Me deu vontade de ouvir um pouquinho, antes de sairmos para o hospital."

Salete foi à sala e fez o que Mattos havia pedido. Colocou o som numa altura que o comissário pudesse ouvir do quarto.

Nesse instante a porta da frente foi aberta e um negro alto e forte entrou na sala.

"O comissário Mattos está?"

"Está lá dentro. Quem é você?"

"Ele não me conhece", disse o negro, fechando a porta.

Salete correu para o quarto, seguida pelo negro.

"Alberto", gritou Salete, "tem um homem aqui procurando você."

Mattos abriu os olhos.

"O senhor é o comissário Mattos?", perguntou o negro, suavemente.

"Sim", disse Mattos, sentando-se com dificuldade. Sentia,

junto com uma vertigem forte, uma sensação de euforia. Afinal ele encontrara o negro.

"Comissário Alberto Mattos?", insistiu o negro.

"Tenho uma coisa que lhe pertence", disse o comissário.

Mattos, com esforço, vigiado atentamente pelo negro, enfiou a mão no bolso e tirou o anel de ouro.

"Toma. O seu anel."

Chicão pegou o anel, verificou a letra F gravada no interior. Colocou o anel no dedo.

"Eu tinha perdido esse anel. Sei onde foi que o senhor o achou."

"No banheiro do sujeito que você matou no edifício Deauville."

Mattos levantou-se, apoiando-se em Salete.

"Você está preso pelo assassinato de Paulo Machado Gomes Aguiar no dia 1º de agosto."

Chicão colocou calmamente o anel no dedo.

"O senhor está doente?"

"Ele tem uma úlcera no estômago", disse Salete.

"Tive um tio que morreu com uma úlcera perfurada", disse Chicão.

Amparado por Salete, Mattos saiu do quarto e foi até a mesa da sala onde estava o telefone. Pegou o telefone. Hesitou. Não sou mais polícia, pensou. Vou voltar a advogar, quando me livrar das trapalhadas em que me meti. Eu devia dizer para esse sujeito, vai embora Francisco Albergaria e se precisar de um advogado me procura.

Subitamente o som da vitrola aumentou fortemente de intensidade.

Mattos virou-se e viu Chicão ao lado da vitrola apontando um revólver para ele.

"Diga adeus à sua garota", gritou Chicão, para ser ouvido acima do som da vitrola.

Mattos olhou para Salete. Foi a última coisa que viu. Caiu ao chão, morto pelo disparo de Chicão.

"Alberto, Alberto!" Salete ajoelhou-se ao lado do corpo de Mattos.

"Detesto matar uma mulher bonita", disse Chicão.

Salete olhou surpresa para o assassino. "Você me acha bonita mesmo? Jura?"

Os dois falavam alto para poderem ser ouvidos em meio à música e ao canto que saíam da vitrola.

"Você é a mulher mais bonita que já vi na minha vida. Não se preocupe, não vou fazer nada no seu rosto."

"Obrigada", disse Salete, fechando os olhos.

Chicão colocou o cano do revólver sobre o seio esquerdo de Salete e apertou o gatilho.

Diminuiu o som da vitrola. Identificou as palavras italianas proferidas pelos cantores. Lembrou-se das canções que aprendera durante a guerra. Cantarolou "mamma son' tanto felice", por alguns segundos; logo calou-se e ficou ouvindo a ópera. Música, qualquer música, sempre o comovia. Havia ocasiões em que chorava ouvindo canções napolitanas do tempo da guerra.

Era uma pena, mas ele tinha que ir embora, não podia esperar que o disco acabasse.

Saiu sem olhar para os mortos, deixando a vitrola ligada.

* * *

Poucos minutos depois, Genésio, o pistoleiro, irmão de Teodoro da segurança do Senado, chegou ao apartamento de Mattos.

A porta estava apenas encostada; de dentro vinha uma cantoria que fez com que Genésio hesitasse, sem saber o que fazer. Então, subitamente, o canto parou. Genésio tirou do cinto sua Parabélum, antiga mas de confiança, e abriu a porta cuidadosamente.

Ao ver os corpos caídos na sala, a primeira coisa que fez foi fechar a porta. Depois verificou que os dois, tanto o homem quanto a mulher, estavam mortos.

Revistou o paletó no espaldar da cadeira e encontrou a carteira de identidade funcional do comissário de polícia Alberto Mattos. Conferiu o retrato da carteira com as feições do morto. Colocou a carteira de volta no paletó.

Genésio saiu do apartamento, fechando a porta.

343

Pegou um táxi e mandou seguir para o hotel OK na rua Senador Dantas, no centro.

Teodoro e o assessor Clemente esperavam por Genésio no bar do hotel, bebendo.

Genésio sentou-se à mesa.

"Fez o serviço?", perguntou Teodoro.

"Alberto Mattos está morto. Conferi pela carteira de identidade dele. Tive que matar também uma moça que estava com ele. Mas não vou cobrar por isso."

"Quer um uísque?", perguntou Clemente.

Genésio olhou em torno. "Não bebo essas porcarias. Neste lugar tem uma boa aguardente?"

"Não sei. Posso perguntar."

"Deixa pra lá. Quero o meu dinheiro. Vou meter o pé na estrada."

Clemente deu a Genésio um embrulho de papel pardo.

"Cem contos. Pode conferir."

"Não é preciso. Adeus, mano."

"O senador vai ficar feliz, não vai?", disse Teodoro, depois que Genésio saiu.

"Claro. E você vai ligar agora para o senador e dar a boa notícia. Ele deve estar neste telefone." Clemente deu a Teodoro um papel com um número.

"Eu?"

"Diga que me viu entregar os cem contos ao seu irmão pelo serviço. Não quero que ele pense que fiquei com o dinheiro. Tem uma cabine de telefone naquele canto. Diga ao senador que depois passo no Seabra para contar os detalhes a ele."

26

Na Clínica da Gávea o bicheiro Ilídio recebeu a visita de um emissário de Eusébio de Andrade. O alto comando do bicho queria saber se Ilídio estava envolvido na morte do comissário. Ilídio negou, com veemência. O emissário acrescentou que o advogado perna-de-pau fora afastado e que o advogado particular de Eusébio Andrade, o doutor Silva Monteiro, conselheiro da Ordem dos Advogados do Brasil e professor da Faculdade Nacional de Direito, assumira o caso e estivera naquela manhã com o delegado Ramos, o qual lhe assegurara que, com a morte do comissário Mattos, as investigações seriam interrompidas. Ilídio podia ficar despreocupado.

Ilídio agradeceu ao emissário de Andrade. Ordenou ao seu guarda-costas, Alcebíades, que telefonasse para o motorista vir buscá-lo. A clínica ficava no alto do morro, num lindo lugar isolado, cercado de árvores. Durante os dias em que Ilídio ficara na clínica, Alcebíades dormira no seu quarto, como se fosse um acompanhante de doente, o que era permitido pelo regulamento do hospital.

Alcebíades fora indicado por Moscoso, que dissera a Ilídio que já estava na hora de ele ter um guarda-costas "do primeiro time".

Ilídio se sentia protegido com Alcebíades ao seu lado. Ao contrário do seu antigo guarda-costas, Miro Pereira, um mentiroso contador de vantagens que falava demais, Alcebíades era um homem calado, atento e educado, como são os melhores capangas. Nunca dizia um palavrão. Ia poder freqüentar sua casa sem ofender sua mulher e seus filhos com grosserias e palavras de baixo calão.

"Devíamos sair daqui em dois carros", disse Alcebíades. "O senhor sairia no segundo."

"Não é preciso. Aquele tira escroto que me perseguia já abotoou o paletó. Os outros tiras estão todos no meu levado. Todos. Guardas, detetives, investigadores, delegados. Se não fosse eu, as mulheres e as filhas da maioria deles não comprava um vestido novo no dia do aniversário."

"Desculpe, seu Ilídio, cautela e caldo de galinha não fazem mal nunca."

"Acredita em mim, Alcebíades. Não tem perigo."

O motorista de Ilídio chegou com o Packard do seu patrão. Ilídio levara para a clínica apenas uma pequena mala com algumas cuecas. Ele não se incomodava de deixar de trocar as camisas que usava durante vários dias, ou as calças; mas cuecas ele tinha que trocar pelo menos duas vezes por dia. Sentia repugnância do cheiro do que chamavam de partes pudendas.

Entraram os três no Packard. Na frente, o motorista e Alcebíades. Alcebíades dissera: "Eu devia ir atrás com o senhor". Mas Ilídio acreditava que um bicheiro importante não devia ir em seu Packard ao lado do seu capanga, no mesmo banco.

No meio da estrada, um Chevrolet fechou o Packard de Ilídio. Alcebíades ainda conseguiu sacar o seu revólver e atirar na direção do ocupantes do Chevrolet, mas foi morto com um tiro na cabeça. O mesmo homem que matou o guarda-costas atirou no motorista, matando-o. A ação dos agressores fora muito rápida. Nenhum carro passara na estrada durante a matança.

Ilídio deitara-se encolhido no chão do carro, logo que o tiroteio começara.

Sentiu-se agarrado pelo colarinho e puxado para fora do carro. Um homem algemou suas mãos.

"Murilo, leva o carro deles para aquele grotão perto do regato. Eu sigo você."

Murilo pegou os mortos do Packard e colocou-os no banco traseiro do carro. Sentou-se no banco da frente, ligou o carro e partiu.

Ilídio foi empurrado para dentro do Chevrolet pelo homem que o algemara.

O Chevrolet seguiu o Packard.

"Sabe onde eu estive hoje de madrugada? No necrotério. Fui visitar meu amigo Mattos e a guria dele, que você mandou matar", disse o homem que dirigia o Chevrolet.

"Não fui eu, juro que não fui eu, por esta luz que me alumia."

"Mandar assassinar o Mattos porque ele lhe deu um pontapé na bunda, isso eu até entendo. Mas por que a guria dele tinha que ser liqüidada?"

"Quero ver minha mãe morta se fui eu. Olha, doutor, eu lhe dou o que o senhor quiser, se me deixar ir embora."

"Você me conhece?"

"O senhor é o comissário Pádua."

"Então deve saber que eu não levo dinheiro de bicheiro."

"Eu sou inocente, juro."

"E o Turco Velho?"

"Eu cancelei a ordem. O seu Andrade e o seu Moscoso mandaram eu cancelar a ordem e eu cancelei. Mas não consegui encontrar o Turco Velho a tempo. Pergunte a eles."

"Eu não converso com bicheiros."

"Não aconteceu nada com o comissário."

"Aí você empreitou outro sujeito. Quem foi que fez o serviço? Sabemos que foi um crioulo, foi visto por uma mulher vizinha do Mattos saindo do apartamento dele. Quero o nome dele."

"Como vou saber? Não fui eu."

Os dois carros agora estavam numa picada deserta perto do grotão do regato.

Murilo veio para o Chevrolet. Os três homens ficaram sentados no banco traseiro.

"Não gosto de machucar ninguém, não é verdade, Murilo? Mas vou quebrar todos os teus dentes, um a um, primeiro os da frente é claro, até você dizer quem foi que fez o serviço no Mattos e na guria."

Pádua apanhou uma flanela no cofre do painel do carro, enrolou-a em volta dos dedos e depois de convulsionar os músculos dos braços, começou a esmurrar a boca de Ilídio.

Ilídio soltou um gemido tão forte que pareceu reboar pela floresta.

Pádua tirou um lenço do bolso. "Você tem um lenço, Murilo?"
Murilo tirou o lenço do bolso e deu para Pádua.
"Depois eu te dou outro de presente. Agora enfia estes lenços na boca desse puto", disse Pádua.
Murilo enfiou na boca ensangüentada de Ilídio os dois lenços.
Novamente Pádua esmurrou o bicheiro.
Agora o gemido soou rouco e abafado.
Ilídio desesperadamente tentava lembrar-se do nome de um crioulo para dar a Pádua, mas no seu nervosismo não conseguia lembrar-se de nenhum, apesar de conhecer muitos. Quando outro soco traumático foi dado sobre sua boca, lembrou-se de um nome. Sacudiu a cabeça para a frente freneticamente.
Pádua retirou os lenços ensangüentados da boca de Ilídio.
"Qual é o nome?"
Ilídio demorou a ter fôlego para falar. Cuspiu antes os dentes partidos. "Sebastião Mendes, vulgo Feijoada Completa."
"Você conhece esse cara, Murilo?"
"Tem um Feijoada Completa que trabalha para os contrabandistas do cais do porto."
"É esse?"
Ilídio gemeu que sim, enquanto cuspia sangue.
"Você podia ter dito logo o nome do sujeito. Não precisava nos dar todo esse trabalho. Você é um homem teimoso, seu Ilídio. Mas seus sofrimentos acabaram."
Pádua tirou o revólver do coldre. Encostou o cano do revólver na nuca de Ilídio. "Você está com sorte, pois Nossa Senhora da Boa Morte está te protegendo."
Ilídio tremeu, uma curta convulsão, quando a arma de Pádua disparou.
Pádua pegou o corpo do bicheiro pelas pernas, Murilo pelos braços e levaram-no para o Packard, colocando-o junto dos outros mortos.
"Não é melhor tirar as algemas?", perguntou Murilo.
"Deixa as algemas. Para os amigos desse filho da puta saberem que foi o pessoal da casa que fez este trabalho. Para aprenderem que não podem matar um tira assim sem mais nem menos."

Voltaram para o Chevrolet. No meio do caminho Murilo perguntou quando eles iam pegar o Feijoada Completa. "Depois de manhã, sábado. Dia de feijoada."

* * *

A cidade teve um dia calmo. O movimento do comércio foi considerado muito bom pelo Sindicato dos Lojistas do Distrito Federal. Também as repartições públicas, os bancos, as fábricas e os escritórios funcionaram normalmente. Os cinemas tiveram grande afluência de espectadores, acima do comum para uma quinta-feira.

Os mil e setecentos turistas que haviam desembarcado do navio *Santa Maria* visitaram os principais pontos turísticos da cidade e todos disseram, entusiasmados, que o Rio merecia o título de Cidade Maravilhosa.

O quinto grupo de participantes da excursão cultural à Europa, organizada pelo Touring Club do Brasil, preparava-se para embarcar nos primeiros dias de setembro. Os turistas viajariam no navio *Augustus*, devendo visitar as principais cidades da França, Espanha, Portugal, Itália e Suíça. Estavam todos muitos excitados com a perspectiva da viagem.

Na Maternidade São José, no Rio de Janeiro — e também nas outras maternidades do país e nas residências atendidas por parteiras — nasceram naquele dia mais meninas do que meninos. Os meninos receberam enxovais de cor azul e as meninas de cor rosa. A maioria dos pais já havia escolhido os nomes dos recém-nascidos. José foi o nome preferido para os meninos. Maria, para as meninas.

Foi um dia ameno, de sol. À noite a temperatura caiu um pouco. A máxima foi de 30,6 e a mínima 17,2. Ventos de sul a leste, moderados.

ESTA OBRA FOI COMPOSTA PELA
HELVÉTICA EDITORIAL EM GARA-
MOND ·LIGHT E IMPRESSA PELA
GRÁFICA EDITORA HAMBURG EM
OFF-SET PARA A EDITORA
SCHWARCZ EM MAIO DE 1993.